刃土不二

方千贵 ◎ 著

安徽文艺出版社
时代出版传媒股份有限公司

图书在版编目（CIP）数据

身土不二／方千贵著．—合肥：安徽文艺出版社，2022.7
ISBN 978-7-5396-7397-4

Ⅰ．①身… Ⅱ．①方… Ⅲ．①长篇小说－中国－当代 Ⅳ．①I247.5

中国版本图书馆 CIP 数据核字(2022)第 002865 号

出 版 人：姚 巍
责任编辑：秦知逸　　　　　装帧设计：张诚鑫

出版发行：安徽文艺出版社　　　www.awpub.com
地　　址：合肥市翡翠路 1118 号　　邮政编码：230071
营 销 部：(0551)63533889
印　　制：安徽联众印刷有限公司　　(0551)65661327

开本：700×1000　1/16　印张：18.5　字数：270 千字
版次：2022 年 7 月第 1 版
印次：2022 年 7 月第 1 次印刷
定价：43.00 元

（如发现印装质量问题，影响阅读，请与出版社联系调换）
版权所有，侵权必究

代序

乡土的守望

——写在长篇小说《身土不二》出版之际

征 平

由沈阳军区原副政委潘瑞吉将军题写书名的长篇小说《身土不二》，由安徽文艺出版社公开出版发行。这是一部以新时代背景下农民对生养自己的土地、家园的眷恋与守望为主线，描述农民幸福观和对幸福生活进行的不懈奋斗和探索的长篇小说。

安土重迁是中国人的思想观念，对乡土的眷恋与守望，寄托着一个走出生养自己的家乡的人的那一份执着的情感。作品的主人公何身土，与当今中国社会的众多农民子弟一样，随着改革的大潮拥进城市，通过诚实劳动去实现自己的人生价值。当他赚得人生的第一桶金之后，又选择回到家乡，在生他养他的那一方热土上播种希望与幸福。在这一过程中，我们看到了农民对土地的热爱。离开土地，又回到土地，何身土实现了生命的涅槃，践行了建设家园、共同富裕的人生理想，是建成小康社会的大背景之下农民创新创业的真实体现。乡土，是国家的组成部分；热爱家乡，是热爱祖国的前提。作品紧扣爱土地、爱家乡和乡村振兴的时代主题，对市场经济所代表的资本化、利益化、物质化的价值观进行了反思，强调了只有祖国的每一处山山水水、边边角角都与贫穷告别，走向富裕，全面小康才能实现，现代化建设才有坚实的基础和后劲，突出了"真正的幸福，其实就是努力构筑起属于自己的精神家园和心灵安宁的处所"这个古老而又现实的命题，倡导了地不分贫富,人不分南北,每一个人都应把"身土不二"的精神溶进自己的血液之中的生活观、价值观和幸福观。诚如是,则是国之大幸,民之所愿。

何身土这个人物的出现,同时也树立起了在当代大变革时代的自尊自爱自强,敢于与命运抗争、与贫穷搏斗,爱土地爱家乡,心怀家国的农民形象。何身土命运坎坷,但从不向命运低头。他出生在物质贫乏的农村,虽然艰苦,但改革开放的伟大时代给了他健康成长的有利环境。当他母亲十月怀胎的时候,父亲离世,贫困的母亲遭到沉重打击。母亲怕生下他难以养大成人,几次堕胎没能成功,最终还是把这个"讨债鬼"给生下来了。他的童年生活很艰苦,但贫穷并没有影响他快乐而又健康地成长。俗话说:"天有不测风云,人有旦夕祸福。"他十几岁时,母亲病逝,他的生活陷入绝境。在万般无奈的情况下,哥哥姐姐决意将他送人。命运向他关上了一扇门,却也开启了一扇窗。他被送到了一个好人家,读完了高中,回到养父母身边,跟随一双老人在田里劳作;随后,他又和千万个农家子弟一样,投身到进城的打工潮之中。他在城里做苦工,由于他聪明、勤恳、好学,做事有理想,做人坚强有主见,他在打工路上走出了自己的精彩。有了钱的何身土,没有拿着这些钱到城里买豪宅置家业,而是把这些钱无偿用到自己村兴办的集体经济中,成为带领村民走共同富裕道路的领头人。在这个过程之中,他做出的牺牲、付出的艰辛与那深沉的家国情怀,令人感动。

本书的题目也是作者颇为用心制作的。"身土不二"其实就是书中男女主人翁名字的组合。取男主人翁何身土的"身土"二字,而"不二"即女主人翁的名字"柏艾"的谐音,组成"身土不二"一词,其含义即为生长在这块土地上的人与这块土地不能分离,也象征着对家乡、国家的责任与热爱。何身土致富后不忘村民,决意回村建设新农村;女主人翁柏艾作为农村考出去的女大学生,毕业后毅然回到家乡做一名普通的农技员,有条件去城市工作、从此成为城里人的她,却选择了把学到的知识用在家乡发展和农民致富之上。她朴实、敬业,为人平和,对家乡有情有义,工作尽心有主见,深得梅都何村村民的爱戴。她同自己高中同学何身土一起,为家乡梅都何村的发展默默奉献着,在工作的过程中收获到了自己真正的所爱。"身土不二"的融合,回答了这样一个问题:是不是非得往城市进军、住进城里成为城里人才会幸福?何身土和柏艾的选择,是一个实实在在的回答。

乡村振兴离不开产业,离不开年轻人。没有青年农民的参与,乡村振兴终究难以为继。我们说乡村振兴要讲物质条件的改善,更要讲"义"的坚守。何为"义"?"义"即与人为善,一切好事、善事应从"我"做起。也就是说,一个人做好事、肯牺牲的精神叫"义"。这个"义"在当前的社会已经渐渐地被淡忘。只有把这个"义"完整地找回来,才能实现乡村振兴,建设美好家园。作者把小说背景放在千年历史名村梅都何村,算是对这个问题寄予的一种期望。梅都何村的原型就是作者家乡所在县的另外一个村,是晋代历史学家、大孝子何公的故里。这个以孝为先的村庄,文化底蕴十分深厚。这里村风淳朴,村民憨厚,与人为善,相互包容,这里的"人人为我、我为人人"已蔚然成风。他们友好相处,遇事好商量,没有欺骗,不耍心眼儿,从古至今千年如一,闻名遐迩,让人羡慕不已,一直被远近村民视为楷模。这也是这部作品的底色。

需要指出的是,何身土这个人物是有原型的,是作者方千贵(原名方谦贵)母亲娘家的老巴弟弟,也就是作者的亲娘舅。作者在塑造何身土这个人物时,对他的苦难家史和成长的过程以及奋斗的故事,写得自然流利,少有修饰,亲切可信,感人至深。对何身土在部队的经历的描写,则来源于作者当年在师、团工作的经历。当年的这些师、团首长,包括机关的军官,确实像书中写到的那样,他们是我军师、团首长和军队基层军官的真实写照。他们有着军人特有的优秀品质,具有雷厉风行的军人特质;他们严于律己,高标准严要求;他们做人正派,做事不徇私情,一心扑在部队建设上。他们堪称中华人民共和国的优秀军人、合格的共产党员。这些师、团首长,后来都走出了那个师、团,成长为集团军和大军区的高级将领,成为我军革命化、正规化、现代化建设的栋梁。他们也都是何身土一路成长的真实的楷模和"贵人"。

"身土不二"的寓意是对乡土的执着守望。这是一种个性化的体验,更是对民族精神的传承与坚守。有守望便有希望,有希望便有未来。

目　　录

代序　乡土的守望　征平／001

第一章／001　　　第十章／126

第二章／015　　　第十一章／156

第三章／026　　　第十二章／174

第四章／033　　　第十三章／198

第五章／045　　　第十四章／210

第六章／058　　　第十五章／225

第七章／076　　　第十六章／252

第八章／091　　　第十七章／280

第九章／098　　　后　记／289

第一章

一九八三年二三月间,这最为平常的日子,在湫隘村郭身田看来,却真是让人愁肠百结不好过的坎。这天,细蒙蒙的雨丝夹着一些细盐粒般的雪子,正淅淅沥沥地向土地、村庄、森林和小河飘洒着。时节快到惊蛰了吧,雪当然再也不会存留,往往还没有落地,就已经消失得无影无踪了。在皖南,严寒而漫长的冬天看来已经过去,但温暖春天的到来还得有些时日。

在这样的天气里,如果没有什么要紧事,村民们宁愿一整天窝在家里不出门。因此,本来就比较小的村庄里比平时少了许多嘈杂,时不时谁家的狗汪汪叫几声。村庄靠山边背阴的地方,冬天残留的积雪和冰溜子正在雨点的敲击下融化,村里的黑泥土小路上漫流着乌黑的泥水。风,依然是寒冷的。空荡荡的村庄里,偶尔走过来一个人,缩着脑袋,用双手捂着两只耳朵,嘴里哈着热气,匆匆而过。这时的农村几乎没有什么生气,更没有一点书里描写的那种山水田园之美的感觉。

在这样的天气和日子里,湫隘村的郭身田一家,可是最没有生机、没有生活味道的,一家人被笼罩在死一般的寂静里。这天早上,郭身田的老婆水莲端了一碗面条走到郭身田的床前,看着蒙头睡得纹丝不动的丈夫,轻轻拍着被头,喊道:"身田啦,起来吃点东西,你睡了两天三夜了,老这么睡着也不中嘛!"郭身田窝在被子里,像一条蚕一样蠕动了一下,没说吃,也没说不吃。这就难了水莲。水莲嫁到身田家快二十年了吧,她对身田的品性、为人都还是了解的。身田是一九六五年的初中毕业生,那年考上高中,因家里孩子多,日子过得紧巴巴的,父亲又有病,他只好放弃读高中的机会,回村帮着家里挣工分养家糊口。在湫隘村,身田算得上是"高级知识分子"、文化人,自然很受村人的尊重和抬举。无论村里哪家遇到难事,身田都是有主意的,因为他了解时事政治,通晓乡村事理,遇事能从头到尾分析得透彻。但是,这次身田连睡几天几夜不吭不哈,屁都没放一个,水莲心里知道,身田这回真摊到事了,估计一时半会儿是拿不定主意的。愁啊! 水莲知道他的心思,也不好多嘴。她心想,这时最好的办法就是静静地坐在身田床边陪他。

不知过了多久,身田在被窝里拱了拱,发出了一声微弱的声音:"这天,还在下着雨?""下着哩,雨夹雪子。"水莲回话。又是死一般的沉静。房子里更是寒气袭人,水莲打了一个冷战。"唉!"身田在被窝里滚了一下,叹了口气,露出半张脸来,对水莲说,"我真的不晓得怎么搞了,难死我喽!"水莲说:"身田啊,有什么事能难着你呀? 我家老板是有本事的人,难不了你的,我们坐起来好好商量。"身田咧了咧嘴,露出上下两排黄牙,没有接话,也没有坐起来。水莲又说:"身田,你恐怕是在想老巴子的事吧?"身田听了这话,用手把被子头捋一捋,露出整张脸来,眼睛亮了一下,哼哼道:"知我者还是我烧锅的啊。"水莲赶紧趁热打铁接着话头说道:"这些年,我都成你肚子里的蛔虫了,我这么猜呢!"身田又咧咧嘴,那意思是水莲真的知道他的心思,也知道这苦是从哪里生的根发的芽。

身田慢慢地又有几分艰难地坐了起来。水莲赶忙给他披上破棉袄,又给他掖了掖被头,轻轻说:"你坐着,我去给你把面热一热,我们吃点东西再盘算盘算吧。"身田点了点头。

要说郭身田难,也实在是头一回头一等难事摊到他头上了。身田的母亲在上个月过世了。其实母亲过世说来也是平常事,母亲岁数不算大,害病去世了,这也是没有办法的事。郭身田在家排行老二,男孩子里头是老大,上头一个姐姐,比他大两岁,下头一个妹妹,比他小两岁,再下头是一个弟弟,最后一个小老巴子。现在事就出在小老巴子身上。

要说这个小老巴子弟弟嘛,真算他命大。话要从那年大姐出嫁说起。那年大姐出嫁不久就有喜讯传回家,说怀上孩子了。喜讯报回家,一家人自然高兴得很,可是母亲同时发现自己也怀孕了。这怎么可能呢?母亲都多大岁数了?开始母亲半信半疑,又不好意思声张。于是有一天,母亲一个人悄悄去邻村找郎中瞧。那郎中把三根指头搭在母亲手腕上移动了一会儿,抬头眯着眼看着母亲说:"郭家婶子,从脉象看,我要恭喜你,你家又要添丁进口啦。"母亲用呆滞的目光看着郎中,说:"当真?"郎中不悦了,说:"哎,郭家婶子啊,我一行医之人何时开过玩笑?""不不不,"母亲赶忙改口说,"要真是的话,这小伢子来得就不是时候嘛。"郎中就说:"嗳,哪里的话?多子多福嘛。回家好生调养,别苦了你自己,又苦了这小伢子啦。"

母亲回家滴水不喝,粒米不进,一睡就是两天两夜,吓坏了身田的父亲。父亲慌得给她喂水喂饭,见她不张嘴,以为这下自家烧锅的病得厉害了,就要疯急着抬她上公社卫生院。母亲像鼻涕虫一拖好长地摊在床上就是不起,不耐烦地朝父亲嚷嚷:"得绝症啦!没法治的!"父亲找来大女儿、大女婿,二女儿还没有出嫁,身田是男丁中的老大,也明事理了,二弟小一点,没让他参加。父亲和一家人商量为母亲治病——再穷病不能不治。一家人商量来商量去,母亲哇的一声哭了,说:"治个屁呀治,我带上啦!"皖南通常把怀孕说成是带肚子。一家人当时都呆了:"怎么可能呢?""怎么不可能?"父亲说,"人家外国有五六十岁的女人还怀孩子呢,你们母亲五十不到,怎么就不可能带肚子呢?"一家人从极度恐慌中恢复了平静。二女儿调皮一些,逗母亲说:"妈,好事嘛,你和我姐比赛生小伢子咧,看你们俩哪个过劲。"母亲很是难为情,骂道:"你个鬼小伢子耻笑你老娘。"这一说,把全家人给逗得哄堂大笑。不过话又说回来,在农村,母亲和女儿同时怀孕生孩子的事听说过不少,也不算什么丑事。但真要是轮到哪个头上,哪个都是极其不情愿的,毕竟这在十里八乡也算是件稀罕事,被人当茶余饭后的笑谈一桩,讲起来也够难为情的。

没隔多少时候,糟糕透顶的事发生了:父亲因为害痨病,丢下一家大小人撒手归西,这等于家里的房梁轰然坍塌了。母亲失去丈夫这个家庭顶梁柱后,看着自己渐渐鼓起的肚子,一下陷入了绝境,感觉日子到头了。

第一章 | 003

父亲下葬的那天，母亲到了失控的程度。她哭闹时爆发出空前的体力，在坟地里一会儿跳老高："冤家啊，你走了干净了，留下我怎么活嘛！"一会儿又倒地四仰八叉，"你个死鬼啊，你干的好事啊！"接着就是打滚放赖，跳啊滚啊地说，"你留个小讨债鬼给我嘛，我哪块能养得活嘛！"谁也拉不住她，那架势，非要跟父亲一道拱到土里才成。

母亲那个绝望啊，眼前就是一堵墙，走不下去了，没办法过去这个坎了。她想啊，肚子里的小鬼不给闹腾得流产掉，生下来怎么活？可这么自己糟蹋自己好几天几夜，肚子也没有瘪下去。后来母亲又想了更狠的办法，定要把肚子里的孩子给流了，万万不能生下来。她在床上用裤腰带死死勒着肚子，要把肚子里的小鬼给闷死掉，让小鬼胎死腹中。可勒着勒着手又松了，不知怎么回事，她心里就有一个声音："勒死了，勒死了……"就下不去死手了。后来她又一个人在房间里瞎蹦乱跳，用拳头敲打自己的肚脐眼，结果也没有成功。母亲想起父亲，又悲痛，又伤心，格外生自己的气：怎么一下子就给带上了？这么个年纪了，让人笑掉牙啦！

母亲那天下了狠心，在一个夜深人静的夜里，提前把家里要做的事都做了，要整理的衣服也整理好，分门别类地放在旧木箱里。她拿来早已磨得锋利的剪刀，坐在床沿上，掀开衣服，露出鼓得山包一样的肚子，把锋利的剪刀对着自己肚子，打算与这个没有出世的小讨债鬼一起走，去找那讨债鬼没见面的父亲。母亲紧闭上眼，狠狠咬着牙，抄起剪刀对着肚子就要狠劲捅下去。当剪刀尖刚触到肚皮时，肚里的小东西忽然动了一下，她的手一顿，剪子咣当一声掉在了地上。母亲再也控制不住了，想想要带着不知男女的讨债鬼一起就这么死去，她撕破了嗓子，拖长的声音像天空中划过的一声响雷："我的个儿啊……"她伏在床上泪流满面，鼻涕眼睛水顺着面颊流到下巴，又顺着颈子流到山包一样的肚子上。想想这一辈子生儿育女，吃尽苦头，最后竟要以这样的方式离开人间，又想到大女儿都出嫁了，马上要生儿育女，二女儿也不小了，正在张罗找婆家，大儿子身田也正在处着对象，小儿子还在念书。这一件件等着她这当娘的拿大主意的事情在眼前一幕一幕映出，挥之不去。她转而又想，家里本来穷得没人上门,老鼠来家都吃不饱,这要再生下这么个讨债鬼,往后还过什么日子?母亲无力地哭着喊着,哭声里,有感到对不起没见面的小伢子的意思,又有自己劝自己的意思:这又何苦呢?小伢子在肚里已经长成了,是娘身上的肉,与娘心连着心哪。就这样,在那一年,母亲与自己的大女儿身耕前后不差几天,各自生下了孩子。母亲生的是男孩,取名身土。大女儿身耕生的是女孩,取名明好,意思是明天会比今天好。听闻身土出世,村里老人们都说,这孩子天生命硬,长大后不是个人物也是条硬汉。

这样一个遗腹子降临在这个家庭,到底是喜忧参半。喜的是,好歹家里又多一个男丁,长大后成大器倒不指望,只要不成为社会的祸害,日后在生产队孬好也是一户,这样郭家在村子里又多了个户头,你不去欺负别人,那别人也不敢轻易欺负你。农村嘛,哪家门头高、人丁旺,特别是男人多,别人说话行事也是要看看脸色的。这么一想,母亲对这不该来的小鬼倒生出些许欣喜。忧的是,家里多口人,这一日三餐吃喝、春夏秋冬穿衣,都是刚性开支,节省不掉。父亲去世后,家里少了一个整劳力挣工分,收入减半,这时又添丁进口,明摆着日子难挨!

母亲本就是苦班底出生,知道一分钱掰成两半来花,田里一把地里一把,一把屎一把尿地拖着讨债鬼身土抓着日子。母亲善良,为人淳朴,善解人意,在方圆几十里口碑都好,尽管一个女人把持一家大小人度日,但十里八乡的人并没有瞧不起这一家,有的还多多给予关照。日子过得很苦,但也算顺畅。二女儿身勤到了婚嫁年龄就有人上门提亲,不久嫁到城边一户菜农家里,住在县城旁边,做点小生意也方便,家里总也有些零用钱,算是从糠箩掉到米箩了。大儿子身田初中毕业,在生产队算得上是知识分子,脑子也比别人活泛一些,说话办事稳当有条理,社员们都高看他一眼。在农村,这样的年轻男子不怕娶不到老婆。在好心人的撮合下,他与城东圩乡的水莲姑娘结了婚。二儿子身本也念完了初中。这个家庭在母亲的操持下,每个阶段性的任务都比较顺利地完成了,就是在一些父母双全的农村人家,也未必能做到这么顺畅。

话又说到身土。自从先后把大儿子、二女儿的婚事一一办好,帮大儿子盖了三间茅草屋分了家、立了户,把二儿子身本送去学木匠,母亲就一门心思带着身土过日子了。母亲凭自身能力,也只能像养小猪一样,让身土吃山芋,咽洋芋,嚼蔬菜,喝稀粥加面糊糊,饱一餐饿一顿地糊着个嘴,一年到头不到过年过节也很难吃顿荤。自打身土会走路,他就整天跟在娘的身后,在田野,在山地,在菜园,在山林……早上头顶星光,晚上身披月光,一高一矮的身影在山村形成一道游动的剪影,一幅苦苦相依着往前走的农人水墨画。他自己也时常会在地里偷条黄瓜往身上擦擦塞进嘴里,爬到树上摘下不熟的果子就啃了;冬天冻得像个活猴子瑟瑟发抖,鼻涕拖老长;夏天浑身泥巴,只剩两只眼眨巴;吃饭从不洗手,屙了屎抓起土疙瘩蹭蹭屁眼了事。就这,他从小到大没生灾害病,长得敦敦实实。母亲看身土一点点地健康长大,养的过程怪省心,心里油然生起喜滋滋的味儿。

母亲还渐渐地发现身土与同龄的孩子有点不一样的地方,那就是他的小脑瓜比人家活泛得多。黑黑的眼珠溜溜转,长长的睫毛一眨巴、小眼角一睐就有个鬼主意,学个什么事上手也快。还有就是他记忆力特别好。他记性好到什么程度,也没有哪个人能拃着手指测量一下,只晓得他只要听见人讲前朝后世的事情,一遍他就记得清清楚楚了。农村里也没有什么文化生活,只有在农闲时,少许走村串户的民间艺人,如说大鼓书的、唱小戏的到村里说唱,那就是好热闹的事了。特别是那说大鼓书的,村里大人小孩见了像疯了一样,攒在人家屁股后面一遍一遍地听。一场书听下来,别人只是图个热闹,而身土就记住了。说书的人一走,身土拿着小木盆当鼓敲,学着人家一字不落地说唱,比那真正的说书人还像说书人。村里人说,这鬼小伢子,奇人。有年一个说大鼓书的看中了身土的天赋,要收他为徒,纳为义子。身土呢,巴不得跟着师父去走南闯北过快活日子。别小看这说大鼓书的,学好了,那也是一门绝活,到哪里都可以混口饭吃。

身土愿意,家人也动过心。怎么说,这说大鼓书也不是一般人能干得了的活,没点脑瓜子的人是不中的。人家看中了身土,也说明他有这个天赋。一家人商量来商量去,到底还是不愿意。理由之一,说大鼓的本就是居无定所的人,游走乡间,吃百家饭,说得难听些,这就是个要饭的。不行,这等于是把身土小小年纪就送出去讨饭,说出去高低不好听啦。理由之二,身土这小小年纪就走上这么一条路,靠走村串户浪里浪当地混日子,等于从小就不务正业,肯定会把前途毁尽。农民本来就没个前途,但种田种地毕竟是正业,姑娘能看上老实本分的种田种地的人,很少能看上做这么个行当的人。就这样,身土没有去学说大鼓书。教育培养身土这个沉重的担子落在了母亲肩上。如今再怎么吃苦受累,首要的是想方设法让身土去学堂念些书。母亲是个要强的人,也放了狠话:"只要他能念得进去书,就是砸锅卖铁、剐肉卖血,也得让这小伢子念下去!"话是这么说的,母亲有没有砸锅卖铁没看见,是不是真卖了血,有说卖过,有说不肯定。但母亲吃了多少苦,又是如何艰难度日的,这里不说也能想象得到,不说也罢。

身土的不幸降临了:就在前不久母亲病逝了。据说这病早就得上了,没钱治。农村人有了病,一是拖,二是抵,三是扛。命大的,不是绝症,但凡过了这三关还真扛过去了。如果是要紧的病,且是慢性病类,这三关越过越重,最后就是一个"死"字。身土母亲得的据说是腰子(肾)病,最后是拖成了尿毒症死的。

大哥身田从母亲生病直至去世,也尽到了儿子的气力和孝心。母亲在临终前,拉着他的手,有一句没一句地交代:"身田啦,妈舍不得的还是小老巴子,他到底还是太小,不能自立……妈一辈子是个没用的人,你那死鬼大临死了还丢下个身土给我,我也尽力了,今天再也拖不动了。我走后,你是大哥,老巴子还得拖累你,你再难,也要好好把他拖大成人,不行的话,找个愿意收留的人家送了吧……"母亲说着说着,头一歪,眼一闭,手一松,腿一伸,走了。

可怜的母亲命苦啊,活一辈子也没有享过一天清闲。母亲是摔倒在自家菜园子里,被人发现后抬到床上的。一直到闭上眼睛,她的眼泪还挂在两腮未干,裤腿上还沾满了黑土和人畜粪。身田看着可怜的母亲,死时躺在病床上,缩成了一只大老鼠那么点大。她像耗干了全部水分的干树枝,连眼泪也成了挂在橘皮一样的脸上的两道干痕。

身田日子虽苦,但孝心是有的。他要风风光光地把母亲送上山,认认真真让母亲入土为安。他按乡俗从很远的沙滩角村请来了有名的徐山人,中规中矩地给母亲做了三天三夜的斋,想母亲在人间受尽了苦,祝愿母亲到了阴间能做个有福之人。然后请了锣鼓乐队,借了唢呐和音响,吹吹打打,抬着母亲的灵柩热闹轰天地送到了自家自留地里,挖坑,挑土,采青草皮,把母亲的坟捶打捶打,装点得高高大大、新新崭崭。这么一阵累过、忙过、哭过,身田回家一头扎到床上,一睡两天三夜,泪水鼻涕流了再流,眵目糊抹了又生,生了又抹,在被头上擦擦。睡下去的头天,还睡着了一会儿,后头几天就只躺在床上,根本睡不着,心里要想的东西太多了。

身田想啊,自从二弟身本出去跟人学木匠后,母亲带着小老巴身土,虽然有些孤苦伶仃地住在三间茅草屋里,但有母亲,身土就有家。身土今年十四岁了,一直由母亲拉扯着,饱一餐饿一顿,但总还有点日子过着。身土聪明,今年念初中二年级了,明年怎么着初三也是要念下去的。母亲如果健在,这些事身田这个当大哥的自然就少操好多心。如今母亲这么离去了,他当大哥的,看着不成年的老巴弟弟,不能不管!可管,又怎么个管法呢?身田自己有三个儿子,大儿子只比身土小一岁,在念初中一年级。三个男孩子,眼看一个接一个长起来,都正值饿狼觅食的年纪,又都是要念书的年纪。他和妻子水莲俩,就像一架破板车,拉着日子一步一步负重爬坡,本来就是一步一滴汗水的,说不准什么时候就歇步了。这下再加上这么个老巴弟,你想想这日子怎么过?身田内心当然对母亲的离去感到很难过,更主要的是活着的让他焦虑不安。他反复琢磨着母亲临终前说的"找个愿意收留的人家送了",话是这么说,可是,哪里有愿意收留身土的人家啊?这愿意收留身土的人家,至少要让身土念完初中吧。另外,这个人家要有个女孩子和身土差不多岁数,有找个男孩入赘为婿的意思,否则谁家愿意收留呢?穷的人家养不起,富的人家看不上。

身田在心里盘算,如果不把身土送走,身土书就念不成了。他自己三个儿子一个接一个地往学校送,你说叫他们兄弟仨哪个不念书,让小叔叔去念,孩子长大后不恨死你这个做大的?若任人都继续念,再加上身土老弟,四个人念书肯定不成,负担不起。再说啊,就算让身土念完初中,他不过十四五岁,让他独自生活在老屋里,田里地里、山上水中地去讨生活,也太难为他。如果和自己吃住在一起,四个勃勃生长的男子汉,将来要一个一个地帮他们娶妻做屋分户,这是一般人能完得成的任务吗?就他身田的三个儿子,将来长大成人是个什么样子,自己能不能为他们一个个做上房子,娶上媳妇,都是个未知数。

身田越想越难,越想越感到生活没出路。身田在心里想,自己这辈子是没有什么指望了,再苦再难,也要把三个儿子和一个老巴弟弟带大成人,他们中能有个有出息的最好,如果都像自己一样没有什么出息,也要让他们都成上家。尤其是可怜的老巴弟弟,母亲去世后,他的眼神中流露出的是无助,甚至是绝望,整日待在那三间祖上留下来的旧茅草屋里足不出户,一个十四岁的少年,看上去比四十出头的男人还沉默憔悴。身田想,自己如果不尽快有个方案,恐怕这老巴弟弟会抑郁成疾,那时这个家就真倒摊子了。

身田心里的苦楚,妻子水莲自然晓得些。晓得归晓得,也没个主意好拿。所以,水莲安慰着说:"身田啦,有什么就吐出来,别在心里憋坏了。要不请大姐和二妹回来一趟,拿拿主意?"身田说:"是要和她们商量。可好多事是老娘临终前单独对我说的,今朝我拿不出一个主张,就是让她们回来也顶不了用,她们晓得哪个篮子里装的哪个菜啊?""讲得也是。"水莲嘴里咕哝着。

这一天,身田从自家菜园子回来,叫了水莲说:"你过来一下。"水莲从灶屋里边搓着手边走出来:"有事?""有呢。"身田说着又朝水莲看了看,"我明朝想出趟门,恐怕后朝才能回。"水莲说:"出门去?中啊,只是想去哪块?身上要揣几个钱啦!"身田说想去一趟梅都何村。"梅都何村?"水莲说,"这个村在哪块?怎么没有听说过?"身田就说:"你哪块晓得这个村啦?我的脑子里都模模糊糊的,那是我奶奶娘家的村,是个有名望的村子,是日子比较好过的村子。奶奶娘家在那块有一个亲戚,按辈我应喊他表姑爷,奶奶在世时我们还走动。小时候我跟奶奶去过。""哦。"水莲明白了,"那你今朝去他们那块是有什么事吗?""有的。"身田说,"打算找找表姑爷,去瞧瞧吧,回来再跟你细讲。"

身田出门那天,身土从学校回来问嫂子:"嫂嫂,大哥呢?"水莲说:"你大哥有事出门了。身土有事找你大哥说?"身土说:"没的事,就是我下个学期不念书了,回来帮大哥大嫂讨生活。"水莲说:"巴子你不许瞎想,好歹都听你大哥的。好生吃饭,吃过饭好生写作业。"

身田要去的梅都何村,是本县的另外一个乡的村庄。身田出门便走上一条绳子一样的深邃的小路。说是路,其实就是七拐八扭弯曲延伸着的人行印迹。皖南丘陵地区,山不高,全是连绵起伏的山包、山岗。身田也不知道爬过多少山包,走过多少山岗小路,绕过多少田埂小径,还穿过两条由东到西的县级公路,终于在太阳落山前来到了一条小河口,越过一座远古的石孔桥,到了一片像河滩一样的开阔地。开阔地中央,有一棵约五个成年男人手拉手才能围抱过来的小红叶楠古树。郭身田绕过古树,再沿着一条由低向高伸去的机耕坡路,向三面环山的山口深处走。慢慢地,身田的身影融进了山色和暮色里。

郭身田七拐八弯,走进了梅都何村,找到了他要找的主人何满水。何姓是梅都何村的大姓。对于郭身田的贸然来访,何满水一家颇感突兀。当然,待客的礼数还是讲究的。男主人一边嘘寒问暖同身田拉着家常,一边支人去代销店打酒。女主人麻利地准备饭菜。郭身田有支气管炎病,好像还有肺痨病,和人说话时嗓子像拉风箱,呼哧呼哧的,像猫在呼吸,让人不禁为之捏把汗,生怕他一口气喘不上来趴下去。身田说:"表姑爷千万别客气,不吃酒,有口饭就中。"话是这么说,主人还是要备酒。这算是款待来客,吃不吃是一回事,备不备又是一回事。

身田奶奶是何满水表姑,郭身田喊何满水表姑爷,怎么个算法也讲不清,从小奶奶在世时这么叫,就这么一直延续着叫下来了,谁也没有重新捋捋辈分和祖上来历。只是何满水年龄并不比身田大,好像比身田还小点吧。辈分这东西不能乱,但身田一口一个"表姑爷""表姑婶"喊得亲、叫得甜,心也诚,何满水两口子听了还是颇受用。

身田要说的都是农民的话。他说:"表姑爷,奶奶在世时,承蒙表姑爷常去看奶奶,奶奶虽然过世二三十年了,你们待我们还是那么亲,时常都有你们问候我们的口信。只是我们穷忙,这些年行走不多,表姑爷、表姑婶千万别怪我们不懂事。"何满水说:"这都说哪块的话?我老姑在世时就待我们最亲。这些年我们行走少,心里可都装着哪。"何满水说着摸摸自己的胸口,表示自己不是在说假话。郭身田说:"是啊,不知这几年表姑爷收成怎样,唉,现在种田难以糊嘴啦!""哪个不是讲哩!"何满水又接着说,"我们村人多田少,一个人只有亩把多田,我和你婶,还有何丫,仨人才四亩半田,山地还有几亩吧。一亩田种两季稻,一季好的500公斤,四亩半田,一年就是4500斤。每100斤卖85块钱,4500斤稻只卖3825块钱。种子要300块,化肥要500块,农药100块,水100块,收割机费300块,各种税费、电费等1800块,还有其他费用,算算只余一口饭粮,有时还不够呢。""哪个不是说嘛!"身田接着说,"国家自从实行大包干,一九八二年开始分田到户,农民日子是好过了些。可是国家确定统购统派的农副产品品种、数量及价格,还一直是根据城市的需求和国家的出口而定的,国家缺什么就向农民身上派什么,被统购统派的农副产品越来越多,国家向农民实行统购的有粮食、棉花、油料、木材,实行统派的那就多得没法数啦。"身田掰着手指一一数道,"生猪、菜牛、菜羊、鲜蛋、黄红麻、红麻、大麻、蜂蜜、柑橘、苹果、红枣、榨菜、八角、木耳、黄花菜……还有二十一种水产品和五十三种中药材,累计一百三十二种还多,几乎囊括了全部的农、副、土、特产品,我们自己没有一点发展商品生产的空间。"身田说着,何满水两口子双手撑着下巴颏,像听大鼓书一样听着身田叨叨。身田看着他们俩听得认真,越说越来劲:"过去'大呼隆'和平均主义,大伙干活没使真劲。说不好听的,过去社员出工,就是一笼鸭子,被赶了出去嘎嘎叫一阵,又被赶回笼里。实行责任制后,农民看到碗里终于漂油珠子了,劲头大。可就是这,上头对农村、农业、农民的政策还要改。"何满水说:"身田你说得在理,这什么时候能改,上头都晓得吗?""晓得的。"身田肯定地说,"上头怎么能不晓得呢?目下我们农民自己吃不到,农村也买不到,收购价往往还没有成本高,一年到头白辛苦不说,有时甚至不得不花高价买来产品再低价卖给国家去完成派购任务,农村有苦没地说,我估摸国家迟早会管。""大的不讲,就我家人多田少,每年早稻收成好能把整个成本收回,晚季稻才能赚个3000多块钱,过日子哪够开支啊!""唉!这农民的日子实在艰难。我们村有一个光棍汉,一亩八分田,每年种田的收入不够交各种税费,还得靠出外打零工赚钱交税买口粮。像这种事,我看国家不管不行啦。"

郭身田和何满水谈着农民种田难、种田苦、种田不易,接着就把话题扯到家长里短上来。

何满水前面生了个男孩没有养起来,又生了个女儿叫何丫,大号叫何宝钏,今年十三岁,准备上初中了。身田当然知道这些情况,就慢慢把话题由种田难、种田苦、种田不易、种田日子不好过向孩子们身上引。身田说:"何丫表妹该有头十岁了吧?""十三了。"何满水回说,"这不马上要念初中了,老师说何丫脑子不差,能学得进去,每次考试都在前头排着。我和你婶想,就一个丫头,能念还是给她念吧。"这话说完,坐在一旁不吭气的表姑婶鞠银子突然揉起自己的眼睛来。何满水赶忙歪过身子拍拍老婆,只有他知道,老婆为前面那个男孩没有养起来而一直伤心着、惦记着、思念着。

这回,身田坐在何满水的对面,眨巴着一双眼,一会儿揩揩眵目糊,一会儿擤擤鼻涕,也顾不得擤鼻涕是件讨人嫌的事,脑子不断转着,想找个说话的切入口。好在何满水先开口打破沉默说:"身田啦,我记得表兄(指身田父亲)去世十好几年了吧?"身田接道:"连头带尾十五年喽。老巴弟弟那年还没出世,在娘肚子里呢。"何满水说:"说来这小伢子真苦啊,前不久表嫂又去世了,这小伢子这么小,只能靠你这个大哥啦!"身田说:"不是说嘛,表姑爷是知道的,我自己养了三个小公鸡头(指男孩子),个个都正是饿狼样地争食吃的时候,这小老巴弟弟只比我大孩子大一岁,放在一起跟兄弟一样,打架骂娘都搞不清谁对谁错。"何满水笑了:"你说得还真是,差不多大,也正是猴的时候。"

身田在心里鼓了鼓勇气,嗓子拉风箱似的拉了几次,又干咳几声,开口说:"我说表姑爷、表姑婶啊,说到这,我还真有几句话,不晓得当不当讲哩。我要讲得不对,你长辈只当我放了一个臭屁,顺风刮走了。"何满水说:"身田啊,有什么话就讲呗,我表姑在世时对我们看得最亲,如今她老人家不在了,我们可不能生分啦。"身田说:"那我就直说了。我想把小老巴弟弟身土送到你屋下,你只当个狗给养着。他要是命大,你二老看着也顺眼,就留着为表姑爷、表姑婶养老尽孝。如果他自个儿不争气,就算他是讨债鬼来世上走一趟,你就放弃他,不用问他的事,死活都随他去。"何满水马上接住话头说:"身田大侄子话说哪块去了?你小弟能来我屋下,怕我们没的福气撑住啊。"

其实,这两口子听出身田话里的意思了。让他小老巴弟弟过来,不就是冲着当上门女婿来的?何满水看看一旁的鞠银子,感觉这话一时不好正面回答。身田是聪明人,接着说:"表姑爷、表姑婶,我也就这么一说,是我单方面的想法,你们不用忙着回答我。想想,想想。我还有点话,要么我就接着把话说完?"何满水说:"身田有话就直讲,都是家里人,没的事。"身田说:"我小老巴弟弟命是苦点,但他脑子活泛,念书也中,我就是怕耽搁了他,供不起他念书。我想,他要是能念完初中,在如今社会上也好混一些。他能到你屋里接着念几年,我每年贴补你们 800 斤稻谷,按七折计算,800 斤稻子能做成 500 多斤大米。他饭量大,一天按两斤米算,一年要六七百斤米,我这也只是贴补一点,其他的我就实在没的能力了。"何满水若有所思地说:"身田你这话说的,如果他到我屋里,就是来为我这一房顶门框子的,哪能让你出粮?你那么苦,自己都顾不过来。"身田挤了挤眼睛,表现出一脸的、一身的、一心的诚恳,说:"表姑爷、表姑婶,你们是晓得的,我郭家是厚道之人,吐口吐沫落地就是一颗钉,不带来虚假的。"

一旁的鞠银子听到这,不知是哪门子的兴奋,微笑像肥皂泡泡似的从心里浮上脸来,又鬼使神差脱口冒出一句:"日后他要能跟何丫成了亲,那是再好不过的一桩事。"一句话把身田心里的想法彻底捅了出来,身田也暗自喜欢得要死，咯咯咯像母鸡下蛋一样说道："表姑婶的想法就是周全。"何满水睃了鞠银子一眼，顿了顿，说："那是后话，这小伢子之间的事，我们也难说呢。"

话已经说到这个份上，身田赶忙接过话茬说："表姑爷说得对，有的事大人能做主，有的事也不是大人能做得了主的，顺其自然哩。"他话是这么说，心里到底是松了一大截。他来是干什么的？不就是为了这？这下一层窗户纸被没心没肺的鞠银子给一手指戳破了，这一捣通，身田有种内急了要拉肚子，蹲下来一气儿拉完，肚子里气顺了的感觉，有种不好说出来的痛快。何满水呢，他在心里拨弄着，这到底不是个小事，不是借一筐菜、一箩稻，什么时候还人家不用急，就是不还，又有什么大不了呢？可这是一个人要进家门，要和自己过日子，不是自己生，不是自己养，一下子拢到一堆。一家人好心好意把他带大，小子一翻白眼，不认账，这种事在当下还少吗？

何满水脑子打转转，把这事像锅里炒豆子，搅来搅去地做个衡量。身田能看出何满水的心思，趁热乎劲接着又说："表姑爷、表姑婶，我是直肠子人，有想法就说了，我是想你们也不会拿我身田见外。我看你们家名望大，人好，我也是想给可怜的小老巴弟弟找条活路嘛。这真是来高攀啦。你们不忙表态度，日后表姑爷、表姑婶考虑齐全了，给个话就照了。我们也是'家里四（事）家里五（舞）'（自己的事自己做主）的，说了就像黑板上的粉笔字，擦了就没了，别人又不晓得的，对吧，表姑爷、表姑婶？"

"唉，我晓得身田有文化，会讲话，我们也不晓得讲什么合适。这是个大事，容我们想想也好！"何满水又说，"那我们早些睡觉，明天身田不走，我一早领你到村头瞧瞧。"身田心想，明天还在村头瞧什么东西？这分明是说明天都忙着，让你明天一早赶路，就早睡早起吧。身田心里理解了，就说："表姑爷说得对，我们早些睡觉。家里穷忙着，明早就不留了。"

第二章

身田回到家里,把去梅都何村何家同他们两口子的谈话一五一十地复述了一遍,还把何满水两口子说话时的神态、手势、语调,连同表姑姊是如何插的那句话,统统模仿了一遍,目的是让水莲帮着自己通过每个细节来分析何家对此事的态度。这态度可重要啦,能决定他们能不能接纳小老巴子身土。

水莲说:"他们会答应小老巴子去他们家吗?"身田就:"说这个现在我还吃不准。不过我去他家也是想了好几个晚上的。起初我听人说,表姑爷家不发旺男孩子,有了也成活不了,心里一度很苦楚。后来养了一个姑娘,姑娘养活了,他也放过风说想找个合适的,最好是八字硬些的男孩子回去养,一来冲冲他们家门的晦气,二来也是为女儿找门亲。"

"招女婿上门?"水莲问。

"嗯啦!"身田说,"他们有这个意思,我也就往他们兜里踢,如果成了,老巴子将来的婚事就有了着落,也对得起大、妈和身土。"水莲听了连连点头。

"要不,你明天买点荤菜,我想叫大姐、二妹她们回来一起商量一下。"身田跟水莲商量着。

自从身田离开梅都何村,何满水两口子也没有闲着。他们俩也在反复琢磨。满水说:"身田家弟弟身土人我见过,年纪不大,跟何丫相仿,长得敦敦实实,模样也标致。你说,这是不是桩好事?""唉!"鞠银子叹气说,"这哪块晓得呢?怕只怕,儿大不由父,女大不由母啊。我们当上人的,剃头担子一头热。到时候不是我们想的那样,落个鸡飞蛋打一场空。"

满水接着说:"那不得吧,姑娘你给她上上发条拧紧,那小子我发发狠,管着,怕他们翻天不是呢?"何满水又补充说,"只是你望那何丫,人不大却鬼得很,心高着啦!"鞠银子说:"一个丫头片子又能爬到什么高头去?"何满水说:"这你就不晓得啦,你看她现在滴滴大个人,你讲前头她就晓得了后头,鬼精,哪个像你?呆头鹅!""我怎么又成了呆头鹅啦?你是说何丫会不肯这桩事?"鞠银子说。"不止何丫,身田家那个老巴弟弟,你保准能留住?""说得可不是哩!"鞠银子说,"现在的小伢子头脑活、心气高、点子多,怕吃苦、怕受穷。你望望那牛望山家大女儿翠兰,比何丫大两岁,年前跑出去,到如今也不回来,也没个信,翠兰妈都快急死了。""人家在大城市做事。"何满水说。"那你说身田提的事,我们怎么个说法?"鞠银子问。何满水拧了一下鼻涕在手心里搓了搓,下定了决心,然后把声音变得短而粗,说:"我看应了他身田。"

郭身田家里热闹开了。水莲买了荤菜,从园子里搞了蔬菜,锅上锅下炒着、烧着菜。身田打发孩子把大姐身耕、大姐夫福道、二妹身勤、二妹夫成跃都请了回来。二弟身本在外做学徒,离家远,收到通知也赶回来。这一拨人算是这一家的骨干力量,遇有大事、要事都得坐在一起会晤会晤,讨论讨论,争吵争吵,最后达成的结论无论是好是差,都不带责怪其中哪一个人的。家人好不容易凑到一块,免不了吃顿饭。男人要喝些酒,不能喝酒的,也要把白开水倒在小酒盅里做做样子,行行礼貌,边吃边喝再把话题拐到正事上来。身田是出主意的人,又是召集人,郭家男人中的老大,撑着郭家门框,所以身田说:"今天把大姐、大姐夫、二妹和二妹夫叫来,二弟身本也大老远赶了回家,就是说说小老巴弟弟身土的事。我在想,这是大事,得请一家到一起商议商议,拿个主意。"

接着,身田就把娘死后这些日子来,对身土弟弟未来的担忧,和自己作为大哥何等无能,没有本事让身土弟弟好好成长的愧疚说了一遍,夹着流了一些眼泪。身田老婆水莲在一旁拿围腰角不时擦着眼泪,表明对小老巴弟弟的舍不得。身田又把去梅都何村何满水表姑爷家的情况二一添作五叙述了一遍,最后还表示,为了身土弟弟去那里能上完初中最好念完高中,每年再苦也要贴补何家八担稻谷。

身田把小老巴弟弟身土安排得周周到到,为身土前途打算得一一当当,对何家那边考虑得齐齐全全,听起来无论是从理论上还是实践上,无论是从长远还是从眼前来看,无论是在对家人还是在对外人的交代上,都是该想的想到了,该办的也办了。听了身田的论述,好像身土现在和将来都只能是这么个安排,好生难为了身田兄弟啊!

大姐首先表态说:"我兄弟身田能把小弟弟的事考虑得这么周周到到,安排得这么服服帖帖,我作为嫁出去的姑娘泼出去的水,除了可怜我小老巴弟弟,什么都没的说。"大姐夫福道顺着表态说:"身耕说的就是我说的,如果身土能去何家,我看是件好事哩!"接着二妹、二妹夫、二弟也都表了态,大意有两层:一来是舍不得小弟这么小就被送了别人家,这不是兄弟姐妹家都穷,人多养不活嘛,无路可走,也算是没有办法的办法;二来是身土弟弟真到了何家,也是一条活路。事情商议到此,也算是一次圆满的家庭会议。只有大嫂子水莲在一旁泣得脖子一伸一缩,在嗝气。她是一个可怜的本分妇人,心里一直愧疚把小弟弟送人,怕外人议论她这个做大嫂子的容不得人,剐毒无情,不然怎么在婆婆去世不久就把不成年的小叔子送人了呢?在农村,水莲的顾虑不是没有根据的。唉,要不说做人难啦!其实身田心里也有这个压力。他做大哥哥的,父母不在,就有义务把一家大小箍在一起过日子,这么做确实遭人瞧不起。可是又能怎么样呢?人穷了,往往脸面也就显得不那么重要了,遭人说挨人骂,捂起耳朵装听不见就是。你还能搬石头砸天不成?事情算这么初步确定了。

这一天,梅都何村何满水亲自登门来到湫隘村郭家,这下把郭身田两口子喜得满脸挂笑,忙着备茶做饭。满水说:"我不在这吃饭了,我是有事顺路过来的,想告诉你们,那事,就照身田说的办,我呢,也要讲些规矩。"说着从荷包里掏出一块大红布,展开一看,上写:"呈奉祖上阴德,郭身土立为何氏满水继子。立此存照。公元一九八三年三月。"满水很是慎重地把红绸布递到身田手上。身田好久没有说出话来。水莲从身田手里接过红布,两眼就潮湿了。满水说:"你们择个好日子把身土送过去就照了,我们在家随时接人。"他还说至于人过去后户口啊,学籍啊,他们办好各自要办的事,不需要身田烦神的事情,有他满水负责办理,等等。满水说完,喝了几口水,就说要到城里办事,匆匆走了。身田两口子送走满水,心里好一阵子过不去。真说身土要走了,水莲第一个受不住,眼泪像连绵雨直往下流,到底还是舍不得嘛。

一出戏都还在敲锣打鼓吹喇叭拉大幕点汽灯,主角还没有动静。这个主角自然是身土啦。尽管他是小孩子,那也是初中生了,有脑子有思想有看法啊!让他离开这个家去一个陌生人家过日子,给谁一下子也难以接受,毕竟这里是他童年的生长地嘛。可怜的身田又在心里盘算,如何对这苦命的弟弟开口。但再难的关也要过,再深的坑也要跳啊!

身土听了大哥对自己的安排,当时就哇地哭得好惨。他抱着身田大哥的腿说:"大哥啊,你不要把我送人,我在家好好做事,不要你们为我烦一滴神,我自己养自己,求求大哥。"说着又乞求水莲,"大嫂,你帮我说说话啊,我不去,我不去啊!"水莲抱着身土哭成一团,一句话也说不出来。大哥身田心如刀戳,泪流满面,不知如何是好。一番闹腾后,身土无力地松开大嫂,瘫坐在地上。身田说:"巴子,不是大哥我们心狠,我们也考虑再三才这么做。你若实在不想去也没的关系,我们不去就是,啊?你再好好想想,千万别难过了。"身土无力地点点头,起身朝老宅走去。

身土回到老宅后,大哥身田一连两天没有见到他的身影,心里不踏实,就去老宅瞧瞧。大门是紧闭的,喊不开。身田心想,这小伢子准又去哪儿疯玩了。到了傍黑,大哥身田再去,还没见身土,回家对水莲说:"烧锅的,不对呀,巴子一天不见影子。"水莲说:"我去好几趟了,敲门都没动静。"两人心里一紧,同时说:"不对劲,赶快去。"两人跑去老宅,嘭嘭地敲门,没有动静。身田就把木板门撞开,跑到身土睡的房间一瞧,身土团在床上像只小猫,呼哧呼哧喘着。水莲用手摸他的前额:"妈呀,好烫。"身田忙靠过去,摸摸他的头,"啊"一声,就背起身土往村医家去。村医扒开身土的眼看看,拿个体温计放他胳肢窝,问问生病多久了,然后拔出体温计一瞧。身田马上问:"烧到了多少?""三十八度五啦。"村医回话。"打吊水吧?"村医又问。"嗯!"身田和水莲同时一个劲地点头。一连三天的吊针打完,村医说应该没事了,回家休息休息,小伢子恢复得快,说完又给点口服的药。身土在大哥的陪伴下回到家里。大哥说:"巴子,你听见了吧?要好好休息,想吃什么回头叫大嫂给你做。"身土只点点头。

毕竟是个孩子,身土休息一两天,恢复得好人一样。

身土大病一场后,思想有了三百六十度的大翻转,他对大哥大嫂说:"大哥大嫂,我听你们的,去。"大哥大嫂一时没有明白过来,以为这个小东西在说气话。身田就叫水莲:"你好生和巴子谈谈吧,实在不愿去,我再去何家说说吧,凡事不能勉强,万万不可把这孩子憋坏了。"水莲答应着。这天一早,水莲就给身土端过去三个荷包蛋、一大碗面,让他好生吃。身土看着母亲一样慈祥的大嫂,明白了几分。他大口吃完后,还没有等大嫂开口就先说:"大嫂,你跟大哥说,我是真的愿意去,不是说气话,放心吧!"大嫂眼泪唰地淌了下来,抱着这个跟自己儿子一般大的小老弟,为他的懂事伤心、感动、不舍,一句话也说不出来了。她唯有默默点头。回去后,水莲把身土的话说了,大哥双眼黯淡,似乎有一肚子话要说,最终只说了三个字:"准备吧!"

水莲一连几天,连天加夜把身土能穿的破烂衣服能敉的都敉上几针,用一个包包捆好。要走的那天,大哥说:"巴子,大哥送你去。"身土说:"不用啦大哥,我丢不了。"大哥就在纸上画了一个草图,标出他上次去梅都何村走的那条近路,又说了一些注意事项。身土顺从地一一答应,请哥嫂放心,说:"大哥大嫂,这里是我的根,有你们在这,这里永远是我的家。我这回去了人家,无论是好是坏都顺着大人的意思做事,高低不会要大哥大嫂为我操心。"大哥一阵心酸,泪水就不住地掉下来。大嫂抱着这个少年的头在怀里,眼泪掉在了身土头发上,又顺着头发滚进发根,触到头皮还是热的。两人这么千叮咛万嘱咐,泪水流了几大瓢,大有生离死别一番情景在眼前。大嫂流着泪松开身土,又给身土理理鼓鼓囊囊的行囊,叮咛了再叮咛,还是身田把手朝远处一挥,这才让身土赶路。身土顺着老宅拐上一条小道，一会儿就冒出在屋后的山包上。他回头来向大哥大嫂和生活了十四年的老宅挥手，独行而去，影子很快被山包挡住了。"再见了！再见了！我的贫苦的湫隘村。"身土边走边念着，一步一回头，眼泪像决堤般无法控制地往下淌……

何满水是个平实厚道之人，他也在心里琢磨：郭身田不到万不得已，不会上门把自己可怜的亲弟弟托付给他。何家对身土的到来做了一系列的精心准备。首先给身土安排了房间，床上一扎齐的新被服、新枕头、新罩子灯等；又去了本村在中学任校长的何良春家，商议了身土转学念书的事情；再去找到村干部，给身土办落户口的事，买了烟打了酒给村干部。还有就是好好找女儿何宝钏这丫头商量："这是你亲哥哥，因家里祖坟上风水不好，不发兴男孩，所以把你哥哥生下就托付给了人家。你看，如今他被人家养大了，算命先生也算了，你哥哥已过了命中的坎了，后面百事顺汤顺水，日子越过越好，这么着就把你哥接回来。"何满水两口子这么胡诌瞎编，主要是想先稳住女儿的情绪。她要是想不通，对身土突然闯入这个三口之家，耍横撒泼，要死要活，不吃不喝，甚至离家出走什么的，这个家还不给搞得一塌糊涂，还谈什么过日子！村里人还不笑死了？风凉话还不满天飞吗？

何满水家这女儿人小鬼大，绝顶聪明，说前知后，虽然才上初中一年级，但一肚子文化。何丫是父母叫的名字，她嫌太土了。何宝钏是她在四年级那会自己改的。她说，她何家老鼻祖何公是以孝心和学问闻名盖世的，当地把何公老鼻祖供奉为大公菩萨，每年六月初一为何公办庙会，祭拜他，教育后人百善孝为先。她作为何家真传后人，理当效仿先祖，做一个对国家对民族有用之人，这首先名字就不能叫得土。你看看，这哪像一个十三四岁的孩子说的话呀？简直是何家祖先魂灵附在这孩子身上，雄心再现啦！鞠银子说她哪里是有什么雄心壮志，全是看小人书看的，整天在家看，偷着笑。但说归说，这年头讲大话、讲空话、掏假话的人多得是，也不少一个不起眼的小毛丫头。然而在这个家里，你要不把这个小毛头鬼的毛给捋顺了，一个孩子怎么啦？照样把你这个家给闹得鸡飞狗跳。

好在何满水两口子一唱一和,把事情编得活灵活现,而且表现得一脸诚恳,鞠银子讲到伤心处,还配合着抹几滴泪水。这个何宝钏毕竟还未成年,半信半疑,一时也辨不出个真假,提了些疑问,如"怎么一直没听大、妈说过呢",等等。老何两口子早已打好腹稿,对女儿的问话一一做了解答。

何家人心精细,责任心也强,对身土的到来也很上心,投入了十二分的重视,所有铺垫工作做得几乎无可挑剔。这就为身土入门开了好头,让人一进门心就呼地一下热了起来。

梅都何村位于被群峰环围住的一片洼地,四周有山高高围起,像是一艘巨大的轮船,村子坐落在巨船的底部。这里有着良田数千亩,村庄靠山边叠起,村前有一条小河一直通向山外。山外是一条弯曲狭长的河流,一直流向长江。村子给人以青山绿水、静谧深沉的厚重感。村前有一口古井,奇怪的是这口井始终都斜着,像斜放着的水桶。据说,东晋时一名人带人路过此地,当一帮人马歇脚时,有人渴了到井边打水,不料是枯水季节,水在很深处,够不着,那名人说:"把井口扳斜,水不就出来啦?"此人话音刚落,井口立马斜了,水自然溢出井口。这只是个美丽的传说,谁也无法考证。但这口古井明明就是斜的,千年不塌,也算一谜。这里气候非常宜人,三伏天白天再热,到了傍晚,天气也凉爽,不需扇扇,能盖棉被入眠。在这样的环境里,身土生活得很是平静。

身土来了就念初三,何宝钏开学念初一。两人在一所学校。因为学校离家较远,梅都何村的孩子大多住校,周末回家一趟讨点米和菜。为了减少家庭的压力,身土坚持走读,每天来回走几十里山路。开始何满水两口子搞死不同意,说再苦也只一年,不会影响家里什么。身土说他年轻,跑路快,几十里路眨眼工夫就到了。其实,身土心里还盘算,他走读,早晚在家吃,要省些食物。另外每天清晨他都早起把缸里的水挑满,晚上放学回来早还到水塘捞些猪草,再者帮家里种菜园子,等等,这些事他边读书边带着做完了。何家两口子喜在脸上疼在心里,为他小小年纪如此懂得事理而感动着,怜爱着。

初三一年时间,身土经历了许多,他参加了全县的中学生数学竞赛,拿到了全县第一,这使得本来不为人知的何身土(他进了何家,改姓何)一夜间成了全校乃至全县中学生中的名人。到了中考时何身土却抱定了想法:按两家的约定,他初中读完就回乡干活了,高中是没指望念的,中考只得放弃了。这时学校的何良春校长来到何满水家。何良春校长是梅都何村人,是何满水本族长一辈的。他对满水说:"满水贤侄,我看还是让身土去中考,他在全县学生中也是成绩好的,县里拿他宝贝得很,他读了高中读大学,将来很可能就是大才啊,不能因为他是……就误了呀!"凭良心说,何校长这回话说得有点重,何满水额头冒汗。他从心底里压根就没有让人家孩子当牛做马的意思,校长的话就像在他心尖上敕了一针。再说,人家身土不过才十四五岁嘛。十四五岁的少年整天跟在自己后面干农活,村里人也会指手画脚,说拿人家孩子不当孩子疼啦。他主意拿定,就让身土参加中考。结果,身土考了全县第一,按成绩要去县中学。那是全县师资力量和教学设备最好的学校,成绩达不上还进不了学校的门。

身土说:"我还是在本校念书吧。一来离家近些我可以走读,减少家里负担,二来也可以照看妹妹宝钏。"何校长当然巴不得留下身土,这可是优等生。何满水说:"随你吧,不管在哪儿,只要自己用心学就行!"这样,身土就留在本校念高中。

这个时候,我们的国家正进入改革开放大踏步往前走的好时代。过去那些"投机倒把"变成了活跃市场的合法经营,大家眼睛盯着"个体户""万元户"的金字牌牌。这些看起来是在社会各阶层、各群体中涌动的潜流,也不时撞击着风华正茂的高中生群体。学校学生开始分为几等:一等的是成绩好、学得进的学生,会认真地读书,把读书放在第一位。二等的是学习成绩一般又贪玩的学生,采取的是自我放羊式的混文凭态度。这些人脑子并不笨,考虑的是日后回家如何成为个体户,尽快成为万元户。三等的是成绩较差的学生,勉强能把各科成绩弄及格,甚至一两门功课放弃的都有。他们没有什么理想,对未来还没有什么打算,准备滚球似的往前走,任球滚到哪里算哪里。这些学生混杂在一起,不免影响到学校的校风和学风。尽管学校抓得很紧,事情还是不断出现,像城里破了的水管,咕嘟咕嘟到处冒泡,捂都捂不住。

这天周末,念初二的宝钏姑娘回到家就把书包往桌上一掼,砰地关上自己房间的门哭得惨不忍睹。这下急死了何满水两口子,他们不晓得姑娘遇到了什么不得了的事,硬是轰开姑娘的房门。姑娘哼了一声,把枕头砸向父母哭着嚷着:"你们是骗子,你们是可恶的大骗子!我要离开这个家。"何满水和鞠银子怎么也问不出个话来。后来,才在姑娘像噎噎开锅的粥似的不连贯的话语中知道,她在学校,与班上一女同学发生争执,那女同学脱口说出何身土是她爸妈为她找回来的未婚夫。何宝钏争辩:"你胡说,那是我亲哥,闭上你那破嘴。"那姑娘也不示弱,说:"全世界的人都晓得,就你笨得跟猪一样,狗屁都不晓得。"羞得何宝钏当时只差脚下没有地缝钻进去。她是又气又急又恨又羞又怕,到了无力辩解抬不起头的程度。

平心而论,这窗户纸一捅破,同在一个学校的何身土真有些难做人了。他也不过十七岁啊!何宝钏对此事反应这么强烈,他在这个学校有点待不住,就是在家里也有些别扭啦!这可怎么好呢?何身土陷入两难境地。何满水两口子也解释不清楚了。从此,不是放假,宝钏姑娘干脆就不回来家,在学校也尽量躲着身土和同学,整天闷闷不乐,不与同学交往。何身土也像做了小偷被人捉住似的,感觉四周都是嘲笑他的咧嘴和眯眼。他终于向何满水两口子提出:"爷(叔)、婶,我退学。"

何满水和鞠银子心里当然晓得身土退学的根由,碍于何校长和郭身田面子,再加上身土的确是读书的材料,不好轻易允许他退学。身土是有性格的人,说退学还没退就整天在家帮爷婶干农活,高低不再去学校。

几天后,何良春校长脸上带着一圈圈的、像投了石子的水面一样的笑纹来何满水家,对何身土几天不去上学的事问个究竟。

何满水把身土不去学校的根由说了一遍,何校长习惯性地摸摸下巴,脸上又现出一圈圈的笑纹,说:"要我说啊,身土好歹也得把高中念毕了业,这也就年把时间,快得很!"

他何良春校长这么关注一个学生,除了因为这学生是本村的外,更重要的是何校长觉得,何身土身上有一种说不清楚的吸引力。他在慢慢琢磨后才意识到:除了性格以外,最主要的是这人潜力大,爱看书。"知识就是力量"——他父亲在他很小时就告诉他说,这句话是英国著名哲学家培根说的。是的,知识这种力量可以改变一个人,甚至可以重新塑造一个人,何校长很能理解这一点。何校长心里想,身土是个苦孩子,不能因为他没有了亲生父母入赘到生门,就拿人家不重视,对他的前途漠不关心。何校长实在不愿意像何身土这样的学生中途辍学,太可惜了。现在改革了,开放了,农村也要有新面貌,未来建设农村不能靠一群没文化的大老粗摆弄土地了,农村、农业要走向依靠有知识有文化的新型农民的崭新时代。

要说心里最苦楚的还是何身土啦!他希望能读书,他读书有一种说不尽的轻松快乐。他也没有奢望把书读成什么样,更没有想过要通过读书来改变命运,他只晓得,读了书有了理论知识,才能提高对万事万物的认知能力。有了知识,他想做什么事情都会得心应手一些啊!现在他不是跟知识有仇,不是跟学校有仇,更舍不得离开他敬仰的学校。但他看到宝钏姑娘愤怒时的那双眼睛,其中似乎有两道锐利的光芒射向他,他感到,他真是这个世上多余的一个人。他晚上独自在被窝里哭,泪水一遍遍湿透了枕巾。他在想他该怎么办。最后他痛下决心,不去学校了,他要为宝钏姑娘让出一条顺利读书的通道。为了尽力减轻何宝钏的心理压力,他只有选择回避。

何满水两口子也陷入了两难。他们通过这些日子的接触,感到身土确实是难得的好孩子,考个像样的大学绝对不成问题。可话又讲回来,身土考上大学也供养不起,这是实情,如果自家姑娘也考上大学,能不让她念?妈哟,在农村,两孩子同时上大学还了得啊,光学费就把人给拖垮啦。再说,两口子就没有个私心?万一何身土读了大学成了公家人,等于双手把他推出了门。姑娘念不上大学念完高中就回来了呢?这两人差别大了,不又是个事嘛。不过,何满水懂得如今年轻一代人,赶上好时代,能飞多远,那是他们的福分,至于自己,莫过于人老一抔黄土盖脸,想来不论孩子们到哪里,到时还能不回来帮着收个老尸吗?

何满水两口子找到身土,把心里的想法说了一遍,又把满心的期望寄予他。身土很感动,他虽然没有哭出来,但早已满眼泪水。

天下之至柔,驰骋天下之至坚。

身土再回学校后,对所有的人和事都退让,避免给自己和宝钏妹妹惹下不必要的麻烦。

第三章

高中毕业对何身土来说是残酷的。到了高二下学期,同学们都在积极地为迎接高考做准备,高三年级有几十次的模拟考试和各种补习、复习班。可身土在心里早已经宣布退出高考——何家怎么有钱供他读大学呢?他现在刻苦学习,不是为了备战高考,而是为了利用这难得的机会,多掌握些基础知识,为以后所用。这个时刻,同学们心里也都有一种说不出的复杂感情。进校时盼着毕业的一天,可临近这一天的时候,又都有些依依不舍。更重要的是,所有的人都认识到,他们的少年时代也将随之而结束了。考不上大学的大多数人从此不得不走向社会,开始过另一种生活。城里的同学还可以去父母单位找份事做;乡里的学生得各回各家,开始自己的农民生涯。别了,无忧无虑的少年时代……

不少同学为何身土不参加高考而唏嘘惋惜。他们认为最有把握考上名牌大学的只有何身土,而他却自动放弃。说心里话,何身土心里也苦,对于离开学校心里有说不出的惆怅。他虽然不怕吃苦,但很不情愿就这么回到梅都何村。他现在觉得梅都何村对于他是一个陌生的世界了。他甚至想:"唉,我在这世界上是个孤单之人啦!我好像到了一个遥远的地方在漫无目的地流浪哩……"

毫无疑问,他何身土将再没有读书的时间——白天跟着何满水劳动一天,晚上一倒下就呼呼入睡。再说,到什么地方去找书呢?报纸都看不上,他将不可避免地又一次和外面的世界隔绝,他将不断地与宝钏妹妹拉开距离。

现在,已经十八岁的何身土,真正成了梅都何村的一个农民。他与学校断开了一切关联,与少年时代握手告别,与大学门槛道声无缘。他整天随着何满水行走在田间地头、菜园里、小溪边。这不是父子胜似父子的一老一少的两个男人,为了生活,在他们亲爱的土地上辛劳地耕耘着。

这一天,正当何身土在自家水田耕耘时,本村的何边牛来到他田头。何边牛比何身土大头十岁,论何家辈分,边牛和何满水是一辈,身土顺着叫边牛爷。何边牛是个会关心人的男人,也是第一个和身土走得近的人,好多次问身土:来梅都何村后生活和你们那块一样不一样啦,习惯不习惯啦,在家顺不顺心啦。总之,身土感到这个何边牛岁数不大,倒真像长辈,让他心里泛起阵阵温暖。今天,边牛也没有什么事,只是说他家田里在用水泵打水灌溉,闲了看见身土就来说说话。

农民到一起,说话总是离不开农村。说到农村情况,边牛说:"我对其他的都没什么意见,我们生在农村本就是苦命,吃苦不算个什么事,就是一年累到头,没赚头。去年我种了四亩小麦,结果一亩小麦仅种子就需要25块,化肥需要110块,农药要10块,机械耕种要60块,灌溉40块,加农业税费80块,合起来就是325块。一亩450公斤的小麦只能卖到330块,我看这一季就白干了。逢年头不好,赚不到钱还得倒贴。"

身土说:"现在大家都感到种田难,确实没奔头。"

"是啊。"边牛接着说,"这根子到底出在哪块呢?"

说到底,还是政策问题。目前农村赋税太重、太多。身土说:"如今那些上自七十三,下至手中搀,一家三代人都在忙生产的热闹场面没有啦,有本事的人都盯着万元户目标去啦。"

"讲到税,我们农民心里总有不平啦!"身土接着说,据有的明白人算过,仅中央一级的机关和部门制定的与农村有关的收费、基金、集资等各种项目,就有九十三项之多,涉及二十四个国家部、委、办、局,而地方政府制定的收费项目则多达两百六十九项,还有大量的无法统计的"搭车"收费。

"哦,怪不得呢!"边牛似乎明白了什么似的惊呼着,"这都压得我们抬不起头来。"

"几十顶大盖帽管着一顶破草帽。"身土说。

正当两人说得起劲时,远处传来一声狮子般的吼叫。何边牛立刻站起身要走,边走边用手拍着屁股上的灰尘,说:"坏事,徐浪找我麻烦了,又说我家水从他家田里经过,把他家肥水带走了。"

何边牛匆匆忙忙地走了,身土立在原地,内心如同汹涌的波涛一般翻腾着。从湫隘村走出来也几年了,他没有回过那个村一趟。回去有什么意思呢?只不过增加自己的伤感。大哥来看过他两回,从大哥那焦虑和抑郁的脸上,可以看出他们生活苦楚。自己的高、初中同学中,有的上大学,有的念了中专,多数在农村,有的在干个体户,有的在奔万元户。自己读完了高中,也自认为脑子不笨,但整天窝在这梅都何村,田间、家里两点一线,思想也局限在这狭小的世界里……

何身土躺在床上迷迷糊糊,似乎半睡半醒。这是近期出现的状况。以前,每天劳动,晚了回家,吃过饭帮着家里做些杂事,不知不觉就忙到头十点钟。农村黑得早,晚上十点来钟就安静得像深夜。这时他往床上一躺,不久就睡着了。而近一段时间,他不是倒床就睡着,心里总是不安。这天晚上,他被窃窃的说话声惊醒,听到何满水和鞠银子在说话。

"我看这书不能再让她念下去。"是鞠银子的声音。

"这丫头心高着,心野着。"何满水说。

何身土把耳朵对了对方向,听着老两口往下说。

"这要是真念了大学,她还能回得来呀?"鞠银子接着说,"我看她现在就看我们鼻子不是鼻子眼不是眼的。这叫叛逆。"

何满水说:"女儿长大了,哪能是你说一是一,说二是二的呀?别担心。"

"你就是护着这丫头。"鞠银子说,"我看孩子一个个大了,总不能老这样。"

"那你要丫头怎样嘛!"何满水说。

"我是说身土。"鞠银子说。

何满水明白鞠银子的心思。她总怕姑娘书读多了,心气高了,这当初说的让身土入赘何家的事说不定就黄掉了。其实他何满水心里也在矛盾着。这个宝钏,一个劲地念书、念书,发狠一定要读大学。她要是真读了大学,她会有眼看身土?现在都不拿正眼瞧身土了。当初就应该让身土去读大学,他读了大学,身份高了,宝钏会高看他的。唉,还是自己没远见,绊了人家身土的腿,误了孩子的前程。自己没知识,心眼子狭窄,自私啊。这要是姑娘身份比身土高,姑娘不愿,身土怕也是留不住的啊。这些话当然是满水心里琢磨的,不好说出来的。在农村凡招上门女婿的,一般是男孩子身强体壮、勤劳厚道,大小事情抢在前头,担水挑菜喂猪养鸡鸭上高山下河流,样样在前,是那种又讨丈人丈母娘喜欢又讨老婆满意的主儿。女的呢,心眼实,没多大本事,没多少思想,属于比孬子强一点比聪明人弱一点,大憨脾气吃饭不当差。这样的基本能做个到头的夫妻。除此都不好办。尤其是若那女人比男人强上八倍,心气又强,眼眶又高,是站这山望那山高的主儿,夫妻根本就过不到头。

何满水又想,宝钏这姑娘心气这么高,勤奋又好强,读书正在兴头上,你总不能半途急刹车把她捉回来不让念了?这不等于明摆着要毁了姑娘?肯定不能这么干嘛。何满水想,这丫头万一不小心考上了大学,那时又该怎么办?不让她去上?那是说不过去的,她还不把天给蹦塌了才怪呢。转念想啊,做父母的都想自己儿女有出息,哪有拖子女后腿、断孩子前途的?"不要紧。"何满水在心里对自己说。一方面女儿不才读高中嘛,先让她念着,说不定哪天劲头过了,她读不下去自个儿回来了最好,这种事在我们方圆村里多的是;另一方面,她念完高中就一定能考上大学?这也未必。这话又说回来,她真要是考上了大学她想走就走呗,自己无论如何都要给身土这孩子成门亲事。何满水心里盘算着也有了主意,所以他就不那么着急了,故作轻巧地对鞠银子说:"没的事,莫急,车到山前必有路,船到桥头自然直,睡你的好觉。"这鞠银子就怕满水哄,一哄她就猫一样乖顺得要命。

何身土听着这些对话,开始新鲜,后来不解。不解鞠银子婶说了宝钏又说自己,而且只说半截话。毕竟,当初身土大哥身田到何家说的话,回去没有全部说给身土听。只是说,何家没有男孩想要个儿子,所以把身土过继过去。何家也没有对女儿说身土是来当上门女婿的,只是说身土是过去寄养在别人家的亲儿子。给他们俩配对只是大人们的一厢情愿,身土当然不知所以啦。再说,他们做大人的这么做也是对的。毕竟现在年轻人不是你父母能做得了主的。有些事心里这么盘算,也是做父母的良好愿望。孩子领不领你的情,是没多少把握的。就看两个孩子有没有缘分了。没有缘分也不能撮合到一起,强推到了一起也保不长会分手。现在,年轻人结婚离婚就像扔香烟蒂一样简单。

再说何身土,他过继过来,也是来当儿子的,按农村的说法,是来帮何家撑门框子的。他来何家时也才是十四五岁少年,对婚姻大事到底是没什么概念。村里人不这么看,明眼人心里一面镜子,都晓得何满水是招上门女婿,都晓得的事反而不好当着身土的面说。

回到上次宝钏姑娘回来生气发火的事上来,说同学怎么这么说她,这里不能说没有一点蛛丝马迹可寻吧?但在身土想来,同学都是少不更事,什么事都敢做,什么话都敢说,他们的话当不得真。今天,鞠银子婶把话说了一半,把姑娘与他联系在一起,他自然想起村里人早有耳风招招的话来:"看那何家上门女婿身土长得一表人才,还聪明,做什么像什么,满水到底是打着灯笼找的啊!"开始身土听着只当大伙暗地里拿他开心,是胡说八道的。现在他身土也十七八岁了,婚姻事情虽没提上日程,但心里不能不偶尔闪过一点火花,多少有点敏感。唉,可看那次宝钏回来的反应和眼下瞧他的那眼神……头疼啦,不想啦,谁晓得以后的事呀,走着瞧吧。

自打宝钏去县中上学以来就很少回家。一来县城离家有点远,跑来跑去确实费力辛苦还浪费时间和钱。二来和她一块去的几位同学,大多是把考大学当着第一要事的主儿,信心和决心都大得吓人,大有不达目的死不瞑目的背水一战的架势。再者,女孩子们离开父母管束,像放出笼的小雀子,在一起快活无比,叽叽喳喳有说不完的话。所以,她索性不回来也是情理之中的事。这在一个中学生看来可能是再正常不过的了,可是做父母的看想法就多了,猜测着各种可能,越猜越觉得不是那么回事,越猜心里越着急,这不就出现了前面满水和鞠银子两口子半夜的对话?

这天晚饭后,何满水和鞠银子对坐在堂屋,鞠银子先开口对身土说:"身土啊,这两天不是很忙,你明天抽身去一趟县中学,送两件衣裳,带些米、菜给你宝钏妹妹。鬼丫头到现在只回来一回,也不晓得她在那块怎么样。"

何身土遵命来到县中学,找到宝钏妹妹说:"妹,爷、婶叫我来送衣服和吃食,婶说怕你天凉了没衣服没米、菜,这是钱。"说着把一个小纸包递给何宝钏,又把东西送到宿舍。宝钏姑娘呢,也是"远香近臭",单个在外不天天厮守在父母身边,偶尔见家里来人还是感到蛮亲切的。宝钏说:"哥,你跟大妈讲,叫他们放心咧,我在学校好着咧,别担心。"说着就掉头走人。身土也不计较她不跟自己打招呼就走,但他脑子里总映着宝钏有些蜡黄的脸,恐怕是营养不良,加上熬夜吧。身土这时在心里盘算,眼下家里种的几亩田和山地,一年累到头拢共加起来收不到几千块,除去成本,所剩无几。供宝钏上学和一家人生活开支真是够呛。村里不少年轻人都出外打工挣钱,否则这日子不好打发。

他一边在心里盘算,一边往前走。从县城到梅都何村一天只有两班车,一趟是早上七点半,一趟是下午三点半。身土看离发车还有一些时间,就漫无目的地在离车站不远的地方徘徊,懒洋洋地遛着,看看热闹散散心。正走着,他看到一个人,觉得有点眼熟,是谁呢?一时没想起来。不承想对方也看到身土,老远就打起了招呼:"哇,何身土同学。"那人笑着喊着就朝他走过来。何身土这下想起来了,原来是柏艾同学呀。两人从高中毕业后从未谋过面。何身土知道柏艾考到了省城农学院,应该读大二了吧。

两人惊讶过后,才开始互相问话。柏艾说:"何身土同学,你怎么来这儿啦?办事?"何身土说奉爷、婶之命,给妹妹送东西来着,正等车回梅都何村哩!何身土问柏艾:"你不是在省城念大学吗?这时候不年不节的,怎么回来了?"柏艾说:"别提啦,提起来我就气。"接着她说因为计划生育政策,村里要求她嫂子做绝育手术。结果手术落下毛病。他家找到乡计生办,乡计生办反映到县计生委,开始县里每年给报销一些医药费,今年县里不给了。家里一下出不起医药费,她就趁学校这几天不忙,专门回来找县计生委反映。

何身土问:"结果怎么样?"

柏艾摇摇头说:"他们说县里经费紧张,前几年出了医药费,这以后没有了。"

"那就这么不了了之?"何身土问。

"那又能怎么样?家里本来就生活困难,这下再背个药罐子,更难。"柏艾无可奈何地说。

在农村是人都晓得,贫困户有三类:一类是游手好闲,好吃懒做,吃了上顿不管下顿的主儿;一类是家庭人口多,劳力少,吃饭的多,干活的少;还有一类就是,家有病人常年背药罐子,没有什么收入还要拿钱买药吃,这叫因病致贫。柏艾哥哥家显然是因嫂子的病穷得叮当响了。柏艾毕竟是大学生,是家里能出面说得上话的人。所以一家人都指望着柏艾能找县里讨个说法呢!

告别了柏艾,何身土坐上了回本乡的客车,估计在天擦黑之前可以回到梅都何村。

第四章

现在，何身土一直怀着重重的心事，那就是，他将要承担起一个男人、一个儿子对这个家庭的责任。尽管没有哪个人对他这么要求，但身土心里感觉到了一种不可推脱的沉沉的压力。

对于身土来说，目前何宝钏就是他生活中最重要的人。在某种意义上，这个女孩子是他们这个家的指望。这就是身土与满水两口子不一样的看法和认识——农民子弟同样需要奋进，谁也不会对你的贫穷负责，改变它只有靠自身努力。宝钏在做且很可能做成功。

身土在农村长大，深刻认识到这片土地上养育出来的人，虽穿戴土俗、文化粗浅，但精人能人如同天上的星星一般稠密。在这个世界上，自有另一种复杂，另一种智慧，另一种深奥的哲学，另一种伟大的行为！自从那一夜，身土听到何满水两口子的对话后，他才知道自己应该要做什么。他不仅要承担起这个家将来的全部重担，还要暗中资助宝钏妹妹念好书。自己无法上大学实现理想，但不能让妹妹也跟着半途而废。现在要紧的是，一定要让宝钏的理想插上翅膀高高飞翔。他一定要打消何满水老两口的想法，全家人全力以赴供宝钏去念完高中再念大学。只要学到知识有了本事，何求改变不了一个小家的贫穷处境，乃至整个农村目前的落后现状？这次他在县中学看到何宝钏，他真切地感到，她在学习上是发奋的，生活上是艰苦的，她在为着自己心中的理想拼命奔跑、奔跑。

何身土想，他不能被困在眼下几亩农田和山地里，过着入不敷出的生活。他要走出村庄，想办法挣足够的钱，这样何满水两口子不为钱犯愁，宝钏念书的阻力就会小得多。

他听说现在往城市贩老鳖特别赚钱。于是,他找到村里的能人何之洞。

何之洞比身土大,在何姓中与满水同辈。因为年龄相差不是太大,平时在村里也算是能和身土说说话的圈内之人,话能说到一块,想法也差不多。之洞有"能人"的称谓,是因为他念过初中,脑子比较活泛,遇事时点子来得快。比如,开始田分到各户,出现了稻叶发黄发卷的问题,别人不知道发生了什么,急得要死。之洞就说:"急什么急嘛!这是稻枯病,打点药水就好了。"按他说的买来药水一打,果然好了。之洞还会看《张天师法病书》,那是个手抄本,依照初一到三十,每一天都写了病兆画了符。村里一旦有小孩头痛发烧,找他一看,他就会告诉你,你孩子在东南西北某方撞见了什么神、什么鬼,表现为头痛、发热伴有呕吐。说得来访者连连点头。然后,之洞会撕下两张黄表纸条,分别在上面画上符,再告诉来人回去后等到夜深人静时,带上少许米和茶叶,再带上一张符,向你家西南方向走三十步。记住不能多也不能少。到了那块,将米和茶叶放在一处,在三岔路口把符烧了,将烧的符灰带回家。返回途中不能走原路,不能回头看,只朝家一气走。关上大门,在孩子睡觉的房门头上贴上一张符,再把带回的符灰用水冲开让孩子喝下去,孩子捂头捂脑睡一觉,发一身汗,保准一早就好了。来访者一一照做。怪的是,多数孩子经他这么一捯饬,第二天就好啦,该干什么干什么去。这样之洞在村里又有了符到病除的"神人"之称。当然,之洞给人看病分文不取,全当帮乡亲的忙,这样大人小孩对之洞颇有些敬畏。其实,但凡小孩子头痛脑热基本是疯玩着凉所致,只要喝点姜汤,捂头捂脑睡一觉就会好的,小孩的病来得快去得也快。但这些大家不愿意去想,只认为之洞这人有名堂。

话又说到身土找到之洞,把想法说了一遍。身土说:"之洞爷啊,我想赚钱,否则家里用钱实在支不开。"之洞说:"孬子吧,哪个不想赚钱?我做梦都想,问题是怎么赚。"身土说:"听说贩老鳖赚得很。我们在这里两块钱一斤收,拉到杭州去卖,一斤就能赚几十块哪。"之洞说:"我也听说了,下坊村霍厚子就干这事,有路子,发了。要不我去向他讨教讨教?"

两人说干就干,回去分头做准备。何身土把贩老鳖赚钱的路子向何满水两口子一说,说得两口子心思也活泛起来。有钱赚当然好,就是这本钱怎么来?身土说:"这本钱我有办法,我去两个姐姐家看能否借到些,在收老鳖时先付一半款,卖了回来付清。"

　　之洞那边也一切顺利,筹到了款子,问了霍厚子去杭州的路程和市场大致行情,算是做了功课,心中有了数。

　　身土和之洞又分头到附近村民那儿收购老鳖。村民们抓到老鳖坐在家门口就能变现钱,感到是简单而又幸福的事,大家积极性都很高。花了几个礼拜时间,何身土和何之洞收购了上百斤沙鳖,用蛇皮袋装着,从村里出发,走到乡政府赶上头班到县城的车,再从县城赶早班车到市里,再从市里坐绿皮火车,呼哧呼哧地往杭州赶。不知过了多少时辰,他们两手抓着蛇皮袋迷迷糊糊地睡了一大觉,到杭州已是傍黑了。他们找了个小旅店住下,难以抑制心中的激动,等着第二天天不亮去赶早市赚大钱。

　　第二天天麻麻亮,何身土同何之洞背上蛇皮袋匆匆赶到菜市场。乖乖,这个菜市场真大哟,一眼望不到头。他俩瞅着卖沙鳖的摊在一旁蹲下,把蛇皮袋口解开,露出沙鳖给买家们看,有人看看,说:"不错,野生的?""嗯,全是野生的。"何身土忙答应着。一开始有几个人问,搞得何身土、何之洞心中像揣了只小兔子,激动得心直往喉咙口蹦,以为杭州沙鳖好卖,一天卖完就连晚往家赶。哪晓得就那么一拨子有几个人问问,就都走了。看那旁边卖沙鳖的摊子都有人光顾,有的一买就是好几只,有的把沙鳖称好说一声:"待会儿帮我送去。""好咧!"一说一答像有几百年的老交情,熟透了。他们俩可怜巴巴在一旁无人问津。后来有个好心的摊主悄悄对着何身土耳朵说:"你们赶紧走吧,不然一会儿工商来了,你们就麻烦了。""为什么?"何身土还想问个子丑寅卯。那人说:"看你外地来的不懂了吧?这菜市场是有套路的。什么人在这摆摊有讲究。不瞒你们二位说,我们这儿来的都是老主顾了。有的在这儿都摆了十几年的摊了,熟,我们的甲鱼每天都是人家食堂订好的,来了称好就拿去。你们又没有哪个单位跟你有约定,谁要你的?"一番话说出了菜市场的暗道。

他们俩抓紧另找出路，不然这天又热又闷，几十只老鳖卖不出去会通通闷死。身土和之洞俩背起蛇皮袋往居民区里钻，钻到小街小巷里往地上一蹲，把蛇皮口袋张开，向过路人介绍推荐。这一招还真灵，不一会儿真的卖了几只。正当两人高兴时，工商执法人员过来了，无证经营要罚款，要好几百块。身土、之洞一听，吓瘫在地，就差没哭出声。结果好说歹说，罚了几只沙鳖。罚了他们依然无处可去，也没个人买。到了下午，剩下的沙鳖死的死了，不死的也没精神头了。他俩只好一路走一路扔，好不容易回到了梅都何村。两人一核算，亏得裤子都没的穿，借的钱赊的账变成了一摊债驮在背上。

　　这一次生意的失败，让两人整天像秋天被霜打了的茄子一样颓靡，也讲不起狠话了。之洞说："唉，老债未还新债又来，这新债老债把人给压趴下了，现在我死的心都有了。"

　　身土说："别别别，都是我害了你。留得青山在，不怕没柴烧，先扛着。"

　　之洞苦笑着说："你讲的道理我哪块不懂？可这日子要过，要过就不得不愁嘛。"

　　身土蔫着脑袋说："哪块不是呢？不自我安慰又能怎样？"

　　何满水两口子是明事理的人，安慰身土说："做生意亏本赚钱都说不准，不要懊悔，再来。"话是这样说，他们心理压力也不小。

　　何身土抱着头坐在床上，想着自己一心想致富，想挣钱支持家里，支持宝钏念大学，可是事与愿违。身土开始恨自己不成器，首战失利，再想打翻身仗就不那么简单喽！他在心里又给自己加油：这谋事在人。身土想：越是在失利的时候，越是要振奋精神。失败不怕，关键是总结经验。不是说"失败乃成功之母"？身土啊身土，你可千万不要沉沦下去。当初你生活无着落的时候，人家何满水爷和鞠银子婶把你收养，如今该是给这个家做贡献的时候，要对得住这个家，要对得住这个让你生根让你成长的土地，不能辜负它。身土想着，心里拿定了主意：他要出去打工。

　　"打工？"何满水、鞠银子两口子听了身土的想法后，有些拿不准。

身土其实有自己的苦恼。

这些苦恼首先出自一个青年自立意识的觉醒。

是的,他很快就到十九岁了——这个年龄,对于农村青年来说,已经可以独当门户了,穷人的孩子早当家嘛。

可是,他现在仍像一个不成事的孩子一样生活在何满水和鞠银子的庇护之下,很多事情都是何满水支派着他去做,他只是在他们设计的生活框架下干自己的一份活。何身土在心灵深处感到痛苦。这倒不是说他想在这个家里出人头地。不,在这个家中,何满水和鞠银子当然应是户主、当家人。他只是想,他在这个家里应该有自己的作为。上次去杭州贩卖沙鳖亏得血本无归,更让他感到何满水两口子还是认为他身土太嫩,走不出门成不了器。这当然不是他们瞧不起他,而是还把他当成嫩秧,不能放手。

他如何才能从这个现实中挣脱?

他的确渴望独立地寻找自己的生活啊!这并不是说他奢望改变自己的地位和处境——不,哪怕比当农民更苦,只要他像一个男子汉那样去过一生,他就心满意足了。无论是苦难还是屈辱,让他自己来承受。这是生活的必然。

再者,按照大哥郭身田和何满水对他的设计,他只要顺利成长,不半途夭折,做一个安分守己的农民,在梅都何村踏踏实实地务农、生活。眼下这社会正是成家立业的好时候,只要勤奋攒劲,就是纯粹在梅都何村这片土地上刨挖,也能过上好日子。再照何满水、鞠银子的心思,给他娶房媳妇(哪怕不是何宝钏),过着男耕女织的田园日子,像他们的父辈一样靠勤劳、靠双手把家治理好,将来生个一男半女的,有吃有穿有钱花,身体安康。人嘛,活在这世上再还要求什么呢?

可是,何身土天生聪颖,读了许多书,他胸中的生活维度更加宽广。他知道得太多,思考得太多了,因此,他才有了与他同龄人不一样的也不被理解的苦恼。

何身土常常在一个人时,在田里山里歇息时,头枕手掌仰面躺在田埂上、山地里,长久地望着梅都何村高远的蓝天和干净如水洗一般的悠悠飘飞的白云,眼里便会莫名地盈满泪水。山野田间寂静无声,甚至能听见自己鬓角边的血管在跳动。这样的时候,他记忆的风帆会反复带他驰向往日的岁月。虽然读书的日子有苦、有辛酸,但现在回想起来,那真是他一生中度过的最幸福最美妙的时光。他也不时想起高中班上的同学:刘青山、柏艾、杨得草……眼下,他们都过着大学生活,在不断地汲取着知识的养分。班里也有不少只考上大专的,什么卫校、医专、师专等。也有不少和自己一样回农村"修地球"。

可现在,每当他一个人独处在这山野时,一种强烈的愿望就从内心升起:他不甘心在梅都何村静悄悄地生活一辈子!他老是感觉远方有一种东西在召唤他。他在不间断地做着远行的梦。

这个远方的生活长得什么样子?他想,自己一个赤手空拳、没有大学文凭的人,无异于一丛飘蓬,随生活之风飘去,肯定会无比艰难,甚至会碰得鼻青脸肿。

这么想,他倒不动摇。有顺水行舟的时候,也有逆水行舟,甚至翻船的时候。这些都是常事。

他要到外面去闯荡的想法在心里越来越成熟,决心越来越坚定,信心越来越满满。

正在身土为自己的决定而激动甚至有些颤抖的当儿,同学刘青山突然来访,这是他始料未及的。两人分开将近两年了,这次相见两人都显得很激动,身土的眼眶都湿润了。

身土说:"你怎么突然到我们这穷乡村来啦?"

刘青山说:"我是陪我们系里一位教授到市里来办事的。教授的一位学生现在在市里做规划局局长。还有点时间,我就抽空回家看看。可家里有什么好看哩,索性来看看你。想你了,真的。"

"那你什么时间回上海?"身土问。

"明天下午的车。"刘青山说。

往往有这样一种状况:年龄相仿的好朋友,如果一直生活在同一环境,从事同样的职业,到一块会有唠不完的话题,就是开玩笑的话说出来都那么得体,不令人生厌。一旦分开,时间长了不见,又不从事同样职业,像刘青山和何身土,一个在大学校园接受着高等教育,接触的是阳春白雪,眼界、思维、境界都不同于一般同龄人;一个回乡与农民、泥土、山野里的谷物打交道,眼前只有一个梅都何村和天天为之讨生活的小家庭。此时两人再走到一块,今非昔比。两人谈了几句家常,居然一时找不出话题。短暂的沉默后,刘青山说:"我这次来,不光为看看你,更重要的是,我给你带来了一些书。我总为你不甘心。你不能就这么沉浸在泥土里,你要生根发芽长成大树。"

身土拿过青山的书一瞧,全是大学里的教材,是关于土木建筑的教科书。身土深情地望着青山,心里一阵酸楚:我的好兄弟,你在大学里念书,还始终没有忘记我这可怜的农民兄弟。刘青山说:"身土你如果感兴趣,就把这些书好好看看,凭你的智商肯定能学好。你可以通过自学来完善自己,获得知识和文凭,说不准哪天会用得上。"

身土激动得有些颤抖,心里在说你个不争气的东西抖什么嘛,嘴上说:"谢谢你青山,你学的专业其实我也很喜欢。只是我与大学无缘。我曾经有过颓废,现在有了明确的目标,我就来试试。""对!"刘青山帮着身土下决心,"一定要成功,需要什么资料,我都会帮你筹集的,不用你烦神。"

身土求知的烈火再一次被燃起。人,上大学是学习,不上大学也一定能学习。用名家的话说:"人,要学会终生学习。"周总理还说活到老学到老,我何身土这么年轻,现在重新起步也不迟。何身土握着刘青山的手,久久地用力握住,他没有想到,在他平庸而简单的生活旅途中,还有着这样一位为自己着想的兄弟。

"我也要告诉你。"身土说,"我打算走出梅都何村去外面闯荡,用当下的话说,去打工。"

"去打工?"刘青山说,"出去闯闯也好,只是打工,做什么工作?"

"这个没有想好。"身土说,"肯定是去吃苦受累啦!像我们年轻人,靠的是出苦力吃饭，无非是扛石头、提泥包、钻炮眼……"

刘青山的眼圈有点红红的。他为眼前这位内心坚硬得像石头一样的汉子而感动。人，生在什么环境，处在什么位置并不重要，重要的是对生活持有的信念。

青山说："打算去哪里？有没有考虑上海？"

身土摇头说："去哪里还没有考虑好。但上海肯定是不可能去的。那里哪有我的容身之地？"

青山也没好再说什么，只是说："身土，你不论到哪儿，记得给我写信。"

身土说："一定。我还指望你当我的老师呢！"

两人在说笑中愉快地回忆着在校时的往事……

这天，在荒地劳动间隙休息时，何满水蹲在一旁用毛巾擦汗。身土凑到他跟前，从衣兜里掏出一包香烟，拆开给何满水一支，自己也拿上一支，接着给何满水擦火柴点烟。何满水平时不抽烟，何身土年纪轻轻更不可能抽烟。满水说："大了，想学抽烟？""不，不是，爷，抽一支玩玩吧。"身土笑着凑过去点烟。

何满水接着身土递过来的火，眼睛瞥向身土，一口烟呛了。身土又给自己点上，也一口呛了。两人同时咳嗽着，差点没掉眼泪。咳嗽一阵，两人又都笑了。这一咳一笑的把气氛给弄得轻轻松松。

何身土于是趁着这机会，又一次鼓起勇气，再次提起打工的事，更加斩钉截铁："爷，我打算出去打工。"接着把前因后果、前思后想原原本本说了一遍。

何满水思谋了好一阵，才说："你前次在家和我还有你婶说出去打工，我们只当你随口说着玩，看来你这回是认准了。旁的没什么，只是你才多大？不放心哩！"

身土说："爷，你和婶不放心我，我心里晓得嘛。你们就放宽着心，放我出门跑一跑，万一不照了，在外混不下去就马上回来。"

何满水低下头，手指头抠着脚指头说："身土啊，我和你婶知道我们对不住你,你应该是读大学、是城里人的料。现在你整天被困在这山村里灰头土脸地跟在我屁股后面转,是没指望。我们晓得你心里苦楚。我们毁了你前程啦!"

身土动情地说:"爷你可千万别这么说,是你们给了我生活给了我温暖给了我信心,我感你们大恩哩!现在我都这么大个人了,我并不是嫌弃农村,我只是想自个儿出门闯闯,就是想通过我的努力赚点钱。我出门完全能自己管好自己的,你和婶就放心吧。"

"你下定决心了?"何满水看着身土问。

"嗯!"身土坚定地点点头。

"这不是小事,我要跟你婶好好商议商议。你有空也要跟你婶好好说说。再者,我还要跟你身田大哥商议一番,看他是什么意见。我还不能抛开你大哥帮你拿大主意。"何满水就是何满水,思谋问题十分缜密周到。

何身土跟何满水说:"谢谢爷理解,也拜托爷把你支持我的意思跟他们亮明了,他们要有什么疑问,你一定给我帮帮腔,说些支持我的道理。我保证不会辜负你的希望……"

何满水满脸上漾出水一样的波纹,笑道:"出去也好,我倒不指望你出去能掏个金山银山的,只是觉得出去闯一下也好;再把话说回来了,出去了干不了就回来,我看这也没有什么大不了的,你说可是的?"

"嘿嘿,爷你是好人……"身土憨笑着。

天黑以后,这爷俩回到家准备吃晚饭了。鞠银子在灶屋忙着端菜拿碗。身土一把把鞠银子手中的碗筷接过来,又转身到灶屋端其他菜,又给何满水盛上米饭。鞠银子忙着止住身土:"哎呀呀,我来我来……"饭间,何满水看吃得差不多了,鞠银子也高兴地说着今天在村头遇到外出打工回来的牛翠兰姑娘,说人家大包小包拎着,穿得也阔气,身上有栀子花香,好闻。何满水说:"银子你坐好,身土有些话想对你说咧。"鞠银子愣了愣:"什么话讲呗。"

何身土就把下午在地里同何满水说的,讲给了鞠银子听。鞠银子毕竟是个忠厚本分的农村妇女,没有出过远门,没有见过大世面。身土说这么多,她能听懂多少?只知道:身土想要离开这个家,出门去打工、闯荡。她第一个念头是:这孩子不是自己生自己养的,亲不起来,他想离开这个家。一想起身土要离开,她心里不得过,这一不得过不要紧,那眼睛水下雨似的哗哗地流了下来,紧着擦就是擦不干。末了,她才一边擦泪一边像锅里煮的粥咕嘟嘟地上气不接下气地说:"出去打工,当、当真了?"

何满水一旁说:"耶耶耶,淌个什么眼睛水嘛。人家身土不是有打算,跟我们商议嘛,又没有走人。再说了,这如今外出打工的人一大片,又不是他一个。"

"那个外头是个花花世界,我就怕小伢子心野了认不得这个家。"鞠银子憨厚,身土对于她是那种恨不得含在嘴里亲热的宝贝疙瘩啊,这突然说要出远门了,心里一下子有种被掏空的感觉,有些接受不了。她又像那鹅一般,一根直肠子照直不拐弯,心里想什么嘴就说什么。这时她话一出口就晓得露了馅,自己伸伸舌头,捡起桌上掉下的一坨菜往嘴里一塞去了灶屋。

满水就说:"你这说的什么话嘛!"满水其实心里也有这种想法,但他不会把话说得那么直接。他鞠着眉头冲着鞠银子的背影摇头。何身土嘿嘿笑了,顺着鞠银子婶的话开玩笑道:"婶怕我没出过远门,在花花世界迷了路,认不得回家的门了。爷、婶你们就放心吧,我哪会那么笨哈?"身土把话这么一转,把鞠银子的担忧给兜得完完满满的。其实身土晓得这一对老人的心思,总是担心自己会疏远这个家。身土说:"爷、婶,我出去是做苦活,给家里挣些活钱的,手头一攒点钱就马上送回家来,再出去接着攒。"

话说到这一步,也算是黑夜里挑灯芯,全明亮了。

晚上,何满水和鞠银子在床上都睡不着。何满水心里明亮得很,如今男女小青年外出打工,大都在外碰到了合适的姑娘小伙就成双成对,回家来打个招呼办几桌酒就算结婚了。何满水想,这身土万一,是说万一也是个这样的结果,那他在这个家算是哪门子角色哩?但如果硬阻拦身土,不让他出去,那恐怕也是不合情理的吧。人家要出去做事,合情合理合规矩，为这个家挣些活钱也是正大光明的理由，孩子大了，对这个家有责任感了，懂得持家过日子了，这是迟早的事。再说了，社会在发展，这家庭也要不断发展，光靠在这山村里，在土地里抠，能抠出多少真金白银？国家还要创外汇赚外国人的钱哩，我们农民辛辛苦苦挣的钱都花到城里去了，就不兴农民去城里赚城里人钱、赚公家人钱？他心里盘算着，又琢磨着家里杂七杂八的事，包括这个何宝钏。这丫头心高，高中要毕业了，凭她那个心气和志向肯定要考大学，要上大学。这上大学是好事啊！就是这一个上大学，一个在外面世界闯生活，天南地北，这到底算哪门子事？要是自己的女儿同身土走不到一块，那就得允许人家身土在外自己相姑娘，到那时候，自己是干涉不得人家的。何满水还想，这个事就算自己同意身土的想法，让他出外闯荡，但还没到松口的时候。他身土虽然和何家生活在一起，但终归是湫隘村郭家的人，必须征得郭家老大身田的同意才行。他决定抽空到湫隘村找一次郭身田。

　　再来说鞠银子。鞠银子想的与何满水差不多，但没有他想得那么多、那么细、那么前瞻。她就一根肠子通到底：这身土出去打工，时间一长，他还认得这个家吗？认不得的。她想着想着就偷偷淌眼睛水。她这回在心里想，要是姑娘不出去念书，身土也不出去打工，那多好啊。他们都在自己身边，当上人的能抓得住他们，这一个东一个西的，到哪块能抓得住他们？她很朴实地想：我才不求孩子多么完美，不用替我争脸，更不用帮我养老。只要他们健康地在这么好的世道上走一遍，让我和老何有机会与他们同行一段，这就知足啦。这会子想着想着，她还是忍不住地抽泣着跟何满水说："我说啊，我说这身土一出去，一出去……"何满水接住她的话说："你就别老讲这丧气话了，出去是好事嘛！"何满水心里也不是很情愿让身土出去，也担心这个家会就此散了。但他是家中主心骨，遇到事他首先要有点定力，千万不能发慌。慌一慌，咸菜汤，好事不在慌中起，一慌准砸。这回他懂得要稳住这个善良憨厚又没心没肺的鞠银子。这个结发妻子，全部身心全部力气都在这个家里了，这个家就是她的全部世界。可怜的鞠银子啊，我满水最能理解你啊！他心里想着，却对鞠银子说："别难过,好事。不过我还得去一趟湫隘村,找一下老郭好好谈谈再定夺。睡吧睡吧。"说着他摸摸鞠银子头发,像大人哄小孩子入睡。这一对糟糠夫妻,共同生活了几十年,一直相濡以沫,恩恩爱爱。

  这天,天刚蒙蒙亮,何满水就出了门,奔湫隘村去了。

  鞠银子还在床上,暗暗地淌眼睛水,叹息着。

  清晨,鞠银子见身土下地去了,就来到身土房里,把一些需要洗的衣服抱出来,用一只大木盆泡上,准备帮着洗得干干净净的。还有一些破了的衣裳,也打算给救救。鞠银子心里盘算着,身土这孩子有性子,做事有主见。他说要出去打工,看来挡是挡不住的啊。唉!这出得门去,就得靠他自己的双手去谋生了!少不了饱一顿饥一顿的。可怜的孩子啊,这么小小年纪,就要外出谋生。家里虽不富裕,粥饭三顿还是正常的,蔬菜自己种。这出去了就保不准啦!

第五章

身土要出门去,这事经过一番周折,就定下来了。明天就准备离开这个家,奔向一个不知道什么样的生活。晚上,他躺在床上,看着鞠银子婶为他捆好的行李,半醒半睡地迷糊着。

他在做梦。梦中,他感觉有人轻轻地摩挲着他的头发。他知道这是满水爷的手。他一直等汹涌的泪水回流到肚子里,才睁开眼睛。他现在才真正感觉舍不得这个家和这家里的人。他感到怔忡和迷茫。

何满水坐在床边,手里拿着当年身土上学时用过的那个旧黄帆布背包,说:"我出去叫何有能把坏了的拉链修好了。有能说以后不好用时,拿肥皂擦一擦……"

身土心里一酸,有点哽咽,对何满水说:"爷,晓得咧……"

早上天刚麻麻亮,何满水送身土来到乡政府所在的小镇上,赶第一趟早班车到县里去坐长途车。

车在小镇上停住,何身土立刻提起那一捆子旧行李挤上去。他尽量笑着挥手向亲人告别,并不晓得两颗泪珠早已从他的脸颊上滚落下来……

何身土要来的西湘市,历史悠久,有许多美丽传说。该市在长江以北的大平原上,四周除少许像馒头一样的小山包外,就是一望无际的田野。向南二百公里不到就是长江。东市区因为汽车站、火车站都在这里,成为通往外界的主要"口岸",各种杂七杂八的市场摊点和针对外地人的服务行业也就特别多。而进入这个城市的大部分外地人,实际上都是周边农村来的以做小工谋生的手艺人或纯粹的庄稼汉,他们都是些有家有口、顾老顾小的男人,不能去更远的城市做工,而这座城市离他们家不甚远,一天工夫就可以回家。立交桥下是传统的出卖劳动力的市场,平时经常像集市一般拥满了本省各地漫流下来的匠人和小工,等待包工头们来招工。

何身土背着自己的那点陈旧行李,从拥挤的汽车站走到街道上的时候,便置身于高楼的包围中。这就是他心目中的大城市。他恍惚地立在汽车站外面,看着这个令人眼花缭乱的世界。这眼前的一切,对他来说无比陌生。

一刹那间,他被庞大的城市震慑住了。

这就是我要开始生活的地方吗?他在心里对自己发出了疑问。身土,你身上带着十几块钱,背着一点旧被褥,赤手空拳来到这里,你怎么生活下去呢?

何身土发了一会儿愣,便迈着沉重的脚步往前走去。

到了东市区立交桥下的时候,他看见街道两边的人行道上挤满了衣衫不整、穿戴破旧的人。他们身边都放着一卷行李,有的行李上还别着锤、钎、錾、方尺、曲尺、墨斗,旁边放着旧木板钉成的工具箱。这些人有的心慌意乱地走来走去,有的呆头呆脑地坐着,有的听天由命似的干脆枕着行李睡在人行道上。身土马上晓得了,这就是他身土出门的第一站。他将要像这些人一样,在这里等待人家来叫他上车去出卖力气。

他便自然地加入这个杂乱的阵营,找了一块空地方把行李搁下。周围没有人注意他的加入。和这些同行比起来,他除了皮肤还不算粗糙外,穿戴和行李没有什么差别。不过他发现,他和周围所有人并不被街上行走的其他人所注意。由汽车、自行车和行人组成的长河,虽然就在他们身边流动,但实际上都属于另外一个天地。街上走动的市民们,没什么人认真地看一眼这些流落街头的外乡人。身土原来还担心碰见柏艾,现在他才知道这种担心是多余的——这不像在自家乡镇,熟人低头不见抬头见。再说,柏艾也不会想到他会这样来到西滟。

他像别人一样,背靠在自己的行李上。此时已经是下午,西滟被西斜的太阳照耀得影影绰绰,大片的楼房已经沉浸在楼与楼之间的阴影中。

刚从寂静的梅都何村来到这里,城市千奇百怪的噪音听起来像家乡对面山中风吹树林的喧嚣。尽管满眼都是人群,但身土感觉自己像置身于一片荒无人烟的旷野,一种孤单和恐慌使他忍不住把眼睛闭起来。现实的景象消失了,他通过心灵的视觉,却看见了炊烟袅袅的梅都何村,看见了在夕阳染红的月牙湖边,饮饱水的牛抬起头来,静静地凝视着远方的山峦……

"唔……"他发出一声呻吟般的叹息。

严酷的现实立刻横在他身土的面前。何身土没有闯世界的经验,那次贩沙鳖去杭州卖,也算不上在外闯世界,还亏大了。又没有谋生的一技之长,仅仅凭着一片良好愿望和一身苦力气,加上楞头楞脑的勇气就来到这个城市。

他还是靠在那捆旧行李上,把眼睛久久地闭得铁紧,苦楚和烦乱一直在心里流淌。他感觉自己在这里无法掌握自己的命运。

那么,返回梅都何村吗?明天早晨买一张汽车票,大半天工夫就到家了。"嘿嘿嘿……"他自己不觉好笑起来。心里在想:身土啊身土,你不是一天到晚都觉得自己怪过劲的嘛,有吓人的本事,这下厌了吧!喊,就你这模样你现在回梅都何村去呀?

不。我讨饭也得在这城里待一阵子,家里人又不晓得我在外干什么,会说:"哎呀,身土在城里做事咧。"嘿嘿嘿……他又自嘲地笑着,心里骂自己:虚荣。

他迷迷糊糊地像做起梦来。突然睁开眼睛,看看天还亮着,他心里嘀咕:"怪了,我好像听到鸡叫了,鸡叫天亮了。这天明明是亮的嘛!"他想着:这鸡叫了天会亮。鸡不叫呢?天还是会亮的。天亮不亮这鸡说了又不算。问题是天亮了,谁醒了?是啊,谁醒呢?我们同样是生在这个时代的人,同样有理想,那就要看谁是醒的,能把握住这个好时机,谁能把握住这个好时机谁就可以改变命运。你有没有本事,有没有挤进浪潮中的胆量和勇气?"哈!"何身土想到这,一拍自己的大腿,自己给自己鼓了勇气,坚定了信念,增强了信心,"我何身土,必须在这个城市里活下去。"

此时,何身土内心一片平静。他开始盘算着眼下一步一步的办法。首先得找到事做。他看到聚在这一块地盘上的难兄难弟难叔难伯的,都是怀着各种想法来找点事情做的。他看到每当一个老板模样的人往这一站,很快就被一群找事做的人包围了,有的人差不多带着讨好的表情向老板凑过去。包工头打量着这群人,还在人身上捏捏,看身体孬好,然后才挑选几个人带走。被带走的人当然兴高采烈,"被招上了";没被挑上的人,只好垂头丧气地又回到自己的铺盖卷旁边,等待着下一回。

这回,又一位老板模样的工头到来的时候,身土也毫不犹豫地跟随众人挤到老板跟前,怀着激动的心情等待挑选。

这人迅速扫视了一下周围,说要三个瓦匠。"可要小工?"有人问。"不要!"

几个带着瓦匠工具的人,便带着高人一等的优越感,把赤手空拳的小工攉开一边,纷纷问包工头:"一个工多少钱?"

凡是瓦匠都争着要去,但包工头只挑了其中三个身体最好的带走了。何身土只好沮丧地退回到旧行李旁。

城市最西边的楚山后面,最后一缕太阳的光芒消失了。天渐渐暗下来。街上和桥上的路灯都亮了——黑夜即将来临。但人群不见稀疏。

何身土仍然焦急地立在砖墙边上。看来这工不好找,至少今天是没有任何希望了。

那么,他晚上到什么地方去住呢?

在这个城市里,他无亲无故,无人可投。就是有,他这个时候也是不愿找他们的。那只有去住旅社。他身上带着何满水给的几个钱。旅社很容易找,东市区街巷的白灰墙上,到处画着去各种旅社的路线箭头,纷乱地指向错杂的街巷深处。

可是,他哪里舍得花钱住旅社?

他想到了车站的候车室。是呀,那里有长木椅子,睡觉蛮好的!

于是他提起那点行李,重新返回到长途汽车站。

他在候车室门口就被一位戴红袖箍的值勤老头拦住了:"这里不让

住宿!"

唉,不让住也有道理。如果这里可以过夜,那么同我一样外出找零工的人还不把这地方挤破才怪!

他碰了一鼻子灰,只好离开了。

现在,他又重新踯躅在东市区立交桥下的街道上。夜幕下的城市看起来比白天更为壮丽,辉煌的灯火勾勒出五光十色的景象,令人目眩。大街上,年轻的男女们手拉着手,愉快地说笑着,纷纷向电影院走去。旁边一座灯火通明的住宅楼上,不知从哪个窗口飘出了录音机播放的音乐,一位女歌手正在柔声慢气地唱着:

在雨中找寻你,
找寻你的行踪,
雨蒙蒙灯也蒙蒙,
行人也匆匆,
在雨中,身旁只有树影动,
今夜我要找到你来,
听我诉说情衷。
啊,我淌着眼泪,
我淋着细雨,
回想你笑容,
回想你情意浓,
到今天一场梦。
在雨中树叶落,
风雨里颤动,
大街上小巷中,
到处雨蒙蒙,
在雨中,我的心事也重重,
今夜我要找到你来,

听我诉说情衷。

何身土背着自己的行李,手里拎着那个旧黄帆布背包,回避着刺目的路灯光,顺着黑暗的墙根,又返回到立交桥下。现在,揽活的人大部分都离开了这里,街头的人行道被小摊贩们占据了。

他站在立交桥下,望着两边通道的灯火和匆匆交错奔驰的汽车,心里一团乱麻。

他现在找一个能歇下脚的地方就照了,这露宿街头是吃不消的。

他往四周一看,此时的西泗市正华灯齐放,那酒绿灯红的场景实在让人发晕。他心想,此时绝对不能向繁华地段去,那里是酒店、舞厅、大商场,那不是我这样的穷人去的地方,去了也找不到落脚的地。对,去灯光稀的、街巷窄的地方,那里才是我这样的人出入之处。他想着,走向立交桥一头,站高处向四周一望,望到正北方向似乎灯火稀疏一些,那里应该是郊区,按城里人说的,叫城乡接合部。他拿定了主意,拎起旧黄帆布包,背上旧行李就朝北边灯光稀少处走去。一边走一边盘算:我这身装束,这副行头,谁都知道我是来城务工的。如果遇到好心人留我一宿我算是运气好,如果遇不上好人,就算是住宿,估计价格也比中心区便宜很多,说不定五毛钱可以住一宿呢!想着想着,身土心情舒畅,脚下生风。

身土穿过两条宽宽的街道,朝北边灯光稀疏的地方走去。他不知不觉走进一条长长的街巷,脚下这曲里拐弯的街巷让人分不清方向。他所看到的房子,都是那种自建房。有红砖墙灰瓦顶的,也有水泥浇注的平顶房。五十年代建起的家属楼,不高,横七竖八地立在路旁。屋顶上的瓦浪在昏暗灯光的照耀下像水的波纹要泻下来似的。他沿着一条曲折幽深的街巷往里走。可不知怎么的,他一曲一拐往里走着走着就突然感觉脊背森森地紧皱成一团,仿佛吃了武林高手的销魂蚀骨散,两条腿软软的,踩不着地,一种深深的恐惧死死地攫住了他。果然,他的直觉不错,走进街巷一会儿,就听见身后自行车哗哗地一阵乱响,接着有人推着自行车跑上来。他发现有两男两女,年龄都在二十多一点。四人走着走着就把身土夹在中间。身土开始浑身冒汗,想这四人不声不响地夹着自己前行,八成没有什么好事。身土故意放慢脚步,想退到他们身后。岂料他脚步刚缓下,那四人也随之缓下来。身土心中明白了几分,但还是强装没事一样,昂着头往前走。这时其中有个女人赶上几步,靠近身土小声说:"要住宿吗?"身土心无旁骛地往前走。那女人紧追几步,几乎靠在身土臂膀上,身上一股难闻的香水味随风扑进身土的鼻孔里。身土吓得全身一抖,连忙说:"我不住宿,我家就在前头村庄。"不承想,这句话还真管用,那女人退后几步,和那后三人嘀咕,好像说:"没搞定,看那穷鬼模样也不是投宿的人。"说着,这四人推着自行车加快步伐从身土身边一阵风过去了。

经过一场虚惊,身土还是硬着头皮懵懵懂懂地往前走,不时看到昏暗的路灯下走过来的人,都是匆匆而行。他走了很久,路突然向左边转弯。他顺着这弯路往前走不远,发现前面有一片开阔地,中央有座古塔。他趁着灯火的微光,望着这古塔。看来这古塔是上了年纪的,有一种沧桑的感觉。古塔周围的房屋也与古塔相仿,年岁久远。他走近一看,有一幢古屋门檐上写着"报恩寺"三个大字。身土明白了,这是到了哪个古刹。他心头一喜,心想:庙是行佛之所在,是祈祷天下太平、民众平安、众生乐业的行善之处,像我等苦难之人,到庙里求他住一宿倒是有指望的。"行,进去碰碰运气。"

身土心中这么下着决心,脚下就朝那大门走去。他来到大门口,轻轻拍了下门,发现门是锁着的,估计是晚上不开放了,工作人员把大门从里插上了吧。他走到一边一处低矮陈旧的耳房前,昏暗灯光里走出一位身穿灰布长衫的光头老人。此人不是和尚,倒像是这里看门守院的工作人员。身土上前给老人鞠了一躬,然后把自己因为无处投宿误闯这里的经过简明扼要地说了一遍。那老人一瞧便是菩萨心肠之人,听闻面前年轻人的可怜境况,想了一会儿说:"这里本不能留人住宿,我更无权随便留人,看你一可怜孩子,你在那边香案旁边打坐的地毯上住一宿吧,但得保证不能惊动佛祖,不可做不敬之事。"身土一听,大喜过望,竟扑通一声给面前老人磕了一个响头。老人连忙用手托着身土的臂膀说:"孩子,瞧你这是做什么？我看你也是老实忠厚之人，才敢相信你一回，留你一宿，不要给我惹什么麻烦我就万幸了。唉，这年头好人也不是好做的呀！"老人打住了。身土连连保证："请您老放一百二十四个心吧，我不会给您带来麻烦，做恩将仇报的事。"身土进了屋，在暗中摸索着把旧行李放下，坐在地毯上歇歇。这时他才感到肚子咕噜咕噜地闹了起来，想想这一整天也没有真正给肚子填点像样的谷物了。

身土于是决定出去找点吃的。他走出这幢又矮又旧的小屋，顺着街巷微弱的灯光向南面走去，每走几步便回头看看前后左右的标志物，认真记住每一个拐弯的巷口，他怕到时候忘了回来的路。

他走过了几条街巷，拐了几个巷口，前面有一条宽些的街道。路中间有个圆盘，圆盘中间长着一棵偌大的小叶楠树，这树下有些石凳石椅供人歇脚。这里有些零零散散的人，有老年人，也有年轻人，这个天气不冷不热的，坐在露天石凳石椅上聊天是极惬意的事。身土走了过去，问一位老人附近有没有卖吃食的小摊，老人用手往前方一指说："往前走再向北拐过去，那里是小吃一条街。"身土谢过，径直往前，再向北拐过一条街巷，果然那里有各种卖小吃的。小贩们把道路堵得水泄不通，叫卖声此起彼伏，四周凌乱地摆放着各种东西，垃圾随处可见，整条小街弥漫着一种令人无法忍受的臭味。小街的上空，各种电线、电话线、晾衣服的绳子等像蜘蛛网一样布满头顶、屋檐，稍不小心就会被线套住头。还有各种牛皮癣小广告，好多墨水广告戳，印盖在墙上一层又一层。

身土看着各种熟食热气腾腾，就是舍不得掏钱去买。他就掏了一毛钱买一碗热豆腐汤，到底舍不得买馍或面条，从怀里掏出从家里带的冷粑粑，就着热豆腐汤吃着。他感觉这碗热豆腐汤真是让自己从心里温暖到了脚下，是何等享受。

这种地方多数是来城里做临时工的人或是附近村民，一天劳累之后，来此吃顿便宜的晚饭。有的也就点一盘冷黄瓜拌花生米，外加一盒子辣椒拌凉粉，再每人搞一瓶啤酒吃着喝着，再加一个大馍就是一顿晚饭了。身土早就瞄着前头有四个跟自己行头差不多的、年龄在三十岁上下的男人在喝着啤酒吃着凉粉就着大馍,边吃边叙着什么,他便凑了过去,一听他们谈话还真是在哪个工地上做工的。身土立即来了精神。他掏出一块钱,花五毛钱买一盘红烧千张疙瘩,又花三毛钱买了两瓶啤酒,喜笑颜开地颠到了那四个汉子面前。这下把那四个汉子给弄蒙了,不知这小鬼来的哪一出,纷纷瞅着身土,好像在问:"搞错没有?"身土知道自己有些莽撞,但为了能从他们那儿讨到个口信,问问什么地方可以找到活干,也就顾不了许多了。鲁莽就鲁莽,反正在外闯荡,瞻前顾后是耍不开的。身土想着,就在四人中一个小空隙处蹲下来,把一盘红烧千张疙瘩往小桌中间推了推,又用牙齿咬开啤酒瓶盖,给每人面前的杯中斟了酒说:"我看各位大哥好像才下工,不知在哪里干活?我是进城找工做的,第一次出门又没人领路,瞎闯到了这里,真是无处可去。找不到事做在这城里就待不下去,想来向各位前辈讨教。"四个汉子这才明白过来,原来这小子不是认错人,就是冲他们来的。听了身土这一番话,四个汉子不约而同地嘿嘿笑了。其中一人说:"哦,原来是这么回事。"他朝身土望了望,又笑了起来,再转脸朝其他三位望了望,说,"俺看恁小子怪会来事,这两瓶啤酒和一盘子千张疙瘩就把咱兄弟四个给收买了?嘿嘿,要想找工作,再去拿两瓶啤酒给哥四个。"身土忙去又拿两瓶啤酒。"中,明天一早跟咱们去'三万五工地',跟那老板服服(说说),看能不能加上你。"另一人说:"中,中!咱四人是北边来的同村人,咱们是同村的瓦匠师傅带来的小工。"身土一听,高兴地用手背直擦眼睛。其中一人说:"耶,咋的?哭了?这点出息!一起吃点喝点呗。"身土还真的激动地眼窝一热,没出息的泪水就湿了眼眶。这时他破涕为笑,说:"你们吃你们喝,我吃饱了,饱得很哩!我明天在哪块找你们?"其中一个人告诉身土,明早天不亮先到"马粪都"的古树下等他们,合着带他一起去工地,还反复交代:一定是天不亮,不能睡过头了,找不着你就没办法了;只是带你去看看,未必就能找到事干。身土初出家门,压根就没有不相信的事,也没有不相信的人,连连点头:"是,是,是!"又反复求证可是自己来时路过的那棵小叶楠古树下。其中一汉子说:"啰唆,不是那儿是哪儿?"

何身土再不敢多问一句就告别了这四人,沿着来时走的路返回。当走到那棵小叶楠古树下时,树下已经没有人了,他在那里坐了一会儿,不禁扑哧笑出声来:这里叫"马粪都"?其中肯定有故事。身土想着,管他什么故事不故事,明天我天不亮就到这里来等他们,但愿一去就能找到活干,那就可以挣钱了。他又想:这四人不会是逗我玩的吧?看我一心想找个事情干,他们是在捉弄我呢?不会,一定不会的。他们四人来自农村,也是和我一样的苦人,苦人一般心是善良的,捉弄我一个外来务工的干什么哩!再说听他们的口气,话是粗些,态度是硬些,但看着不像是坏人。这么想着,身土心里自觉踏实了许多。他站起身来,沿着来时的巷道向左拐,再向右拐,再往前走一段,便到了他落脚的报恩寺旁边的耳房。那个守护大院的老者并没有睡,看到身土回来,只是说:"早点安歇,明天一早你该去哪里去哪里。"身土说:"老人家,我正想找您说这事呢!"老者嗯了一声:"此话怎讲?"身土就把在小吃一条街上遇到四个汉子的事详详细细地说了一遍,最后说:"老人家,您好事做到底,能留我多住几日最好,实在不行,我明天一早把行李铺盖卷好找个隐蔽的地方先存放一下,如果在工地上能顺利找到事做,我立即回来取走。"老者只噢了一声,没说行,也没说不行。这下难坏了身土,正想再说,老者挥了挥手,示意他去休息。身土也搞不懂对方什么意思,只好悻悻去了,心里还在想:这一路净遇见好人,但愿再遇一回。他把自己的行李展开,找一个磕头用的圆垫当枕头,躺下。由于有些兴奋,一开始睡不着,他索性爬起来,到香案上摸了一支蜡烛,又找火点着,从那旧黄帆布包中取出刘青山给他的大学教材翻着……

身土不知道自己是什么时候睡着的,当他心里突地咯噔一下惊醒时,天已经麻麻亮了。他一骨碌爬起来,担心自己睡过了头,耽误了去马粪都古树下接头。他赶紧地穿上衣服,卷好行李捆好,塞在功德箱的后面,用盖箱子的红布把行李挡住,探头于门外,外面很安静,喧嚣的城郊还沉浸在拂晓的晨雾中。这报恩寺本身就是一块安静的净土,不到时辰是不会有香客的。身土顾不了许多,又按按行李,确信不会被发现,这就匆匆出了报恩寺向马粪都街巷走去。他恨不能两腿生风,脚不沾尘,像武打片中英雄豪杰脚一踮便可腾空飘然而去,嗖的一声落到目的地。他心里想着:走快些,千万别错过时辰,我可以早去等人家,绝不可以让别人等自己。这么想着,他一路小跑,不久也就赶到那古树下,浑身有些微微冒汗。他怕人来看不见他,就故意靠在古树下,那样明显些。他也不知现在是早上几点,也不知昨晚那四人几点能到,总之,人到了指定的地儿,心也安定了,不就是等嘛!

天渐渐亮了起来,有晨练者开始在街巷里走动了,嗒嗒的脚步回音告诉人们,沉睡的城里生活醒了,新的一天又开始啦!何身土的心跳随着天慢慢亮起更在怦怦加快,有些紧张,有些激动,还有些恐慌。身土开始在古树下蹲着,又直起身伸伸胳膊、扭扭腰、踢踢腿,做这些动作有两种考虑:一则舒展一下筋骨,活动活动身子骨;二则掩饰一下自己呆板的样子,让人以为此人在树下晨练,要不傻坐或者傻站着,会被别人误以为是"踩点"的小偷,一大早在树下瞄猎物。这当然都是身土自己乱想的,其实在这么大个街巷里,谁还顾着看谁呀!天渐渐大亮,身土越加收缩了心脏,他皱着眉毛使眼睛好聚光,看着各路来人,屏住呼吸,只等待那四人出现,生怕一眨眼人家走过去,自己没看见。慢慢快到晌午了,也不见人来。身土不等了,想,上午还有点时间,到立交桥下去,说不定今天能碰个好运气哩!

身土还是没有碰到好运气。傍晚,他拖着疲惫的身子回来了,但没有回报恩寺,而是直接去了小吃一条街。他在那里转悠,想能碰见昨晚那四个人。他在昨晚那四人吃饭的地方待了很久。后来那个卖给身土千张疙瘩的人说:"我瞧你是找昨晚那几个人的吧?他们不常来。这几个北方人,一到这儿就谝谝,明明家里很穷,非说家里有这有那,富得很。家里吃山芋,偏说他们自家比县委书记吃得好,顿顿四菜一汤,他们家就喜欢吃仔鸡炒毛豆。喊……"身土问:"你们认识?""岂止?"那人说着扭过头去,显然不愿再说下去。

身土知道,这会儿他碰见吃老蛙子的人(专吃人好处的人)了,那四人诓了他。他又接着问那小老板:"那我想问您师傅,可晓得这一片哪里有个'三万五工地'呀?"那师傅回话说,没听讲过。

现在,身土又回到了报恩寺。还好老者已经给他安排了一个去处:在旧矮房院墙外,有一间很小的柴房,门是斜着开的,又像是对着院外,又像是对着报恩寺院。这样在旁人看来,既不认为这是报恩寺的房,也不认为是别人家的房,模棱两可。老者为了身土有个栖身地,就把这小柴房腾出些空间给他住,也算是用了心了。柴房虽矮小了些,总还可以容下一个何身土,这比无处可去或露宿街头幸福多少倍啦!身土感激老者,眼睛有点酸酸的,他住进去,顺手端起一旁的破旧门板把门拦住,算是把自己"关"在里头了。

身土此时哪里能睡得着觉啊!他把这两天的事在脑子里放放电影,感觉自己像在做梦。他在心里不断地对自己说:"身土,一个人要靠勤奋的双脚行走,一定要踏在正确的道路上。小聪明永远赶不上大智慧,只顾眼前小便宜的人,无法获得远方的大成功。那四个人,不行!"

他想着,又自嘲地笑了一会儿,到底还是起身走出低矮的发出霉味的小屋,朝西南方向走。这里是城乡接合部,城中村、村中城交织在一起。这里既有工人、干部,也有农民和外来务工人员。身土顺着一条稍宽些的路走,路一直延伸到前面一片平展展的地方,那应该是郊区的田地。他再往前走,发现远处茫茫夜色里有一盏亮着的灯,灯泡是吊在根杆子上的,高高挂起,照亮天空。灯光下隐约有不少堆放的杂物。凭感觉,像是什么工地吧?身土不由得朝那灯光走去。走了差不多二十分钟,走到了灯光跟前。不错,就是一个不大的工地。在灯光另一侧,有顶绿色的帐篷,身土伸头进去望望,里面有一个五十多岁模样的男人,在整理着铺盖什么的。身土明白,这是工地请来守夜看物件的人员。

身土咧着嘴眯着眼,一脸笑模样地走过去:"大爷您在这儿啦!""耶,这什么话?不在这儿能在哪儿?"那人咕哝着。身土耐着性子凑过去,帮着那人挪着东西。"你哪块来的?"那人问。"哦,大爷,我叫何身土,是从皖南过来的,想在这里找点活干,讨点生活。几天了没找着,看这么晚了这里亮着灯,就、就来了……"身土抓紧把想说的都说出来。那人瞧着身土说:"小伢子耶,这块哪有你做的事?"身土说:"请问这里有叫'三万五工地'的吗?""三万五工地?"那人反问,又接着说,"这里是郊区建的三万五千伏的变电所,你是不是说这个?"身土也不知对错,连连点头说:"就是,就是三万五变电所工地。"身土心想,前天晚上那四个北方人说的"三万五工地"是不是就是这里?那人说:"我姓张,你叫我老张头吧。我是住前面马粪都街巷的,帮包工老板看工地的。天亮交班就回家睡觉。""大爷,您认识老板?"身土问。"你这讲的什么话?我不认识他能叫我来看工地?"那人不高兴地说。身土知道自己的话不得体,赶忙改口说:"不是,不是,我是说您认识老板,那能不能……"身土话还没说完,老张头就堵住了:"你想叫我跟老板说让你来工地做事?你会做什么?这是不泛着(不可能)的事。老板能睬我啊?"身土把后面的话咽到肚子里去了,心想也是,一个看工地的人,跟老板说要用人,简直是土公蛇咬了板凳腿——浪费了一口毒嘛。他知道没有希望,悻悻折回头离去,像有部小说里说的:"有事等明天再说。"

正当身土掉头要离去的时候,老张头开口了:"小青年耶,过来,我问你,你有点什么手艺吗?"身土摇摇头。"看你可怜。"老张头说,"要不这样,我明天天亮晚点离开,跟这里张大师傅说一下看看。他是我本家,在这一带瓦匠中很有名望。他要是用个把小工,只要开口就有八成把握,中不中,试试。"

身土一愣,有点不相信自己的耳朵。等到回过神来,就喜出望外地连连说:"我谢谢您老张师傅。我明天一早天不亮就来您这,成不成都谢谢您,谢谢您!"

身土这一回感觉像掉到河里扑棱着,正好漂来一根木头。于是他浑身一轻松脚下就生风,只觉得走起路来不费一点力气,轻飘飘地就飘回到那栖身的小黑屋了。

第六章

　　第二天,身土天不亮就赶到了"三万五工地",看护工地的老张头还没有起来,身土就蹲在帐篷外守候着。等天大亮老张头醒来时,发现这小鬼靠在帐篷根下迷糊着了,便轻轻拍了拍身土:"嗨,嗨,小伙子。"身土从似睡非睡中惊醒,不好意思地咧着嘴朝老张头愧疚地笑道:"眯着啦!眯着啦!"老张头朝身土点点头,什么话也没说。

　　到了上工的点,工地上的人陆续都来了。末了,来了一位师傅,老张头紧步走上去,朝那人说了几句什么。一会儿,那师傅走到身土跟前:"你想来找事干?""嗯!嗯!"身土连连点头。

　　那师傅说:"我叫张继,你就叫我张师傅吧。你能干点什么事?这工地场面小,轻巧事都轮不到你干,不行你去挑大片(大青石块),重活可干得下来?"

　　"干得下来,干得下来!"身土连忙应答着,生怕这活被别人抢走了。老张头也在一旁帮腔:"我看这小鬼,中!"

　　挑大片是工地上最重的活,把堆在工地远处的大青石块用绳子兜好,用扁担挑给瓦匠打墙基。所谓的打墙基,就是每一面墙在开始砌砖前,要在墙根挖下一条深沟,再从深沟处用山上炸下的青石块抹着水泥砌上来,直到离地面数米或几十厘米高不等,然后再在上面用砖头砌墙,这也叫打地脚、打地基。地基挖得深与浅,完全要看这墙要砌多高,需要地基有多大承受力。这大石块片,大的一块一百好几十斤重,小的一块也得几十斤重,大多数工地上,干这样的活是两人抬,或用小推车推,这样需要的工钱就会多几倍。用人挑,说白了就是一个人干两个人的活,省工钱。何身土干这样的重活,其艰难是可以想象得到的。

　　身土上工第一天,便拿起粗麻绳,肩上挑上扁担,一头兜上一块大青石片就朝瓦匠跟前挑。挑着一百多斤的大石块,在高低不平的工地上走,深一脚浅一脚的,尤其费力气,人简直连腰也直不起来。

　　身土尽管没有受过这样的苦,可他咬着牙要跟上瓦匠师傅的频率。他晓得,对于一个干这种重活的人来说,上工的头三天是最重要的。如果开头几天活干得不行,师傅会告诉你:你干不了,别干了。就被辞退了。

　　每当身土挑着大石块深一脚浅一脚在工地上行走的时候,他的意识就处于半麻痹状态。沉重的石头几乎要把他挤压到地里去。汗水像小溪一样在脸上纵横漫流,而他却腾不出手去揩一把,眼睛被汗水腌得火辣辣地疼,走起路来也只能半睁半闭。两条打战的腿如同筛糠,人随时都有倒下的危险。这时候,对于他来说世界上什么东西都不存在了,思维只集中在一点上:向前走,把大石块一趟一趟送到瓦匠跟前。

　　一连三天下来,他的两边肩头都被压烂了。他无法目睹自己肩头的惨状,只感到肩膀像被带刺的葛针条刷过一般。两只手和两条小腿也麻嘟嘟的,不怎么听使唤,小腿有些肿胀。肩头肉皮被扁担磨得像一张透明的纸,差不多连毛细血管都快能看得见了。扁担放在肩头上,就像放在新肉上,刀割一般地痛。第三天晚上他睡下的时候,浑身像散了架一样,每根骨头缝里都透出酸痛,两肩头像火烧一般灼疼。他睡着睡着,眼泪便从两个眼角滚了下来。

　　三天以后,何身土尽管身体疼痛难忍,但他感觉张继师傅态度明显好多了,也没有打发他走——他显然闯过了第一关,给人留下了不错的印象。

　　后来的日子,一切都没有什么变化。身土每天用厚厚一层布垫在肩头上,继续咬着牙,经受着考验。这样的时候,他甚至没有考虑自己为什么要忍受如此的苦楚。是为那每天的两块多钱吗?可以说是,也可以说不是。他认为这就是他的生活……

　　晚上,他脊背疼得不能搁到地铺褥子上,肩头疼痛得大臂不能摆动。

第六章 | 059

有时只得趴着睡,这样似乎疼痛会缓解一点。在睡不着的时候,他就用手把肩头的衣服撩开来,让夜风抚慰他溃烂的皮肉。

这天晚上,当他就这样趴着似睡似醒的时候,感觉屋外有人在轻声对话。"是这里吗?"有人问。"是!"有人答。只听一人说:"唉,这哪里是人住的地方嘛!"不一会儿,身土只觉得有人在轻轻摇晃他的头,他一惊,睁开眼睛,看见他旁边蹲着一个人,拿着手电筒在房屋上下晃动着。身土开始吓了一跳,以为是哪块来人查他的,再一看,竟然是张继师傅。

"张师傅……"何身土挣扎着起来。

张继轻轻按住他:"别动,我路过,睡吧!"说着站起身同一旁的老者走开了。当天明后,身土再来工地时,被张继师傅叫到了看场子的老张头那顶帐篷里。张继师傅对看场子的老张头说:"叔,从今天晚上开始,这小鬼就搬来你帐篷里住,你一会儿去找块木板,再找些稻草,把床铺好。"又对身土说,"从今天开始,你跟我后面和泥灰,不用去挑大石片了。中午抽点时间去报恩寺,把你的铺盖卷搬过来。这里先住着,日后怎么办再说日后的事。"

身土心里明白,他的诚实吃苦与不计得失、不讨价还价深深地打动了张继师傅的恻隐之心。唉,为了这位好心的张师傅,他真想到什么地方去哭一会子。对他来说,换个轻活又有个落脚的住处是多么好啊。他在这样人地两生疏的严酷环境中,竟然也感到了人心的温暖。处在他眼下的地位,这种被人关怀所引起的美好情感,哪能是言语能够表达的……

这天中午,身土向张师傅告了假,回报恩寺去取行李。他走到报恩寺前,突然拐了一个弯,找到一家小卖部,买了一盒奶油饼干搂在怀里,折回报恩寺找到老者。身土捧上饼干,呈到老者手上:"老人家,我何身土知道应知恩图报,请谅解我当前的困难,一盒饼干只是表达我从心底溢出来的敬意,请您老一定拿着。我会想念您,也会再来拜望您……"身土两眼止不住地掉眼泪。老者上前帮他擦着泪水说:"孩子记住,唯天下之至诚,能胜天下之至伪。你去好好跟着张继师傅吧。"

身土拜别了老者。

何身土已经开始渐渐适应了他的新生活。肩头溃烂的皮肉结成了干痂,变成了一种深度的疼痛,而不像开始时那般尖锐。手上的肉皮磨薄后又开始厚起来。和泥灰只用两只手,手臂也渐渐地适应了,开始酸痛,现在已麻木了。身架被高强度的劳动弄得松松垮垮——这样就可以较为舒展地承受压力……

现在,何身土心里比刚来时踏实了许多。一来是他的工作比起开始挑大片轻松了不少;二来他和老张头同住工地帐篷,地方比报恩寺宽敞,重要的是晚上有电灯能看书。老张头是个好人,就是他把身土的情况跟张继师傅说的,张继师傅通过观察,认为这小鬼是个可塑之才,从心里升起了要帮他一把的念头。

皖中平原,连绵的春雨下了好几天。瓦匠活暂时停了,但工地上的其他杂活雨天还可以做。在张继师傅的帮忙下,雨天身土可以跟着另一个胡师傅拉钢筋,就是用肩背着细细的钢筋往前拉,再根据需要截成不等的长度堆放好,以便使用。工钱也是每天两块六毛。这样身土雨天晴天都不闲着。

这天晚上,雨点淅淅沥沥地落在帐篷顶上啪啪作响,身土在灯下看书。老张头在一旁笑眯眯地看着身土,像在欣赏什么稀罕之物。过了一会儿,老张头说:"身土啊,你可想学门技术?""学门技术好啊!可我能学什么技术呢?谁肯收我为徒?"身土说。"不难。"老张头说,"你要是愿意的话,我帮你找张继说说,你跟他学瓦匠。"身土说:"那太好了,只是张师傅可肯收我为徒?"老张头笑笑说:"试试!"

这晚,身土在黑地里,似乎什么也看不清。但身土一直跪在地上,对着张继师傅磕头:"师傅,收我为徒吧!"只见张继朝他笑笑,拂袖而去。身土看着张师傅飘然而去的身影,心里难过极了,跟着飘去的影子奔跑:"师傅,师傅!"老张头过来轻轻摇晃身土,身土一惊醒来,满头是汗。老张头说:"你做梦了吧?在一个劲地喊师傅、师傅的。"身土嘿嘿笑了,没好把梦中真情告诉这善良的老人。身土心想:梦是相反的,张继师傅拂袖而去,说明是答应收我为徒了吧!如果能被张继师傅收为徒儿,自己一定会刻苦学习,成为一名好的匠人,一名大师傅,这是一辈子的幸事。身土本来就对建筑有特殊的偏爱,他想当一名建筑工程师,当工程师没有大学文凭是不行的。但他可以自学,刘青山给他的书,不就是要他从这方面发展吗?至于自学考试,怎么报名,怎么参加考试,身土可以找一个人帮助指点,那就是在省城农学院读大学的柏艾。对,她一定知道这方面的路数。

何身土沉浸在甜蜜蜜的幻想中,不,不是幻想,是理想,是追求,他要有个目标。他打算一边做工一边抓紧看书,做好自学考试准备,两三年内完成自学考试,拿到大学文凭。接着在两年内考上建筑工程师资格。身土在心里给自己规划着,越发觉得瓦匠师傅重要。他准备主动去求张继师傅。

这天下午收工后,何身土远远瞄着张继师傅。张继师傅跟往常一样,收工后脱下工作服,换上干净的鞋,把工具包挂在自行车上,脚往脚踏上一搭,右腿向后一趾,一道弧线绕过自行车座,两腿一叉,稳稳坐在自行车座上,左腿踏在自行车脚踏上用劲往下一踩,自行车溜出几米远,就听身土在后面喊道:"张师傅!"张师傅听到,停下车,回头见是身土,便下车来朝身土嚷道:"什么事?"

身土连忙跑到跟前说:"师傅,晚上可有空?我想请师傅吃酒。"

"请我吃酒?拿几个屁钱?"张继师傅认真地说。

"嗯!"身土点点头说,"我想请师傅吃酒!"

张继师傅犹豫了一下:"有事?"

"没、没事。就想请师傅吃顿酒嘛,感谢师傅让我上工地做事……"身土尽量找些恰当的话说。

"没事?没事那就算了!"张继师傅说着左脚踏上自行车准备一蹬脚踏板走人了,身土急忙上前挡着他自行车龙头:"不不不,师傅,我有……有事。"

"有事快说!"张继冲着身土说。

身土有些为难,"我、我、我"地在嘴里打转转,吐不清字。

张继师傅笑了:"嘿嘿,你个小鬼。去,把老张头叫上一道,我知道你要说什么。""哎!"身土快活地飞跑到帐篷里叫老张头。老张头也笑了,说:"我不能离开。你们上工我下工,你们下工我上工,工地不能离人。不去。"

身土回来把实情对张继师傅说了一遍。张继笑了:"这老张头。去,跟他说,叫小李给他带看一下,吃了饭就回来!""好咧!"身土又回到帐篷复命。

三人一同来到小吃一条街旁的一家沙县小吃店。老板见三人到来跟见了老熟人似的,呼前喊后,"老板""师傅"叫得亲切,把三人引到一小包间。眼明手快的身土立马去点菜。他摸摸自己的衣兜,有几十块钱,心中底气也足。点了两凉菜、四热菜,又拿了一瓶濉溪大曲。

第一杯酒身土站起来,双手捧着,恭恭敬敬地对两位张姓师傅说:"我何身土先用一杯白酒,敬上座两位师傅、前辈,谢谢你们在这个城市收下我……"说着一仰脖子把酒掀到口中。谁知酒一进喉咙,辣得他立马咳嗽起来,差点把酒从嘴里喷出来,鼻涕眼泪一股脑儿流下来。两位师傅笑了,忙找纸让他擦喷出的酒和鼻涕眼泪。

酒过三巡,这时张继师傅说:"身土,你不是有事跟我说吗?现在说吧!"张继说着看看老张头。

身土三杯酒下肚,只觉天旋地转,说话时嘴唇好像不听使唤,嘴里一个劲地"我、我、我"。

张继师傅说:"老张叔跟我讲了,想让我收你为徒。我想啊,如今这瓦匠活是苦差事,晴天被晒一身灰,还要脱层皮;雨天衣服湿了,溅一身泥,没人愿干。"

身土连忙站起来接住话茬:"师傅,我愿干,我愿意跟您学。您就收了我吧!"

张继师傅哈哈笑道:"吃酒!"这顿酒,张继师傅硬是没有让身土付账,而是自己付的钱。

"三万五工地"的正前方大约有三公里的地方，是一大片平整肥沃的田地。这里种着各色各样的作物，有水稻，有葡萄，有玉米，有茶叶。除此之外，还有一片鱼塘用来养鱼……在这片田地上，还盖了一溜两层楼的建筑，既是房屋又是行走的通道。听说，这里是农学院的教学基地。每年春夏秋季，都有一批批大学生来这里进行现场学习和种植实验。

身土心里有了一种怪怪的感觉，莫名觉得那块地很亲切，是有熟人在那里呢，还是对土地和农作物的眷恋呢？说不清也道不明。平时上工时，他总有意无意地向那块张望。

这天早上上工时，身土不经意看到远远的马路上，有两三辆大客车缓缓向那实验基地开去。因为这里一马平川，所以几里以外都能看得清楚。客车越往前走变得越小。到了那实验基地时，车停了，身土看车上的人像小鱼从筐里被倒出，一下从车门里撒了出来摊了一地，一个个活蹦乱跳的。身土的心开始有点怦怦跳。于是，他在心里盘算，中午吃饭加休息，大约一个半小时。如果他从"三万五工地"走到实验基地，来去最快一个钟头，赶回来上工不会迟。至于午饭，好说，包里还有俩馍，抓着边走边吃，这样不耽误时间。身土在心里盘算好，又埋头干活。

现在，身土是张继师傅的徒儿，除了做和泥灰等一些小工活以外，还帮着张师傅掌线，看图纸。身土是正儿八经的高中生，施工图纸也就是几何三视图，几何早学过，这难不倒身土。这墙角砌到什么高度，什么拐角，需要留出什么空间，图纸反映得一清二楚，身土也能看得明明白白。据说，当瓦匠大师傅光刀工手艺好还不算，还要能够看懂各种施工图纸。有的瓦匠师傅手艺活的确不一般，但遇到复杂一点的工程，图纸看不大懂，那他在工地上只能干瓦匠活，不能当指挥。张继师傅读过几年书，好歹能看些图纸，但还比不上身土，这一来，张继师傅对身土不光信任，还有那么点依赖了。所以身土在此还比较"受宠"，日子过得就比较平静安稳。

这天上午，身土对师父说："师父，我中午想就吃饭休息时间，去那前头一趟，去去就回，不耽误上工。"张继师傅不假思索地答应了："好吧，一定不耽误上工就行。""嗯！"身土答应着。

中午歇工时,身土到工地帐篷换了一身稍好点的衣服,用清水洗洗脸,拿着俩馒头就匆匆向实验基地走去。他年轻,步子快,不知不觉就走到实验基地了。他像初进电影院里找座位的观众一样,在那里搜寻着,看看这拨人群,看看那拨人群。正当他东张西望地搜寻时,前方走过来三位姑娘,其中有位他一眼就认出来了。他想喊,离得有点远,怕声音喊大了惊动了周围的人,喊小了等于没喊。巧的是,那三位姑娘正朝他的方向走来。身土突然清醒了起来:我一个农民工,土不拉叽的,不能迎上人家。万一人家不愿意认我,这照了面岂不是让人难堪吗?这么想着,他朝一边移动步子,装着不经心的样子朝田头看。这样一来,人家如果不愿意见自己,也好装着看不见擦身而过,也不难堪。人家如果不那么嫌弃自己,主动走过来打个招呼,也属于"碰巧"碰上了,两不掉价的。他正在心里这么想着,谁知人家姑娘大大方方地跑过来,冲着身土嚷嚷:"你是何身土?"

"啊!我是何身土,你是柏艾?"身土顺势就喊出她的名字。

"哎、哎,"柏艾连连应着,"你,何身土,怎么在这块?"

何身土嘿嘿傻笑起来,这时他才感觉那两只手实在是有点多余,不知放什么位置好了。

对于何身土的突然出现,柏艾确实很意外。而何身土却不一样,他是有着充分的思想准备来"碰运气"见柏艾的,但真见到了柏艾,他脑子一时也出现了空白。好在人家柏艾是大学生,在省城生活了不短时间,算是见过世面的人。她对旁边两位同学说:"这是何身土,我老家的人,高中同学。"另两位姑娘哦哦哦地连连点头,又迅速表示理解地走开去。

这下只剩下身土和柏艾两人了。柏艾把身土领到长廊一隅找地方就地坐下,从头到尾问起了何身土:怎么来这儿了?都在做些什么?苦不苦,累不累?你变老练了,你黑了……何身土像做简答题,一一作答。末了,柏艾才惊讶地问:"你真的是来这里找我的?不带骗人的哦!"

身土一脸认真地回答:"骗你我不是人。我一直有事想找你问问,不知你可能帮我。"

"什么事需要我帮忙?只要能办到的,我要不办我不是人。哈哈哈。"柏艾爽爽朗朗地答得干脆,笑得也感人。

何身土就说他想自学考试,想自学大学本科,学建筑,刘青山给了他资料,还答应帮忙。他现在在前头那块工地上打工,这块做完下回还不晓得去哪块做,想先报几门考考,就是不晓得怎么报名,上什么地方报名,要多少钱。想去市里问,一是没有时间,二是去了也摸不到门槛。柏艾听后很爽快地答应说:"这个好了解,交给我,问好了我找你。"

来的目的达到了,身土说:"那我得回工地去了,不能误了上工。"说着起身就要离开。

柏艾也站起身,朝身土甜甜地笑道:"行,你先去忙,我会找你的!"

身土告别了柏艾,一路小跑就往工地上赶。

身土急匆匆地赶路。这一天是晴天,万里无云,从南方吹来的微风带着一股香气,一阵阵地拂面而来。在早春的碧绿的快要灌浆的早稻田中间,在弯曲的同白线似的田间机耕道上面,他自个儿在那奔走。在这大平原内,中午歇工的时段,四面并无多少人影;不知从何处传来一两声犬吠。他看看四边,觉得周围的蒿草都在那里对他微笑;看看天空,觉得悠久无穷的大自然微微地在那里点头。他兀地停步向天看了一会儿,他觉得天空中有一群小天神,背上插着翅膀,肩上挂着弓箭,在那里跳舞。他觉得快乐极了,自言自语地说:"这里真好,没有妒忌、愚弄,只有这大自然,这终古常新的苍穹皎日,这早春的微风,稻田的清气,还有同学、淳朴的张师傅,我一定要把自学坚持到底……"

这样说着,他便又加快了步子。

身土回到了工地上那顶帐篷里,他坐在自己的床铺上,心里却在那里做无边无际的联想。他首先想到何满水和鞠银子,他们一定在准备早稻的收割、地里的播种,不知他们身体可好。他想到宝钏妹妹,眼前映出她那蜡黄瘦削的脸蛋和单薄孱弱的身子架,她虽在上学,但上的是苦学,因为家庭条件不好,他前几天给她寄去的三十块钱该收到了吧?他想起他敬爱的大哥大嫂,他们一家那样贫苦,三个孩子都是上学和攒饭(能吃)的年龄,几亩薄田能得到的收获微不足道,大哥忠厚老实,没有其他挣钱的技能和路子，只靠埋头在自家田地里抠土扒作物。唉，想着想着，他心里一酸，眼眶就潮湿了。他觉得，他身上有一种重压。是什么呢？大概就是如何能让这些人不再那么受苦受穷。他有时心里也灰暗地想：还有多少可怜的衣不暖食不饱的小孩子和我这样的人一样，一出生落地，就不得不同父母一起受这世界上的折磨？在低矮阴暗的草屋门口，如同嗷嗷待哺的山雀，在那里等候他们的父亲回来。这些同饿狼似的小孩儿，长到七八岁的时候，不是去做放牛的活就是去田间地头锄草拔秧，光着身子一身泥水。人，就这么一辈一辈，往返不止地吃尽了千辛万苦。这可恶的贫穷，总要将它们斩草除根地消灭尽了才好。

他想到这里，就嘲笑起自己来："呵呵，何身土，你以为你是谁啊？要消灭这贫穷，首先把你自己的事脚踏实地地做好了，把家人所受的苦楚给抹掉。每个家庭的奋进，就是贫穷消灭的开始。"他想着，又想到同学刘青山、杨得草、柏艾。他有些嫉妒他们。同样在农村，他们到底还是跟别人不一样，上了大学。自己同样可以上得了大学，但到底还是没有去上，其中苦楚世人都晓得的，根子还是贫穷。

迄今为止，他从来不在乎自己贫穷，不但不在乎，而且还有点蔑视它。可是，老张头却不，常常在他面前唉声叹气，埋怨这又埋怨那，这也不如意那也不如意，似乎这世间就没有一点如意的地方。这些情绪整天笼罩着他，他开始在心里燃起了一股强烈的怨恨感，又由怨恨开始有些讨厌老张头了。他有时赌气不大搭理老张头，特别是老张头说他："小伙子啊，这人都是个命，你天天在这看书又有啥用？白天那么辛苦，晚上舍不得歇歇，拼命地看书，还不是上不了大学？这大学门槛跨不进去，你就一辈子是种田、打临工吃苦的命。"

"我何必在乎他们说我这些呢？"他思忖着，"在他们看来，如今上不了大学就一定没有出息了，就一定是干农活、干粗活、守一辈子穷的主儿了。我不在乎他们怎么想，我总有一天、总有一天……"

这天下午收工时，张继师傅对身土说："明天一早，你带上灰桶，到马粪都街巷古树那儿等我，我带你去一个地方做事。""好咧。"身土答道。

这是张师傅第一回带他出工,至于要去哪儿,不用问,到时自然会晓得的。

第二天,天刚麻麻亮,身土就抓紧起了床,在地沟里刷牙、洗脸,背上灰桶就朝马粪都老树小跑步而去。大约到了太阳有一竿高时,张继师傅来到了古树下,对早在这等候的身土说:"我们走。"

身土跟在张师傅后面,由马粪都街巷向西,七拐八弯地走进了一条曲折幽深的街巷。这街巷倒没有什么特别之处,只是两旁古老的大树比一般街巷多,沉重的石磨上有些久远的斑痕。越往前走,越感觉这是一条有年代的老街。身土跟在张师傅后面走着,好奇地望着两边的门面、行人……突然,前面出现了一栋古色古香的建筑,这栋建筑像山川一样静穆安定,令人顿生敬畏。走近了一看,这是一栋大约二十世纪二三十年代的仿苏联建筑。房子的四周,长出了许多的牵牛花藤。牵牛花刚长出来的叶子是浅绿色的,而且绿得耀眼。叶子越长越大时,会渐渐地变成深绿色。牵牛花的茎很长,顺着墙壁往上爬,越伸越长,连接起来像个绿色的大网。张师傅领着身土走向院门口,身土看到铁皮绿底的方牌上用白字写着"花园1号",这大概就是城里人住家的门牌号吧。有位很朴实的老妇人迎了上来,老妇人在大铁门里向门外人笑着问:"哦,是张师傅来啦?"张师傅连连答道:"嗯,嗯!"

老妇人打开大铁门迎着张师傅,笑道:"噢,张师傅请。"接着边领他们走进去边说,"办公厅昨天就打电话,说你们今天一准来的。"

身土随张师傅进了前庭又拐进个侧门,绕到后院内。后院种着各种果树和好看的花,还有不少身土不认识的植物,就是那各色各样的好看的花盆,身土也从未见过。按城里人的说法,这就叫后花园。"啊,原来,城里的大户人家,住的地方就是另一个世界呀!"身土心里这么想。其实,这次张师傅来的原因很简单,就是后花园里的一堵墙开了裂,像要倒的样子。但要干起活来还是颇费工时的。首先,得把那裂开的墙的砖一块一块地拆下来,把粘在砖上的旧干灰用瓦刀刮干净了,再从地底下重新砌起来。工程虽小,却要干得精细,一天时间相当吃紧。张师傅说:"动作快些,争取天黑前完工。"

身土于是马不停蹄地削砖、和泥灰、拎灰、递砖等,也没有个喘气的工夫。中午开饭时,有个青年男子拎了两大塑料袋东西,主要是菜、饭。这对身土来说,算是能吃顿饱饭的好光景。师徒二人席地而坐,把送来的饭菜一扫而光。二人摸摸肚子,满意地笑笑,稍稍休息一下,就又干起活来。

这一天的活十分紧张,但到了天黑到底还是把活干完了。临行前,老妇人说:"工钱办公厅按时结。"

"晓得的,晓得的。"张师傅领着身土匆匆告辞。

在回家的路上,身土跟在张师傅后面,两人谁也不先开口说话。身土心里明白,这家主人十分了得。想想这样显赫的家庭,他身上的汗毛就竖起来。同时,他又感觉张继师傅似乎被种神秘的东西笼罩着,这个整天言语不多、工地上又显得十足权威、面部表情让你始终捉摸不透的硬汉子,一下在身土心里树起了高大的碑。

春天过了,四月的冷雨渐渐变成了五月的芳香扑鼻、绿意盎然。几个星期来,身土工作、读书,听老张头无休止地唠叨、张继师傅不断地点化,他感觉到自己虽孑然一人在外,举目无亲,但,这世界上终有可以信赖、善解人意的人。而这个人就是老张头。他像根水银柱一样变来变去,对任何人和事都会冒出不一般的恶意。可是,身土理解他,点点滴滴地在护着他,到现在,身土才真正理解了老张头当初为什么要出主意,把自己托付给张继师傅做徒儿,而且不用向张继师傅交分文学徒费,既能跟张继师傅做活,小工费也照发不误。身土可以冠冕堂皇地跟着张继师傅,既做小工又当徒儿,有他张继一碗粥喝,就有他身土半碗粥喝。这是难得的好待遇。身土开始用另一种眼光看这个老张头了。毕竟,在老张头的喋喋不休中,进出的是像身土这样年纪的人尚未弄懂的人生道理……

这是五月一个温暖的傍晚,柏艾从宿舍里走出来,一个人在校园的路上慢慢溜达着。大学是人生的一个分水岭,当她柏艾一踏进大学的大门,她便豁然明白:她已经从孩子变成了大人。青春岁月开始啦。这是每个大学生的黄金年华,连空气都像美酒一般醇香醉人。她在两边立着笔直的白杨树的校园路上走着。晚风和树叶在谈心,发出一些人所不能理解的细微声响。柏艾姑娘一改当年在高中时的乡村丫头形象,身着薄毛衣,外面像男孩一样披件夹克衫,两条胳膊交叉在鼓鼓囊囊的胸前,似乎陷入深邃的沉思之中,脸上带着一种无意识的、骄傲的微笑。这是一个美好的夜晚,远远近近,灯火点点,绿意朦胧,空气中弥漫着槐花甜丝丝的芬芳。

对这位十九岁的大学生来说,日子过得既快活又不尽如人意。她没有什么大的苦恼,就是内心常常感到不安。一天里也充满着小小的成功与快乐,充满着烦恼与忧伤,充满着愤懑与不平,也充满着友爱和思念。唉,时光就这样飞逝着,转眼又是冬去春来了。

柏艾忍不住立在路边,面对着刚升起的一轮明月发了呆。她望着幽深的蓝天,吸吮着深春的气息,心里有点火辣辣的。自从那天在实验基地意外地见到了何身土后,她就一直在为他报考自学考试而打听具体报名流程、考试方式等。因为近期课程有点紧,再加上班级活动有点多,人也被弄得有些疲惫,所以,一直没有去找何身土。不过也不用急,离考试还有一段时间嘛。今晚她想着,明天学校不忙,还是去趟何身土那里,把有关自考的细节跟他好好说说,要他抓紧看书,同时确定报名地点,让他先去报名。其他她可以帮身土做的事就不要身土自己跑路了。她这么想着,感觉自己的安排很妥当,不禁得意地呵呵一笑,稍微加快了些脚步,向前面走去。

第二天一早,柏艾吃完早餐,找人借了自行车,先到学校门前的超市选购了些吃的:八宝粥两听、面包一袋、苹果几个。她晓得,何身土家庭条件不好,平时生活又节俭。再说,他现在在外头打工,整天在工地上忙碌,能不能搞到饱饭吃都很难说,哪还有时间逛超市?逛了谅他也舍不得买。她要晚一些到工地,早了身土还没有下工,恐怕连站的地方都没有,他哪有空和自己说话?只有中午午饭时间稍有点空,趁着空闲把事跟他说了。柏艾姑娘一切考虑周全了,就骑着自行车朝郊区"三万五工地"而去。

柏艾骑着自行车,风风火火地来到了城郊的工地,找何身土。

毕竟,她以前很少来郊区,一路打听着,好不容易找到了何身土所在的建筑工地。她认为是该歇工的时间了,到了工地却见人家还在干活。她停了会儿,搞不清楚工地是不是像她想象的那样上工歇工,干脆仰起脖子就叫起来。

何身土站在脚手架上,往正在砌墙的张师傅手上抛砖头。当柏艾在下面喊他时,他惊住了:这家伙怎么找到我这块来啦?

在高处做活的师傅和民工都停止了手中的活,惊讶地朝下面观望。他们大概弄不明白,这么花朵一般的"洋"姑娘,怎么来找浑身糊着泥巴的做临时工的小子何身土呢?她是他的什么人呢?好在拖了不一会儿师傅就喊歇工吃中午饭。

有位小工和何身土开起了粗俗的玩笑:"兄弟,悠着点,嘻嘻。"

何身土很难堪地在脚手架上朝她做手势,嘴里嚷着:"去那边那块帐篷……"

当何身土搓着手上的泥土和水泥灰,走到帐篷里的柏艾跟前时,自惭形秽地恨不能把头埋到土里去。

柏艾姑娘却没有嫌弃的意思,很高兴地迎上身土,笑吟吟地说:"何身土同学,我来看你啦。"

"嗯嗯。"身土木讷地应着,声音像蚊虫哼哼。

柏艾从一个大布袋里拿出她买的食物,把床铺垫子掀开当桌子,说:"慰问建设者。"

身土这时已经无词可以表达自己的感激和内心的惭愧。他的双手在颤抖,心在流泪。他突然感到自己是那样卑微和可怜。

"你还愣着干什么呀?快去洗手,这就当午饭啦。"柏艾看着呆站在那儿一动不动的身土,催促着。

"噢,噢。"身土如梦初醒,赶紧去洗手。

"那你呢?"身土问柏艾。

柏艾说:"你别管我,我早上吃得晚,不饿。"

中午的时间是短暂的。身土听完柏艾的来意,一股感激之情油然而生,他只是憨憨地说:"我一定会努力,一定。"

两位同学,在短短的叙谈中,把要说的事都说得一清二楚,剩下的是短时间的沉默。一会儿,柏艾站起身来说:"好啦,我该走了,下午有课。"身土也没有什么可说,只好帮柏艾推着自行车,走过坑坑洼洼的建筑工地,上了一条不宽的田间机耕路,一直把她送到离"三万五工地"好远处的大道上。

送走了柏艾,身土的心仍然突突地跳着。真的,他太高兴啦,也有些得意。柏艾来这样的地方找他,实在是让和他一起干活的师傅、小工们羡慕了一回,也实实在在地满足了一回他的虚荣心。还有就是,柏艾告诉他自考的情况,这对他来说,到底是一件大事情得到了落实。太好了!

他返回工地时,张继师傅已经吃好饭回工地来了。见张师傅眯着眼朝他笑,他立马慌了神,红着脸解释说:"我老乡,是高中同学,在农学院读大学,来跟我说自考的事情。"

"哈,嗯,好嘛。"张师傅若无其事地打哈哈。

进入六月后,皖南山村呈现出一派忙碌景象。梅都何村周围的山野里,一片盎然生机。阳光火辣辣地照耀在月牙湖两岸的缓坡上,渐渐长高的鲜绿的杂草已经全部覆盖了冬日里上坟烧纸钱和烧荒留下的大片黑色斑痕。在皖南农村包括梅都何村,都是种双季稻。早季稻在打春过后约三月里开始育秧插秧,到七月份早季稻成熟,抢收抢种就开始了,这叫"双抢"。这个季节在皖南农村是最忙最需要劳动力也是农民最苦最累的阶段了。劳动力强的农户很快就能做完抢收抢种的活,几天内就把收、栽、灌的活计全部结束掉。苦在劳力弱的家庭,这时农活十分吃紧。

抢收先要把稻秸秆割倒。天刚麻麻亮,人就已经到田里开始割稻,沙沙沙一蔸一刀,一把要割六七蔸,这过程人就一直弯着腰,弓着背,就像一只大麻虾弓腰往前爬行。割稻人身上头上全部湿透,也不晓得是露水还是汗水,衣衫黏黏地贴在身上紧裹身体,个个像刚被从水里打捞起来的。有的被镰刀割伤了手指,就把伤的手指放嘴里吸溜几下,随便撕点破布条扎一下继续干活,没有人会在意这点小伤。割好的稻放田里晒一会儿,这样稻穗上的水会少得多,挑起来就可以多挑些。割好的稻把在两旁齐刷刷放成一铺一铺的,中间留出笔直的空道,以便打稻机从中拖过。打稻机是脚踏式的,人们往下使劲踩脚踏板,传动杆牵动大小齿轮飞速转动起来,这时人边踩踏板边抱稻把,将稻穗放到滚筒上反复滚动,稻谷就全被打飞到木桶里。当然,也会打好多碎草到木桶里,又得要人一把一把捞起,抖净稻谷,扔掉碎草,确保稻谷颗粒归仓。无论是抱稻铺、打稻、踩踏板、拖动打稻机,还是挑稻、拖草把,都特别耗费体力,不经常干农活的人一天下来,体力耗尽,浑身无力,软得跟煮熟的面条一样,第二天爬都爬不起来。木桶里的稻谷还要扒到箩里挑到晒场晒。挑上满满的湿谷担,多的足足有二百斤,少的也有一百好几十斤重。在没过小腿的湿田软泥中行走,徒手都困难,挑着重担真是举步维艰,腿肚打战,辛苦到了极点。这时你要想就势坐在水田边歇一会儿,打个盹,虽不像当年红军战士过草地那样一坐一睡就再也醒不来,至少也会因为浑身回劲,再无力气继续劳作了。晒场上还得有专门人员负责摊晒稻谷,一耙子一耙子把稻谷耙开、摊平、摊匀,每隔半个小时要翻一次,好让稻谷晒得均匀。耙稻谷的活儿看起来轻松,但晒稻场总比较热,烤得人像在火堆里洗澡。这活往往是六七十岁老人或头十岁的娃帮衬着做的。在打稻机旁,还要有人负责捆稻草,一天的草捆下来,手臂上全是稻草叶划的痕,血丝像细细的红线粘在皮上,火辣辣地痛。捆好的稻草要从田里挪到别处去晒干,挑回家做柴烧或者冬天喂牛。湿稻草非常重,拖上田埂的过程很艰难。尤其是孩子,双腿陷进泥水里时,个头就和稻草一样高……这一桩桩虽不是大事,但都是活,得要人做啊。一个环节做不到位,都会影响下一步抢栽抢种。

抢收结束接着就进入抢种阶段。先要把田犁翻过来,撒上农家肥,有条件的再撒上些化肥,这些样样都是手工活。田翻完后,立刻就有人拖着横木梯在田里走,把未耙平的泥再次压平。接下来就是拔秧。拔秧是妇女和年轻人的强项,当然也有技巧。主要是秧根要撕得开,秧苗棵子要小,分成一把一把扎得要齐,抓在手头上根不打结,秧苗分利索了才好插,速度才能提得上。通常人们把拔好的秧苗扎成一把一把的再挑到田里。

但是抛秧,又是有技巧的。内行的人会根据一块田的大小和秧插的密度来确定抛下多少秧苗,这样一块田插好了,秧苗也正好用完,这就要靠人的经验和好眼力才能估计准确。插秧的时间也有讲究,一般赶在清晨或下午三点钟以后开始插秧。若是中午插秧,头上烈日晒,田里的水滚烫,娇嫩的秧苗容易被晒伤。若天气好,有月光,还会借着晚黑的月光插秧。常常是正午干不了活,就等傍晚暑气退下些,天不那么烤人了,再接着抢活。"春争日,夏争时",拖了时间会影响下一年收成。双抢其实就是抢农时。作物和农时的关系怪特别,比如,今天插下的秧和明天立秋后插下的秧,虽然就几个时辰之差,但秧苗长势会完全不一样。立秋后插的秧到收割时就是不长穗子,或是穗子里没有米,没收成。

每年到这个时节,农民腿脚和手都会被泥水染上一层黄色,这就是双抢的标记,一时半会儿是洗不掉、褪不掉的,只能等双抢结束,随着天气慢慢凉下,穿长衣长裤捂几个月后,才会慢慢褪色。正忙时节,中午回家只能先喝一小碗结了一层薄薄粥皮子的绿豆粥或白米粥,端起来一口喝掉半碗解渴,等歇了汗再吃饭,恰在这时,人却已经靠在风口的门槛一旁睡着了。睡熟中,嘴角流着的哈喇像丝线挂着,嘴里咕噜着:"苦死了,累死了。"一季双抢下来,有人要瘦掉十到二十斤肉,甚至会害一场大病,很久才能恢复元气。

双抢除了累和苦,还有就是没完没了的口舌和纠纷。在平时,大家乡里乡亲都说得过去,但到双抢,到了有利害冲突时,就得分高低了。就说水吧,水必须从上游流下来,但这就要通过上游人家的田,那是不允许的,会把人家撒的肥给带到下游的田里,亲兄弟也不照。还比如说牛吧,牛是几户人家合养的。双抢时大家为抢时令,都争着用牛,后来,就想了个办法,抓阄。排到最后用的那一家,一不小心错过了立秋节,栽下去的秧就没有什么收成,农民们常常为这些事揪心。重者打架翻脸成了"仇家",老死不相往来;轻者也心存不快,淤积着矛盾,说不准什么时候就爆发"战争"。

列车像一条蠕动的长虫,沉重地叹息了一声,又战栗了一下,然后发出几声惊人的呜呜长鸣,就悠悠地驶出车站,喷吐着白气向南驶去。车轮在撞击铁轨的铿锵声中迅速地急骤起来。

在摄人心魄的隆隆声中,两边那些衰老的破房旧屋跳舞一般飞快地旋转着退向后边。

西湘市顷刻消失了。

列车向南,驶出大平原的西湘市,向前既有平原又有山包。穿过两条幽深的隧道后不久,辽阔的皖南丘陵和平原便忽闪忽闪地展现在眼前。

短短的时间里,就像从一个世界来到另一个世界。从车窗望出去,南方平原上田里成熟的早稻已经灿烂地严严实实地遮罩了大地,在夏日炫目的阳光下像漫无边际的金黄色海洋。遥远的地平线上,逶迤的山岭在蓝色的雾霭中时隐时现。纵横于大平原上的河流,如同细细的银链盘绕在墨绿色的丝绒中。

列车像老马一般呼哧呼哧在原野上慢跑。

何身土坐在紧靠窗口的座位上,眼睛里闪着激动的神色。他来西湘市时,从镇上乘公共汽车到沿湖市,再转坐长途汽车到西湘市。这次他从西湘市坐绿皮火车到沿湖市,再从沿湖市坐汽车往回赶。这还是张继师傅跟他讲的,这样会快点到家。临行前,张师傅对他讲:"身土啊,挣钱的机会多,但双抢一年只有一次啊!家里人手忙不过来,回去一趟吧,帮帮家里。忙完双抢,赶紧回来。"回想着张师傅的话,身土感谢张师傅知遇之恩,想着想着,两眼就潮湿了。

列车过了长江大桥就到站了,身土立即拎着行李包奔跑到火车站对面的长途汽车站,从这里坐长途汽车回县城,再回梅都何村。

见何身土回来,何满水和鞠银子两口子高兴得直揉眼睛。宝钏也放暑假在家,哥前哥后地端饭倒水,一家人好久没有这样团聚了。况且,明天一早就下田开镰双抢了,这是添人添力气的事,不会让鞠银子顾得田里顾不得灶台和晒场了。

何满水看着变黑了但明显老成了的身土,心里有些得意,脸上泛着亲切的微笑。

第七章

　　身土这次回家,俨然挑起家庭的主事职责。他对何满水和鞠银子说:"爷、婶,我们这样计划一下:每天早上天不亮下田,趁早上天气凉快,我、爷、婶下田割稻。割到中午饭前,正是太阳开始毒的时候,我们回家吃午饭,午休一会儿。最毒烈的太阳会把稻把晒干一些。这时我们休息好,就下田打稻,稻子也轻多了。到天黑前我们把割下的稻打完挑回晒场,晚上我就睡在晒场看稻,你们可以在家睡安稳觉。这样安排,不误工,人也轻松,立秋前轻飘飘地把晚稻秧插到田里。"何宝钏听了,眼睛瞪得溜圆:"哥,你们、你们,老你们三人这样那样,我呢?不是人啦?"鞠银子马上接话:"鬼丫头,怎么跟你哥说话的?"身土笑笑说:"妹妹别急,你的任务是耙稻,再把稻谷里的碎草捡了,在家煮上一大锅粥凉着,我们回家喝上几碗粥,又快又省时,剩下的时间你就好好休息啦。"宝钏嘴一噘,咕噜道:"我不,这事叫妈做,我去割稻打稻。"鞠银子说:"听你哥的。""妈——"宝钏拖长声音。何满水说:"你哥安排得有板有眼,干外头的活,你动作憨,误工。""喊……"宝钏显得很不满。又迫于一家四口人,三人一排风,她成了少数,也就服从了。

　　身土从早起割稻、打稻、挑稻,重活累活基本全包了。到了犁田时,毕竟年轻,嫩了些,犁田技术不那么熟练。何满水有时在一旁当教练,有时也和身土换换手,两人配合得非常默契。田犁好就是耙田、撒肥,然后进入栽秧阶段。鞠银子负责拔秧,身土挑秧抛秧,何满水插秧——他年轻时就是插秧好手。一家人协调一致,互相鼓励,很快他们家秋收秋种就结束了,在村里算是比较早完成这项重任的。再下来是晒稻风稻。由于太阳毒辣,这几天也没有暴雨,稻谷很快晒干风净,该交的交,该卖的卖,该留的留,样样办得妥当。

那天,身土挑一担新稻去碾米机房,碾下的新米又白又大,十分喜人。第一顿新米饭是宝钏做的,她还特意买来肉、鱼,加上自家蔬菜,忙了一桌。有心的宝钏还打了白酒,分别给每个人一只酒盅,以示庆贺丰收,顺利完成今年双抢。一家人忙得脚下生烟,鼻尖出汗。身土看看大致没有什么可做,就顺势趴在门口树荫下的石桌上,一不小心就睡着了,一边打呼噜,一边流涎水,因为是趴在石桌上睡的,姿势不对,糊了一脸的哈喇子。等到宝钏一边大声嚷嚷"哥,哥,吃饭啦",一边跑到身土跟前看到这一幕时,姑娘眼睛一潮,扭头就回屋去了。她坐在自己屋里竟哇哇地哭了起来。鞠银子听到姑娘在哭,不知发生了什么,急忙冲进屋里问个究竟。宝钏一把捂住脸,一边哭一边只摇头。她自己后来说:"我也不晓得为什么要哭。真的不晓得为什么嘛。"身土猛地惊醒来,发现何满水正坐在他身边用芭蕉扇为他轻轻扇着风。身土用手摸了一把满脸的涎水,有点难为情地说:"哎呀,睡着了,淌哈喇子,嘿嘿!""嘿嘿……"何满水也笑着,却是心疼的苦笑。

一家人欢天喜地地吃午饭,喝庆祝酒。何满水平时不喝酒,身土也很少沾酒,至于鞠银子和宝钏也只是象征性地端端杯子助助兴而已。三小杯酒过后,身土头有点小晕,但感觉脑瓜子还清醒。他进到屋里,从他那旧帆布包里掏出一个纸包,里面包着钱。他把纸包一把交给鞠银子婶:"婶,这是我这几个月赚的钱,都在这。我现在是三块八毛钱一天,张师傅全给结齐了账。我做了满打满算八十五天,一共是三百二十三块钱。我自学报考六门课,每门课是一块五毛,共是九块钱;每天伙食约七毛再加上买牙膏牙刷肥皂,用去五十九块钱;回来车票五块钱;寄给妹妹三十块钱。我回去连车票加伙食再留十块钱,这里共剩下二百一十块钱全给婶、爷。"身土把一笔账写得清楚,交到鞠银子手中。鞠银子双手捧着身土递来的钱,两眼看着何满水,何满水看看身土,又看看鞠银子,心里一阵喜一阵酸的。鞠银子用衣袖揩着眼睛,小声说:"孩子你在外也太苦了,连顿热饭都难吃上……""婶,我在外好着呢,家里忙,我就回来,不忙了就出去,能挣几个算几个,等把妹妹供上大学了,我们家日子会一天比一天好嘞!""嗯、嗯……"鞠银子连连点头。

何满水说:"他婶,再给身土带些钱,外头要花钱。""对对对!"宝钏从鞠银子手里拿过纸包,解开,拿了两张十元的票子递给身土,"哥,你再带点。"身土立即推托说:"我有咧,出去一上工钱就有了,不缺不缺。"最后在何满水的再三劝说下,身土接过十块钱。

身土说:"爷、婶、妹,我要不明天就回西湴去吧,田间爷能拿得下,需要我我再回来。我看妹也早点去学校,集中精力看书。"这时,鞠银子有点为难地看着何满水,好像有话要说,又不便说出口。还是何满水咳两声,说:"这个、这个身土啊,昨晚你望山爷找到你婶和我了,说他家劳力少,顾不过来家里这些活,双抢吃紧,想叫你和我去他家帮一天工。以后,他还我们工,你看……"

鞠银子补充说:"都不易,都不易。他说日后会还我们家工。"

身土说:"爷、婶,人家有难处,帮帮人家是应该的,这,我听爷和婶的就是。"

"那明天天不亮我们俩就赶到他家,趁天凉我们多做些活。"何满水说。

"嗯哪!"身土答着。

双抢结束,何身土急速赶回西湴。这时工地上瓦匠的活基本完结。张继师傅说:"这里活结束了,身土你有哪块可去啊?可有什么打算?""我、我没哪块可去了。师父您如果不要人了,我就再跑跑,去碰碰运气。"身土回答。张师傅说:"既然这样,你就跟着我吧,我接了一处新活。"

这一次来的工地,是建省政府办公厅的家属楼。计划是十幢,每幢是三个单元,六层高。张继接到通知来工地,顺手就把身土带来工地,这对身土来说真是幸福无比的事情,不仅成了张师傅工程队的"班底",而且重要的是他一时半会儿不会失业了。对外出打工的人来说,有活干就等于有了活路,有赚头。

　　身土这回住的是工棚,离工地很近。张师傅给他找了一顶红色的安全帽,说这是吉利的象征。再说晌午太阳会很毒,戴安全帽一方面是为遮烈日烤晒,另一方面也是为了安全。一开始,身土的工作是给泥瓦匠师傅送砖和打好的混泥灰,这个活需要人手脚麻利,行动灵敏,反应迅速,弄慢一点,要么师傅砖头跟不上,要么混泥灰跟不上,影响工程进度。好像这是计件工程,用的时间少,就赚得多。张师傅给身土安排这样的活,身土十分卖力。和他一起做小工的,有妇女,也有放假的高中生,还有建筑工人自家的家属工。放假的高中生利用假期这些日子赚点学杂费钱;那些公司家属工,常年靠跟着家人在工地做活养家糊口,是工地上的老工人、老油条,谁也不敢说他们什么。唯有身土,是攀着张继师傅才混到这个工地上来的。他一没根二没鋬,一不小心就会被开除。所以他处处是捂着裤裆过河——十分小心。

　　上午的活一律比较重。身土从来寡言少语,埋头干活。他瞥到那些偷闲挂着铁锹发呆的学生工、家属工,也不敢多看他们,更不能学着他们的样子。他总是抬头用手在前额上刮一把再埋头干活。

　　每天中午,身土也只能随便买些吃的,时间短也得不到休息。师傅们可以在树荫下或回家休息会儿,他身土只能把混泥灰、砖早早预备好,确保一上工师傅们就能接上手用起来。情形往往是:中午空旷的工地上只有身土一个人在蹲上蹲下、跑左奔右地干活。他像一匹不知疲倦的烈马在奔腾,又像一台并不崭新的机器在轰鸣。

　　下午太阳更把人晒得要命。太阳越辣,泥瓦匠干活就会越快,包括工头、师傅在内的所有人都像正在洗澡一样,汗水哗哗流着,手里边的家伙什越使越快。那么送砖和送混泥灰的也得拼命跑步赶活。墙头上的泥瓦匠,一抹灰,一提砖,再用瓦刀敲两下,撩起衣服擦一把汗,偶尔看一眼火辣辣的太阳,又继续重复着这个动作,似乎会永远重复下去。他们嘴里还在不断吆喝:"快,砖没了,混泥灰没了……"送砖送混泥灰的人都跑飞起来了,像我们的身土,恨不得把手也放下来,四脚朝前奔。

好不容易盼到歇工,师傅们和住在附近的小工们回到家,至少有人把饭菜摆好了,有的还能端杯小酒解一天的疲乏。而我们的身土,住在烤得像蒸笼一样的工棚里,虽然躺下身子倒头就睡,可是因为天热、头晕,反倒睡不着了,躺在床铺板上也只是发呆。人累到极处是无法正常休息的。他脑子里浮现出这样一些句子:"生命是一场负重的奔跑,当已经疲惫不堪时,为什么不停下片刻?这一场浮生里,一切都是虚妄和不长久的,什么都靠不住,什么都终将会改变,哪怕是生命中曾经最深切的爱,也抵不过时间的摧折和消磨。"

"唉,身土啊身土,你怎么会想到这些啊?你可不能虚度人生啦,你命贱可耽误不得,你有多少事要做呀!"他在心里责怪起自己。

他呼啦一下坐起来,自言自语地说:"我何身土从降生到这世上,就决定了没有理由没有资本偷一点懒,必须要像铁钉一样坚硬……"他潦草地用凉水洗了洗,找点吃的,用凉水浸了毛巾裹在头上,又一页一页地翻起书……

一天,身土翻着书,突然听到工棚外有窸窣的响动。开始他认为是风吹的,毕竟入秋了,晚上会比白天凉快一些,不时还伴着些微风,这使他夜晚的日子稍好过点。一会儿,他听到有停自行车的咔嚓声,便警惕地放下书,直起身朝工棚门口望去:他既然住工地就有护场子的义务。不承想他一踏步朝前,门外的人一头钻了进来,他们彼此面对面,又都吓得一蹦,同时啊了一声。身土定睛一看,原来是张继师傅。只见张师傅一手提了一扎瓶装啤酒,另一手拎着些用塑料袋装的卤菜和黄瓜、西红柿什么的。张师傅笑嘻嘻地说:"身土,今晚咱爷俩喝点酒,拉呱拉呱。"身土这些日子来从没有遇到过这样的场面。今晚师父这般情分使他感动得心里直酸楚。

师徒俩在一块踏板上摆开阵势,把塑料袋里的菜分类摊开。师父从兜里摸出两双一次性筷子、两个塑料一次性杯子,然后用牙咬开啤酒瓶盖,一人一瓶。先是倒在一次性塑料杯里,身土先敬师父,师父又回敬身土。这么一来二往,喝着喝着索性把塑料杯放在一边,拿起瓶子对口吹。

开始是师徒相称,慢慢就哥们相称了。喝过一阵酒,吃了一阵菜,张继师傅用粗糙的大手在嘴上一揪,说:"身土啊,哥们,叫我说啊,咳咳,你也看到了,随着咱这全社会的改革与开放,国家啊迅速地转入了大规模的建设时期。我早就说过,是不是?"

身土认真听着,嘴里含了口菜在点头。

"你看,"张师傅接着说,"你看这从农村到大大小小的城市,各类建筑如那雨后竹笋子突突突地就破土出来了。我晓得,有些属于计划之内的,有些是什么呢?叫我说是盲目上马的。你看这整个中国已经变成了一个大建筑工地。这次我出去看了,比我早先想象的要大得多咧。"张师傅说着,对着瓶子吹了口酒,喉结上下一滚动,咕嘟一声咽到肚子里。

"前些天,就你回家割稻子那回,"张师傅接着说,"我去了江西九江。回来的路上,我一路看一路在想,你看那路两旁的山、田地,到处都是挖掘机、吊车、推土机、大货车、拖拉机等等,在刨山挖田,到处都像被猪的嘴给拱翻了一遍;四处都在建砖瓦厂。我看啦,这各种建筑材料都成了热门货。木材在涨价,砖瓦一直供不应求,水泥、石灰成了紧俏货。特别是钢材更宝贵,就像三年困难时期的营养品一样,受到了严格的控制。这越是控制,越是紧缺;越是紧缺,漏洞也就越多。我晓得我们单位一个人,一个能人,我不能说名字,他通过搞关系走了后门,弄到了一批钢材,一转手,你猜,就这一下净赚多少,晓得吧?"张继师傅说着把眼睛盯着身土,似乎想在他那里要答案。

身土直摇头,说:"那哪晓得?不敢想。"

"这个数。"张师傅说着伸出一只手。

"五百块?"身土说。

"啧啧啧。"张师傅说,"大胆猜。"

"那就五千块。"身土说。

"再猜。"张师傅说。

身土一脸茫然地看着师父。

"五万块。"张师傅揭了谜底,接着说,"这还只是一笔交易,大头还在后面咧。"

身土伸伸舌头,表示惊恐,又表示不可思议。

"吃酒吃酒。"张师傅又拿起酒瓶对着身土手里的酒瓶碰了一响,"哥们,干。"

"身土啊,"张师傅又说,"我对你讲,现在别小瞧我们土头土脑的农民,他们有的已成了'熟练的生意人'。他们提着人造革皮包,带着好烟名酒,从乡下跑来城里,看他们动作迟笨,一脸忠厚,但个个精明得很,不会放过任何一个可以打开的'缺口'。身土,你比那些人聪明,你要想快发达快富裕起来,你完全可以走这条路,不必在这里跟着我受这份累,这挣不到几个钱。"不知是酒的作用还是内心想起什么,张师傅眼圈红红的,他那粗糙的大手在脸上揪了一把,嘴对酒瓶咕咚喝了一大口,低下头去。

身土直盯着师父的嘴巴,听到这,他突然脑子一阵空白,不知如何回答师父。

身土突然意识到一点什么,就一阵心酸,不禁两眼一红,对张继说:"师父,您是不是要赶我走?我做得不好?"

张师傅一看身土这模样就哈哈大笑起来,说:"身土,你错了,师父是在给你指明出路呢。"

"什么出路?"身土仍然不解。

"我是说,"张师傅说,"我是说,刚才说的那一类农民,当然喽,城里人也不少,就是靠这跑门子很快发起来的,有的一夜暴富。师父看你小脑袋瓜子又活泛,别空长了它,让它派派用场,你试试走走这条路嘛。"

"师父,我试不了,我也走不了,我没那块的智商。"身土急忙回答道。

"能轻松赚大钱的路你不走?"张师傅追问着。

"不走,不会走,就是会走也不走。"身土答道。

"为什么?"张师傅追问,"你傻吧?"

身土摸不着头脑,只是低头不语,嘴里却咕哝着:"那是投机取巧,不走正道,不能干嘛。"

"这么说,你愿意跟着我这么老老实实地凭辛苦挣钱?"张师傅一本正经地问。

"嗯!"身土点头,"这样挣钱心里踏实。"

"不后悔?"张师傅问身土,"你保证不后悔?"

"不!"身土头一扭,以一副正儿八经的模样回答道。

"好。"张师傅显然高兴起来,说,"那你就跟着师父好好干,不要三心二意。"

"听师父的。"身土坚定地回答。

"那好,明天,我想你跟着我掌刀砌墙,做大工。"张师傅说。

"师父,做大工? 我、我恐怕不行吧?"身土有些胆怯起来。

"我说你行就行! 我相信自己的眼力。"张师傅说话很肯定。

"谢谢师父。"身土有些兴奋地拿起酒瓶就朝自己嘴巴里灌酒。

在建筑工地,做大工的叫师傅,其他的一律叫小工。大工拿的工钱比小工多得多。这对身土来说,不仅仅是地位的变化,还有收入的翻番,就好比天上掉了一个大馅饼砸到他的头上。嘿嘿,嘿嘿。

张师傅眯着眼睛看着身土,满含着会心的笑意。身土不明白这笑的含义,只觉心里暖暖的。父亲就是这样的吗? 这个可怜的孩子,在娘胎里父亲就离他而去,他连父亲长什么样子都不晓得。他此时说不上来是因为想念自己的父亲和故去的母亲,还是因为酒劲上来,总觉得眼里有东西在往外流。

"身土,"张师傅突然大声说,"身土,你今年几岁啦?""虚十九岁。"身土回道。"嗯,还小。"张师傅像对身土说,又像自言自语,"十九还小。家里可给你攀亲了?"

攀亲就是找对象的意思。身土迟疑了一会儿,说:"没,还没。"在回答这个话时,他有些拿不准。他隐隐约约知道何家收养他,是要他将来与宝钏妹成亲的。可这只是两家大人的想法而已,也许是随便一说而已,不算是攀亲吧。再说宝钏现在的样子,也不一定能看上自己。宝钏还那么小,还在念高中,将来还要读大学,读了大学就成了公家人。一个公家人怎么能瞧得上一个土里土气的乡巴佬? 他心里想,这样回答师父应该不是说假话。这么一想,他的脸也就不红得发烧了,心里也平静了许多。

"没有好,没有好。"张师傅说着自觉哪里不对劲,心想:喊,什么叫没有好嘛!这什么话?所以他又改口道:"没有没事,你还小,不急。"他觉得补上这句话就妥帖些了。其实,张师傅听身土说还没有攀上亲,心里有些喜悦,所以脱口说出了"没有好"。只是身土哪能明白得了这话中之意呢?张师傅一拍大腿,站起身说:"走了,明天你按我说的做大工。"说完拍拍屁股,一头钻出工棚的门,推着自行车向黑夜走去,很快消失在路的尽头。

身土按着师傅说的,正儿八经站在脚手架上,拿起瓦刀开始砌墙了。这时变成了别人给他送砖送混泥灰。别人也小师傅小师傅地呼他。眼下建筑楼房都是按防震要求设计的,基本都是用钢筋扎好框架,再用水泥浇灌成水泥柱,形成房屋框架,再在框架内砌砖。有的墙是落地的,叫受力墙,这种墙要求比较高;而有的小一些框架内的墙,叫不受力墙,可以砌,也可以不砌。建筑者们为了给单位和个人完整的套房,把不受力墙也砌起来,有些住户在装潢时,如果不需要还可以把墙拆了,按自己的想法重新设计室内。张师傅一开始安排身土砌那些不受力墙,为的是让他先熟练手功和眼功,以便掌握瓦工技巧。这当然要靠身土自己一点一滴感悟出来。身土自从拿上了瓦刀,活儿就比送砖送混泥灰要单一,也轻松了不少。这么说吧,送砖送混泥灰是跑腿活、出力活,凭体力吃饭。拿瓦刀呢,就有点凭技术吃饭的意思。当然,身土当下还说不上有什么技术,但也朝技术贴近了一步。

身土的活轻了些,体力也就充沛了些。有体力就有精力,有了精力就能做其他事,特别是看书的效果也明显增强起来。

身土每到晚上都舍不得休息,晚上静,看书效果好,还能时不时走神想想柏艾。因为在这个城里,除了张师傅是他目前最亲近的人,再就是柏艾了。特别是她代他问清楚了自考的方法、报名要求、确定报名点和考试点,这对他来说是很重要很重要的事。要是凭他身土自己去这么大的城市找,问人连门都摸不到。他对柏艾心存感激。

　　这天下午收工后,身土想着要去找一下柏艾。一来是过几天就要考试了,要去问问她具体事情;二来他带了五十块钱,请她抽空帮着寄给宝钏妹妹。他找人借了自行车,一路朝农学院骑去。

　　柏艾正在上自习。他把她从教室里叫到外面的大操场上。

　　他讲了考试的事,又简单地询问了一下她的情况。

　　柏艾说:"我啊,什么都好着哩,只是学习有点忙,加上班级一些活动,也没的时间去你那里!"

　　"不用不用。"身土急忙回说,"我晓得你忙,再说,我也天天上工,舍不得歇一天。只能抽晚上一点时间来找你了。"

　　说着,身土从荷包里掏出五十块钱,说:"又要麻烦你抽空帮我寄给我宝钏妹妹。我是真没空,我上工,人家邮局上班;我下工,人家邮局早就下班了。中午吧时间太紧,这就劳苦你老同学了。"

　　"小事一桩。"柏艾大大咧咧地说着。可看到身土那身没来得及换的衣服和满头的汗水,头顶上的灰土把头发都染成了灰土色,她突然仰起脸用泪蒙蒙的眼睛望着身土,说:"何身土,你真是个好人。"

　　身土有点不好意思地扭过头去,说:"什么好人不好人的。农村人都这样过呗!"

　　柏艾手一抹眼睛,说:"好,你的事我保证办好。再就是记住考试时间和考试地点,考试时记得一定要带好准考证,可千万别误了事。"

　　"那我回了!"身土跨上自行车,迅速消失在柏艾视线里。

　　何身土往工棚赶,路过他们工地时,发现有一辆小卡车停在路边。他停下车朝那方向看,隐约发现有几个人在抬着什么包往车上运。他敏感地想:该不是谁趁夜色偷工地水泥吧? 他心里想着,不禁推车向卡车走去。为了给自己壮胆,他先大喝一声:"哪块的人,干什么东西的?"那几个正忙着的人一听喝声,到底是做贼心虚,有点慌张。身土走过去,那四人一齐上来围住他,吓唬说:"不关你事,小心你狗头。"

　　身土心里一惊,完了,真是偷水泥的人。但他又壮着胆,大声吼道:

"怎不关我事？这是我们的工地,水泥是我们的,你们不能拖走我们的水泥。"

"喊,你小子怕是活够了,跑这里来猪鼻子插大葱——装什么相(象)。"说着四人围拢过来。昏黄的灯光下,身土仿佛认出了这几个人:不错,就是在小吃一条街喝了他四瓶啤酒谎称为他找工作的那四个北方人。那四人不管三七二十一,围住身土口里不干不净地骂起来。正当身土想解释什么时,其中两人过来一左一右把身土的两只胳膊朝后一撇,同时两手摁住他后脑勺,另两人一左一右抄起身土两腿朝后一掰,把他高高架起,使他面朝下悬空,再同时使劲往上一扳,身土哎哟一声,顿觉四肢要断裂,疼得眼泪大颗大颗滚下来。他第一个念头是,今晚上恐怕活不成了。

其中一人说:"恁熊孩子,坏咱们好事,非弄死你,叫你尝尝喷气式飞机是咋坐哪。"另一个人说:"小子哎,快活不?"身土这时泪水汗水混在一起流了满脸,用微弱的声音说:"大哥、别、别这样,我、我买过四瓶啤酒给你们喝过,还买了一碟千张疙瘩咧……"其中一人说:"什么? 什么四瓶啤酒,什么疙瘩不疙瘩的?"又一个人好像明白了什么,说:"你再服服(说说)。"身土有气无力地说:"在马粪都小吃一条街上,我们、我们见过,你们、你们还为我介绍、介绍工作。哎哟……"

四个人停止了"用刑"。其中一个人说:"把这小子放下吧。"

身土被四个人甩在地上,浑身像散了架样地痛。那四人凑过来看看身土,反复认了几遍,确认这小子是面熟,再说离那次喝酒的事时间也不是太长,脑子里到底还有些印象。于是有人就说:"咱们弄点水泥卖点小钱喝酒,恁熊孩子当什么大头鬼? 弄不死你便宜了你。""对对对。"另一个人说,"弄不死你算便宜了你。今晚这事俺放你一马,你要是把事给捅出去,小心你这条小命不保。"说着四人开车跑了。

身土浑身被整得生疼,他们走后好久,还躺在地上一动不动。他想,这个晚上自己算是幸运的,若真被他们弄死了,凭他何身土,连个为他申冤的人都没的。想到这里,他两眼流出了酸楚的泪水,流在嘴里咸咸的,苦苦的。不过,他又在想啊,受辱别怕,重要的是自己要强大起来。他决定不把今晚发生的事说出去。

当然,何身土已适应了这样的生活。他在工地上,吃饭和别人一样,端着个大海碗往地上一蹲,呼呼地往嘴里扒拉;说话是粗鲁的;走路故意弓着腰,手抄起或笼在袖口里,两条腿故意弄成罗圈形;吐痰像子弹出膛一般;大完便和其他小工一样在水沟沟里用手捞点水洗一下,从不用手纸。所有工地上的做工人,都认为他何身土跟他们一样,是扁担一字都不识的文盲,才来做这样的苦活。何身土这样不是为博人同情,而是不这样,工地上的人会瞧不上你,认为你没有吃苦精神,就是说话,也和你说不到一堆。

但,身土有一点没有同他们一样,就是在晚上睡觉时常常失眠——这是典型的文化人毛病。

是的,苦熬一天以后,何身土在静静的夜晚,思绪更为活跃。他有时候想一些具体的事,也有时候思想漫无边际的,像没有河床的洪水在泛滥,又像五光十色的光环交叉重叠在一起。但更多时候他把精力注入书本里。他要强大。

当然,这些并不影响他第二天的劳动。他到底还是年轻,体力像拉满的弓那般饱满。

时光不停地向前流去,天气渐渐地凉爽起来,吵人的蝉声被秋风吹散了,代替它的是晚间阶下石缝里蟋蟀的悲鸣。

转眼间,深秋已经悄悄到来啦。身土喜欢秋天,秋天比春天更欣欣向荣,花木灿烂的春天固然美丽,然而,硕果累累的秋色却透着丰收的喜悦;秋天比夏天更五彩缤纷,枝叶茂密的夏天虽然迷人,可是金叶满树的秋色却更爽气宜人;秋天比冬天更美丽动人,白雪皑皑的冬天固然可贵,但是,瓜果飘香的金秋却更富有灿烂绚丽的色彩。

他想到梅都何村月牙湖,月牙湖畔的月牙河,秋天的余晖洒在月牙湖上泛着金光,月牙湖像披上了一层薄薄的金纱,各色的斑点宛如洒在湖面上的宝石,把湖面点缀得五彩斑斓。当太阳的一半沉到地平线下时,月牙湖一半红、一半绿。他想着,在心里吟道:"一道残阳铺水中,半江瑟瑟半江红。"他脑中映着梅都何村的田野,一望无际的稻田像铺了一地的金子。一束束稻穗沉甸甸地弯下了腰,一阵风吹来,便掀起一阵阵绸缎一样起伏的波浪。还有山地种的棉花,棉桃纷纷咧开了嘴,露出雪白的绒绒,一片白浪,美景尽收眼底……

夕阳收回了最后一丝余晖。天全黑了,只有月光静静地泻在路面上,寂静统治着这片原野,月光照亮黑夜,照亮了晚归人回家的路,像一盏照明灯。

在这秋色里,身土又一次跟师父来到了深巷的"花园1号"别墅。这是他第三次来。这次主要是帮着检修平顶。等到休息时间,他走进了后花园里,后花园里盛开着满园的菊花,有黄色、粉红色、白色……大大的花朵,卷曲的花瓣,像一个个鬈发的小姑娘。身土走进艳菊,慢慢地陶醉在那股清香里。

第三天师父走不开,身土一个人来别墅。其实修房顶也不难,把原有的防水层掀掉,扫干净,重新浇上新的防水层,在油毡上浇上柏油。这个活要求认真仔细,特别是每个拐角的接缝处要衔接好,否则会从那里浸水到屋里。

这次,身土见到了这家两个人。一位是年近九十岁的白发老者,虽然老者年事已高,但说话行走如雷霆如行云;他还晓得老者是什么"黄埔二期",在省里担任一定职务,老早是部队里的领导。这是听他们家那位保姆老妈陆陆续续说的这么一点。再一位是这家的女主人,三十六七岁样,家里保姆叫她杨副院长。杨副院长个头不高,身材匀称,仪态端庄,是本市驻军某医院副院长。

杨副院长人很和气,对人很友善。白净脸,一笑嘴角两边露出浅浅的酒窝,使她看起来至少比实际年龄小了五岁。临收工时,她拿出三十块钱给身土,说是工费。身土不要,说:"不不不,师父讲了有公家结账,不能重复收。"

杨副院长说:"这是我给你们的辛苦费,和管理处不搭架。"

身土说:"那更不能要……"

身土推托再三,杨副院长也就作罢,随口问道:"你叫何身土?"

"嗯!"

"你家住在皖南,跑这里做工,家里人放心吗?"杨副院长关切地问,"念书了吗?念到哪块呀?"

身土支支吾吾的。

"听张继师傅说,你很爱学习,爱读书,脑瓜子也灵光,不错,不错。"杨副院长笑吟吟地说着,"以后打算有什么发展?"

"有什么发展?嘿嘿。"身土没搞明白发展是什么,只觉"发展"这词怪时兴的。

"以后有什么需要,可以直接来找我。"杨副院长说。

身土认为杨副院长讲这话,不像是客套话,也不像是假话。他连连点头表示谢谢,并且立马表态说:"杨院长,这以后家里有什么小事情,像水管堵塞、漏水、马桶不通、电路损坏……这些事我都行,就叫我师父派我一个人来就能完成得了,不会耽误使用。"

杨副院长当然也表示满意。不过,这以后她家的大小事还真是身土来帮着跑上跑下的,样样都干得怪漂亮的。这才有了后面的故事。

这天早上上工,张继师傅对大家说:"都注意了,上面有精神,教我们工期尽量快赶,在冬天前完成这几幢,要保证质量,验收要保证过得了关。还有啊,就是大家一定注意安全,安全大于天啦!好,干活……"

张师傅话一完,大家四下散去,各就各的位置。一些人也窃窃私下议论:"我们已经够赶的了,还要快赶,真把我们当驴了……"

这些话张师傅当然能听得到,但他跟没事人一样,干活。他在用行动给大家做表率。

其实,张师傅私下里跟身土说过:"身土啊,这工地上不是很太平啦!经常少东西,我都在和上头打圆场啊,能糊住一天是一天。人家来偷东西,叫我们怎个管法?但这不是个事啊!"身土听了这话,心里咯噔一下。

张师傅说:"这事我不好公开讲啦,只是工地上人心惶惶的,互相猜疑,不利于工程进展。"身土插话说:"师父,我……"身土刚张开口,张继就用手止住说:"身土你不用多说,师父相信你,你不会做这下三烂的事情。你在这住带看场子,也尽到责任了,没人说你。不过,安全是头等大事,上头很重视,也确实要把好了。天气越来越凉,工地上、脚手架上弄点水或混泥灰就会打滑,要特别小心着咧。我讲,是提醒大家,不是我想啰唆。"

"不会、不会哩。"身土说,"师父这是为大家好,大家心里都晓得。"

张师傅工程队负责四幢楼建设。另外有两家工程队,每家负责三幢。工程开工日期不一般齐,当然工程进展快慢也不一致。张师傅工程队开工早,加上张师傅做事情认真,责任心强,工程进展也快。

张师傅是个严肃带点古板的人,他极少开玩笑,说话撂地上都是砸一个个坑的人,说了就做。他抓工作落实那就是木头上钉钉子,一锤下去就到底,不带活动的。现在,他说要紧赶着一点,那就必须连天加黑地干,如果四幢楼在立冬大地结冰前全封上顶,那么室内墙壁搪黄沙泥的工作就好做了,不耽误。大家自然照着张师傅设计的目标紧锣密鼓地往前赶。

第八章

　　这一天的早晨,天气算不错的。空中起着凉风,树叶沙沙地同雹片似的飞掉下来,很让人感到秋日悲凉的气息。远处传来老鸦不间断的哇哇拖长的悲咽的叫声。张师傅听着就对身土说:"身土啊,乌鸦早晚恶叫,在你们皖南老家是个什么说法?"身土说不晓得。张师傅说:"在你们皖南,早上乌鸦叫是早行人不顺;晚上乌鸦叫,是要送走人啦。"身土还是不太明白。张师傅朝他诡谲地笑了笑,不吱声了。

　　大楼封顶仪式顺利进行完后,接下来就是赶紧把封顶工程完成好,并且要给其他几个工程队提供封顶的统一标准。张师傅紧张而有序地安排着工程。封顶工作他一向都是亲力亲为,一道道工序把关验收。按他的话说,这房顶一旦漏水了,住户就无法安宁,维修时也很讨厌,弄不好就得全面返工。因此,他对封顶这道很重要的工序,严上又严地把好关口。张师傅叫上身土:"身土,要把吊水泥预制板的人员调整好,注意每个环节,防止人员碰撞,砸了脑袋什么的。另外铺油毡和浇沥青的人员要衔接好,不能窝工、误工、影响进程。"他边走边说,身土跟在师父后面,不时赶上去与他并排行走,生怕漏听了一句。

　　大约在早上八点钟,张师傅就带人爬到了 2 幢楼的楼顶,指挥楼顶的封闭浇注,并进行铺油毡和浇注沥青的工序。当时,大楼封顶,有技术人员和办公厅部分领导打算用钢筋水泥浇注平顶,这样可以形成整体房顶,防震、防漏,也耐用。这种楼顶在一些小区已经开始使用,效果不错。但又有领导说了,那样水泥浇注的全封闭式楼顶,成本会增加不少,比如钢筋、水泥要多用很多,况且这些建材也紧缺。不就是个住房嘛,不漏雨,能住就行啦！这么着,就采用预制板封顶。预制板封顶对防漏雨工作要求比较高,要三层油毡,隔层浇上三层沥青,特别是顶部行水槽,要求更高,做不好就漏水。对这项要求高、涉及百家住户安全的大事,张师傅是很认真对待的,每个环节都要严谨细致,防患于未然。

张师傅上了2幢楼楼顶,身土也跟了上去。张师傅指挥着吊车工人,将一块一块预制板吊上楼顶,再顺着接头处一块一块无缝对接起来。

正要进行到东头拐角时,吊上的一块预制板在空中打了个旋,张师傅伸手想稳住,不承想预制板直冲张师傅手掌撞来,在撞击力的作用下,张师傅下意识地倒退一步,却一脚踏空。顷刻间他身体朝后一仰,两手在空中画了个弧形,仰面朝后倒下去。原本倒在脚手架隔层板上也没有事,可是当他倒向竹板时,竹板一侧无支撑,张师傅顺着脚手架坠到地面,后脑勺一摊鲜红的血,把地上的土都浸得通红。

120急救车把张师傅拉到省立医院急救室时,张师傅一直紧闭双眼,处于昏迷中。闻讯赶来的办公厅领导、张师傅爱人、其他家人只能在医院走廊呜咽哭泣。身土守在急救室玻璃门外,蹲在地上,双手抱着头,地下一摊鼻涕和眼泪。

抢救工作一直进行到第三天上午,医生突然到门外叫唤亲属。张师傅爱人和女儿张春华随着进去了。医生对门外的人说:"病人危重,其他探视人员暂不能入内。"过了几分钟时间,一女医生把头伸出门缝叫:"谁是何身土?"身土从墙角里唰地站起身:"我,医生,我。""跟我来。"医生说着领着身土进了急救室。见师父微微睁了眼睛,身土快步走到师父床前,感觉师父的气息已经很微弱很微弱了。师父的手在被子边缘动了动,身土抓住师父的手,握得紧紧的。师父用余光看了看一边的女儿,女儿迎上去,说:"爸……"师父示意女儿把手伸过去,然后,吃力地把女儿的手交到身土手上。身土用胳膊弯把张继箍在怀里,看着师父渐渐闭合上眼睛,头向左侧一歪就倒在了身土的怀里。师父停止了呼吸。

身土抱着师父泪如泉涌,师母和师妹哭成一团……接下来的事,是张师傅工程队出面,按西湘风俗安葬张继师傅。身土又当徒儿又当儿子,他披麻戴孝,丧事件件不落,送葬路上,一路撒纸钱,磕头打礼,到达地方,挖宕挑土,倒茶拿水,送点心,放炮烧纸,泪水不干,送师父入土为安。

事情发生后,办公厅主要领导明确指示:这是一起工伤事故,要查清原因,总结教训,区分责任,报告领导,妥善处理。于是成立调查组,立马开展工作。工地也暂时停工,何时动工等通知。调查开始进展顺利,找了很多人谈话,察看了工地,并没有发现什么异常,更没有任何迹象证明有人搞破坏。就在要宣布调查结束时,有个调查人员再次走到2幢楼事发地点察看。这位同志钻到脚手架中,一层一层对捆绑如网的钢架一根不落地仔细查看,结果真发现了问题。张师傅工程队属于国有建筑公司,用的大部分脚手架都是钢管的,这在当时是不多的。一般工程队都用毛竹当脚手架。调查人员发现,2幢楼东侧脚手架朝里面的几根钢管被人为地抽掉了,导致脚手架上的竹编踏板一侧空虚,人一踩上便顺着滑落下去。这一发现,使这次事故性质升了级:这是有人蓄意破坏,导致事故发生。那么,是谁故意抽走这上下几层的钢管?为何抽这些钢管?调查组进行了认真周密的细考研究,认为一种可能是蓄意破坏,但张继师傅平时做人做事都很谦和,从不以技压人,与人为敌,也没有得罪过谁。他对工地上的人和事标准高、要求严,那也是为了工程质量,没有坏心,这些都不足以让人以这种手段来害其性命。一种可能与工地上常丢东西的问题有关。小偷偷到工地上,无非是找点能卖钱的东西,这钢管当属紧俏物资,完全有可能被小偷偷走。

调查组顺着这个逻辑,下一步就是到附近各门市部进行暗访,查询钢管下落。这办法虽有些笨,但在当时也只能这么办。

经过几天的明察暗访,钢管下落还真给找到了,是在一家废旧品站的院内发现的,一共六根。调查组人员提审废旧品站老板,老板说,是四个年轻人在前几天的一个夜晚送来的,说没有用,卖给他。调查组问他那四个人长什么样,多大岁数,操什么口音。那老板也支支吾吾说不清,只说那四个人都是男人,岁数不大,北方口音,样子怪凶的,讲好价拿了钱就走了。调查组得出结论:是小偷所为,与政治无关。这就是一起寻常的工伤事故,该怎么办按文件操作。至于那四个人,交公安侦查,查出决不姑息,严惩不贷。

身土一听说是四个人,又听到废品收购站老板的描述,他心中咯噔一下,就有了几分底了。不错,就是那几个狗东西。他心里想着,一股怒火从心中燃起,直往胸口燃烧,通过颈脖直冲太阳穴最后冲到脑顶盖,似乎脑顶盖都要被这巨大冲击力给冲飞。他哇的一声,双手摁着自己的太阳穴,觉得天旋地转,人快站不住了。他心想,此仇不报,我何身土枉为人一场。他唰地拿起一根钢錾子,冲了出去。冲到邻边几幢楼的工地上时,他站住了。"我去找谁?他们在哪儿?"他无力地瘫坐在泥土地上。

身土从邻边工地回来,坐在工棚里,只感觉背后空虚虚、凉飕飕的。张师傅从楼上仰面倒下的身影在他脑子里一直挥之不去。他感到,头脑里像山洪暴发,轰隆隆作响;他感觉背后有一堵坚实的高墙轰然倒下,留下一片空旷的、无遮无挡的野地。他几乎到了崩溃的边缘。张继师傅这一去,他何身土能否继续留在这工地上?难说。再说,张继走了,没有人会把他何身土当人看的,眼下路只有一条:走。可他能去哪里呢?

身土眼睛水不住地流着,任凭怎么用衣袖揩都无济于事。

他在心里问自己:"走是一定要走的,但你光顾着流眼睛水是为了师父吗?当然是。但也不全是。唉,一年入城岂无情?"

他在师父坟头一连坐了三天,泪水不干。同时他也胡思乱想了三天。寻思了三天后,他整理着自己的被褥和书籍,为下一步开路做准备。

这天晚上,外面有人喊道:"何身土是住这里吗?"

身土从工棚里走出来,迎面而来的是位个头不高但有干部模样的中年男人,正微笑着看着身土。身土感觉眼熟,哦,想起来了,这人出现在师父入院抢救的现场,出现在师父下葬的现场。正当他寻思怎么称呼来人时,来人先自我介绍了:"我叫张阳明,是张继的胞弟,办公厅行政处的。"

"哦,您就是张处长吗?"身土眼睛红红的,有些吃惊,他只听张继师父说过行政处张处长是部队转业回来的,但没有说和自己是什么关系。

张阳明点点头,用手指着工棚,示意去工棚坐下。

他们俩坐下后,张处长说:"我早听哥哥说起你何身土,苦孩子,人品正,忠厚勤劳,具有少年老成之气质啊!"这个张处长讲话大声、直爽。

一句话把身土说得惊讶又羞怯地低下头,嘴里瞎咕哝一句:"领导逗我了。"自己也没搞明白为什么这样说,又一个劲地摆手,"不不不……"

张处长哈哈一笑,笑声中透着豪爽果敢而又令人敬畏的气息,说:"何身土你给我听着,我今天特意来找你,是有些话要对你说。当然喽,我说归说,你听归听啊。"

身土说:"处长领导您只管说,我、我哪敢不听嘛。"

处长说:"嗯,你小子给我装蒜。是这样,我哥原来有个想法,就是把你带出来,成为能独当一面的好瓦匠;还有个想法,他那女儿,就是我侄女张春华,今年虚二十岁了,两次高考都不理想,我哥跟我讨论过多回她往后怎么办。现在他突然就走了,我这几天和我嫂子也通了通气,想啊,我还是抓紧把话给你说了,也好让你早做个决定。就是想让你带着她,一起在工地上做事,也算自食其力。这样你就可以继续留在这建筑队。按目前的规定,春华可以被招为工人,但你不行,只能留队做临时工。但现在有个政策,高中生可以一定比例地参加地方招干考试,考试录取了就能成为国家干部,我看这条路对你来说,可以试试,一次考不中可以多考几次嘛。"这个张处长一点架子都没有,说话也很随意。

"啊?"事情来得太突然,身土脑子一时间处于短路状态,呆若木鸡地看着张处长。

张处长在翻着身土的书,其实,是在候着身土的反应。

身土很快回过神来,想:按张处长这番话的意思,师父老早就有这心思?他反复回想着师父临终前,把他同爱人和女儿一同叫到床前,吃力地把女儿的手交到他身土手里,而且当着师母的面这么做,说明他们一家早有过此类打算,只是一直没有明说。

身土脑中有无数蜜蜂在飞。凭良心讲,何身土对这事是一点也不晓得的,他甚至连想都没有想过这种事情,这时他上下嘴唇抖动,脸涨得通红,这么凉的天,憋出一头的细汗珠。张阳明处长把眼睛从书本上移到身土脸上,一眼看到身土那样子,也觉得自己是不是把话说得太陡了。其实,张阳明开始就有个误判,他认为张继哥哥早跟何身土有过什么约定。可是哪有呢?是啊,对个人来说,这毕竟是大事,身土年轻,在这样重大决策面前一时没有主张自然情有可原。于是,张阳明就哈哈一笑,给身土缓缓情绪,说:"哈,这事先说到这,你明天早上上工时间到2幢楼找一个姓季的师傅,我跟他说过了你要去,你就说是我让你找他的。你先跟着他做事,后头的事再说。我今天说的话,既是我的意思,也是转达你师父和师母的意思,你也不忙回答,想想吧!"说着他起身拍拍屁股就出了工棚走人。

按常理来说,这是件求之不得的好事,包括张阳明一开始也是这个思想。一个农村来的土娃,还不快活得屁颠屁颠的?可是很多事也是有例外的,何身土就是。他送别了张处长,又重新坐到了原地,脑子里乱成一锅粥,稀里糊涂:"这是怎么回事啊?怎可能?"他半信半疑。

身土去找同学柏艾,想把张师傅的弟弟张处长对他考干的安排跟柏艾说一说,听听她对此事有什么建议。她是同学,一不沾亲,二不带故,因此,对他的事情应该可以站在中立的立场上发表意见。

第二天天明后,身土赶工地还没有正式开工的空隙时间,来到了农学院。柏艾听说身土的来意后,第一时间表示:"身土,你得留在工程队,做临时工就做临时工,这相对比较稳当一些。现在事难找,钱难挣。再就是你有这么好的考干机会,应该珍惜,万一考取了,你可以进入干部序列,在城里有岗位,将来把你爷、婶接来城里养老,是最好不过的了。"

身土听着柏艾的话,感觉句句在理,也符合他最初的想法。可这里面有一个重要细节他没有对柏艾说,那就是张春华的事,他怕这事说出来不好,有些对师父和张处长以及师娘他们不负责的感觉。人家把你当知心人,把重要的心里话和事情告诉你身土,你身土到处说,那不是有些不厚道?

其实，柏艾也是好心好意地劝身土的。她认为，身土留在工程队是上策，临时工还可能转为正式工，有一个城市户口，那是多少人想都不敢想的。就拿她柏艾本村来说，当年扫公路需要一个临时工，负责扫他们村到县城的其中一段路，一个月十五块钱。村里年轻人尤其是男人都没人愿意去，认为天天扫马路也不比种田光鲜到哪里去。后来有个叫秃头的男孩子去了，开始是临时工，天天在路上扫沙土，夏天一身汗，雨天一身泥，冬天冒雪还得扫，就这样，人家秃头坚持干了好多年。后来，秃头转正了，成了交通局公路站正式工人，转了户口，吃了商品粮。这时村里姑娘们一个个红了眼，巴望着和秃头攀门亲，跟着到城市过城里人的生活。这时的秃头一下跩起来了，看不上这个，瞧不起那个，最后在县城找了一个挑小货郎担家的女儿，这女孩长得又矮又胖，还是罗圈腿，无业。但人家秃头硬是看上了人家，原因是，人家罗圈腿，但人家是非农业户，吃商品粮的。柏艾不想身土当一辈子农民。农民太辛苦了。柏艾心里还有一层意思没好说出口，她知道身土的底细，到何家是撑门框的，现在人家何宝钏正在一门心思上学奔前程，看宝钏那架势，非考大学不可。退一步说，宝钏即使没有考上大学，也不会心甘情愿守在那梅都何村当农民。所以说，从哪个方面讲，身土都应该在城里揪着这个机会搏一把，免得日后让宝钏瞧不上。

回过头来说，身土也不是孬子，这层意思他也是想得到的，只是他目前只把宝钏当亲妹妹待，没有考虑其他因素，这宝钏妹妹将来到底怎样，花落谁家，那取决于宝钏自己，他身土对此强求不得。他索性不去想这些。他想的是他身土应该做个有良心的人，应该时时处处对得起何满水爷和鞠银子婶。就这样，身土才对张处长送到面前的好处感到犹豫。有些好处，不是伸手就能接的。

第九章

"我是这么想的。"身土这天在工程队办公室找到了张春华,对她说:"师父走了以后,剩下我这个半生不熟的徒儿,在这工地做不了什么,怕还碍人事。我不能在这继续待下去了。"

听了身土的话,张春华转过身看着他,黑亮的眼睛深不可测。她似乎有些理解身土此刻的心思。她不好劝他什么,也没有说赞同的话,只是,两只眼睛里有点潮潮的。

"要走,能去哪儿?"春华问。

"不知道。"身土回答。

张春华心里明白,爸爸的去世,她当女儿的无法接受这个事实;对他身土来说,打击也空前地大。他在工地上,爸爸的身影就随着他。爸爸是他的师父,是他暂住城里的依靠,现在爸爸走了,他的依靠没有了,他的山倒了。他觉得自己在此没法谋生,是因为他还是个很蹩脚的泥瓦工,他没有出师,就没有独立做泥瓦匠的资格。这段时间他跟着季师傅,可连她都看得出来,季师傅好像容不下他,不愿意教他,与其在这干得不愉快,还不如早点走人。

张春华和身土并没有过什么直接接触,只是她常听到父亲和母亲的对话:"这个徒弟人不错!""怎么不错了?""不错就是不错呗!"父亲和母亲对话不长,但频率很高。他们有事没事就要说两句身土。那时候,张春华哪里在意父亲叙话的内容,没有深想,也不懂得深想。父亲临终前,把身土叫到病床边,把身土的手拉着同自己手相握。春华姑娘当时脸唰地绯红,心里已经明白几分了。她一个大姑娘,正是春心荡漾的年纪,心中早就揣着好多小秘密。

"我能理解,这又不是你的家。"春华抛出这么句话,脸上有点火辣辣的。

"不错。"身土说,"这里不是我真正意义上的家。但我舍不得这里的每一块石头,我把它当成自己的家一样为它工作。一旦你为了什么东西付出过劳动,你就会渐渐爱上它。"

春华看着身土,心里不禁对他涌起一股温情。

"那你打算什么时候走?"春华问。

"还不知道。"身土说,"我还没有跟季师傅明讲。"

"季师傅会同意?"

"他怎么会不同意?"

不管怎样,张春华觉得,她的心思已经表白得差不多了。姑娘家,她觉得把话说到这份上也就可以了。他身土是真的要离开,从他的眼神和话语中,可以体会到身土是内心刚强的人,是说话算话的人,是对事认真的人。他一旦决定了,一般人恐怕不好改变。这时春华心里甚至有点气愤地想:走就走,有什么了不起。

而在身土看来,春华对他的离开表现出些许不安,更多的却是平淡。他心里舒了口气,也有点酸酸的。

身土心想,他毕竟受过师父恩泽。现在师父不在了,他有什么事都必须跟师娘和春华有个说法。他认为他只是暂时离开,无论走到哪里,无论何时再回,他心里都会惦着师父的嘱托,会为师娘和春华着想……

"你哪儿也不要去了。"杨副院长对前来告别的何身土说,"你留下来,我给你找个事先做着,你把剩下的几门课程自学考完,如果能拿到毕业证最好,那时你再另找出路也不迟。我最迟今天下午给你答复。"

杨副院长到办公室,首先给省政府办公厅行政处张阳明处长打了个电话,询问身土离开的原因。张处长说:"他没跟我说啊,我也不清楚。这个何身土,平时不多言语,但做起事来倒怪有个性的。听春华说,他离开的想法跟他师娘说过,也跟春华说过,她们也不好明着表达什么态度。"张阳明在电话里一气说完自己要说的话。其实,张阳明心里十分明白身土离开的真正原因,只是不便跟杨副院长细说,只在心里愤愤骂身土:"这个不知好歹的东西。"

  杨副院长和张处长通过电话后,便去找一把手院长。她对院长说:"医院总务处水电房水电工李师傅反映多次,说他年纪大了点,想找个年轻帮手,也就是想找个临时工帮帮忙,他一个人这么大摊子实在忙不过来。"院长歪着脑袋说:"这个事你决定就行啦,你是分管副院长,最有说话权,你定!"杨副院长说:"那不行,毕竟进人的事不是小事,我物色了一个年轻人,明天带来你看看,也算面试吧。你说行,我们就录用。"院长哈哈笑着:"你小杨啊,一向很谨慎。好吧,按你说的办。用个临时工又不是什么事,非得开个院长办公会?你说是吧?""那是那是。当然,你能跟其他几位院里领导通个气那最好。""好——按你说的办。"院长故意拖长声音。杨副院长之所以把工作做得如此细致、周到,主要是想借助院长之力把身土留下来,这样身土便是通过正常渠道招进院里的临时工,免得日后别人在他身上挑毛病找麻烦,这也是为身土将来打算。

  身土很快接到通知,留在部队医院总务处水电房做水电工兼清洁员。工资照市面上的标准,每个月二十二块钱,包住不包吃。这对身土来说,已是十二分的满意了。

  身土到部队医院上班的第一天,水电工李师傅领着他在院里转着,每到一处就给他介绍一番,讲些基本情况、工作内容、水电工职责、注意事项等。有的方面详细介绍,有的就简略讲讲,主题突出,详略分明,还提醒哪些人好说话,哪些人不好说话,得罪不得。身土连连点头称:"晓得咧!谢谢咧!"有的还用笔记下来,体现对李师傅讲话的重视,态度端正诚恳。讲到有的地方,李师傅会摆一下手,意思明白得很:这个不要写在本本上,记在脑子里就可以了。身土心里存了满满的感激,庆幸自己遇见好人了。他心里想,这世上好人多。

  这个部队医院,所有房子都是新中国刚建立时建造的。房子造型、架构仿照当年苏联的建筑风格,简称"苏式"建筑。医院本来是解放军某军军部所在地办公用房,后来某军军部移防到苏北了,于是这里就被这所医院占用了。这个医院院内建设格局也不低,身土进来第一感觉:"哦,好气派!"在他仅有的阅历中,是没有见过这等气派的大院和房子的。在这个院里满眼见的全是穿了军装的男女军人,男军人头上一律戴黄军帽,缀上通红透亮的五角星,衣领两侧缀上通红闪亮的红领章。女军人平时一律戴无檐圆形帽,缀上红五角星。啧啧,这人一穿上那身军装就显出不得了的精神气。各科室、病房里,瞧那些女军人,穿了军装,外面套上雪白的白大褂,头上戴着小白帽,映衬着雪白粉嫩的好看的脸蛋儿,两边红领章一映衬,乖乖隆地咚,好看极了。身土在这等环境里做事,是哪一辈子修来的福分?他心里不光满足,简直喜悦,每天都像小时候过年那样开心。再说,这修修水管、接接电线、看看配电房,再帮着搞些卫生,这对一个青春年少的大小伙子,哪算得上是事?想想在建筑工地干的活,那就是一个天一个地。身土住的地方是部队医院的水电房旁边的一个杂物储藏室,房间不大,形状像个竖起来的火柴盒,扁扁的,瘪瘪的,外观看起来让人觉得有点滑稽好笑。住处小是小了点,不大透气,关起门像个闷罐子,但对身土来说,四个字:心满意足。身土这时候吃得稳当,住得安心,每天精神抖擞,浑身肌肉鼓鼓,走路脚底板像装了弹簧,一蹦老高,两腿生风。他现在想的是要把各项工作干得漂亮一些。这一是为杨副院长长脸,二是为自己站稳脚跟打基础。他每天遇到上下班的军人,不论年轻年老,不论是男是女,都热情地打招呼:"首长好!"遇人多时就叫:"首长们好!"时间不长,全院上下都知道院里新来一个临时工,小伙子长得不错,为人也低调谦和,听说事做得也漂亮。见着见不着的,认识不认识的,也都顺着口口相传,这么一传十、十传百,很快这个院里人对身土都有种莫名的好感。有些年轻女护士、女卫生员还主动与身土打招呼:"小水电,忙啦!""小水电,吃过了吗?"此时,大家都以"小水电"替代了何身土的大号。

小水电,在医院近乎昵称。大家喊着顺口,也好分辨。因为这么大的医院里,做杂工的男女年轻人不止他何身土一个,但做水电工的年轻人只有身土,这一喊,人好认,人的身份也一下就明白了。身土对这个称呼也

第九章 | 101

怪受用。"本来嘛,你就是个水电工,叫你小水电,多亲切,证明这些军干不把你当外人看。"

身土见工作轻松,就决定扩大自己的工作范围。他除了本职工作外,平时一有空就给科室送个报纸,看办公室里堆放的杂物,如旧报纸、烂纸盒、废弃的吊水瓶等等,他顺带着收拾干净,然后找个三轮,把这些东西拖到附近废品站,论斤论两地称给废品站收货人,然后把卖的钱,一块一毛一分地分科室用纸包好,等下次来科室时,把钱分文不少地交给科室负责人。"哎呀,你小水电想得真周到呀,这么点小钱都不忘送回来!"科室的人对此举感到新鲜受用,觉得这么个实在忠厚的人可不多见。有的科室负责人也说:"小水电,你帮我们搞卫生已经要感谢你了,至于这点破烂卖的几个钱你就只当辛苦费,不用给我们了。再说,给了我们也是个负担,这点钱我们不好处理。"身土说:"不得的,不得的,该是你们的我分文不能落下,你们不好处理就攒着,等多了,你们买水果、糖大家分着……"

"农村人,别看土,但心眼实,厚道,不奸不滑,好使。"这是大家对身土总的评语。

身土做的这些事赢得了全院一片好评,但也有杂音,比如说,"这小家伙怪会来事的。""唉,人没有本事,就靠这点小勤快混口饭呗。"……身土一律装着没听见。"本来嘛,你的能耐就是有点小勤快,能吃苦不怕吃亏,人家哪里说错了?"身土是这么对自己说的。

过了不多久,身土发现一个挣钱的小门道:在城里,废纸废书、破盒子烂瓶子、铁拐子、小铜丝,一切的一切都能拉到废品站卖。于是,身土平时工作之余,就多了个心眼。没事到院外周边住家的地方转转,在垃圾桶旁望望,看到能卖的东西就捡着放在随身带的蛇皮袋子里,然后背回院内悄悄放在不被人瞧见的拐角里。等攒多了点,趁人少时就背出去抓紧卖掉。城里人,就算日子并不十分富裕,但是对家里的小纸盒、塑料瓶子什么的也没那么在乎,随手就丢了;身土呢,也只是大年三十晚上打兔子——有它没它年也照过。但这苍蝇也是肉,碰一个捡一个,积少成多。别小看这捡破烂,对身土这样的穷人嘛,这确是增加个人收入的渠道,这笔收入也来得正当,荷包渐渐鼓起来,也让人安心。他把捡破烂卖来的钱,按块票、毛票、硬角子分好,用块旧布包好,放在自己觉得最安全的地方——用旧布包的枕头里。嘿嘿,他心里喜悦着,觉得自己怪聪明,找了个这么好的地方放自己的钱。

时间就是指缝里的沙子,溜得快。眼看天渐渐热了,身土想到自己的课程。在考试前,他想去农学院一趟:一是他来部队医院做临工,要去跟柏艾说一声;二是请她再帮寄些钱给宝钏妹妹;三是抽空说说剩下几门课程考试的事。

这天下午做完工作后,身土没再出去找破烂了,早早洗涮了一番,换上了干净衣服,又找门卫借了自行车,迎着西下的斜阳一路朝农学院奔去。

太阳离西方的地平线没有几尺,各处升起了淡紫的烟霞,织成了轻罗,把这秽浊的城市遮盖得缥缈可爱。天空落下的微风,吹透了身土并不厚实的衣衫,刺入他的心里去。"啊啊!春天过后便是夏来!"身土边骑边唱。

身土赶到农学院时,天已擦黑。身土在学院食堂边的岔路口等到了柏艾。柏艾有些惊讶,说:"这么久,你去哪块了?今天怎么想起来这里?"随后便问身土吃过晚饭没有。身土说:"吃过了。"柏艾不信:"这个时间是刚开饭,你那么远路过来,不可能吃了饭。"说着转身往食堂去。身土连忙哎哎哎地叫她,柏艾已经走远。不一会儿,柏艾捧来三个又大又胖的白乎乎的馒头,还带了一点小菜。看到馒头,身土感到肚子饿得在发酸,酸水往喉咙眼上冒,他很快咽下酸水,不好意思地接过柏艾递过来的馒头,在一侧路牙上坐下,背对正路,大口吞咽着馒头,唯恐他那吃相让人见笑。柏艾很明白他,坐在一侧,也不朝他看,为的是给他留点空间。

身土很快吃完了三个大馒头,用手擦了擦腮帮和嘴,转过身来朝柏艾歉意地笑了笑。柏艾说:"有事找我?""也没什么事。"身土回话,"我一直想来看看你,就是有点抽不开身。你是知道的,在外打零工,凡事由不得自己的。""这个我晓得的。"柏艾理解地说。

"我不在政府工地了。"身土说,"我本想离开政府工地,就离开这座城另谋生路,可是,有人把我又留下来了……"

"留下来了?好啊!什么人留下你?留在哪块场子?"柏艾说。

"我正为这事来的。"身土说,"我现在在部队医院,是杨副院长把我留在部队医院做水电临时工的。她说我在这里暂时可以生存,而且能把自学课程考完,最好能拿到自学大学文凭。我就留下了。"

身土接着又把这几个月的工作情况和收破烂挣了一笔不少的钱告诉了柏艾。柏艾听后,并不太关心,她倒是很不理解,身土为什么一定要离开省政府工地。她说:"身土,你这事处理得到底让我不够理解。你说人家张处长把话说得那么明白了然,你先做临时工,可以参加考干,退一万步讲,就是没有考上干,干好了也有可能被招工,这比你到任何地方找事干都要好上千倍百倍,你却……唉!"

"这个我晓得。"身土回说。

"我看你就是个活孬子,放着好前途不要,偏要犯犟。"柏艾有点愤愤地说,"你就是个农民的命……"

身土低着脑袋,好久没吱声。

"不说了,你还有事吗?"柏艾下逐客令道。

"我、我,"身土明白柏艾对他的选择有些不理解,甚至有点恨铁不成钢的愤慨,接着她的问话说,"我还有五门课没有考,我在学,我按时参加考试。另外,我还想请你帮我再寄点钱给宝钏妹妹。"

"你现在不是在部队医院做工吗?那里是固定的单位,有详细地址,你不直接寄去?"柏艾说。

"不了。"身土说,"我一个临时工,汇款上写个部队医院还不够丢丑的。"说着他无奈地笑笑,"还是请你帮忙寄一下吧!"

"好吧!"柏艾接下了身土的钱,答应明天抽空帮他寄。其实,柏艾心里明白身土,他是不想让家人知道他又换地方了。

关于考试的事,柏艾说:"没关系,只要你用功了,凭你,能考过。"说完,他们道过别分头回了。

身土回到医院,时候已经不早了。精疲力竭的他躺在床上,无力地、默默地看着房顶。"你就是农民的命……"听到柏艾带着愠怒的口吻说出这句话,他开始心里一震,转而立即感到像有根线在拽他的心,他心痛得几乎掉泪。可他到底还是克制住了。"是啊!"他在心里想,"我身土天生就是当农民的命,这毫无疑问。我出生在农村,家里又没有条件供我念书。张处长和师父一番美意,可这美意是有条件的,我受不起呀!做人,不能负心,不能忘了根本。我知道我身土是谁。"

"我身土不是甘于堕落的人。我也想好,想活得光鲜有尊严、扬眉吐气。可是,我目前还不能。"他不觉眼泪顺着眼角滚下来,滚在耳根上,湿了后脑勺的头发,泅湿了旧布枕头。

身土这些日子整天忙着院里的修修补补,还帮带着给有关科室清理废旧品。他工作得更起劲了。但他没有想到的是,在他的背后,有一个人在暗中紧紧盯着他,对他的一举一动都观察入微,这个人就是医院政治处宣传干事项东方。

项东方从当战士开始,就是部队报道员,写了不少稿子,在军区乃至解放军报社都很有影响。但他也因为写过一些失实报道被全区通报批评,并且军区报纸还决定半年内不用其稿件,作为对失实报道的惩罚。后来,项东方通过考试,参加了军区的一个专业训练班,这样就由战士被提拔为干部,再交流到医院政治处做新闻干事。

项东方写新闻稿子确实有几把刷子,经常是上面要宣传什么,他马上就能生产出稿子,而且一发到报社就会被刊发。院里领导很受用,毕竟是在宣传自己单位,宣传单位还不就是宣传领导有水平、有能力、有政治远见吗?项东方一直在暗中盯着何身土,不是为别的,就是想从他身上挖出什么感人的素材。

这是一个周日的晚上。身土在他那竖火柴盒式的小屋里看书,忽听见一阵急促的敲门声。他开门一瞧,原来是院办的花秘书。花秘书喘着粗气说:"身土,不好了,院办后面的自来水管爆裂,水哗啦啦往外喷,你赶紧去看看。""好咧！"身土二话没说，带着工具包就奔到现场。这大黑夜的，要修复裂开的水管实在不是件容易的事。花秘书说："身土，如果不行，你晓得水闸在哪块，先关了，等明天一早再来修吧。"身土想了想说："花秘书，不难，我连夜修好，不影响明天院里用水，毕竟病房用水耽误不得。"花秘书好生感动，说："那我来帮衬你吧。""不用！"身土说。接着身土就按部就班地修起来。他一个人在黑夜里穿梭，电筒像战场阵地上的探照灯，一跳一跳地向四周照去。

身土只顾忙着锯水管、找螺帽、挖土，撅着屁股向地下钻进半个人。不知何时，身土直起腰时，发现身边有个人影，他吓得妈呀一声，差点一头栽进新挖的土坑里。人影嘿嘿一笑，说："吓着你啦小水电？"身土定睛一瞧，原来是医院高政委。身土叫道："呀，政委你这么晚怎么到这块来啦？"高政委说："我也在加班啦！他们准备了一个会议材料，我在看，这不看晚了？我下楼看到这有电筒光一绕一绕的，就来看看，原来是你这小鬼。"身土嘿嘿笑道："这水管裂了，漫水。花秘书叫我来抢修的。""哦……"高政委没再说什么，临离开时丢了一句，"修好抓紧回去休息。""嗯！"身土答道。

高政委第二天早上一上班，就在办公楼大着嗓门说开了："昨晚，我加班到很晚，黑夜从办公室出来，就瞧见办公楼后头有手电筒光。我就想啦，这么晚是谁在那儿呢？过去一看，呵，是那小水电。你们知道他在做什么吗？啧，他一个人撅着屁股在刨土挖坑，一身泥土一身汗，那家伙，瞧那精神头，那不知疲倦的干劲，看着简直鼓舞人啦，感动人啦。我在想啊，一个打临工的，有这样不讲价钱不计报酬的工作态度、乐于奉献默默无闻的精神，值得我们好好学习。我们是革命军人、共产党员，理当做得更好。可是，不是我说，现在有的共产党员混同于一般老百姓啦，有的还成了'老大难'，想想，我们深感惭愧呀。"高政委当战士时也是报道员，笔杆子出身，也深谙典型宣传的重要性，正好借题发挥，抨击一下当前一些党员同志自觉不自觉地降低了自我要求的问题，以此来教育鼓舞一下大家。高政委将身土这么一拔高，一渲染，整个办公楼里顿觉被劳动模范精神熏陶着。典型就在眼前,典型就在身边。政治处主任一听,当然顺着政委的思路往上爬,这就把项东方干事喊了来,说:"政委充分肯定了小水电,你给我好好下点功夫,采访采访,挖掘挖掘嘛!"项东方顺着主任的杆子直溜溜地就爬上去了,他接着主任的话说:"这个小子的确不错,我注意他好久了。"主任说:"现在正需要'双拥'方面的典型,你鼓捣鼓捣。"这么一说,项东方就找到何身土采访。

"你是哪块人啦?"项干事问。

"皖南陵阳县梅都何村农民。"身土答。

"你那天晚上修了一个晚上的水管?"项干事问。

"没有一个晚上,也就三个钟头吧。"身土如实回答。

"嗳,那就算一个晚上嘛。"项干事笑了笑。

"哦……"身土不解三个钟头怎么就叫一个晚上。

项干事看看手中采访本又抬头看看身土,问:"上过高中?"

"上过。"身土答道。

"高考过吗?"项干事问。

"没。"身土答。

"考了,考上了因为家里条件不好没上。"项干事引导性地说。

身土被项干事说得晕头晕脑,心想:"这家伙神了,怎么就晓得我考了,家庭条件不好没上? 不对,应该是家庭条件不好,没考。"但是"家里条件不好"倒是没错,于是他点头道:"嗯!"

项干事笑笑:"想过当兵?"

"没有。"身土如实答道。

"嗳,想过。"项干事接着说,"是参加体检政审都合格,因为年龄比人家小两岁,当年没走成。"

身土没听懂,眼睛直愣愣地瞧着项干事。项干事和蔼地笑笑,说:"就这么滴。"

"家里有人在部队吗?"项干事问。

"没、没有。"身土答。

"好好想想嘛,家里亲戚中有什么人参过军或正在部队服役,对你影响深刻,使你热爱我们人民解放军?"项干事引领性地提问。

身土转着眼珠,在脑海中搜索家中可有人参过军或还在部队。项干事不等他开口,说:"就这么滴。"又笑笑,问,"你为院里共修了多少次水龙头、水管、电线什么的?"

身土想了想:"大概有两三千次多点。"

"那就两三万次吧?"项干事增加数字。

身土说:"没、没有。"

"嗯。"项干事哼了一下说,"再挖掘挖掘嘛!"

身土也不晓得这个"挖掘挖掘"是什么鬼东西,只好答道:"好。"

"你还捡废旧品卖钱支援科室建设?"项干事又问。

身土说:"不是,是他们科室的废旧品,我带着搞卫生一并去卖了,卖的钱都还给科室。"

"唉,一样一样的嘛。"项干事说。身土也不晓得怎么就是"一样一样的"。

"那晚修水管,是你夜里巡查到的?"项干事问。

"不,是花秘书叫的。"身土答。

"嗳,不,是你工作责任心强,每天晚上都要在院里巡查,这回就是巡查到的。"

"不是,不是。"身土辩解说。

项干事笑笑说:"就是巡查吧。"

项干事很耐心地问了许多,不少问话都把身土给弄得稀里糊涂、不知所云,只好要么"嗯",要么"哦"。哪晓得,这在项干事采访本上就是原始采访记录,也是各类报道的"出处"。有出处就是事实,不失实。

项东方采访完身土后,过了二十多天吧,省报以大半个版面的篇幅刊登了《一个青年农民高尚的拥军情怀——记何身土拥军事迹》。

何身土一个临时工,每天光顾忙自己的活,哪有机会看省报?这天他正在内科室帮着整理杂物顺带搞点卫生,内科人员齐刷刷地对身土鼓了掌。身土起先认为大家故意逗他玩,就问她们鼓个什么掌。这时叶护士长说了:"哎哟喂,何身土哎,你这下可是眉毛上吊钥匙——让人开眼啰。""喊,没想到一个农民怪会来事的哟,听说政委都大加赞赏。"一个护士接上酸酸地说。"哦,何身土帮我们卖废品,原以为是老实人为我们办公室帮个忙什么的,哪块晓得变成了他捡废品卖钱支援科室建设,这哪跟哪呀?真没想到,一向看着怪老实的……"又一个护士尖刻地说。"啧,老实?现在到哪儿找老实人啰。""秃尾巴狗——坏在心里……"有人接道。那些女护士什么话都说得出来,把身土窘得没地方躲,掉转头就往外走。这时叶护士长一把拉住身土把省报往他手上一塞,说:"喏,你自己看看。这下你小水电红啦,英雄事迹登报啦!哈哈哈。"护士们笑得抱成了团。

此时的身土脑子里一片山响,那些护士的话他一句也听不下去了,转过身子一步就蹿出内科室护士办公室。他跑回屋,打开叶护士长塞给他的报纸,找到那篇文章,从标题到内容,一字一句地看,越看越感到浑身虱子在乱爬,汗毛根都挤出汗。他心里说:"不,不是这样,不是这样……"他想找项东方干事说明,这不是写他的。可是静下来又想:不是你是鬼呀,明明写的何身土嘛。现在找他还有什么用?这报纸上这么大字写着,赖不了账了。

身土回忆着内科护士办公室里那一幕,从那些护士白皙漂亮的脸蛋上显示出的对他身土的蔑视和瞧不起中,他似乎渐渐明白了一点什么。她们本来对他身土很热情很友好,但自从他被项干事这么一吹,她们就对他不正眼视之了,甚至有种敌意。他心里起了一种莫名的恨。恨那个项东方,一派胡言乱语,害了他这个结不了果的歪脖子树。

头顶上的光环,照得他何身土那么孤独。

杨副院长拿着报纸,老远就笑吟吟地喊:"身土,身土,事迹上报纸啦!"身土这时羞得双手抱着头不敢看杨副院长,真想找个地洞一头拱进去。

杨副院长走近身土,身土用两只胳膊拐遮着自己的脸,心在急速地跳,像有一只只小蝌蚪从喉咙底下往上游,脸臊得直出虚汗。杨副院长以为他是事迹登报不好意思,劝说:"好事咧,好事咧!"

过后不久,这事迹又在军队大报纸上大版地登出来了。身土整天走路好像没有了腿,只有个上半截身子像鬼影子在飘。他甚至白天不敢出门见人。他到底想不通,这报纸咋登这样没谱的东西?也不来问过真假,就这么登了?别人要信了,那报纸不是骗人吗?

人啦,有时候意外的事砸在你头上,你躲都躲不了,好事坏事都一样。他每次出门,何满水和鞠银子总要说:"一个人在外,要多注意、多小心着。"可有的事是你能注意得了、小心得了的吗?身土压根也想不到,一个在外务工的人,竟一夜成了名人。接着他一连串地被动地参加全省"双拥工作表彰大会",又是披红又是戴花,那相机在他眼前绕来绕去,躲都躲不开。后来他又到南京参加部队"双拥工作表彰大会"。他每到一处,好家伙,那场面,那阵势就是让人开眼。可是他何身土总觉得周围无数双眼睛像刺一样戳在他身上,麻嘟嘟地疼。闹腾了一番过后,身土想找项干事说明一下,这事不能这么干,有没有办法把他这些荣誉给抹掉,这是假的。可是,当他想找项干事时,据说项东方已被调到上级机关专门做写作工作了。

身土被这么一宣传,在院领导心目中倒成了"宝贝"。要知道,宣传培养一个典型,尤其在省内、在部队内有点影响的典型是不那么容易的。而身土被项干事这添油加醋地一写,着实感动了不少的人。

这些年,军、地开展"军民共建精神文明"活动,部队医院也不能落后。为了融洽军、地关系,部队医院在有条件的情况下,主张多收治地方病员,这不是为了创收,是顺应"双拥"工作新形势新要求,为驻地人民群众服务。这样一来,部队医院原有的容量就不够了,床位、门诊部大楼等不能满足当下需要,再加上一些房子老化程度严重,急需翻建和成规模修缮。这对于医院来说,真是笨狗撵兔子——沾不上边的事。医院嘛,主要是救死扶伤的,搞建设不在行。好在什么都是学来的,哪有天生就会的?再说了,这些年部队都在搞营建,模仿也能模仿出个样。作战部队是这样的:拿来图纸,找营房部门派个监工,把战士组织起来,像赶鸭子一样统统赶到工地,当瓦工的、和泥灰的、运建材的、拖砖头的、拉钢筋的、扎脚手架的……按领导对兵的了解,合理分工。部队冠以说法:"培养军、地两用人才。"战士学会了做泥瓦匠,又为部队节省一笔不小的经费,两得了。可是,医院就没有这个优势。但,工作还不能不做。这就难死了这位分管后勤工作的杨副院长。杨副院长为此事愁肠百结,整天是竹竿子搭桥——难过。

这一天,杨副院长上班路过水电房,看到身土在忙碌,她突然眼睛一亮,心里说:"这何身土不就是现成的人才吗?他在建筑工地干过不短时间,又拜了师父,还在自修建筑系大学本科,对这等事多少晓得一些。"她心里想着,虽没有多少把握,但到底还是有人可以选用。

这天杨副院长找到身土,说:"身土啊,我想请你帮我一些忙。"身土眨了眨眼睛,心想:杨副院长这么说,可有些受用不起,我个临时工,还是靠你杨副院长关心才被安到现在的位置上的,你说什么事不就是指示、命令?还说帮忙,折人寿嘛。他心里想着,抬着眼对杨副院长恳切地说:"杨院长别这么讲,身土听你指示就是。"

杨副院长就把想法对他一一道出:"你看啦,身土,这扩建任务十分繁重,院里干部都是当年从战士中直接提拔的,医生们还好一些,提拔了多数还到院校或大医院学习进修什么的,而机关搞行政的干部中,没有一个是真正科班出身的,去院校进修也只是去政治学院、后勤学院学些业务,而搞建设这行当,还真没人在行。看你这几年中,正儿八经地拜过师,规规矩矩地当过瓦匠,自学建筑工程学拿到了多门单科结业证书,马上就要拿到大学文凭了。我看你对这建筑还真有一点基础,这要比那些一点不通的人好多了嘛。大方向上由院领导、院党委集体研究决定,我是干具体活的,我想请你和我一起,算是帮衬帮衬我。"

身土听了,满口应道:"院长,我就是你的腿子,你要我身土怎么跑,我就怎么跑,这都是应该的。就怕连腿都跑不好,让你好生失望。"杨副院长用手指指身土,又捂住嘴笑着说:"看不出你这孩子还怪幽默呢,你是我的腿子,我是什么呀?"身土连忙说:"院长,咳,我不会说话,我说的腿子,是说你就把我当你的腿用,我不是说那个腿子……"杨副院长笑道:"知道知道,开个玩笑,是也没关系。"说着又严肃起来,"这事我还得向院主要领导汇报,还要上会研究,先告诉你是让你有个思想准备,如果院领导同意了我的方案,那你就一定、一定得好好干。""嗯!"身土点头应道。

过了几天,杨副院长又笑吟吟地找到了身土。"身土哎,"杨副院长说,"院里正式成立了营建办,专门负责医院扩建和改造。院长是营建办主任,我是常务副主任,就是干具体活的人。院长对你特别感兴趣,你自学成才,人又忠厚,还是院里树起的重大典型。所以,院长不避嫌,不管你什么临时工不临时工的,打破这个界限,大胆地把你安排到营建办,编在设计和材料组。"杨副院长说着把手里的一份文件递给身土,"喏,这是会议纪要,白纸黑字加盖公章,官方文件,你就大胆地工作。"

"这个……"身土话未出口,杨副院长接着说:"别这个那个的,院领导说,你政治上可靠,业务上也行,工作上任劳任怨,是值得信任的。我看你就大着胆子工作,别怕。"

身土心里明镜一样,杨副院长看起来是十二分地看中他身土,把他当个人才,实际上也是筷子里头拔旗杆,医院也真找不到懂得建筑的人,更找不到有专业水平的人,纯属无奈,没办法。身土靠自学几门建筑学课程便成了筷子里头拔出的"旗杆"。这么个鸭子就被莫名其妙地将就着赶上了架。

医院的营建办很快挂牌办公了。营建办有专门办公室,虽然只是一间大而空的老式平房,几张桌子拼成方块,每个人一把办公椅、一部公共电话,但显得很像回事。

身土所在的设计材料组由两个人组成,组长叫常国金,人称常助理。这个常助理,家住苏北农村,最大的美德是老实,能吃苦,干活勤快,脏活累活都不挑不拣。常助理还是新兵的时候,那个新兵连指导员(就是现在医院的政治处主任贾斌)发现他质朴憨厚,学习训练很用心,这样的兵适合放在服务性岗位,小、散、远单位的兵不像建制连队管理得那么严格,需要人老实好管理,单放放心。新兵训练结束,贾斌当时还是干事,就把常国金这个兵要到医院,分配在院务处做后勤服务工作。这个常国金果真被贾斌看准了,在医院里不仅老实可靠,细小工作积极主动,脏活累活都抢在前面干,最让人感动的是,他把医院内的厕所卫生基本全包下了,每个厕所他都一天三遍给打扫得干干净净。他每天除了吃饭睡觉,其余时间几乎全在干活。有一次,院里养的一头猪不幸落入公共厕所的大粪池里,那鬼东西在池里嚎着扑腾着,溅得粪水四处飞扬。大伙急得光跺着脚喊救猪,就是没有动静。就在大家的一片喊声中,这个小兵常国金嘭地跳下大粪池,在齐腰深的黄乎乎、黑乎乎的新屎和旧屎加污水里,双手将浑身是人屎的猪推到岸上。那猪上岸浑身一抖动,身上挂的人屎四下飞去,吓得围观的人像躲子弹一样抱头乱窜。常国金自己也一头加一身的人屎和粪水,一般人不把五脏六腑吐出来才怪。常国金浑身精湿,带着一身臭气跑回战士宿舍前的水龙头下,对着自来水好一阵子冲洗,打了几遍香皂,身上还是臭不可闻。战士嘛,和平年代能做出什么惊天动地的大事呢?就这已足以看出一个兵的高尚情操。这么着,常国金就成了士兵中的佼佼者,成了全院出了名的"学习雷锋积极分子",后又成为"学雷锋标兵",多次出席上级的表彰大会,在"学雷锋事迹报告会"上做过多场事迹报告。这样的兵无疑是优秀的革命战士。

尽完两年义务,他就顺利入党并被提拔为病号灶的司务长(正排级干部),原来穿两个荷包的战士服,现在穿四个荷包的干部服。当了干部的常国金依然勤勤恳恳地干好本职工作。可身份不同了,要求也不一样啦。在司务长岗位,管管病号吃饭,改善下伙食,不贪不沾,这都是一个干部的起码标准,没什么可宣传的,所以,当了干部的常国金是个公认的好人,但政绩平平,在后续提升上也就放慢了脚步,到现在才是正连职。他必须升到副营职,符合部队随军条件,才能让农村的爱人和孩子随军到部队,转成非农业户口,让部队给他们安排工作。他没有到级别,条件还差一杠,就得等。由于他家庭困难多,领导为了照顾老典型,关心干部疾苦,就同意他爱人先来队,住在医院家属区里。常助理也就很安心地为部队兢兢业业地工作。他提干后也没有去军校进修学习过,也谈不上有什么专业特长,只能做些日常性工作,其他也就棉匠掉了楗——不谈(弹)了。

这次,院里把常助理和身土编一个组,主要是鉴于常助理是老典型,是组织信得过的人,这最重要的岗位,对选人用人很讲究。而身土文化程度相对高一点,在自修大学建筑系课程不讲,他起码是全日制高中生毕业,这一对新老典型的组合,起到互补和协助的作用。

第一个建设项目是门诊部大楼的维修和扩建。门诊部的用房,是过去军部的卫生所用房。军部搬走后,这里成了部队医院,卫生所就变为门诊部,当然就显得小了些。这些年来,也只是将就用着。随着医院的发展,这门诊部越来越显得容量偏小,外观也小气得很,不适应新形势下的新要求。经过一番考察,又经上级批准认可,医院决定把门诊部改造修建成和总医院门诊部造型一样但容量略小的新式门诊大楼。

图纸是上级部门设计好的。拿回图纸,杨副院长先找到身土,身土展开图纸一瞧,不难,他都看得懂。他把图纸认真看了两遍,然后一点一点给杨副院长解读,再初步推算出建筑成本,这么粗略算好,列成一组组数据。杨副院长确信自己也基本吃透了图纸和预算金额后,拿到院务会上汇报,并拿出主导意见。大家听了汇报,感到这个杨副院长不得了,这么快就对营建工作这么投入,这么熟悉,句句都是行话,就是营建专家也不过如此。

方案一定,杨副院长一身轻松,一种成就感立马浮上心头,心想身土真有两把刷子。

接着就是找工程队,组织跑市场,购买各类材料。为了节省建设成本,凡是能让员工自己办的事一律由员工自己办。员工出门办事,一律没有加班费、工时费,也没有杂七杂八的补助等;市内办事一律骑自行车,没有差旅费这项开支。

常助理和身土就负责看图样和跑市场、看建材。钢筋、水泥、砖、瓦、石灰、黄沙和用毛竹搭的脚手架等,全由他俩一一置办。

关于工程队,杨副院长建议采取土办法:请几个瓦匠师傅掌刀,然后,把院里能用的工勤人员组织起来,负责干和灰泥、挑灰、抬砖、抛砖、挖土填坑等小工活,这样能节省一大笔人工费。院长、政委说:"小杨啊,你考虑得对,这样精打细算好,医院就是家,是家就得学会过日子嘛,我大力支持。"

有了院长、政委的明确态度,杨副院长感到手握尚方宝剑,把院里能用的军人,甚至能用的家属都召集来开会,一是传达领导指示;二是动员大家人人上阵,齐心协力为医院建设添砖加瓦,无私奉献。好家伙,被召集来的人,晓得了不仅要他们干小工活,还被拔到了政治高度,谁还能说什么?谁要讲个"不"字,那就是政治问题。可一散会,这群人私下不免发些小牢骚,脾气暴躁的人嘴里不干不净,骂骂咧咧,主要骂这个杨副院长出的馊主意坑人……这些话,是常国金老婆回家讲给常国金听的。常国金毕竟是老典型,有觉悟的,说:"嗳,别人说我们管不了,你可千万别学话呵。我们很快就要办随军了,晓得啦?"常国金老婆不是孬子,直点头:"嗯嗯,晓得晓得。"常国金老婆不学话,只能说是堵住了一张嘴,全院那么多的人的嘴却是堵不住的。这些话就像流感病毒在医院传开了,唯独杨副院长自己听不见。杨副院长不晓得人人私下骂她,反而自鸣得意。一是她分管工作能节省的节省,上级大加肯定她;二是大家都积极做义务工,为院里建设做贡献,说明她的建议是正确的,组织能力是强的,政治思想工作是得力的,政委对她的工作是很满意的。

常助理员穿着军装带着身土(为了体现是部队办事,也给身土配了一套军装,只是没有领花和肩章),腰里揣着部队医院介绍信,肩头上斜挎着黄帆布包,里头装着笔记本和馒头,挎上军用水壶,水壶里灌着满满的开水,就上了路,天天东奔西颠地跑建材。常助理好喝茶,就在水壶里放上几片霍山黄芽(最便宜的那种),走走喝两口,说是提神。他们走街串巷,到郊区去山村,跑砖瓦厂看砖头,跑有关部门找人批钢材,找水泥厂看水泥……中央首长早讲过:"计划和市场都是发展生产力的方法,现在不要再讲计划。"之后,各地的建材(当然也包括其他各类物资)不再靠公家批发,变为批发和市场相结合,那些紧俏物资如钢材等,也逐步走向市场,最主要表现在价格上,可以由买卖双方协议而定,就是说,买卖双方可以讨价还价。他们俩一连跑了好几天,饿了就咬自己带的馍,渴了就喝随身带的水。几天下来,他们把该跑的单位都跑了一遍,把该掌握的行情摸了一个大概,把材料的标号、规格、供应量和生产时间也综合成了一份情况说明材料,最后整理成了汇报稿交给杨副院长,杨副院长又汇报给院长、政委,再召开院领导工作会议,研究决定方案,组织实施。

这个阶段工作进展得挺顺利。常助理忙完了这一阶段,像成就了一项大工程,长长地舒了一口气,对身土说:"我没干过大事,这次差不多是我当兵十几年来干的第一件像模像样的大事,好多东西都是第一次听说。你想啊,这全院建设的材料叫我们俩来跑厂子、看现货、做决定,这担子了不得,了不得啊!不是组织信任哪个会让我们完成这么重大的任务?当然还真是多亏了你。"他自我陶醉地喘口气,接着说,"身土啊,不瞒你说,我本来是打算混混了事,熬个时间,把老婆孩子随军的事办了也就向后转,齐步走了,没想到院里把这么大的担子用绳子套在我头脑壳上,怎么讲我也马虎不得,是不?这就叫信任,对不?"

"对,对。"身土点头应道。

"不过呢,"常助理若有所思地停顿一会儿说,"后面有些具体跑腿的事你要多吃点苦跑跑,我呢一辈子就是个助理员,跑了一辈子的腿,这回我就坐次办公室,指挥指挥你,把个小关,过下当小领导的瘾,兄弟你架个相(给个面子)。估计这过后我也就脱军装啦。"

身土明白常助理的意思,这以后需要跑腿送信什么的,就是他身土的活。"没问题。"身土朗声说,"我一切听常组长的指示。我从今就是你常领导的腿子。""啥?你是我的腿子,我不就成了狗啊?哈哈哈。行,我是狗,你是腿,一个鸟样。"两人都开怀大笑。

身土这天来到了郊区砖瓦厂,砖瓦厂对等接待的是厂供销科科长。这张科长精得猴一样,身土单独来厂,张科长似乎看到什么机会,当即跑去报告了分管的副厂长鲍厂长。这鲍厂长在心里琢磨:"部队办事规矩,买了货就到款。这回部队要扩建医院,用材少不了。嘿,下点功夫,值。"于是,这个鲍厂长一见身土,就摆出老太太赶鸭子的姿势,很夸张地张开两膀子一步跨到身土跟前紧紧拥抱身土,连笑带叹息,惊讶地大声说:"啊呀,身土助理员来啦,嗳,咋就你一个人?常助理员呢?"当听身土说常助理员有事在身,派他来跑一趟时,鲍厂长哈哈一笑说:"好,你来得好。"身土招架不住这鲍厂长又抱又拍打,唾沫溅了一脸,他连连往后退让。

鲍厂长看了看手表,对张科长说:"张科长,通知食堂,中午加几个菜,留身土助理吃个饭。"张科长一听:"好咧!"风一样地转身走开,转身时还不忘回头朝身土眨眨眼睛,"马上来……"

身土哪受得住这等的热情接待,忙说:"别、别,鲍厂长我一会儿要赶回去,不能留在你这吃饭了。再说,这部队是有规矩的,不能吃、不能拿群众的东西。"

"嗐!"鲍厂长说,"怎么说话咪?咱军民一家亲,你来了吃个食堂饭咋啦?再说,这不要具体说说发砖的时间嘛!"身土一听要说发砖时间,觉得也有道理。常助理员之前指派他说:"身土,你今天辛苦跑一趟砖瓦厂,要确定周三就得给我们发砖,车辆都调遣好了,带个准信回来。""好咧!"身土认为这回就是跑趟腿,送个信,要求发货,带回个准信,确保周三不误事。

鲍厂长很会来事。他领着身土在轮窑厂里转,看工人做砖坯,看装窑工装砖坯进窑,看工人宿舍,看装土车拉来的土……一边转,一边介绍,很像回事地把身土抬得高高的,做得有礼有节。身土虽然被弄得吃了迷魂汤似的晕晕乎乎,但鲍厂长这等做派倒让人怪受用。身土在晕晕乎乎地受用着。不晓得什么时候,这个猴精的张科长跟在脚后,像猫一样轻手轻脚,一点声响也没。这么转了半个多钟头,鲍厂长左胳膊在空中一划,绕了一个漂亮的弧线,抬起左腕看手表:"哦,到吃饭的时候啦!"这时张科长猫一样从身后一个箭步凑上来,哈着腰说:"都准备好了厂长。"身土被俩人夹在中间走进了职工食堂的一个包间。桌上都是用大的蓝边瓷碗盛的菜,每碗菜都垒出米堆一样的尖尖,有六七个大碗。除了年三十晚上何满水家会弄七拼八盘的菜在桌上,平时多数是一个碗盛上两样菜就着米饭一起吃。

身土毕竟只是个不谙世事的农村娃,见了这等招待,他两只手到底不知放何处,两腿也不争气地打战。鲍厂长大声说:"坐坐坐,便饭!"说着,手一扬,"那个,啊……"话未落音,张科长就拿出了一瓶濉溪大曲。这濉溪大曲可是名酒。摆上小酒盅,身土推死不喝。鲍厂长说:"咋?这不军民一家亲啦!喝杯酒犯着什么啦?"张科长就给身土斟上了一小盅,又给其他杯里一一斟上。正当鲍厂长要开口说话时,门外走进来一位年轻女子,步子有点歪歪的。身土不晓得这叫"猫步",是很时尚的。女子不过二十多岁,披着长发,上身穿大红花褂,下身穿湖蓝色裤子。身土一看这打扮差点笑出了声。在皖南,这种被人笑说"红配绿,丑得哭"的打扮,是土得掉渣的穿着,可在这里倒变成时尚。那女子走过身土身后,一阵风卷过来一股劣质花露水加上汗的混合味,这味直扑身土嗓子眼,呛得他好一阵咳嗽,差点没吐出来。女子在鲍厂长左边落座,鲍厂长介绍说:"这是我们财务科小杨科长,年轻貌美啊,大家一起干了第一杯。"鲍厂长咕咚一声把一盅酒倒进了喉咙,似乎没经过嘴里,看那动作,就是酒场老手。接着小杨科长响应,张科长也一口酒倒进喉咙里,翻过杯底给大家看,表明自己喝得一滴不剩。轮到身土,他左看右看,额头、手心都在出汗。鲍厂长说话了:"身土助理,咱这也是正规厂,咱这厂原来是区政府办的公家单位,虽然说现在讲商品经济,我们自主权大了些,但到底还是公对公嘛,这么说,这喝酒也是工作的一部分对不?有道是,小酒天天醉,革命工作才不累;小酒经常咪,革命标准不降低……"那个小杨科长眼道很活,接着就自己又斟上一杯,走到身土跟前,举着杯子说:"我激动的心,颤抖的手,敬部队同志一杯酒,你不喝完我不走。"说着将酒一口倒进喉咙里。身土急了,忙站起来端着酒杯颤颤地凑到唇边,这杨科长顺手一托,一杯酒连喝带灌地倒进身土嘴里,一半进嘴一半酒在身土胸前衣服上和颈子里。大家一阵哄笑,坐下来接着展开第二轮攻势。身土哪经得起他们这般"调理",几杯酒到肚,身土就一头戳到桌子上流着涎水打呼噜……

　　身土醒来的时候,周围一片漆黑。他摸摸后脑勺,痛得像被人打碎了脑袋。他想坐起来又倒下去,只觉得胃里一阵痉挛,"嗝……嗝……"几个嗝一打,被消化的鸡蛋、青菜叶等伴着酸水涌出,屋里一摊污秽,一股臭味充满全屋。他下意识地摸摸左右,摸到了电灯开关绳,啪嗒一声,灯亮了。他躺在自己的小屋里。他开始了回忆,回忆自己怎么睡在这……记忆慢慢地苏醒过来,他想到去了砖瓦厂,想到在厂里转,想到在厂食堂吃午饭,对了,鲍厂长他们劝他喝酒,一切都想起来了,但就是不晓得他是怎么回来的,怎么回到自己小屋的床上的。这一段像农村收完了农作物的空地,在脑子里也成了一块空地。他看到自己背的黄帆布挂包很鼓,随手一翻,哇,里头有用旧报纸包的两条软壳红塔山香烟,还有一个旧报纸包,里头有十块一张的一沓钱,他数一数,整整二十张。二百元现金。他开始在脑子里翻阅这一天发生的事——这一天没有什么事,主要就是到郊区砖瓦厂送个信。没啦!没啦!那这钱、这香烟怎么一回事情哪?身土脑子涨痛得很。"我的妈哟,二百元现金,差不多一年的临时工收入。"他感觉这钱来得太快了,让他有点招架不住。"对,一定是砖瓦厂鲍厂长或张科长给的,不行,这钱,这香烟绝不能要。"他想着,便立即坐了起来,想返回砖瓦厂。他像个上了年纪的老人颤颤巍巍地起来,拉开门一瞧,原来外面街上早已齐刷刷地亮着路灯,已经是黑夜。他打消立马去砖瓦厂的念头。"明天再说吧。"他心里这么想着,就去拎水刷地上的污物,又洗洗脸,感觉一时无力做什么,又倒头睡下了。这一夜他睡得不安稳。他梦见自己去买一身漂亮的西服,配上领带——不会打领带,可以让百货公司营业员教啊!给何满水爷买一件呢子中山装,那一穿就像干部;给鞠银子婶买一件黑色呢大衣,给宝钏妹妹买一件大红色毛呢大衣;自己还买一双皮鞋,擦得乌黑发亮。每当时头八节的,全家人穿上在村里头走走,到乡集市兜兜风什么的。何满水爷从此在村里也会腰杆直直的,人家还不羡慕得直咂舌头?

然后他看到母亲从那么低矮的草屋里走出来,像是从某个无底黑洞里走出来的,周围一片漆黑,看不到任何东西。身土见了母亲,唰地眼睛水就滚下来:"妈,这么久你都去哪里了?我好想你……"母亲却板着脸:"儿啊,有老话说得好啊,三两黄金,要有四两福分才能受用得起。钱是好,但对那些福分浅的人,钱多了扛不住。钱这东西,跟苦和累亲着呢,凭着辛苦和劳累挣来的钱,命能扛得住,用得起;不是自己苦累挣得的钱,叫不义之财、横财,一分钱都不能伸手。"身土腿脚一抽搐,醒了。母亲的影子也飘远去了。

　　身土一点睡意都没了。他回嚼着刚才梦里母亲的话,这是他小时候常听母亲说的话。母亲是个本分人,虽没念过书,但讲脸,舍不得把自己的儿女让人家说三道四,总是以一些坊间事教育儿女。记得小的时候,母亲告诉他,在农村有些人会得一种古里古怪的病,医生都瞧不好,所以,那生重病的人就把钱丢在路边,叫丢灾,别人捡了路上的钱,就会把病也带回家,这生病的人的病就移给捡钱的人了,捡钱的人会害一场大病。在湫隘村,大人们也都这么说。身土小,到底也搞不清这是真是假。母亲还说,早先啦,她娘家村有个挑货郎担的男人,靠卖些针头线脑过日子,倒也平平安安。有一回,这挑货郎担的男人在回家的路边捡了一块大洋,高兴得不得了。谁知回到家没隔几天,腿上长了个疔疮,红肿得像熟透的洋柿子。找医生怎么也看不好,直到后来烂了个大洞,白乎乎的骨头都瞧得见,痛得不能走路不能吃喝,一家人急死了。后来找了个老郎中,他在野地里采了一种叫车前子的野蒿,洗干净用锤子锤烂,再和上香油捏成饼饼,敷在烂洞处,三天一换,半个月见了效。这时他那一块大洋花净了还不够。村上老人就说了:"路边钱捡不得,那是捡灾。"对于母亲说的话,身土只当听故事,听听罢了,但从幼小的心里,就生长出了一个信念:"钱是靠自己挣来的,巧事是想不得的。"再后来,母亲断断续续又跟他说:"身土啊,娘也晓得,农村人没文化,说捡钱会遭灾害病,讲起来是迷信,到底是劝人学好,不要动歪心思。你日后成人了,是种地还是做买卖,不管做什么事都要守本分,公家的油一滴不能揩。往年,那些贪公家便宜、克扣老百姓钱粮的官爷,给人办个小事到处伸手要好处的公家人,他们有几个得到好下场了?有的被捉进大牢,饱受牢狱之苦;有的子孙不争气,仗着老子娘能捞到好处,个个都不守本分,惯吃白食、用白钱的主儿,把家道搞败落了;有的子女生灾害病,本是好好的后生,变成活孬子,二百块钱数不过来的白痴子;还有的自己把自己弄得人不人鬼不鬼,到头来房倒屋塌,一张草席裹尸。妈虽然是睁眼瞎不识字,可见得多、听得多了。我嫁到湫隘村,村子不大,人口不多,社员们都骂这种人是走夜路遭鬼打、生孩子没屁眼、抛尸荒外狗都不吃的东西。"虽然母亲走了多年,但她这些故事、比方话时常在身土脑壳子里断断续续地回响着。他明白,总而言之,言而总之,母亲是讲:"人,要守本分。"而今他身土的本分,只有靠吃苦。

这样想着,身土一早就带着钱和烟找到了杨副院长,说明了东西的来路,现在交给杨副院长,也算交给组织处理。后来开会,杨副院长还当众表扬了他,号召大家向他学习。这是后话。然而经历了这样的事,身土越来越觉得留在医院不是长久之计了。

早些时候,农村各生产小队都要养几头水牛,用以耕田。牛是集体财产,谁都能拉着牛耕田。医院的施工建设克期开工,身土就格外忙了。他既参与施工中的事情,本来工作又一样不减。所以,他是一个人做几个人的事。人家只管叫"小水电把这活干一下""小水电把那活干一下"。看他腿跑得快,做事麻利用得顺手,说是喜欢他,其实是把他当耕田的牛。身土除了负责全院水电修理和其他杂活什么的,还要在施工工地上帮着跑跑颠颠。他跑得快,又从不讲个"不"字,办事又很负责任,慢慢地,院里上上下下大小跑腿的事都喜欢叫他,有的连家里的私事也找他去帮忙。他有时累得两眼冒金花,心里也有过一丝不满。可他总是回头想想:"身土你记住,你年纪轻,吃点苦,多干点,累不到哪里去……"第二天,他又总是精力充沛欢欢喜喜地去忙上忙下。他的身影像只燕子,在这医院大院角角落落飞来飞去。

医院的工程进展很快,也很顺当。身土整天跑工地、跑厂、跑店,与商家打交道越来越多,面也越来越广,接触到的人也各式各样。后来,凡外单位来人,就直接找身土助理员,医院里的人也习惯了外人这么叫,一旦有外人来问:"请问身土助理在哪儿?""哦,你去门诊部大楼工地上找找看。""哦,你找身土啦,看水房那边有没有。"身土呢,每当有人喊"哎哟身土助理",身土也只得装憨,笑笑,也不答应,也不推辞。老早人家叫他,他总要推三阻四地解释:"别这么叫我,别这么叫我,我就是个临时工,跑腿的。"别人也总说:"嗳,谦虚什么嘛,你助理名头大着咧。"身土没有办法,慢慢地日子长久了,他也懒得再和别人费舌根子,嘴长在人家脑壳上,堵是堵不住的,叫就让他们叫吧。时间一长,全院从院长到医护人员,干部战士职工家属,都一口一个身土地喊,医院上上下下没有人不晓得身土,他们也不晓得身土姓什么,只身土身土地叫着。

在皖南,有句俗话说"十月无云赢小春"。确实,农历的十月间,天气一放晴,秋风暖融融的,叫人感到天高气爽,格外清新。这天,微风轻拂,秋阳明丽,出了医院,弯弯拐拐的小道两旁,法国梧桐树的黄叶被阳光照射着,闪烁出点点金光,晃人的眼睛。不远的西南方向的沙石公路,地势要比医院这一带低,穿过这条沙石路便到公交车站,身土坐上108路公交车向西而去,他要到农学院去。

上午十点不到,身土赶到农学院。这天柏艾正好没有课。

"天气真好,出去走走吧。"柏艾主动邀请。身土答应着,便紧随柏艾走出农学院。农学院侧门向西开,身土和柏艾从侧门出来便是一条西北走向的老街,街道两旁是清一色的法国梧桐树。据说这是新中国成立初期西溧最繁华的街道,两旁的法国梧桐是从南京中山陵移植来的。他们沿着街道向北,走过三站路再往西拐一截,便是清朝一重臣的家院。朱红漆大门紧锁着。转过高大院墙再向北,便是西溧的城中森林公园。公园内曲径小道如同蜘蛛网铺在地面,人们可以沿着幽静的小道漫步,安静、祥和。因为是上午,又不是节假日,园中闲游的人并不多。在一凉亭处,柏艾提议坐下歇歇。

身土应声在一旁围栏上坐下。

"找我什么事？说吧！"柏艾开门见山。

"也没有什么。"身土装着轻松的口吻说，"我还有两门课程，十二月份就考完了，如果我考完后，暂时不在西浥，希望你帮我查查分数，如果通过了，发证的事帮我过问一下操点心……"

柏艾两眼犀利地望着身土，说："你是说要离开西浥一段时间，还是打算另谋生路去别处做事？"

身土喘了口气，咕哝着："唉，明日复明日，明日何其多。我生待明日，万事成蹉跎。世人苦被明日累，春去秋来老将至。朝看水东流，暮看日西坠。百年明日能几何，请君听我明日歌。"

柏艾扑哧一声笑了，说："有话照讲，有硫化氢照放，搞这么文绉绉有什么用？有什么新思维了？"

"新思维，好时髦的词。我能有什么新思维啊！"身土实话实说，"说心里话，在医院做临时工，苦是苦点，累是累点，但是稳当，到月就有钱，可我不能总这么下去。"

"那你要怎样？"柏艾问。

"我想要独立地去干点什么，"身土说着，朝柏艾做了个发誓的动作，"我要赚很大的一笔钱……"

"那你打算干什么行业，又打算去什么地方干事情？"柏艾对身土的宏伟打算并不惊讶。

"去哪里，干什么，目前没有想清楚，算是空想阶段，空想变为现实需要必要的理论支撑，再去实践呗！"身土说。

"喊，又来了……"柏艾撇了撇嘴，接着说，"我真不想听你讲话净打转转。"

"反正，医院这我不能再干下去了。"身土斩钉截铁地说。

"理由？"柏艾问。

"一个打工者，到处漂泊才是正常的，还要什么理由？漂就是理由。"身土脸色暗淡下来，说，"不管怎么样，我拜托你的事望你一定要帮忙。"

话谈到这，似乎成了僵局，两人一时没有找到合适的话题，只好沉默。

"何身土,我到今天为止,真的搞不懂你这个人,在一些事情上,你总是做出让人意外的决定。"歇了半会儿,柏艾幽幽地说。

"我的本分,就是继续努力,不奇怪啊!"身土的回答让柏艾不知所云。

"怪人!"柏艾接着说,"我看过这样的话:'立志是事业的大门,决心和毅力是事业的立脚点。没有足够的信心,是注定干不出伟大的事业来的。'这叫'天生我材必有用'。就看你的本事啦。"

柏艾是个农家女。她在家排行老二,头上一个哥哥,脚下还有一个妹妹,算是撂到草莽里都能长大的孩子。她从小到大生活还算过得去,习惯自己的事自己做,还帮妈妈料理家务,上学也没让父母操心,是个朴素、直率、大胆、活泼善良的女孩子。上大学后,像她这样一个体态颀长、性格开朗的姑娘,自然会被男生注意,她就曾被人追求过一回。那次,追她的男生大着胆子约她一道去河边散步。她不客气地回绝了那个男生,还尖锐地指出:希望他少来这一套,好好完成学业。这事不胫而走,后面柏艾再没遇到过类似的事情。她心里说,念完大学,等到工作稳定下来,"找个男人过日子不迟"。可是,自从在西淝和身土接触几次后,她在心理上起了微妙的变化:何身土不同一般的个性,细致深沉的体贴,他忧郁的脸,他刚毅的内心,他一次次出乎人意料的决定,都让她感到莫名的信任和心服。此时,她站起身,习惯性地用手拍拍裤脚,睨了身土一眼,说:"走,请你喝牛肉汤,但愿牛是被杀死的,嘻嘻……"何身土当然晓得柏艾讲话的意思,他应了声:"好咧!"便嘿嘿笑着起身。

冬来了,白天变得短了。下午天黑得早,身土心态安稳,抓紧时间看书。因为他被登报、外出做报告、风光一时而在背后说风凉话的人,渐渐兴趣全无了,反过来又说他何身土不错。主要是当了"双拥"先进典型,还是个农民相,没啥变化。更重要的是,通过医院盖门诊部大楼、翻新旧房这些事,感觉他工作一等一地让人信得过。甚至有人放出话来,说何身土很有可能要转成部队的正式职工。

这年底,常助理员的家属、小孩办了随军,农业户口转成了非农业户口了,常助理也被确定为下一年的转业对象。身土曾经有一次专门问常助理员:"可是要转业?"常助理说:"是的。我没上过多少学,文化水平低,不适应部队现代化了。现在,部队干部都要从院校里来,我跟不上趟。"常助理说他很感激部队,说他能从一个识不了几个字的泥腿子,当上了副营职干部,家属、小孩随了军,办了农转非户口,是祖上几代修来的福。至于常助理下一年几月份离开的部队,回老家安置在什么单位工作,身土没有打听。因为,这之后不久,身土也离开了医院,离开了西溯市。

第十章

这年的阳历三月底,已经进入了初春。这初春的天气像婴儿的脸,说变眨眼就变,昨天的气温飙升到了30℃,到夜晚,又是刮风,又是下雨,清晨气温断崖式降到13℃。怕热的人本都穿上了短裤背心,第二天被打了个措手不及;习惯性穿着长裤衬衫的上班族,出门冻得瑟瑟发抖,喷嚏四溅;不少人都重新穿上棉袄、羽绒袄。大街上,田野里,人们边走边骂着:"鬼天气,多少年来少有。"而且,这一降温就是连续一周。很多外出人员,没有想到又要重新过几天冬天,不得不去买厚衣裳穿。

苏北某步兵团刚开完新年度训练动员大会,今年的其他工作是外甥打灯笼——照旧(舅),后勤工作却有大动作,就是要高标准高质量地做好迎接军区在本师召开的营房管理工作现场观摩会工作。观摩会上要探讨新的营房营区建设是否达标,老旧营房管理有什么新的经验。

一般开现场会,首先要准备一份有分量的经验材料,要向大会也就是来自全军区的后勤管理领导和部门管理领导以及专家们介绍经验。这材料能否打响是笔杆子的事,重要的是介绍经验,还要提供可看的现场。可这些老旧营房怎么让人看?你说老旧营房管出新水平,你得拿出样板给与会人员看。这个会是为来年全军营房管理工作现场会做准备,提供全军的样板的。这就非同小可了,抓好抓不好直接影响到军区的全面建设。在军事训练、政治工作方面,武团长心里自然有谱,唯独这后勤工作现场会,没有现成的经验可借鉴,这就像出门突然倒过来一棵大树横在脚下,迈不开步嘛。为这事武团长没有少召集各方面开座谈会,广泛听取大家的意见、建议。书面材料已经组织了一帮笔杆子挖空心思、绞尽脑汁让笔下生出花来，但这老旧营房，这坑坑洼洼的营区道路，唉，武团长一看到一想到，头就痛。到目前，发动全团上下献计献策，也没得到什么好主意。有的建议，干脆推旧建新，这倒省事。这不是扯淡吗？真是一帮酒囊饭袋！武团长心里想，要这么简单还请你们来献计献策？这推旧建新，是一个团说干就能干的？一是上级没有规划不敢动；二是建新自筹不到经费，搞不起啊。武团长想想都生气，真是愁肠百结，茶饭无味。

这天，在团部大门哨位旁，一个年轻人一边搓手一边跺脚，看样子真的冻得寒心。哨兵正在岗楼里向团值班室里打电话："喂，值班室哪位首长？噢，李参谋。是这样，门口有位年轻人，他说他名叫何身土，从安徽西淝来找我们团长。好的。"哨兵挂上电话，出了传达室，依然像棵树一样笔直地站在哨位上。身土很想上前问下情况，哨兵目视前方，做了个退让的手势，身土倒退几步回到了原地。

不一会儿，一位身着涤卡军装的年轻军官走过来："哪位找 01 号首长？"

"我！"身土一步上前应道，"首长，是我呢！"

"你？"来人斜眼看看何身土，问，"你是从哪里来的？"

"安徽。"身土答。

"你是首长什么人？找首长什么事？"

这么一问，身土一时找不到答案。对呀，我是团长什么人？什么都不是呀。我找团长什么事？身土心里嘀咕。但身土毕竟在医院干过一年多活，和军官没少打过交道，于是他脑子一转，答道："报告首长，我叫何身土，是团长家乡人，去年冬天，我在团长家，团长对我说，叫我有事来找他，我这就来了。"

军官一听，对何身土简直是发指眦裂，憋了好一会儿才说："我们 01 号首长是浙江人，你扯谎扯得怪圆的。"说着转脸对哨兵吼道，"你状况不清就稀里糊涂、慌里慌张给值班室报个啥告？"那哨兵急得"我我我……他他他……"了半天。

何身土这时像当头一盆冷水灌下，从头凉到了脚跟，仿佛漆黑中摸索

第十章 | 127

着一根火柴,刚划亮火柴就熄了,眼前没有看清又滑回黑暗里,心想:我哪块晓得武团长是安徽人还是浙江人嘛,完蛋,投错了门,找错了人。不过身土很快就镇定了下来,上前进一步试探地说道:"报告首长,我跟他说得蛮清楚的,他才打电话的。"谁知军官是不是大喘气,又平息了一下,说:"01号首长爱人在你们的西泖部队医院当副院长,说家乡人也没大错,不过你可知道我们01号首长姓什么叫什么呀?"哨兵接上说:"报告李参谋,我问过他了,他晓得。"李参谋两眼瞪着那哨兵说:"我问你了?"那哨兵赶紧缩了回去。李参谋又对何身土说:"有什么要紧事,跟我们01号首长报告?要是没什么要紧的事,你还是哪里来回哪里去,我们01号首长忙着。"身土听军官这么一说,急眼了,忙上前一步:"报告首长,不是我找团长有事,是杨院长。"身土话一出口,心里咯噔一下,心想,这是不是有点不厚道?他何身土来这与团长爱人一点干系没有。他脸就唰地发烫起来。军官眨眨眼睛,有点为难的样子,迟疑了一会儿说:"你说杨院长,他爱人……"说完不敢怠慢地向团部办公楼那块急吼吼地跑去。过了二十来分钟,那个军官又一次来到门岗,指着何身土说:"你,跟我来。"

何身土随着军官向团部大院深处走去。

真要说起来,何身土与武德强团长也只见过一面。这回冒昧来苏北找武德强团长也是没有办法的事。

春节前的一天,杨副院长找到身土说:"身土,麻烦帮我个忙。""什么忙?"身土问。杨副院长说:"咳,这个武德强趁开会来家住几天,愣说明天晚上要请老朋友张阳明处长来家吃个饭,我家保姆因为家里有事请了几天假。平时在家里吃个简餐是可以,要说请人来家吃饭,这下真抓瞎了。再说,医院年底事多、会多,忙得鸡飞狗跳,哪有心思忙吃饭?但老武说了,不办不行啦,这不请你帮我去菜市买些菜。这是老武开的菜单,买好了就去家里帮老武打个下手,我这里一忙好就回家。"

身土虽然对买菜是个外行,但杨副院长要求的事,披肝沥胆也得上。于是,他第二天一早就去了菜市场,按杨副院长的菜单买了几十块钱的菜,买了一只活的母鸡,在菜市场看着杀好,处理干净;买一条鱼杀好;买的王八只卖不给加工,那是没办法的事,只有回去想法子;其他都是些家常菜和配料。身土把菜买好送到杨副院长家洋楼时,武团长正在后院里伸胳膊伸腿。第一眼看到武团长他那虎虎生威的样子,何身土倒退几步,心里真有点怵他。倒是武团长大度地哈哈一笑,声音亮如洪钟地说:"你叫什么来着,哦,何身土?名字有点子怪,农村来的临时工?"不等身土回答,武团长接着又大着嗓门吼,"东西放这,听我家小杨说你怪能干、挺聪明的,不差嘛!"说完后没话了,也不说坐坐歇会,也不说放下东西可以走了,抑或说留下帮忙。身土两条胳膊挂在肩头,不知所措。武团长回头看着身土傻不拉叽立在那儿进退两难的样子,又哈哈大笑说:"出什么状况了?看你吊在那儿。我们家小杨叫你买菜,还说叫你干点啥没有?"身土忙说:"杨院长说,如果您需要的话,我帮您打打下手。""帮我打下手?她说要你帮我打下手?吼吼。"武团长瞪着眼,龇着牙,那样子怪瘆人的,说,"她是这么说的?那你都会啥?""我……"身土喉咙里像被什么东西堵住了,哑了。"这样吧,"武团长伸伸胳膊,右手从前弯到后脑勺,伸进后脖子里挠着痒痒,说,"你、你帮我搞搞卫生,先把该洗的菜洗干净,我烧两个菜可以,就怕'打扫战场'洗这刷那的,小杨不在家,这个任务就是你的了。"有了具体任务,身土就晓得自己该往哪儿搁,便脆生生地哎了一声,去了厨房。

虽然离开饭时间还长着,但开饭前的大量准备工作是繁杂的。身土在厨房里照着武团长的意思,做着清理洗刷的工作。好在有些菜已经在菜市场清洗过了,比如老母鸡,在菜市场杀完就大致洗过一遍,回来扒扒肚子清洗下肠子也就可以了;鱼杀好了,用刀背把鱼鳞给刮掉,再扒开肚子把里面污物扒拉出来,清水洗净;蔬菜类就更好搞了。身土遇到了头痛事,就是这王八不会杀。那玩意你一伸手,它头一缩,鬼精,你又不敢伸手把它头给拽出来。听农村人说,沙鳖这鬼玩意,要是咬住你,天不打雷它不松口,痛死你。杨副院长家条件好,厨房有电水壶,洗这些油腻的物件用热水好洗多了,也容易去污,身土很卖力很认真很谨慎地做着,大体做得差不多了,就坐下来剥花生壳,把花生米放在一个小盘里。

大约九点,武团长来厨房,他先把老母鸡放在炉子上烧,然后教身土如何杀王八。他对身土说:"对你讲,你用脚踩在它的背上,它就把头伸出来了;你用绳子拴着它的颈子,它就失去了战斗力,咬不着你;然后把它肚子朝上翻过来,用刀在肚壳上横竖十字切开,掏空它肚子里的内脏,清洗干净。要的保留,塞到肚里,不要的部分扔了。抓紧杀,我要清炖,到吃饭时炖不烂就不好吃啦。"身土照着做。他做事上手快,动作麻溜,很快就把王八给杀好清洗干净,上了炖锅。武团长一边配菜一边指挥,还不时问身土问题。武团长问:"何身土,你是怎么混进医院来做临工的?"身土就一五一十地说了。武团长又问:"你是怎么认识省政府办公厅张阳明的呀?"身土又一五一十地道来。其实,何身土的情况,杨副院长早已经和他讲过,这时也就是没话找话闲拉个呱,要不两个男人闷头做事情也怪不得劲的。

快到晌午时分,杨副院长还没回家,武团长打电话到医院杨副院长办公室,没人接。武团长就说:"八成中午回不来了,你看……"武团长看着身土发愣。身土立即明白,说:"我这就去医院,看杨院长怎么说,有情况再向你汇报。"武团长咧嘴笑笑,心想这小子怪会领会意图的呢,当个警卫员呱呱叫,就点头表示同意。身土飞快地跑回医院。杨副院长还在开会,身土就在外面等。中午十二点多了,杨副院长才从会议室里出来,她看见身土就问:"身土你咋蹲这啦?"身土说了来意,杨副院长喔了一声,去办公室抓起电话,打给武团长,说:"我中午回不来家啦,下午接着开会,你中午和老爸将就一下吧。"说完又对身土说,"身土你吃过午饭,两点后再到我家,看帮着做点什么。"身土按杨副院长的意思办,下午,身土再来武团长家,两人又忙起来。

到了下晚了,杨副院长才匆匆忙忙赶回家,一进门就脱了军装往厨房跑:"哎呀呀,开会给拖晚啦,老武怎么样啦?"武团长大着嗓门吼道:"我是好不容易纱窗子擦屁股——露了一手,小意思……不过你回来得也太晚了点,这就交权。""啧啧,我说老武啊,怎么你一张口讲话就叫人听不下去?"杨副院长娇嗔道。"啊?哈哈哈。"武团长听了豪爽地大笑,接着问何身土:"小何啊,我讲话让人听不下去吗?"身土嘿嘿一笑便主动站出来说:"杨院长,你回来了,我、我没事就回去啦。"杨副院长说:"你老武好生要为难人家何身土干吗呀?他怎么回答你嘛,他怎么好回答你?身土你别理他,你怎能走呵?离完成任务还早着呢,我还指望你给打打下手呢!这个老武就是个老鸭,死了就落一张嘴硬,指望不上他。"武德强连声说:"对对对,革命尚未成功,你要好生努力,离开晚饭越来越近了。身土你帮我们小杨打下手,比我强。"说着洗手。杨副院长说:"我说你老武,巴不得我不让你打下手,你是个什么状况我还不晓得吗?"武团长就咧嘴笑了,一溜烟走人了。身土只好留下来听从杨副院长的安排。杨副院长就担起了主厨的重任。武团长也就是雷声大雨点小的,只是把鸡和甲鱼弄上炉子炖着。他自己说他弄个白斩鸡、烧个红烧鱼有两把刷子,也只是说说,不见操练。杨副院长只得拉开主妇的架势,不时嚷着让武团长跑跑龙套,安排身土打下手,三人就在厨房客厅往返穿梭,忙活得脚底生烟。

天刚擦黑,门口处有一男高音吼道:"报告团长,属下张阳明前来报到!"显然这是张处长到了。武团长出门迎着吼道:"张大处长光临寒舍,蓬荜生辉。哎哟哟,来就来呗,你大包小包的啥呀?搬家呢?""没什么。"张处长说,"到团长家蹭饭吃吃没什么,但老爷子在家我得尽点孝心。"武团长帮着拎一些包裹进了门,杨副院长在厨房里尖着嗓子大声嚷嚷:"张大处长和张夫人落座,这就准备上菜。"说着手忙脚乱地指挥着身土。身土也跟着这块抓一下那块抓一下,结果两手空空。乱忙一阵,先上的是吴山贡鹅、酱卤牛肉片、油炸花生米、凉拌洋葱黑木耳,四道下酒凉菜。

餐厅很精致的小方桌上方,杨老爷子已经端坐了下来。杨副院长的宝贝女儿靠着杨老爷子半歪着。杨老爷子两侧,武团长、张处长各坐一边,张处长爱人杨丽皖紧靠张处长坐定,下方显然是留给杨副院长的位置。身土帮着传菜。身土也是个识相的人,见菜传得差不多了,就主动对杨副院长小声说:"杨院长,我还有点小事,这里忙得差不多我就走了。"杨副院长还在忙着没有上桌,就大声说:"你怎可以走呢?吃了饭再去忙嘛。"这话是客气话,如果身土真要走,是可以走得掉的。但武团长听后当了真，吼道："哈，你小何在这节骨眼上要走人，显然是拆我们小杨的台嘛，还有不少打下手的活要干，我们小杨看我不顺眼，用工不顺手，请你帮忙打个杂。你走，往哪块走啊？啊，来来来，这有你的位置，坐，坐。先吃，吃了还得帮忙打扫战场……"说着竟然离开桌子去拉身土入座。经他大嗓门一咋呼，又动手拉着挽留，其他人也就顺着做起了人情说："对，不能走，不能走。"身土想，这时再坚持说要走，那就有点不识抬举了，只好硬着头皮留了下来。但他还是磨磨蹭蹭地到处找事情做，显出有点忙的样子。

杨老爷子、武团长、张处长和夫人端起锃亮的玻璃酒杯喝酒，女儿在一旁拿着饮料助兴。几个人先敬过杨老爷子，武团长、张处长又碰了杯，这时张处长开始嚷嚷："杨大院长别忙了，过来吃杯酒吧！"杨副院长就一边忙着一边应着："唉，你们先吃，我一会儿就好。"明白人都知道，这"一会儿就好"其实是走过场的话，就像催客人吃饭，这边说："到哪里啦？"那边说："马上就到。"不知过了多少个"马上"人都到不了。酒喝了三巡，甲鱼炖香菇端上桌子，接着上了几道蔬菜，像清炒黄花菜、山药炒青椒、麻辣豆腐，这时候张处长酒劲上来又大声吼："杨大院长，有完没完啦！""来咯来咯……"杨副院长又在厨房应道。

这档儿，他们也拉开了话题。武团长说："张大处长啊，你离开了部队，是不晓得现在的部队是咋样的啦，部队基层干部队伍很不稳定啦。院校毕业的大学生干部不好管，他们多数眼高手低，与士兵打不成一片。我们师，就有个学生干部分配到炮团管理股当排长，他居然向师党委师首长写信，要到出将军最多的步兵团工作，否则不服从分配。你瞧瞧，还有这样的干部。后来首长叫干部科长找他谈，讲了很多道理，他就是听不进去，再后来师首长发火，批评了他，他才勉强到炮团报到，不久就写辞职信，回家去了。"武团长说着不忘劝张处长喝酒，"来，碰一杯。"酒杯凑到嘴唇，又放下来说，"还有一小子，从军校分配到步兵团。他一看这整天走正步、搞生产，有什么出息？申请退出军籍，第二年考到上海一所名牌大学学习土木工程专业了。不过话又说回来，这些学生兵真要带好了，带上道了，他们发展后劲是挺足的，干什么像什么。现在部队比较重视学历，那些从基层干部提拔上来的,抓一个营、带一个连没问题,每个营、连都可以带得嗷嗷叫,战斗力强,但是再往上发展,确实……唉,这批干部自己看得也蛮清楚,慢慢地激情没了,意志也衰退了,许多人干劲也不足,考虑后路多了。每到年头岁尾排队要求转业的一茬接一茬。"武团长说着,喝着小酒。

张处长也接着说:"现在地方工作也难干,改革开放越向纵深发展,面临的实际问题就越多,在有些领域有些部门有些单位,工作简直就推不下去。他们动不动就说'以往不是这么办的',或是'过去我们没有这个先例'。你瞧瞧!"张处长说着,面露难色。

杨老爷子低沉着嗓子说:"这些都很正常,不足为怪。每到历史变革时期,难免在思想上出现多重性,从不同维度看问题,得出的结果肯定不一样。只有我们党是最英明的,是能把握住航向的,我们一定要相信中国共产党,维护党中央的权威,才能把中国的事情办好。"杨老爷子不愧为高级干部,登高望远,格局很高。

话题又不由得扯到考学上,说现在孩子是考地方大学好还是考军校好,因为他们的孩子过几年就要面临这个问题。杨副院长在厨房插话说:"我看考军校不错。哎,何身土你妹妹高几了?不行可以考军校,至少上大学的一笔费用省掉呀!"武团长说:"哦,这个主意不错,要考找我,几所军校我都有熟人,可以推荐嘛!"可能武团长在酒兴中随口这么一说,但何身土心里为之一震,他给个棒槌认作针,这事就在他心里记下了。

在张处长的一再邀请下,杨副院长一边忙着厨房里的事,一边不时到桌边转转,端起酒杯在老爷子、武团长、张处长夫妻面前晃着,做陪酒状。身土觉得自己挺多余,不知所措,干脆窝在厨房里不出来,蹲在案板那儿佯装搞卫生。还是杨老爷子照顾到全局,喊道:"哎,要那帮厨的小鬼也来喝盅酒啊!"这时武团长和杨副院长想起什么来似的,喊道:"哎,身土身土,来来来。"身土慌得不知往哪里躲才是,他平生何时见过这种场面?他觉得自己哪能与他们一个桌子吃饭,任凭外面怎么喊,他假装听不见。杨副院长见叫不来,就跑到厨房好赖把他拉出来。身土只觉得脑子轰轰作响,血从脚底板直往脑门上涌,脸烧得像火炕。杨老爷子说:"小鬼,忙到现在,坐下吃点喝点酒,不用拘泥,我们是平等的。"武团长也喊:"你、你……叫坐就坐!"杨副院长挪了挪凳子叫身土坐下,又给他拿了酒杯和筷子,身土直挺挺地坐着,两手放在膝盖头上,像小学生听课。张处长夸了身土几句,武团长又说:"没……没错,以后有什么……什么难处,找……找我……"这又是一句酒话,身土却认为当领导的要么不说话,一说话肯定是认真的。武团长又说:"我武德强别的不敢说,在我团里,我还是一言九鼎的,你……你也可以……可以不用找我,有事就找、找张处长……"张处长咧嘴笑了笑。身土慌里慌张地拿着碗给大家盛饭,自己也端着碗盛了点饭到厨房,草草地吞下去。

这顿饭后,新年就近了。身土抽时间去了一趟师父坟上,烧了纸钱,磕了三个响头,又作了三个揖,告诉师父说:"师父我来看您了,我还想对您说,我可能要离开西滆。这里我不能干了,有好多事我吃不准,吃不准的事我就不干。我还不晓得我要去哪里,走一步算一步。师父您放心,我饿不死冷不坏,我会好好的。我还要干一些事情,到时候再来向您报告。"身土又买了些水果、奶粉和一条红色丝巾来到师娘家,告诉师娘和小师妹他很好,他回去过年,什么时候来还没定。在师娘和师妹面前,他没有说不再来西滆了。身土又到了报恩寺,买了一些饼干、水果拜访了老人。做完了这些,他给杨副院长写了封长信,一是谢谢信任,收留他在医院这么久;二是说明在医院待不下去的原因,主要是家里只有父母亲,劳动力弱,在农村做几亩薄田力不从心,他要守在他们身边帮着打理田地。他心里想:送去时最好她人不在办公室、门是开的,这样他好把信放下就走人,省得她问起来解释不清。他又跑了一趟农学院,告诉柏艾,最后两门功课全部考结束,就等发毕业证书,请她帮着过问一下,有什么情况请电报告知他,麻烦了。做完这一系列工作,身土在一天早上上班时间来到杨副院长办公室,杨副院长问什么事,身土说回去过年,可能时间要长些才能来,也许就不来了。但杨副院长急急忙忙的,说:"你有什么事别急,年头岁尾会议多,这不马上就得去开院务会,有事过会儿再说,你出来把我门带上。"

说着拿着本子和笔匆匆走了。这正中身土下怀,他望着杨副院长匆匆离开的背影,迟疑了一会儿,把信放在杨副院长办公桌的中间抽屉里,随手把门锁上。他背起行李对门卫说:"领导批准回去过年。"什么时候再回来,没说。

何身土回到梅都何村,同家人一起愉愉快快过了年。这中间他特别把武团长说的,宝钏妹妹能考军校的事重重地渲染了一下:一是上了军校,那都是部队上供养的,家里可以省下一笔费用;二是能光荣参军,女兵,哈,多威武,多神气,这方圆哪里听说过有女孩子当兵的;三是从军校一毕业就到部队当女军官,拿工资吃饭,我们家就是"光荣军属"。鞠银子婶一听,两眼眯成了线,高兴地说:"当真如此?我们何家还不飞出了只金凤凰?"身土说:"当真当真,那还有假?"越说越让宝钏心花怒放,她好像已考进军校了一样,脸上洋溢着幸福的光彩。

至于为什么不再回西溠去了,身土是这样说的:"爷、婶、妹,我在西溠部队医院做临时工,好是好,就是拿不了大钱。你们想啦,我一个月二十多块钱我自己是够吃够用,可我到什么时候才能攒下一大笔钱?所以我要走出去,做自己的事情,自己赚钱,尽快让我们家富裕起来。我目前还年轻,要有点雄心壮志。"一家人听了都觉得在情在理的。再说年轻人嘛,都喜欢展望未来,身土展望展望也好,一家人也就姑妄听之,日后的事情日后再说。不过身土自从何家,像今天这样把话侃得这么宽,像大姑娘割麦子——一铺一铺的,这还是头一回。何满水庆幸这小子心里装着目标。就算是吹牛皮、侃大话,他的话说得也在点子上。他是个实诚人,能把话说出来,比闷在肚子里强嘛。至于鞠银子婶、宝钏妹妹想得更实际些:别的不吹,就这两年多点的工夫,身土在外打了工,赚了钱,还自学考完大学本科课程,听说就能拿到大学文凭了,这才是青石板上掼乌龟——硬碰硬的货。村里出外打工的小青年多咧,哪个能像他何身土呀。还有,外面世界那么多花花草草,他一点也没变坏,还被报纸宣传了,成了模范。啧啧,你说是运气,那运气怎就单单"运"到了他呢?这一家人,每个人都从各自的观察点看身土,感觉这身土哪哪都不错嘛。

第十章 | 135

何满水问:"下一步到底有什么具体打算?"身土说:"爷,你说下一步有什么具体打算,我还真没有考虑成熟。我想过了年,先去找找武团长,主要是进一步说说妹妹考军校的事,如果他真能帮忙,告诉我们考军校要具体走哪些程序,我们也好早做准备。妹妹只管好生念书,其他神不必去烦。还有就是,看看在他那可否先找到什么事做着,从他那里搭桥再想办法过河,找到下一步的开端吧。"宝钏眨巴着眼看着哥哥,表示出赞同。二位老人挤着眼,听他云里雾里地说着,也点头表示肯定。他们拿不出好主意,不如顺着他身土的想法一边倒地姑且信之、从之。

就这样,何身土过完年,来到了苏北某步兵团,找到团部,又找到武团长。

李参谋把何身土领到了团长办公室,坐在一把老式藤椅上的武团长,本来怪大的眼睛眯成两条缝,上上下下打量着面前冻得瑟瑟发抖的小伙子,好一阵子,武团长从后嗓子里鼓出一句话,像浑水缸里猛然鼓出一个泡泡:"你出什么状况了?咋跑我这啦?"一句话问得何身土两腿一软,差点蹲下去了。他一时回答不上来,只是咧着嘴朝武团长笑不像笑哭不像哭地傻站着。"对。"见眼前这傻小子蔫了,武团长自言自语地说,"哦,那天在我家里吃酒,我好像、好像……对不?"说完两眼瞪得老大等身土回答。身土苦笑着点头:"嗯,是、是。"武团长右手拿了一支笔在桌面上转着,过了会儿又问:"有什么状况?"见何身土没听懂,他接着解释道,"你这大老远跑来有什么事?"身土又一次被问傻了,不知怎么回答,双手使劲搓着,显出他内心十分的矛盾和苦楚来。往往人一个动作,会使对方产生很多想象,比语言表达的效果要好得多。武团长就从身土无可奈何的搓手里看出了他的心思,说:"哦,你小子有困难了来找我,在医院待不下去了?"没等身土解释,接着又说,"我这里是作战部队,能有你什么事做呢?"说着他抓起电话,"要营房股,营房股吗?叫……强股长,马上来一下。"

他挂上电话不到两分钟,门口一声"报告",武团长随声说:"进来!"

此时进来一个个头不高、方形脸、耳垂挺大、穿着酱色涤卡军装的军官。武团长说:"强股长,这小子是我的一个小老乡,不,我们小杨的老乡,农村的,家里穷想出来混口饭吃,跑到我这儿来了,你看这咋办?"强股长眼睛朝身土瞟了一下,立刻就转向团长,讨好地说:"报告团长,我这就领他去路边小酒店撮一顿?"团长翻着白眼看了下强股长,不温不火地嘿嘿一笑。强股长马上悟出点什么,说:"报告团长,他可有什么特长?""泥瓦匠。"团长随口答道。"泥瓦匠?泥瓦匠好啊,好,我们就缺这类人才,这些天正愁着找这么个人,唉,想着就来了。巧,巧得很哩!"团长一听心里喜悦,龇了龇牙算是笑了,说:"晓得了,交给你了……对了,记得给他找件厚衣裳,看冻得这个样。""是!"强股长大声回答着,抬起右手就敬个礼,"那我领他去了。"武团长拿笔的手向门口一指,意思是:走人。

何身土跟在强股长屁股后面,向营房股走去,强股长边走边喋喋不休地问这问那。

身土走了,武团长抓起电话:"给我接西沰市解放军××医院杨副院长办公室。"放下电话,他一边转着笔,一边考着什么。

"丁零零……"一阵电话铃响,武团长抓起电话说:"我说杨大院长,你那个叫什么何身土的浑小子,怎么会当真跑来找我啊?啊?你正找他?出什么事了?不急,你慢慢讲,嗯,嗯,嗯嗯,嗯,嗯嗯,这样的,嗯嗯嗯……"电话足足讲了有二十分钟,武团长才放下电话,眼睛平视着对面掉了皮的墙面。

武团长是从战士、班长、排长、连长、营长、副团长、团长一步不落地成长起来的,可以说是本团土生土长的干部。他爱这个团,爱这个团的每个士兵和团里每片瓦每块砖,每棵大树每株小草。他每天从两眼一睁忙到熄灯,整天都在办公室,在营、连、排和训练场穿梭奔走,与士兵一起摸爬滚打。本来皮肤就不白,加上整天在训练场日晒雨淋,脸色变成生牛肉色。他虽然是一团之长,却过着单身生活,每天到晚,在机关食堂打点饭菜,呼呼啦啦扒完就回家属区宿舍,要么看看军事类书,要么去各营区转转。兵们就怕他到营房里转。他转回来有时不洗脸不洗脚,头一挨枕头便睡过去。团长打起鼾来那声气哗啦哗啦,像风涛澎湃,中间还夹着一丝又尖又细的声音,忽高忽低,袅袅不绝。有时这一条线高上去,高上去,细得像是放足的风筝线要断了,不知怎么过一个峰尖,又降落下来。有时鼾声一停歇,他在床上打个滚,嘴角流些丝丝的涎水,嘴巴吧唧吧唧,脆嘣嘣响几声,就像吃了什么可口的食物,又睡过去,接着打鼾。

这天,武团长鼾声一咯噔,吧唧吧唧咂巴了几下嘴巴,怎么也睡不着了,在床上打了几个滚便一骨碌坐起来。阳历四月天,早晨天亮得早,武团长看看手表,才四点半,玻璃窗外已泛白色。他坐起,披衣下床,漱漱口,喝杯温开水,转悠到五点钟,就抓起电话,打到营房股强股长家,叫他马上起床,随他一道出门。又打电话给后勤处赵处长,叫他马上起床,随他一道出门。大约五点半,他们三人同时到团家属院门口。三人相互问过好,便向团机关大院走去。

武团长领着处长、股长,挨排地在旧营房间转。因为这些营房都是二十世纪五十年代自建的,到现在几十年过去,营房自然旧得不成样子,砖墙斑驳,颜色陈旧,看了给人一种破败的感觉。武团长为这事大伤脑筋,现场观摩会这个样子让人怎么看得下去?他们转转停停,停停转转,一幢一幢地看;他们边走边议,边议边埋怨上头——明明晓得营房老旧,要现场观摩,这不是不看人脸光看腚嘛!武团长问二位可有什么好办法,时间不等人啊!这时,强股长想起什么似的,停了步子对团长说:"首长,我那天跟那个何身土拉呱说到老旧营房如何改造出新气象,供现场观摩会观摩。他说这好办,我问他有什么妙招,他讲了一大堆办法,我听了觉得挺新颖,就跟他说有空叫他当首长面细说说。"武团长听后,止住脚步,看了看强股长,半晌没说话,突然发话:"你个强股长,怎么不早说呢?快把他找来,我听听这小子有什么办法。"强股长立刻答道:"是!"便跑步去叫何身土。

身土自从来步兵团之后,就一直跟在强股长屁股后面颠着。强股长是从士兵直接提干的,人忠厚老实,工作敬业,虽然没有上过大学,但提干后,曾到原后勤学院学习过一年,专门学后勤管理,有些营房管理知识。

身土会一些简单的瓦匠活,团里道路、墙壁、淌水沟等,只要是瓦匠活就交给他做。身土绝不辜负强股长,每做一件活,都力争做得尽善尽美,这让强股长慢慢喜欢上他。来了这么些日子,团长没有赶他走的意思,强股长也就不管不多问,每天派些小活给身土做,在配电房里找了间空屋让他住下,吃饭就叫他到特务连搭伙。强股长和特务连两位主管关系很不错,强股长一说,特务连主管也很给面子,允许身土搭伙。至于这种情况能维持多久,强股长也不知道。这样,何身土在团里有吃有住,小日子过得算滋润。钱嘛,靠强股长发点津贴,不多,够买牙膏、肥皂的。

这天早上他还在睡着,强股长咚咚敲门:"何身土!何身土!太阳晒屁股了,还不起床?快起床!团长在特务连营房那块等你。"身土听说团长叫他,慌忙爬起来,套上衣服拉开门就随着强股长来到团长身边。

武团长自从听爱人在电话里说过何身土的"身世"后,心里莫名其妙地有点要保护他的感觉,是同情怜悯,还是觉得这小子有两把刷子?但一时也想不到如何安置他。所以,武团长这段时间对何身土不管不问,让强股长先带着。这时候何身土站到团长跟前,立正敬礼说:"报告团长,有事找我吗?"

武团长瞅了瞅身土,不紧不慢地说:"听说,你对这老旧营房管理有馊主意,说来我们听听?"

身土一听问这件事,他胸有成竹地很流畅地说起来:"这件事简单。团长、处长、股长,我认为这营房就像一个人,你给他穿什么衣服,他就像什么人。比方说团长您穿马裤呢,大家一看就晓得是首长,因为只有营以上的首长才配发马裤呢军装。"

团长盯着他的眼睛说:"你小子有话快说,还拿我打这个比方那个比方。"

身土笑了笑,说:"团长您别生气,打这个比方,就是讲这老旧营房要在短时间内让它整齐、新颖,让老旧营房跟崭新的营房一般好看,我还真的有招。"

武团长一听,来了兴趣,说:"对呀,你小子有什么高招,当处长、强股长面赶快说。"

身土说:"这栋房子外墙经过几十年风吹雨淋,砖的颜色深浅不一,看上去不美观;屋檐的木板,有的腐烂掉下,大多数颜色呈黑色,旧而难看。把这两块动动手脚,就会使营房焕然一新。最好使的办法是每栋房子的外墙统一用水泥水加点黑色染料,铺天盖地刷上一遍,再用白色涂料照砖缝描出白线,使每块砖头清晰可见;把所有屋檐木板维修一遍,统一刷上铁锈色防护漆;屋顶上的瓦,有破烂的检修一次,没有破烂的不用动,再用水喷枪把瓦面冲洗一遍,瓦就锃光瓦亮。这样一来,营房就会整洁清晰,清一色的灰墙白缝线,铁红色屋檐,保准美观好看。再把营区内各条道路维修的维修,重建的重建,水泥路不变,不是水泥路的重新翻修,铺上柏油打上白线,这道路效果就出来了。再把营区道路两旁的树修理一下,可以保留的精心修剪一回,树干底部一米高的一截,刷上一层白石灰水,再植上小叶黄杨树。这样,营房绿化变成了美化,配上水泥路或柏油路会十分好看。我说完了。"身土一口气把脑子里的构图统统描述出来,听得三人一个劲地点头赞许。

赵处长之前没有正面同身土接触过,听他这么说,感觉他有些专业水平。武团长听后说:"你其他说的我都想到过,就是这外墙,这种搞法,我还真的没有想到呢。"他眼前立刻出现了崭新整洁、黑白相间的营房,老旧营房出现了新气象。武团长目光转向强股长,强股长明白团长是在征询他的意见。他强股长不止一次和身土探讨过这件事,他也是反复考虑后才利用今早的时机报告给团长的。这时,强股长说:"这个方案我和身土反复推敲过,应该是花钱少、见效快、容易实施的最佳方案,如果精心做好每一步,会有很好的效果。"武团长沉默了一会儿,看看赵处长。赵处长接口说:"首长定!"团长说:"我看要不这样,先找一个偏一点的营房,拿出一幢,搞个样子,做出来看看效果。"赵处长说:"是,团长!"当下就将任务布置给强股长。武团长转身要离去,又折回身说:"对了,要快,不然我们会很紧张、被动。"团长说完便走。身土紧追一步说:"报告团长,这施工队怎么组建?毕竟工程量不小,这么多幢房子需要有一个统一的施工队才行。"团长立住了,斜了一眼身土,说:"对,这是个问题。"身土趁机说:"首长,交给我,在强股长指导下我来负责组织实施,办不好的话,拿我是问。这件事从头到尾由我作为总协调,您交几个兵给我,材料由团里自备,这粉刷外墙和画砖缝,我要按面积计算工钱,这项工作结束后,该我得的钱团里要一次性付给我。"

团长还有处长、股长没有想到眼前这年轻人竟然如此明快地谈起了生意。是啊,叫谁干事都得给工钱啦!团长问:"你说按多少钱一平方米算?"身土答:"刷墙按一块五毛钱一平方米计算,画砖缝按五毛钱一平方米计算,也就是全部完工,按两块钱一平方米结算。我和请来的小工,包括团里的战士,按四六分成,我得六成,小工们分得四成,你们看中不中?"团长和赵处长交换了一下眼神。团长说:"你承包,包工不包料,一边待着去。""团长,这又不是什么复杂工程,我保证能干,而且保质保量地完成任务。"武团长说:"年纪轻轻道行不浅啦你……"身土不好意思地用手挠挠头。"就是你干,价格也不能由你说了算,对不?"武团长接着说。身土嘿嘿嘿笑着点头。"还有,"武团长又说了,"先搞完一幢试点,赵处长、强股长和身土一同实施,搞完看效果再说,要快。"赵处长和强股长都答"是"。赵处长又问:"路营区道路这一块谁来?""有人选?"武团长问。"想干的人多,李庄的老张,杨庄的大头……"强股长掰着指头数着。"那些人不叫干活,光要钱搞破坏。"武团长很生气地接着说,"那几家都不能干,净糊弄事!"武团长想了想说,"道路这一块,何身土,你能不能干?有没有把握干?""能干!"身土立马坚定地回答。武团长说:"赵处长,最近两天准备开个会议,你们把方案做细一点,包括经费预算,在会上一并汇报一下,听听团里其他几位领导的意见。"武团长说完,大步流星地走到机关食堂里,抓起一个馒头,一口咬成个半月牙。

武团长边啃着馒头边想,周边村庄里的小施工队多得很,几乎天天都有人到办公室到宿舍找他要活。他们知道这营区里要修路补缺、翻瓦堵漏,还有院墙豁口、水沟堵塞、门窗腐烂、玻璃破碎……的问题。这些小修小补的活确实不少,也确实要人干。可恨的是,这帮人说是干活,实质是搞破坏。比如，有一栋房屋顶本来就一个拐角有点漏雨，换上一两片瓦的事，你若让他们修了，就变成满屋顶都漏，越漏越厉害，这样就得不断找他们干活，可恶至极！营区道路，由于年久缺损，有坑有洼，让他们来补一下，也就是几车石子几车沙拌上水泥，刮平凝固就可以了。可他们把小坑刨成了大坑，倒上几车黄沙，表面倒上水泥浆，用瓦刀磨平，乍一看平整漂亮，过不了几天，水泥一干，全起锅巴，脚一踩，黄沙一喷，比原来的坑还大，又得请他们重修。围墙豁了个口子，让他们一补，后面围墙不断地一截一截地崩塌。武团长知道他们搞的什么鬼，多少次批评营房股的同志，又把施工队的头头臭骂一通。工头总是点头哈腰、嬉皮笑脸，一副知错必改的样子，又一副死猪不怕开水烫的样子，真拿他们没有办法。

这一回军区要召开营房管理工作现场观摩会，集团军指定本团为观摩现场，一定要把最好的一面亮出来给军区首长看，为集团军当好代表队。这个机会还是团长从集团军首长那里争取来的。集团军首长说："好你个武团长，军、政、后你都想扛红旗、当第一，雄心很大，决心坚定，就让你露上一手。可是，你这个代表队如果当不好，那整个集团军的牌子就被你砸了！其中利害你要心中有数噢……"武团长立定敬礼，当场立下军令状，保证当好代表队为集团军争光。武团长从集团军领军令状回来后，脑子一天也没有闲过，想着要提供一个高标准的营房管理现场，非找一支质量过硬、靠得住、负责任的维修分队不可。附近村庄那些维修队，武团长实在是被他们糊弄怕了，这种重大任务是绝对不能让他们沾边的。那么这个何身土呢？从这段时间强股长反映的情况看，这何身土确实能干事、会干事，营区里几块地方让他修补得也是那么回事，特别是今天早上，那小子说的想法、出的点子都怪新鲜的，有的连他这个团长都没有想到，真要按身土那方法办，效果肯定不错。

武团长一顿早饭的工夫算是把问题想透了，最后咬一口馒头，下定了决心就这么干。

眨眼到了九月，步兵团成功地迎接了军区营房管理工作现场观摩会的召开。观摩会现场令与会首长和其他人员眼前一亮，耳目一新，他们一路参观,一路赞不绝口。集团军首长和师长感觉非常光彩,不时地见缝插针表扬几句武团长。全团各营区的老旧矮营房,外面墙壁清一色水泥刷过,再用白色涂料精细地画出砖缝,一笔一笔,上下错缝,横平竖直,线条粗细均匀,比木匠的弹线轱辘弹出的线还要精细。光画线这一道工序,何身土不知下了多少苦功夫。他对各单位送来的士兵,连天加夜地进行训练,练习画线技巧,培训过再进行模拟画线,合格的留下,不行的赶走,重新找人。为这事各营、连主官没有少发牢骚:"不就在墙上画个破线嘛,搞得跟大姑娘绣花一样挑剔。"这话被武团长听见了,武团长说:"对!就要有大姑娘绣花的精神,每件活儿都得做出精品。"团长一发话,营区一片哑然无声。果然不出所料,这样的"精品",自然一鸣惊人。谁都知道这趴在墙上画线可不是什么好干的活,就凭这一点,足以说明步兵团领导标准高要求严,具有精雕细刻抓工作的精神。再看营区道路路面平整得像镜子,清洁得可以躺下睡觉;道路两旁的大树被修理得清爽笔直,树根往上一米,清一色刷上白色石灰,一眼看去笔直一线高度一致。大树之间的空隙里栽的小叶黄杨,高矮一致修剪成蘑菇状,绿油油、青汪汪,给营区添上绿意。走在路中间犹如在公园漫步,心情好不舒畅。与会人员啧啧称叹:"真乃花园式营区!"再看每幢房子的屋檐木板,统一刷成铁锈红,屋顶青瓦在阳光下锃光闪亮。整个营房虽然是几十年的老房,但现在看起来像个穿上新装的青年,焕发着青春和活力。

会上,军区中将首长当场表示步兵团营房管理经验材料和现场,将作为军区推荐到总部的典型,准备代表军区出席明年的全军营房管理工作会议;同时号召军区各部队在营房管理工作上向步兵团学习,以步兵团为榜样,把全军区营房管理工作做好,做成全军一流水平。

会议取得巨大成功,军、师首长满意,武团长更是心花怒放,抓起电话就打到西浉市驻军医院把消息告诉爱人杨副院长,同时开怀大笑,称赞何身土这鬼东西是个人才。

现场观摩会结束,全团绷紧了半年的弦,终于松了下来,可以喘口大气了。按战士们的话说,这半年人人都累得笔直。团长说,放大假一天,洗洗澡,休整一下。接着,全团层层召开总结表彰大会,推荐立功、嘉奖单位和个人。对于什么也不是的外来户何身土,团首长们一致认为:"这孩子真是个宝。"再说何身土,他也没有白干一场,团里按事先的约定给了他一笔钱。可是下一步怎么办?部队首长干事果断规矩,丁是丁卯是卯,说定的事不扯皮,不推诿,不打迷踪拳,干完活付钱也痛快,白花花的银子就滚进荷包里。他觉得在这里有干头。但是,老是这么没名没分地打长工不是长久之事,必须得有个中规中矩的岗位。主意一拿定,身土眼珠一转,计上心来,便开始了行动。

这天,身土在营房股水电房里边干活边猜度武团长什么时间段会在办公室。他瞅着时间差不多,匆匆跑到团长办公室窗外瞄瞄,见有人在和武团长说话,他就假装巡电线,围绕办公楼转了一圈。再返回团长办公室窗外,往里一瞅,看到团长一人在伏案写什么。身土于是大步来到团长办公室门口就喊了声:"报告!"

"请进!"里面团长应道。身土在部队待了差不多近三年,懂得部队一些规矩:进领导办公室,绝不像进其他地方,先敲门后推门一脚迈进。在部队,要先在门外喊报告,里面的首长如果说"请进",你就可以推门而入;如果里面一直不吭声,说明首长办公室内有别人,抑或首长此时不想见人,你得知趣地等待回音或者转头先走,找机会再来。这回团长很快应道"请进",何身土便推门一步跨入门内,随手掩上门。

"是你,何身土?"团长没有抬头。

"是我,首长!"身土俨然一名军人,按部队规矩称呼团长"首长"。

"有事?"团长问。

"有……没什么大事。"身土还是有些害怕,见了团长讲话就不是很利索。他迅速把一个纸包递到团长面前,说:"首长辛苦了。"

武团长的眼睛正盯着桌上的一沓文件,这纸包直插视线之下。团长望了望身土,把纸包打开一看:我的乖乖,厚厚一沓钱。还没等团长开口,身土抢先一步说:"这回多亏了首长让我发了一笔不小的财,我真心诚意感谢首长,这是一点小心意……"

团长一听,两眼射出一道电光直刺向何身土,挥手在桌上啪的一声轰响,说:"我堂堂上校团长,你把我当什么人?"团长是一点就着火的那种,讲话从来声音很大,一点也不回避。他接着又说,"钱是按事先协议,如数付给你的,是你凭着智慧和辛勤劳动所得,与我有什么关系?哦,你该不会还有什么事吧?用得着拿一沓票子来收买我吗?啊?滚,给我滚!"团长很生气,两眼珠都要鼓出来了。

身土知道闯祸了,忙小声说:"首长,这怎么能是收买首、首长……是、是……"

话音未落,团长大手一挥,那一包钱嗖地飞到身土脸上,又落在地上。"给我滚出去!快滚!"团长发狠地说。

身土又怕又羞,感到真是丢人现眼了,忙抓起那些散落在地上的票子,受惊的兔子一般哧溜一声逃出团长办公室。这以后好些天,身土不敢出门,怕碰见人,特别怕碰见团长,脑子里杂乱无章,心想,这下做错事了,完蛋了;更重要的是,不知哪天会突然接到命令,卷铺盖滚蛋了,那他的理想就全泡了汤喽。他想着想着,眼睛水流了下来,是委屈,也是自己可怜自己。

一连半个多月,身土抱着随时走人的想法,无精打采的,跟着强股长屁股后面胆战心惊地做着该做的事。他晓得,越是这种时候,做事就得愈加十二分地小心,千万别再让团长抓住什么把柄了。即使被撵走,也要让团长想起他来时还有那么一点点念想,不认为他何身土是个孬种!身土的情绪很是低沉,就连走路都像是在打水漂子,总是一趿一趿的,一溜歪斜。

正在身土一天一天绝望下去的时候,这天武团长背着手来到水电房门前,咳咳两声。身土在屋里,听到咳嗽声连忙出来,发现是团长站在那儿。他当即感到如有一盆凉水从头到脚浇灌下来,两腿一软,脑子轰地一响,只感觉地面直往下沉,心里说:"完蛋,团长来下最后通牒了,这一天终于还是来了。"身土一时心里凉透,几乎崩溃,脑子里直响着"滚蛋,滚蛋",除此之外就是一团糨糊。团长站了一会儿,咧嘴一笑,露出一排不算雪白但也整齐的牙齿。见团长这一笑不说话，身土浑身打了个冷战，头像长得饱满的穗子勾了下去。有部电影里头，不是有个土匪头子，他一发笑就要杀人吗？团长不是土匪，但人家是军队头子，这下他何身土"死"定了。于是，他就显现出一副听从发落的孬样子，蔫不拉几杵在那儿一动不动。

"这么些天了，也没看你去找我啦？"团长放平声调说。身土直摆头，意思是不敢不敢。

"那天你不该那么做。"团长声调平和，但句句沉重地说，"那天我的火发得有点大了，把你给吓着了。"团长又说，"我一看人拿着钱在我眼前晃，我就恨啦，气啊。你拿那些个票子，是你不懂得部队规矩，不能怪你嘛！你嘛，也不容易哈。"身土舔了舔干裂的嘴唇，一句话也说不出。

团长又说："周围村的小工头，哪个不千方百计地给我送钱、送电视机，还有高档衣服？我就说少跟我来这一套！你有多远给我滚多远。"团长望着天空，语重心长地说，"你是不懂呵，党组织和上级首长叫我来当这个团长，工作能力是一个方面，更重要的是，我是军事一把手，要在继承和发扬我党我军的优良传统方面，做好表率，当好传承人，要干干净净地带好兵。部队不能搞腐败，不能搞钱权交易，要那样，部队还是部队吗？我是团长啊，别的人别的团我管不了，但我自己、我的团队、我的人，我得保证不能出问题，我们绝不能把这个团队的风气带坏了，你现在知道了吧？"

身土心里稍微舒缓了一些，勾着腰活像只大虾只顾点头，嘴里咕噜着："我晓得了。"

团长接着又说："有什么事就说嘛！何必来这一套？"

团长这么一说，身土感到原来浑身捆绑的无数道绳索一下子散了，只觉眼眶一酸，眼睛水在眼眶里打转转。可怜的身土多么想大哭一场，可是他忍住了，他怯生生地说："我、我是有事向您汇报……"

团长抬手看看腕上的表，说："话长吗？"接着说，"你这样吧，十点半到我办公室里说。"说着反剪着双手走了。

身土如约来到武团长办公室门口喊道："报告！"里面应道："请进！"

身土推门进去,礼节性地掩上门,立正:"报告团长,我来了。"团长说:"身土你坐下,今天我心情好,有事抓紧讲。"何身土就把心里早已盘算好的主意给团长一一道来,团长两指掐着下巴,听着,说:"你想走出去成立你自己的工程队,你想和周边村庄那些施工队一样做我的活,赚我的钱,发我的财,但我团就那么大,活就那么多,经费也有限,你这么干发不了财的。还有,这地方群众不好对付哦。""发不发财暂不考虑,主要是用地、租房问题。"身土说。"好吧,不能你何身土说什么我就听什么,是不?你让我也想想,有什么事我会让强股长找你说的。"团长说完,做了个两手一摊的动作。身土立马意识到这是送客的意思,便知趣地起身告辞。

事情比想象的要顺利。强股长主动找到身土,和身土长谈了一次。强股长说:"身土哎,团里首长对你的事十分关心和重视,对你走出去成立自己的工程队很支持。团里首长都说了,你不仅活干得好,点子也多,往后团里有什么活儿,还会让你来做。至于其他工程队,是他们自己把自己的名声毁掉的,谁让他们一边维修一边破坏?不过我对你说句心里话,你既然组建工程队,打算长期干下去,就必须考一个建筑师或者工程师资格证,目前资质这一块还看不出有什么特别的重要性,但往后发展不能缺少,缺少了你就接不着大的工程做。我在后勤学院进修时,教授们在讲课时都这么讲。"身土从心底知道强股长是为自己好,也是为他今后做长远打算。身土早已有过盘算,等大学文凭拿到手,就要考一门技术资格证书,这资格证书最好与自己学习的专业对口。强股长这么一提示,身土就坚定了心中的目标。自己年轻,考没有问题,身土当前要做的第一件事,就是成立自己的工程队。

一夜春雨过后,梅都何村的空气格外清新,返青的草,冒芽的树枝,苏醒的虫,鹅黄嫩绿,姹紫嫣红,松软的土地里发出一阵虫鸣,鸟儿在树丛中发出欢愉的啁啾。田地里已经是一片春天的繁荣景象。天完全放晴了,东边的太阳正从山的后面吃力地爬上来。

身土比往常提前一刻钟吃完早饭,换上了一双解放鞋,告别了何满水爷和鞠银子婶,上哥哥家所在的湫隘村去。

身土还是上年年关时,从苏北回到梅都何村过年的。年后一直在家,没有起身去苏北,为的是在家招兵买马,为筹建工程队网罗人才。身土这次回梅都何村,也算得上是发了大财的人。他那天一踏入县城,哪里也没去,直奔银行,在窗口说:"我要存些钱。"窗口内的漂亮姑娘递来一张纸,说:"先填着。"身土伸手接过,瞅了一眼,是存折。身土按要求一项一项地填,填好后又伸手把存折递回去。里面姑娘伸手取过存折,放在眼前一看,又抬眼看看窗外的身土。身土正从黄帆布包里掏出纸包包,姑娘斜一眼纸包,问:"你要存?""嗯。"身土准备伸手递纸包过去,姑娘说:"你等会儿。"身土也不晓得"等会儿"干什么。过了两分钟,窗口一侧的门开了,出来一位四十岁左右穿着制服的男人。姑娘介绍说:"这是我们钱行长。"被称为钱行长的男人笑呵呵地伸出白净的手:"你好,请进我们办公室坐坐。""这……""来吧!"钱行长伸手拉了一把,身土莫名其妙地跟着进了"行长办"。钱行长端了杯开水送到身土面前,喊:"小张!""哎!"一位声音清脆的姑娘应声进来了,"行长,有事吗?""你把这位同志的存折办一下。""好咧!"姑娘应声就在行长办公桌一侧的台子上,唰唰唰两手十分娴熟地点完票子,又再翻一面数了一遍。她取过存折写了起来,然后说:"行长,我填好了。"说着把填好的存折双手捧着平放在身土面前的桌上,"请您过目。是这个数。"说完把一沓钱捧在怀里,扭着细腰走了。行长笑盈盈地说:"恭贺你啊,你算是从我们县出去的第一个淘回金的啊。""哪里哪里,行长抬举了。"身土嘿嘿笑着。

当时人人争做个体户,家家梦想万元户,各色各样的个体户就像清明过后那漫山遍的野茶树棵,一夜间冒出遍地嫩芽,但真的赚到钱的并不多。像梅都何村这样不算特别贫穷落后的村子,最富裕的家庭里,箱子底也只不过有三五百块钱。大多数家庭只有几十块钱的流动资金。像身土一下存了几万元这么大数额的,相当于好几个万元户,这在十里八乡也是首富。其实,身土荷包里还有几千块钱,这几千块钱是给妹妹宝钏上学和补贴家里的。另外,组建工程队也需要一些启动资金。

身土回到家里,把存折往何满水爷和鞠银子婶面前一放,鞠银子拿着存折说,不知道这数字怎么念。何满水接过来,念了半天也没有念对。身土说:"爷、婶,你们就别念啦,多少都交给婶保存好。"说着就把存折往鞠银子手心塞。"哦嗬!"老两口同时瞪大眼睛鬏起嘴,似信非信,一时找不到合适的话说。等到身土和他们说了数额,老两口这才像是刚从半空摔下,落了地,缓过劲来长吁了一口气,心里好生欢喜,血压明显升高,头有一点晕。

身土把在步兵团的经历一五一十地告诉两老人,特别把部队召开的营房管理工作现场观摩会的事,尽量地细枝末节都不落地描绘了一遍。说他见到了中将、少将,那大校、上校多得不得了,中校、少校那就更别提了。何满水和鞠银子听着听着,嘴自然张开,涎水丝丝地往下淌,像玻璃丝挂得老长。身土说得津津有味,不时地比画着,以显示这回是真的见了大场面,开了大眼界。重要的是,这个开会现场就是他脑子里想出的主意,而且这主意旗开得了胜,马到成了功,好评如潮水,掌声像雷霆。所以,会议结束,团长按事先约定清算给账,一分不落,该是身土得的钱全数到账,除去一切杂项费用,净赚这么多钱,一次扛回家来。身土还把和武团长的合影照片,从衣服里头的荷包里扯出来给二老看。只见照片上的武团长身着马裤呢军装,头戴大檐帽,衣领缀着花,肩上扛着二杠三星上校肩牌,昂首挺胸,两手自然下垂,眼睛平视前方,略含微笑,显得气派端正,英武伟岸,一看便知此人不简单。身边的身土,穿一身绿色军装,没有领章和肩牌,个头基本同武团长平齐,只是身材略显瘦高,面相年轻,也是一副好相貌。当时开完现场会后,团里召开庆功表彰会,趁武团长高兴,身土蹭上前提出与武团长合个影,团里新闻干事一个箭步冲上前,咔嚓一声就照上了,这叫抓拍。所以相片上的团长显得尤为自然,表情又是那么平静如水,带着点满意的笑。应该说这张相片拍得相当成功。老两口看着相片,连连点头,喜从心来。"团长是多大的领导?"老两口问身土。身土说:"县长多大他多大。"我的亲娘哟,县长在我们农民眼里是多大领导啦!有几个农民能认识县长,能和县长一块照相?团长跟县长一样的,等于说身土就是县长的朋友啦！啧啧啧！你说老两口兴不兴奋？身土说："我办工程队，团长同意，还说给予支持，叫强股长跟我讨论办工程队的事。强股长相当于副乡长级别，是上尉军衔，肩上扛一杠三星。"这一家人被身土的回来搅和得天旋地转，忘记了日头升起又落下。

身土把办工程队的打算和二老说了，准备在家乡找几个骨干。他先找到了本村的何有能，何有能不仅会修挎包的拉链，还会修自行车，他人聪明，还跟人家学习过修手扶拖拉机，技术不算精湛，但在农村就算是有技术的人才了。身土趁着过年走村访友，专门找到何有能，把办工程队的想法告诉他，想请他入伙。为了提高可信度，身土特意把和武团长的合影相片给何有能看，说明这个工程队不是一般意义上的工程队，是依托部队办工程队，有上校团长的支持，也算是有靠山的。何有能在乡里办个小修理店，生意清淡，也想出去闯闯。身土上门这么一说，等于一脚踢到荷包里——正中心思。身土想到的另一个人是自己的二哥郭身本。二哥早些年外出，学的是木匠活，三年过去早就出师，自立门户，做上门的木工活，就是上人家家里打些家具赚些工钱，听说生意也只一般。还有一个是大哥郭身田家的大儿子，也就是身土的侄子郭望兴。侄子只比身土小一岁，高中毕业没上大学，在外学瓦匠，这些年也早出师，满世界地找活干。身土想，这几个人是骨干，把工程队框架先搭起来，其他人都好找。过年期间身土把该做的事情都捋过一遍，能见面的人都见见面，把情况说明白，主意让各自拿，不勉强。

忙了几天，身土要招的人还真都招到了，人家愿意跟他上工程队，一起打江山。

四月十八日上午十一时十八分，苏北某步兵团一侧靠近205国道旁的一排灰墙青瓦平房前，彩旗飘扬，红灯高挂，门前操场刚用黄土填得平平展展的，周围还没有来得及砌上院墙，但已经用竹子临时扎起了门楼，门楼上方五个红底黄字"双拥工程队"。随着满操场的鞭炮和礼花一阵山响，从粗黑的浓烟里出现了一排站立的人，中间是团后勤处副处长、营房股股长，两边分别站着何身土、郭身本、郭望兴、何有能这几位骨干，胸前别着红花。操场上稀稀拉拉站着一些人，后面平房里进进出出走动着人。后勤处副处长开始讲了几句客套话，他代表团后勤机关和大家对双拥工程队的成立表示祝贺，说这双拥工程队有一定的政治含义，又将担负军地双方工程维修和建设的任务，希望建成一支技术精湛、诚信守法、高效能干的代表队，不辜负"双拥"这个美名。接下来是何身土讲话。何身土此时是何队长了，何队长说："在团首长、团机关的亲切关怀和大力扶持下，我们双拥工程队成立了。这个队成立的主旨是为军地双方提供优质服务，同时通过这个平台，提高工程队每个人的技术水平、业务能力，把事情件件做得又快又好，把重要事情做得扎扎实实，让人满意宽心。还要在此真诚拜托乡里乡亲老少爷们，今后多帮助、多关心、多支持工程队建设。如果我何身土做错什么事，希望大伙及时批评教育和帮助，对细枝末节考虑不足的，给予多多的包涵，我会尽力改善，不辜负大家的厚望……"最后还说，"我们几个外乡人，到此处创业，也是向当地的乡亲们讨口饭吃，不想发大财，不想挡乡亲们发财路，只求大伙在今后的事情中能给行个方便，你们就是我何身土的贵人、大恩人，拜托拜托。"说完双手作揖，鞠三躬。主持人说："请大家在双拥工程队临时食堂吃顿便饭，喝口薄酒，让我们聊表心意。"说完散场。这次双拥工程队成立仪式，武团长和其他团领导都没有出面，只派了后勤处一名副处长和营房股强股长到现场祝贺，这已经是破例了。

这一天，工程队人员干完活，是本地人的照常歇工回家，外乡人也只有几个，就住在工程队里。食堂也是小锅小灶，凑合凑合的那种。工程队还在初建时阶段，自然比不得大公司。等晚间大伙睡得正香时，工程队里窜进几个人，都穿着一身黑衣，头戴马虎帽，只露两只眼睛。他们进来后动作迅速，套路熟悉，地点准确。有人到小伙房，乒乒乓乓把几口小锅和一个电饭煲、一些瓷碗砸得稀巴烂；有人窜进何身土睡的房间，不管三七二十一，揪起何身土劈头盖脸地拳打脚踢，铁器朝他头上刮下去。身土还没有来得及起身，就血流一地，瘫倒在地上。被惊醒的人穿着裤衩光着脊梁就跑出来，有的遭到毒打，有的大呼救命朝外奔跑……一场混乱之后，没有被打的人立刻驮起身土往团部卫生队跑。卫生队的几个留守人员紧急清洗伤口,简单包扎后开车把他送到师部医院。庆幸的是,何身土没有生命危险,但被打断一根肋骨,头被打破,缝了七针,头发剃得光光的,还输了几百毫升血。这时最接受不了的是郭身本,身土的二哥,他看到亲弟弟给打成了这样,他像山间暴雨汇成的洪流,轰隆隆急吼吼地拿起斧头冲出工程队要去拼命。他两只眼珠鼓起,像两只乒乓球,脸因气愤而走了形,嘴巴撇到一边,胸脯一鼓一鼓像是累倒的牛,手里斧头不住地比画。好在几个身形高大、力量不亏的壮汉死死抓住他,说:"找哪个拼杀?人都不晓得,你去拼哪个?你到哪块去?"身本不听,几个壮汉只好狠心把身本给五花大绑地捆在床上。郭身本这股牛劲、这股恶气稍平息些后,就在床上大哭,哭过又像猪哼。那些轻伤人员在团卫生队住了几天,回到工程队后,个个就像霜打的茄子,没有一点生气。身土在师部医院住了一个月有余,工程队里有个叫李丝草的姑娘,她是本地人,看了这个惨不忍睹的场面,心生怜悯,主动留在医院看护何身土。何身土伤未痊愈就回到工程队。这时工程队外来人员人人自危,整夜不敢入睡。大伙要报案。强股长对此事也吃不透,凭他的能力也伸不得头帮不得身土讨公道,只是安慰大家不要害怕,这些人打过一次,不会卷土重来,叫大家先安心。

　　大约一个半月后,步兵团执行完任务返回营房。地方各级政府、大单位都纷纷来部队慰问,有当地乡、村干部,有县几大班子的领导。这天县里县委、县政府、县人大、县政协四套班子到团部慰问,一番客套过后,武团长说了:"各位县领导,一个多月前,就在我团部驻防重地的院外,发生了一起严重的袭击事件,打的虽然不是我的兵,但是双拥工程队人员。这个被打的人,你们可晓得他是一年多前军区表彰的'双拥'先进个人,事迹上过军报头版头条,相当于有地方省级劳模荣誉称号啊。就算他们不知道被打的人的身份,那私闯住宅,不分青红皂白,胡作非为,而且下手如此之狠,这已经违法了,不该是我们'全国双拥模范县'百姓能干出的事,严重伤害了群众和部队的感情。"团长不急不躁、不温不火,一句一重锤的话,句句砸到地上一个坑。此事提高到"全国双拥模范县"的政治高度,县四大班子的领导也不是没有政治格局的,他们纷纷表示,此等事在我县发生,绝不允许。县委书记当场指示县公安局局长立即成立专案组,一周内,不,三天内必须破案并报县委。

局长带着几名警员赶赴现场。副局长坐镇,警员们纷纷找人问话。一连几天问话毫无结果,有人在背后偷偷耻笑这帮公安人员:"喊,你就那么问,人家就承认是自己干的,那不是活孬子是什么?嘿嘿,嘻嘻嘻……"此案就变成了悬案。不过何身土以及双拥工程队一拨人多少得到点安慰,总也有了说法。

身土重伤过后,大伤了一回元气。创业路上多艰辛,事业道上多险情,一口饭不好混。但开弓哪有回头箭,峰回路转总向前。身土为了自卫,偷偷买了几把锃亮的斧头,发给每一个常驻工程队的人,白天藏起来,晚上放在枕头下枕着也只是壮壮胆。身土带着工程队人员继续到处揽活做。

又过了两个月,强股长来叫身土,说:"请你现在到团长办公室去一趟。"身土放下手中的活,赶到团长办公室,武团长一个人坐在椅子上,面对墙,两掌撑开托着下巴。身土进门,武团长问:"伤可好透了呢?叫你来是有个活儿想交给你,你能不能干得了?""能!"何身土坚定地答道。"笑话。"武团长说,"你还没问啥事,就能干,能干得有点虚吧?"身土嘿嘿咧嘴笑笑说:"团长不也没说什么事吗?""倒打一耙。上级要我们建一个训保中心楼,这是刚下达的任务,也是为了配合下半年营房管理现场观摩会。要求高、任务重、时间紧,连动工加准备也只有几个月时间。楼虽不高,两层,但工程要求高。"团长说完把图纸从抽屉里掏出来递给身土。

身土很快看完图纸,对团长说:"不难,只要首长交给我,我不吃不喝,连天加夜,肯定可以提前完工,通过验收。""此话当真?"团长严厉地问道。"军中无戏言。"身土毕竟在部队混了不短的时间了,回答干净利索。团长说:"如果是这样,我马上召开团首长办公会,确定方案,听听大家意见,如果通过,这个训保中心楼就交给你来干。""是!"身土答应道。

第十章 | 153

接到训保中心楼的活,意味着身土工程队开始承建项目了。以往只是做修修补补的小活,简单;真到建大楼,就不是那么一回事了。身土召集身本、有能、望兴,还有几个骨干开会,反复研究图纸,评估建设中的困难以及应对方案。关键是,承建训保中心楼,其他活还得照样进行,丝毫不能耽误下半年的现场会。团首长信任,工程队必须对工程和团首长负责。

其实,这训保中心楼讲起来也不复杂,它的全称是"训练指挥中心和训练保障中心楼"。大楼总共两层,第一层是会议室,安上固定的靠背椅,正面墙上做一块大黑板,在黑板前吊上一块小银幕,能卷起也能放下,会议室中间放上投影仪,笔直的光柱射到银幕上,这主要是供全团排以上的军官上课的。二楼分成两块,一块是一间大房间,主要放团部指挥训练沙盘地图,沙盘图上有山有河有树林,标上××高地代号,每个"高地"装上小灯泡,一闪一闪的。另一块是几间小房间,分别是机要室、作战会议室、首长小会议室等。工程并不浩大,结构并不复杂,但楼形设计方方正正、有棱有角,内外装饰与普通营房不一样,要求精致、庄重,对外墙涂料颜色等都有要求。身土他们仔仔细细研究过图纸,领会好团各位首长的指示,便开始放线,打脚沟,砌墙根。开工那天,团首长和司、政、后机关来了不少人,放完鞭炮,首长们每人拿了一把系着红绸缎的铁锹铲土,表明奠了基,正式开工了。

开工没几天,新情况出现了。身土他们去河里拉沙子的路一夜间被人切断,去沙场的路被挖了几个大坑,车辆根本无法通过。这下武团长真火了。他喊来县长,又把附近几个村支书、村主任统统喊到会议室。县长和这些村支书、村主任,平时跟团长混得都挺熟,觉得这次请他们来也不是什么大事,大家互相客套了一会儿后,纷纷坐下。武团长、政委和参谋干事走进会议室,在主席台上方坐下。团长开了腔:"我说县长大人和各位领导,你们这块土地到底咋了啊?""咋了?"县长和这些支书、主任你看看我我看看你。团长这次黑着脸,没有一丝笑容,声音是从嗓子眼里吼出来的,吼出一股气浪,直扑在下面坐着人的脸上。大家明白武团长动了大火。"告诉你们,上次你们那块有人打了工程队的人,至今没有被揪出来,为什么?我们'双拥模范县'是全国的一块金字招牌,问谁谁也不敢摘了它。是谁干的,县里、我和政委(说着看看身边的政委)全部知道,这几个人跑不了,我总有一天要严惩这几个人!现在我们要建一栋楼,很重要的楼,你们居然又去把河边拉沙的路给挖断,我想问你们,你们到底想干什么?我们革命老区的光荣革命传统到你们这就丢了吗?啊?"下面没有一点动静。"这样,"团长接着说,"现在,我们一起去现场看看。"说着就叫参谋开来一辆大卡车,县长、团首长坐吉普车,浩浩荡荡开到现场。大家看后觉得不像话,村干部们个个垂着头。县长发火了,说:"你们马上回村召集村里有用的劳动力给我立即把路填平夯实,属于哪个村的,坑坑洼洼都得给填好!"说着转向团首长说,"现在立马行动,我和团长政委不走了,就在这督战。团长、政委,我听你们二位首长发落了。"政委说:"团长,我看我俩就按县长说的,不走了,在这督战。"话说得再明白不过了,那些村干部纷纷行动,赶紧组织人手干活。

苏北是革命老区。战争年代苏北人民为支援前线,做出过重大贡献。这里的人民群众对子弟兵一向很好。每次军地双方发生什么问题,地方领导都主动承担责任,到部队赔礼道歉,军政、军民关系非常融洽。该县是第一批"全国双拥模范县",村支书们都是德高望重之人,他们吼一声,村里小青年们还是怵的。这回村支书们回到村里,一边骂着,一边组织劳动力去平整道路。

这场小风波就这么平息了。

来年一开春,武团长被提升到师里做了副师长,身土他们的双拥工程队也一直发展得不错。

第十一章

我们的伟大祖国,从二十世纪八十年代开始了大规模的建设。地方每个城市都欢欣鼓舞地要建设新城市。新生代官员们的理念是:旧城换新貌。怎么个换法?把城墙一扒,老旧房一推,小街变成笔直而宽广的大道,大小汽车能呜呜欢跑,城市就有了很体面的崭新样式。当时,国家也有保护文物的法规,但当时全国的文物才几百项,所以对一些老城根本不可能当文物来保护。地方也觉得,撤老城、建新城也没有什么不可。这样的大建设轰轰烈烈进行了十年。这股狂热的建设热潮席卷到中国的乡村,一些在外挣了钱的人家,纷纷回村,盖起了双层钢筋混凝土小洋楼。

这年的阳历四月头,春天来到了梅都何村,整个山村里,草地绿茵茵的,没栽下早稻的田里,紫殷殷的红花草正开着小朵小朵的花。暖融融的微风中满是盛开的野花香,湿润的泥土味拌和着清新的空气,清澈的月牙湖水映着群峰和树影,雪白的长脚鹭鸶贴着湖面拍翅飞翔,凶狠的老鹰围着大公山的奇峰来回盘旋。沟渠里有淙淙的淌水声,冬天翻晒的田土已经犁耙了两道。一群喜鹊欢叫着飞掠高大的树顶,寻找合适的地方做巢。

在这样的春意里,梅都何村走进了一群陌生人。这群人中有位是当地人,他就是何身土的同学,现在在上海某大学读书的刘青山。刘青山同学是大四的学生了。刘青山所在大学的建筑学院院长、著名的云教授带学生到皖南徽州府考察古民居,路过沿湖市的梅都何村。云教授有一学生,早些年在沿湖市任规划局局长、建委主任,现在当上了副市长,分管建设、农业等许多工作,这回是副市长特意邀请导师在途经本市时,逗留两天,考察一下本市几个有名望的村镇。这回云教授带研究生出来考察,刘青山算是被高看了一眼也跟在屁股后面颠着。一路上，刘青山不停地给云教授和一行的研究生学长学姐介绍梅都何村。县里听说有考察团来，特地安排了政府办公室一位副主任、县建委一名负责人、县农委一名负责人，外加乡里领导陪同，梅都何村有史以来怕是没这么显耀过。这一行二十来人拥进村头，村里上了年纪、大半辈子没出过村子大门的老人们，个个伸长了脖子，向这群衣着体面、走路周正的过客行注目礼；村里的小伢们，一惊一乍地围着考察团的人打转转。

只听云教授慢慢地、文绉绉地说："我国的建筑，具有悠久的历史和光辉的成就。从陕西半坡遗址发掘的方形或圆形浅穴房屋，发展到现在已有六七千年历史。你看那修建在崇山峻岭之上、蜿蜒万里的长城，就是人类建筑史上的奇迹；建于隋代的河北赵县的安济桥，在科学技术同艺术的完美结合上，早已走在世界桥梁科学的前列；现存的高达67.31米的山西应县佛宫寺木塔，建于近一千年前；北京明清两代的故宫，则是世界上现存规模最大、保存最完整的大规模建筑群；至于我国的古典园林，它的独特艺术风格使它成为中国文化遗产中的一颗明珠。这一系列现存的技术高超、艺术精湛、风格独特的建筑，在世界建筑史上自成系统、独树一帜，是我国古代灿烂文化的重要组成部分。它们像一部部凝固的史书，让我们重温着祖国的历史文化，激发起我们的爱国热情和民族自信心。同时它们也是可供人类观赏的艺术，给人以美的享受。"云教授顿了顿，又接着说，"唉……可惜啊，当今中国大大小小的城市正被模式化的高楼大厦占据，城市的风格已经统一化，地方的个性已经扁平化，故乡留给新一代人的印记越来越少，祖宗的建筑艺术几乎被一代中国子孙拆除一空，挥霍一空，取代一空。像梅都何村这种具有悠久历史和建筑艺术之美的村庄，如果有一天被狂热的拆建之风席卷，遭到灭顶之灾，那时才真叫人扼腕啦！"

云教授对我国古代建筑和梅都何村的担忧，像打哈欠传染一样，一个人打，一群人一个接一个打，让周围的人个个忧心忡忡，低头不语。云教授接着说："梅都何村的建筑历史久远，体现出中国传统建筑的两大特点：其一是构造技术与艺术的统一。我们从这些建筑看，以木结构为体系，由四柱、二梁、二坊构成一个称为间的基本框架，间可以左右相连，也可以前后相连，还可以上下相叠，还可以错落组合，或加以变通而成八角、六角、圆形、扁形，或其他形状；屋顶构架有抬梁式和穿斗式两种，无论哪一种，都可以不改变构架体系，而将屋面做出曲线，并在屋角做出翘角飞檐，还可以做出重檐、勾连穿插、披搭等式样；单体建筑的艺术造型依靠间的灵活搭配和式样众多的曲线层顶表现出来，表现出造型美和结构美。其二是规格化与多样化的统一。这些建筑以木结构为主，为便于构件的制作安装和估工算料，必然需要构件规格化。这就促使设计模数化，促使建筑风格趋于统一。"云教授指着村里的一幢建筑说，"这些从中国古代传统文化土壤中生长、发展出的建筑，具有鲜明的民族文化特色，比现代建筑多了一些人文色彩。虽然这些建筑的形式语言很抽象，但这里的先人们已经赋予了其人为的寓意，注释了丰富的内涵。"云教授不无感慨地说，"这里的建筑也十分讲求环境与建筑的关系。你们看看整个古村周围环境与建筑的统一，是一般村落建设无法相比的。从选址、布局和建筑形态看，似乎以《周易》和风水理论为指导，体现了天人合一的中国传统哲学思想和对大自然的向往与尊重。你们看到的这个村里的牛形水系，深刻体现了梅都何村先人利用自然、改造自然的卓越智慧，实在是奇村。"

云教授一行一边说着话，一边走进孝巷。据说孝巷是何公在世时的住房。当然，经过千年的修葺，其实已经不可能是原样。这座晚清建筑式样的平房，一度被征为生产队办公房，后又被邻居用于堆放杂物。直到前几年，有位学者来寻访后，向县里提出：应还孝巷清静。县有关部门这才出面协调，清理了房屋，挂上了何公画像，县里也顺势做起了孝文化的文章。云教授一行叹为观止，决定总结此次考察的见闻，写成调研报告，上书县里、省里乃至国家层面，下文依法保护，使这里的一山一水、古迹建筑不受到破坏，要抢救性地保护……

梅都何村的一些村民听说后，惊讶如木鸡。接着，梅都何村像烧开的油锅里放了一把花生米，好家伙，噼里啪啦、刺刺啦啦炸的呀，叫人架不住。

村子里议论开了:"那些人说的什么话,村子要抢救,这不是扯淡吗?村子又不是人,抢救个卵子啊!""这你就外行啰,我们村历史久远,老着哩!现如今,大大小小的地方,大大小小的做官的,都作兴认祖宗啦。越是大官,越是作兴这,那八竿子打不着的皇帝老儿和有名望的死了八辈子的人,都成了他们家祖宗十八代。""照你这么说,该不是何公家有人要认祖宗来着?""这就不晓得了。现如今从那八朝九代老坟里扒出个破罐破碗都能卖好价钱。就我们村这些雕龙画凤的屋梁、门楣,哪一根哪一块不能卖个千儿八百的?""这么说,应该让我们拆了去卖啊,还抢救个啥啊!""错,抢救就是保护,那人要死了才叫抢救哩。""那如今政府讲话可能当真呢?""这就不好说了,如今政府的话,你要听,你拎着鞋子跟在后面跑都来不及。他们一会儿说要这样,一会儿说要那样,好人也给搞成活孬子。""我们这千年来安安静静的小山村,如今怕不得安宁啰……"

这次考察团来梅都何村考察时,碰巧身土回村在家休息。上回被打,虽然得到及时救治,但毕竟伤筋动骨一百天。身土哪能有这么长的时间休息呢?他住院个把月就回到工程队,赶建训保中心楼和做现场会的准备工作,一累起来哪还顾得上身体?好在年轻,扛一扛,算是挺过来了。这回任务完成得漂亮,工程队要修整,趁这个空当他回到梅都何,打算休息几天再返回苏北去。碰巧刘青山来梅都何村,本意是顺道到身土家看看,拜望一下同学的家人,不想碰见身土在家,正好同老同学叙叙话。刘青山把这次考察的全过程和教授的态度,对身土竹筒倒豆子似的描述了一番。在谈论中,两人都想:我们生活的土地原来有如此稀罕的故事,还需要我们认真经营,使这块古老又年轻的土地生出不负时代的芳香。

青年人富于幻想,我们亲爱的何身土、刘青山更有梦想。身土说:"这样看,急需的不是如何建设梅都何村,而是如何保护梅都何村,保护比建设更难。"青山说:"云教授也是这么说的。关于保护,首先要看云教授最后的态度,还有这份调研报告的分量如何。"身土说:"当下是开发成风,先开发的是荒山和可用地,成本低;怕不用多久,可开发地用完,风向一转

第十一章 | 159

就到乡村。虽然开发村庄成本高一些,但怕成本高了,一些人也照开发不误。还有开山炸石的,据说扒开一个石头塘就等于搬回了印钞机,赚钱快得惊人。"青山说:"真到了那么一天,怕梅都何村也是青山不在,绿水淌泥,遍地狼藉……"身土说:"不是我瞎说,你看现在出现的农村摩登姑娘、时髦小伙儿、都市化的乡村生活,活像农村裁缝仿制的西装,穿在身上怎么都不中看;一些人开始厌恶乡土,丢掉了乡土……这正是乡村不保的前兆。"青山说:"时代的前进固然无可非议,一些人卷起家业向城市搬移已成趋势,但要想让生养我们的土地有更多的故事,确实需要我们这一代人的胆识和智慧……""让出去的人想着回来再做一回梅都何村民。"身土说。

"努力吧,新一代青年。哈哈哈……"两位青年同时开心地笑着。

身土说:"青山啊,说正经的,你快要毕业了,打算去哪块工作?"

青山说:"分配之事由不得自己。不过我期望不高,不为功名利禄读书,但求用知识褪去自身的愚昧,用知识认识世界,脚踩土地踏实做事。有机会备战考研,多学本领……"

"我打算考建筑工程师。"青山接着说,"技多不压身嘛!"

身土说:"我在苏北组建了工程队,目前赚了些钱,我想抽回一部分来用于梅都何村的保护和重组产业结构,建起本村的产业园。这点钱当然是杯水车薪,我会不断扩大工程业务,争取多赚钱,这样能抽回的资金会越来越多。我决定先留下来,在村里转转,找到我们的优势,力争少走弯路。"

青山说:"我会和你站在一起。目前,梅都何村的保护,我来做上块文章,你在村里千万做好下块文章,若个别人想以破坏环境为代价谋利,别怕和他们撕破脸皮。"

"哎!"身土应道。

何身土自从与青山见面长谈后,接连几天,拎着糕点、水果、小糖,挨个拜望族亲尊长和上了年纪的老人。他每到一家,都受到长辈和老人的欢迎和夸赞。也有人故意讲些较劲的话,半真半假地开玩笑:"哟,这身土啦,重情重义,发了大财,不忘我们这老不死的。有的人发了财,头昂得像老公鹅。身土你对人晓义呀!"身土拜望长者,听着养心话,自然得到一种宽慰。不过他还有一层意思,每到一家,都要有意无意叙起梅都何村的过往,主要是想听前几天云教授一行来村考察的反响。这些何姓老辈听说专家学者对梅都何村评价很高,个个脸上洋溢着幸福感、自豪感、满足感,信心十足。

何之洞是何姓长辈,也是大家公认的文化人,在村里享有"孔明"的雅号。对于梅都何村这个巴掌大地方的前世今生,他比较通晓。他说:"我们这梅都何村,本只有何姓一族,有外姓也是后来来的。何姓鼻祖何公,实乃奇人。他是东晋人,是好古博学的大家。他一生不贪爵位,为了供养母亲才出仕,做了一名县令,他母子就生活在梅都何村。据说,何公祖父何大将军被朝廷发配,路过此地歇脚,他喝了一口小溪的水,昂头长叹:'伏以,自然山水,镇宅地板,抵抗一切灾难,家宅吉祥如意,家庭兴旺,发达安康。此地,风水宝地也。'何大将军后来就在此隐居,过上田园生活。到了何大将军的孙子何公这辈,何公母亲病故,他辞官回村守孝,不承想隔壁家着火,此时正逢天热干燥,风势又大,火顺着风势燃到何公住所。这时家人都喊:'不得了了,大火要烧毁房屋啦!'呼喊何公赶忙出屋逃命。何公正披麻戴孝跪在母亲的灵柩前哭得好不伤心,听到外面呼喊逃命,他在屋里一边抚棺号哭一边说:'我母亲过世我为母守孝,天要灭我,我就随母而去,到阴曹地府侍候母亲大人。'哎,你说怪不怪,此语一出口,大火火向逆转,本已卷过来的火苗转头走了,留下何公停放母亲木棺的堂屋免于火灾。这是何公精诚所感,上苍为孝子而感动。这以后,何公就一门心思在家做学问,活到八十二岁去世。后世奉他为大孝子,当地人建庙供奉何公塑像,后人尊何公为'大公菩萨'。"何之洞又说,"我们何氏后裔们都懂得一个道理,那就是,一个人如果对自己亲生父母都不孝,这个人再有钱,做再大的官,必定是不可信赖之人、不可交往之人。何公之后,我们梅都何村村民们的孝顺为十里八乡人所传诵。"何之洞说的这些,可是有史有据的。

梅都何人,爱自己脚下的土地,爱自己的居所。他们为自己所居住的土地自豪,而不和旁人比财富。村里的每个人都感受到社会的发展与变化,但变化的是社会,不变的是孝心与善良、坚毅和决心。这些世代生活在梅都何村的人,他们可以没有梦想,但知道当下要做些什么;他们的模样平凡,丢到人群中就被淹没,但他们不随波逐流,成为没有个性的复制品;他们被苦难压力逼得痛哭一百次,但他们哭完记得笑一千次给这里的山水看;他们生活在僻静的山村,但他们记得一定不要变成让人讨厌的人。他们生活在梅都何,感觉生活顺溜得像绸缎子。刘青山与身土的一席长谈,使身土原来一直寻找的目标咣当落地。他接连几天在村里访亲,心里的蓝图逐渐显现,像耕牛犁过的田,一道道翻新的泥土将会又一次迎接新的生命的开始,身土再一次感到胸中的热血在奔涌,脚步落地发出咚咚声响。

梅都何村这些日子,像刚散场的大戏场,乱哄哄的;像春天清晨树林里百鸟争鸣,只听到叽叽喳喳一片;像城里菜市场,杂乱声嗡嗡盈耳。其中有一个声音逮住大伙的心:"徐浪要在孝巷后山开炸石塘,办碎石场。"这桩事情给村民们带来无穷无尽的话题。首先是徐浪这货,他为了阻拦别人从自家田里过一下水,竟把人活活压在水里呛死,没抵性命只获二十年徒刑,如今又办了保外就医。本来是说他得了重病要回家看病,他却轰轰烈烈要办炸石场,挖石头挣大钱。开山炸石对梅都何村人来说并非稀罕事,就在十几里地以外的大公山脚下,公家有一个开铜矿的炸石场,十几年间天天炸山不止,轰隆隆的声响把梅都何村人震得个个耳根发木、耳底闷闷的,整天耳边似蜂子嗡嗡作响,村里人的听力普遍比外村人差。他们虽有怒气,但这是公家的事,胳膊终究拗不过大腿,即便有怨气也只能往肚里咽。这回不同,本村有人又要像公家那样整天开山炸石头,据说还要用碎石机,把大石块碾成瓜子片一样运出去卖大价钱,这小小的村子还能有安稳的日子过?

这件事缠住了身土的脚步。他本打算起身回苏北工程队的,听说这事,他无论怎样也不能走人了。他感觉,刘青山预测的事终于要发生了。

真是这样,就必定要撕破脸皮。身土很明白,只要这社会里还有愚昧的人,那么,撕破脸皮的事是不可避免的。他先写了封信到苏北工程队,说自己有事晚回几日,然后便开始着手安排起来。

这期间,老人何登峰、能人何之洞、智者何良春、急公好义者牛望山等都纷纷在私底下商议:"这事不成。当下办炸石塘、办碎石场,是个赚大钱的活儿,多年前就有人打这个主意,是何登云前辈发狠制止住的。眼下又有人要掀起这股风,像上了发条的钟表,劲头铆得很足,要破坏村里的好环境发财,此头不能开。一旦开了头,大伙必定马蜂拱窝般一哄而上,梅都何村将遭灭顶之灾。"

他们分析得不无道理。人总是这样:同住一个小小村庄,就是一群聚在一块儿刨食的动物。大伙吃一样的食,相安无事,有人会倒腾,日子略高点,没事;如果哪家孩子在外读书,在外挣大钱,在外做官,也没事,那是人家有能耐,比不得。但如果就在同一块地上,你抢金娃娃,不免让周围人眼红,这就可以较劲。比如,你开大炸石塘,我就可以开小炸石塘;你挣大钱,可不能堵住我挣小钱。这年头,全国到处大建设,开山炸石就像印钞,钱像梅都何村前头的月牙河水一样哗哗淌。当年,何登云老人发狠,不让开山炸石,说会破坏村里的山水环境,村人迫于何登云辈长德高,不敢龇牙,但背地里也是怨声一片:"抱着金饭碗到处讨饭吃。"何老说:"山总有开完的时候,富一阵,毁一世;富一代,毁后代。村里山水树林竹园不能动,有本事另闯一条富裕路,村子生养环境必须保。"把一股蠢蠢欲动的炸山毁林的狂风硬是给压下去了。如今,何登云老人去世,又一股炸山致富之风被徐浪掀起,梅都何村美丽的村容村貌再一次面临厄运。

何之洞、何良春与牛望山一齐来到何满水家。何满水在村里何姓族亲里,岁不算长,辈却蛮长,在村里有些声望。但他对此事也一时拿不出好的法子。倒是身土,他站到何满水前面,与前来的三位长辈商讨起来。身土说:"各位不要着急。听说徐浪要建炸石塘,无风不起浪,应该是他已经有了主意,在做前期准备的工作。我们只要抓住一点,就是他办炸石塘,必须办好许可证,没有许可证,那就算非法炸山开矿,上头会管,他也不敢，罚不起。现在，我们要抢在他前头，找有关部门，最好找到得力的人，阻止他办证。证件一天办不下来，他就一天不得开工。"

几位一听，有理有据。"那么，这又怎么去打听，又怎么去阻止？"牛望山先问。

何良春说："这个不难，乡里我有熟人，县上也能找到人问清楚。"

何之洞说："这个徐魔头不是省油的灯，不好惹啊⋯⋯"

大家一片沉静。

"这样，"沉默了良久，身土说话了，"我懂大家，从小生长在一起，乡里乡亲撕不开情面，这事，我来伸头⋯⋯"

"这⋯⋯"何满水睁大眼睛瞅着身土，其他三人也你看看我，我看看你，脸上写满了担忧。

身土心里明白，这几人在村里也算是人物，不是难到一定份上的事，不是心里担忧得很的事，他们早就摆布好了。此时，唯有他，一个外乡来的人，能撕得下脸面，如果不阻止徐浪的行为，那么，等云教授保护梅都何村的报告获得批准，山村早被徐浪等人炸得稀里哗啦的，抢救都来不及了。再说这是为了保护好梅都何村子孙后代生存居所，也算是为了大伙的利益，不会遭村人的唾骂。至于徐浪，只要做好上头工作，不予发证，他也跳不到哪里去，他目前是保外就医，要再有什么出格的行为，有什么后果他不会不晓得。

身土说："与徐浪谈事，包括到县里乡里找部门，我出面，你们在身后撑着我；不论遇到什么难事，我扛。"

话已至此，几位尊长连连说："我们也不会等闲视之。"何良春说："侄子与徐魔头斗，好比釜底游鱼，我们这些长辈怎可袖手旁观？"牛望山说："对，我们一起来商议策略，不能把烂头事推给你。只要找到解决问题的办法，我们就给他来个'老公猪拱地'，拱他个底朝天。当真哪个是褴襫子不成！"

大伙有了共识，事情就好办了。何良春校长领着身土到了乡土地办。乡土地办一个办事员，年轻，长个娃娃脸，嘴角微翘，眼睛细长，整天一副笑脸。巧的是,这人是何校长学生。何校长带过的学生多,哪记得眼前这娃儿就是自己的学生,倒是这娃热情地介绍:"哎哟呵,校长来了,快请坐。"校长答应着。他是本乡中学校长,人人见他都以"校长"相称。这娃又说:"校长我是你学生,从学校毕业考的是县师范,分在小学教书,去年乡里抽我来乡土地办当差,工资关系还在小学里。"校长一听,心头一热:自己的学生,问个事情应该不难。当这娃听说是要了解徐浪是否来乡申请办炸石头塘的事时,面上立即闪过一片灰云,陷入为难之中。校长见状,伸手把他拽到一边,小声说:"有此事?"校长老到,这么一先声夺人,这娃心就虚了,说:"校长,我跟你说了,你千万不要跟别人说是我跟你讲的。你们那姓徐的可厉害了,他找的是乡里领导,领导压着办,又要我们送到县上批,送上去有几个月了,估计差不多快批下来了。""啊?"校长吃了一惊,"怪不得村里风言风语传开了,看来真有此事啊!"何校长谢过乡土地办的年轻人,赶紧找身土商量。身土说:"县里我去跑。"何良春校长说:"好,我和你一起去跑,有什么情况也好有个商量。"

身土与何良春将乡土地办的人提到的几个局,挨家上门跑了一遍,结果什么也没有问出来,人家一扎齐地用官话回答:"个人无权打听。"两人两手空空回到家,等候在家的何之洞几人听说他们什么也没问到,心都凉了半截。何良春校长说:"按照乡土地办的说法,他们报上去有几个月了,如果徐浪紧锣密鼓地跑着不停做工作,这离批准就不远了,说不定就批准下来了,那他就成了合法开采,堵就难了,这、这……"何良春急得直拍手掌心。

身土说:"要想办法阻止县里下批文。"大家问:"想什么办法呢?"何之洞抢先说:"办法倒有一个,组织村里老人到县政府上访,要求政府不准在梅都何村开山炸石,毁我们家园。"几人一拍大腿:"这一招绝,政府如今就怕群众上访。"

"那么,这些老人怎么动员,去多少,怎么去,要有万全之策啊!"何良春校长说。

大家围绕何校长说的开始了周密的安排。这帮人从何满水家刚走,傍晚,徐浪的老婆何碧叶胳膊上挎了个小竹篮,篮里放了两个带刺的水果,一跶一跶地来到了何满水家,进门就亲亲热热地叫:"二哥、二嫂,做晚饭了吧?"何满水和鞠银子见何碧叶来访,心里咯噔一下:此人是无事不登三宝殿,有事才进你家门的主儿。虽说何碧叶是本村姑娘,招回徐浪当上门女婿,她与何满水同宗同族,至少是一个村一个姓的熟人,但为了持家过日子,何碧叶当然事事随丈夫徐浪行事。这回来何满水家,就是徐浪指使她来的。上午身土在县里问情况,什么也没有问出来,他前脚一走,就有人把风吹给了徐浪。徐浪一听,怒火中烧,心想:"你个小子何身土,一个外来的小伢子,胎毛还没有焐干,就来搅和我徐浪的事。"徐浪心里恨是恨,但不好马上发作,人家是问有没有开山炸石的事,也没说问了做什么,你怎能轻易向他动粗撒野呢!于是乎特派老婆何碧叶去何满水家走一趟,客客气气、不伤和气地警告这一家人。

何碧叶自己坐了下来,笑吟吟地说:"二哥、二嫂哎,这平时各忙各的日子,没有闲工夫串个门什么的。我这个人身子重,腿脚又慢,坐在家里就不想动。这回呢,是我家儿子徐有饭从外头回来,带了几个水果,我见都没见过,喏,就这个长得像刺猬一样的。嘿嘿,水果长一身的刺,你说怪不怪?我家有饭说这叫'牛脸',南方产的,带回来吃个新鲜。我拿了两个来给二哥、二嫂尝尝鲜,别嫌少,拿不出手哟!"说着把"牛脸"从篮子里拿出来小心地放在堂屋桌子上。

一会儿何碧叶又瞅瞅室内,说:"你们家身土还没走吧?今朝上午就上街办事还没回家来吧?没瞧见人嘛。"

鞠银子一听,浑身一紧缩,晓得这个女人来者不善。可怜胆小的鞠银子,生性就怕事,这回在一旁心里慌得咚咚如鼓敲。何满水毕竟是见过一些世面的人,他不紧不慢地回话:"难为你本家妹妹,这么稀罕的东西你家留着自己吃,我们怎好意思吃你家东西?我们身土今朝上街去了,本家妹妹也上街了?没听身土说在街上碰见你嘛。"

"哎哟,二哥哎,一个村里住着,哪个不晓得哪个哟。你家身土到县政府串了这个门又串了那个门,人家公家人哪能像我们土老鳖,嘴臭耳根长,自家事管不好去管人家闲事,喊。"何碧叶连珠炮似的一气吐了一串话,嫌不解气,又对着何满水脸说,"二哥哎,打断胳膊连着筋,家鬼不能害家人。我儿子有饭,是没你们家身土能耐大,活一个老鼠变猫,是个没出息的东西,那他到底还晓得,自己发不了财,不会挡别人家发财路。这乡里乡亲的,真要撕破脸皮,你说哪块好?二哥你说是不是啊?"

何满水只是听,不吭气。

何碧叶见自己想说的也说了,这何满水一家人愣是不接茬,想吵架也吵不起来,自己拍拍身上的灰土:"天黑啦,走啦!黑夜不要遇见鬼耶!"说着悻悻地一踮一踮地消失在村路尽头。

何碧叶前脚走,何身土后脚从外面回来。何满水把刚才发生的一幕跟何身土一说,身土心想,真奇了怪,这在县里什么情况没问到,人家倒对他们的行踪知道得一清二楚。

何满水对这些套套心里自然很清楚,他很有分寸地说:"我说身土啊,苏北那块工程队事多,要不你先回那忙一阵子?"鞠银子一听,压在心里很久的话就脱口而出:"照我讲,我们本分人家过个安稳日子,人家的事,别管……"何满水心里烦得很,冲着鞠银子拖长声调说:"你就少接下巴气(接人家的话尾)吧。"

身土心里一酸,眼窝一热。他心里明白,二位老人对自己视如己出,时时刻刻都在为他担心,拐着弯抹着角地呵护着自己。但事情已摆在面前,和何校长他们一块儿商议过的事,不能在自己这说黄就黄了。身土就说了:"爷、婶你们不用为我担心,我们所做的事是为全村人受益处的。大伙明白也好,不明白也罢,只要我不愧对大伙就行了。"

身土他们到县上没摸到情况,就按事先商议的组织老人上访。身土去租车,何校长他们暗地里搞发动。其实,到县政府上访,人也不一定要多,声势也不一定要多大,找七八头十个老头老太就好。凭何登峰老人出面,何良春、何有能、牛望山他们再说服,拉十来人的队伍小菜一碟。他们的行动是秘密的,活动是悄然无声的,大家在离村前是守口如瓶的。

这天清晨，租好的车到村子的树丛边。村里十几位拄棍撇腿白内障眼掉牙瘪腮的老人，悄悄地从自家走出，悄没声息地就上了车，不到十几分钟，老人们都到齐了。身土在车上进行了临时培训：到县政府门口，人家问你为什么事情上访，要讲出事实，讲出理由，要向政府提出要求，说政府不能批准开山炸石，不答应就要到上头去上访等。这些老人中，有好几位是读过小学的，算是识字人，心也活泛，讲点什么事，一点就通。车子驶出村，到县城还没到上班时间，身土就买来几笼热包子，一捆子油条，一人一大碗豆浆。老人们吃过喝过，抹抹嘴，揉揉肚子，长喘一口粗气，个个精神头也足了。八点二十分，车子开到离县政府大门有一截子路的地方，身土把十多位老人请下车。这些老人明白自己要来干什么事，个个拽拽屁股后的裤子，扯扯衣角。因坐了一段路的车，不少人腿有点麻木，撅着屁股头一趷一趷活动一番，然后来到县政府大门口，挨排坐在台阶上。在政府上班的干部们，都行色匆匆往自己的办公室而去，装着没看见。到了八点半多，县政府门口上班的人越来越少了，老人们见没人理都有点慌了阵脚，身土在远处做手势，叫他们别动。果然，不一会儿，来了一个年轻的男干部、一个年纪稍大点的男干部。年纪稍大些的男子说："请问各位老人家是哪个村哪个组的，到这块来，主要有什么诉求想找政府说？我是县信访局胡局长，请你们选出三名代表，随我到信访接待室沟通，其余请一并在原地等待。"这事事先没有商议好，没想到还有选代表谈话这一出，十几位老人一下没了主见。这时还是已经死去的何登云老人的房门兄弟何登峰老人站出来，选了另两位老人，随信访局胡局长进了县政府大门东侧的信访接待室。

胡局长先例行公务地问："你们是哪块的人？你们村主任叫什么名？你们组长叫什么名？你们三位能代表这些人说话吗？"这些必要的话问过，胡局长说："你们主要有什么诉求？也就是你们有什么事情要反映给县里？"

何登峰老人当过几十年梅都何村生产队队长，算是见过世面的，虽识字不多，但比一字不识的老人强，所以他不紧不慢地回答说："胡局长，我们主要是反映我们梅都何村,不能搞开发,特别不能开山炸石。""什么开发?什么开山炸石?"胡局长没摸到头脑。何登峰老人接着说:"我们听说,最近我们村有人来县里办证,要在我们村开山炸石头,每天要放炮炸山,把石头捣碎运出去卖。这么一来,我们村老老小小,就整天不得安宁了。这是其一。其二,我们村是何公故里,千年的历史古村,前不久上头来人在村里进行了考察,他们交代本村,一草一木、一块碎石、一片烂瓦都不得动。他们要向上头报告保护。其三,如果开采山石,山间和村的风景就会被破坏;还有那里的黄泥巴经雨水一冲,就全冲到我们田里了。局长你是知道的,我们梅都何村祖宗八辈就靠几亩田养活人,你说这黄泥巴一冲到田里,田里再也长不起稻谷,那我们找谁要饭吃呢?所以,无论从那一块说,我们村都不能搞开发,不能开山炸石头!"

胡局长很认真地听着,边听边点头。哦啊嗯地哼哼。见何登峰老人说完,胡局长对其他两位说:"你们两位老人家可有什么要补充说的啦?"两位老人摇了摇头,表示没有补充。

这时,胡局长拉开架势说:"你们说,你们村有人要搞开发?那我要问,谁去开发?主要开发什么项目?是听说,还是已经开始作业了?"

那三位老人你看看我,我看看你,又被问住了。何登峰老人咳嗽几声说:"我们是听说,有人已经到县里办许可证了,很快县里要批准了,主要是开山炸石,炸我们孝巷后头的磕头山,只等批文了。对你说,这个我们一千个不能答应,一万个不能答应。"

胡局长先是捂嘴一笑,然后哦了一声,接着说:"那你们又是怎么晓得的呢?"

"听说的!"何登峰老人答道。

"听说?听说的事应该不能说是事实哎!这不好办。"胡局长咬文嚼字起来。

这话一时又把三位老人难住了。

少顷,胡局长开口了,说:"这么着,你们老人家先回村,我们了解一下,可有你们反映的事实,一周内给你们回话。"说完,从一侧屋里走出两

第十一章 | 169

个人，这两个人，一个是梅都何村村书记黄书郎，一个是梅都何村组长何士群。胡局长一问清楚来人是哪村哪组的，信访局电话就打到了乡政府，叫他们即刻派人来，领回这群上访的人。

这一帮老人被带回了梅都何村，又是书记、组长去领回来的，纸终究是包不住火的。梅都何村再一次像玻璃瓶中装满了生石灰，再灌上水，砰砰砰炸得哟，一团糟。

这次上访，本意是阻止县里批准徐浪家开炸石塘，不承想，因为没有上访的经验，这回上访基本是失败而归。信访局说一周内了解情况反馈，可他们信访局了解情况与其他部门办许可证批准手续一点也不矛盾，相反，这更提醒了徐浪抓紧跑手续。

这叫"狗子没套着，赊掉套狗绳"。

事没办成，戳了个大包。何碧叶从村前到村后，向天空、向土地、向植物骂起来了："有些人嘛，人不做做鬼吗？净搅人家的好事嘛！叫花子见不得淘米的，恨别人发财嘛！也不撒泡尿照照自己，你们算个什么东西，去县上递状纸，可有人买你们的账？人家县上办事，丁是丁，卯是卯，他们会听你们嚼舌根子？"何碧叶不仅在村里走着骂着，还几次走到何满水家门口，高声地骂。

第一个吃不消的是何登峰老人。他听到何碧叶骂街，气得差点背过气去。他找到何良春——他比何良春辈分长——口气很重地说："你也是个成事不足败事有余的货，亏你当了这么多年校长，狗屁不通！"何良春连连赔不是，但心里也窝了一肚子火。何良春找到何之洞、牛望山，三人气冲冲找到何满水家，当然是找身土，怨身土把事情搞成这么个烂摊子。

身土心里明白，这事是自己负责的，他们几个碰了一鼻子灰，不怨你怨谁？身土一面倒茶，一面诉说自己的问题，把这次的失败、错误全揽到自己头上，左一个不对，右一个检讨。这么一来，来的三位也没有什么怨气好撒。还是身土说："各位长辈，这事全要怪我没有经验，事先也没有预测一下会出什么岔子，怎么临场应对。现在生气也没用，更不能打退堂鼓,这橡胶轮子滚进了裤裆,不推也得往前滚。"

何良春说:"大侄子,没人怨你。就是这事弄得骑虎难下,要就这么歇了,还不叫村里那帮人笑掉了门牙?要看下一步怎么办。"

身土说:"我们这么做,不光徐浪家人不理解,村里其他不少人也不能理解。他们认为我们是和徐浪,以及与徐浪参股子的人过不去,是断他们的财路,这事是不怎么好办。"

"这么说,我们这回不是一头栽到人家裤裆里,没干赢还丢人现眼?"牛望山抢先说。

"要我说,我们已经把人得罪了,要干就干到底。"何良春接着说,"到哪一天上头真的下文保护我们梅都何村了,那时村里人自然会明白我们为什么要这么做,那时他们也不会再恨我们了,大家想想对不对哩?"

身土说:"现在我们顾不了许多,只有一条路可走,那就是堵住县里,不能批给他们开山炸石的许可证书,不让徐浪他们动工。"

"乖乖,你口气真大。"何之洞接着话茬说,"你说堵住县里批文?哪个有这个本事哟。"

"有!"身土坚定地说,"去沿湖市找那位教授的副市长学生。"

何之洞接着说:"人家副市长会见我们这些小人物?"

"会!"身土说,"我们就说云教授说的,有什么事就直接找县长,县长找不着可以找副市长你。"

"身土,你在外面蹲这些年,胆子混肥了吧?人家云教授没这么说,你跟副市长说,那不是扯谎?"何之洞说。

"这也算不上扯谎。"何良春沉默半天,说,"这叫没有办法的办法,非常时期有非常处置,你不扛这教授的牌子,怕人家副市长不会注意。这叫善意的谎言。"

牛望山说:"对,不试试怎么就晓得副市长不见我们呢?吃饺子要趁热的咧,要去马上就走,我愿意陪着去。"

何良春说:"身土,你和老牛俩去趟市里,要快。找得到最好,找不到,抓紧回来再想办法。"

第十一章 | 171

"那我们说行动就行动。"何良春说,"要不明天一早,身土和老牛跑一趟沿湖市?哪怕是铁桩,我们也要去踢它几下!"

第二天,天麻麻亮,何身土和牛望山悄没声息地、神不知鬼不觉地去了沿湖市。

一个多星期后,陵阳县政府主要领导接到了市里电话通知,大意是:关于梅都何村保护问题,已经有专家组在起草具体方案。从即日起,县里不得批准有关梅都何村的任何投资或建设方案,切实做好历史名村的保护工作。如有已经批准的各类关于梅都何村开发建设的项目文,即日废止。

县政府主要领导看到这样的电话记录,先是一愣,后又立即找来分管领导,问明情况。分管领导又立即找相关部门,证实确有一份关于在梅都何村建炸石场的报批件,是乡政府土地办报上来的,目前正在审核中。县主要领导说:"给我立即停办,谁要是不按规定,把它给办了,我拿谁是问……"

自从身土他们组织村里老人到县政府上访被劝回村后,何碧叶在村里骂街,这是徐浪故意施放出的烟幕弹,把大家注意力引到了何碧叶骂街上。而徐浪则加快了报批的步伐。突然,他最铁的关系人告诉他,市里就梅都何村开发建设问题,专门来了电话通知,要求对梅都何村实施保护的文件随后就到。县长发了狠话,冻结一切项目,已经批的废止……徐浪一听,如同有人朝他搂头一棒,他顿觉头晕眼花人打转转,喉咙和肠子严重堵塞,上下不通,好长时间才喘上一口大气。等他醒过神,嘴里不停咕哝:"真是黄鼠狼被鸡啄瞎了一只眼,猫被老鼠咬断一条腿,鼻涕淌到了眼睛里,全都翻了个。"他这些日子的辛苦全部白费,他发大财的美梦如今全碎……

这天早饭刚过,何满水和身土正准备出去干活。身土打算忙完了这两天就去工程队。正当他们要出门时,迎面来了五个年轻力壮的青年男子,堵住了他们的出路。这几个人个头不高,却个个敦实得像会走路的坛子,他们中一个人进门就朝身土搂头一拳。身土被打得一个趔趄。接着,又一个家伙拿起靠着墙根的锄头,朝灶屋跑去,只听一阵阵哗啦啦的响声,何家的铁锅被砸烂;又一阵哗啦啦、咣当当的声音,碗橱、碗碟、油瓶一片稀烂,碎片满地,菜油乱淌。那个用了几十年的小铁盐罐,咣咣当当滚了出来,盐从罐口淌出一条白线。还有一个家伙举起锄头就挖土灶台。面对歹人梅都何人愤怒了,闻讯赶来的村民们纷纷把何身土围在中间保护起来……

第十二章

何身土回到双拥工程队时，离他离开工程队已有个把月时间了。这些时间，足够发生太多的事情。工程队做的工程质量屡屡出问题，要么是偷工减料，要么是质量很差。工程队被每个团口诛笔伐，事情闹到武副师长那儿，武副师长只是一个劲地骂何身土："不像话,太不像话了……"

身土一回来就被师营房科助理员尚建设喊去："武副师长找你……"身土见到武副师长，武副师长的脸色黑得像暴风雨前的天。武副师长大声吼道："何身土,你这个工程队是个什么玩意嘛,还能不能干活啦？本来很信得过你们,把几个团的维修任务交给你们,这下好啰,都来告状,说你们这工程做的是什么东西,比豆腐渣还豆腐渣。有的人还说我吃你们的回扣了,真是窝囊透顶！"身土被武副师长熊得头都扛不住，好像一阵风来就会把肩上的脑袋瓜子掀跑。他心里明白,那帮农民工兄弟老毛病又犯了,做事情图省事、耍滑头,干的活经不住几天时间就原形毕露了。部队对工程质量要求高，武副师长对每项工程要求又特别严。这段时间他身土不在,监管不力,整个工程队干的活都成了烂疱。身土向武副师长道了歉,立了军令状,赶回工程队。

这个工程队，除了几个骨干以外，其他人员基本上是根据工程需要随要随招，也就是些当地的农民工，而且年龄都偏大。每个村都有几个年轻些的男子作为工头，他们不干活，专门负责找人，再按人头拿好处费。这些找来的人到工程队，一没技术，二没责任心，只晓得干完每天规定的活，干完就拿钱，其余的一概不管。这就出现了偷奸耍滑的、消极怠工的、不按标准下料的事。他们都像偷吃的孩子,避开人眼就要耍小动作,防不胜防。而且他们的"犯案"伎俩不断推陈出新,让你防都防不过来。像这样一支烂泥扶不上墙的队伍,领导起来叫人颇费心思。身土虽然年纪轻,资历也不够深,但他精明能干,学习刻苦,对建筑上的事尤其精通;他为人宽厚,礼貌待人,能容人容事,凡事都以理服人,做事严谨,从不落下把柄,说话不拐弯抹角,就事论事,一口唾沫一根钉。凭着这些,大伙还是敬他三分的,只要他往工地上一站,大伙还是给他面子的,干事情自然认真,质量尚可保证。他要不在,状况就大不一样了,工地上到处出纰漏。

  这人哪,穷得连肚子都填不饱时,别的也没什么可想的,只想天天有口饱饭吃足矣;当日子过得好一点了,又不一样了,吃东西就挑三拣四。同样,人没有钱时,只愁家里没有买油盐的钱,拿几个鸡蛋卖了,买回油盐就感觉舒坦;当手头有了些钱,又感觉这钱有些少,要是再多点就好了。要不怎么说"人心不足蛇吞象"呢!

  鸟一成群,叽叽喳喳叫声就杂乱;人一扎堆,牢骚话就不断。当身土向他们了解工程质量为什么不好时,他们没有人找自己的问题,反而牢骚一浪高过一浪,说工钱给低了,把人累得半死,挣不到几个钱;说物价涨得跟海浪一样,一波比一波高,钱不当用了。意思明白得很,工程质量差是因为工程成本增加,建材质量跟不上。那些个工头更来劲了,认为自己本事大得很,能干成好大事业,说起话来一套一套的,什么如今地方党政机关事情难办,没钱没关系啥都办不成,老百姓难得到街上卖个小菜都被人撵来撵去,要地摊税。他们愤愤地对身土说:"我们到底摆脱不了贫穷的阴影,我们拼命拉人干活挣钱,到头来也只像一个提着篮子卖烧饼的老头。赚的钱连开烧饼铺子的本钱都没有;我们天天起五更、赶半夜地到处张罗,两只小脚跟鬼一样整天蹦跶不歇,说我们不勤劳吗?如果说勤劳,我们哪一个靠勤劳致富了呢?我们是干错了行当,我们应当做建材投机生意,或者是用见不得人的方式赚得大钱来。你们说我们说怪话,说笑话,不对,我们如今不相信哪里还有正派的人。我们工程队要搞大,要快速致富,必须找到快速致富的通道。舍不得孩子套不着狼。目前工程队小打小闹没劲,思想不够解放,胆子不够大,步子不够快,发财速度慢。我们在这块地方，只能算是个二流的庸碌之辈，我们不算是害群之马，但我们应当冒点险。在我们这块地方作兴好人怕坏人，坏人怕恶人，恶人怕不要命的人。下河村那个叫毛子的鬼东西，早几年打架，把人家右耳朵劈掉了，蹲了几年大牢，现在回来了，霸着一个沙场，所有买沙的必须给他提成。那公家河滩、公共的沙子怎么就成了他家的了？村里干部不管，还要处处哄着他，这不叫恶人怕不要命的人叫什么？他坐地生财，赚钱不费吹灰之力……"总之，他们嫌这工程队没干头。

他们所说的话，他们所发泄的情绪，身土心里当然明白得很。身土原来的想法很简单，找几个亲戚朋友组成一个小工程队，在部队和部队附近揽些修修补补的活，靠诚信走天下，靠实干本分做事情，靠质量上好求效益，靠责任担当取信任。靠小而精、短平快的方式挣些钱，这要比帮别人打零工挣钱多。他也想多挣钱，挣大钱，但这得慢慢来，一口吃不成胖子的。谁晓得现在市面上的情况瞬息万变，很多人不甘心和以前一样过艰苦的日子，他们像猫总盯着老鼠洞口一样，盯着那些快速发财、快速致富的阴暗窄道，甚至不惜铤而走险。社会上的人，好像一夜间心都浮躁起来，不愿脚踏实地地干活挣钱了。

当下容不得多想，身土立即召集各负责人开会，要求对不合格、质量差的工程，一律返工重来。此话一出，工程队一片哗然。有的提出要加钱；有的提出撂挑子不干了；有的人说谁干的坏事谁承担，不能一人感冒大家吃药，不公平。身土斩钉截铁地宣布决定："各个组由各个组负责人解决，我只负责验收质量，质量不合格的，不仅不发工钱，损失由你们小组自己承担。撂挑子的，工钱一分没有，还要把烂工程做好你们才可走人，这回不要怪我不给大家留情面了。"

这些做工的人，大多是老实巴交的农民，本来只想做事偷个懒，玩点小聪明，出工不出力，也没有什么质量概念。你盯紧点，他们会认真点；你不盯了，他们就马虎点。这大概是这些人多年养成的一种陋习，他们到底不是死猪不怕开水烫的歹人。这下，老板一发狠话，他们也就没什么可说的，返工。毕竟，老板说给你发工钱就能发工钱，说不给发就不给发，说少发就一个子也不多。干活的人,跟老板搞僵了也没什么好处。但这次返工对工程队来说,损失是不小的。所幸的是,经济上损失了,但信誉给扳了回来。武副师长说:"唉,你们双拥工程队这种情况没有下一回。"

苏北的夏天,虽不像江南雨水多,雷暴天多,但这年的苏北与往年不一样,进入夏季后,隔几天就有一场暴雨,伴着电闪雷鸣。当地老人说,如今是北方像南方,南方有时像北方,老天在变。这天,郭身本上身穿着白背心,下身穿着灰不唧唧的牛仔裤,背心扎在裤腰里面,这都是跟部队战士学的,这种穿着显得精干利索有朝气。他正在工程队木匠棚里做木工活,其他人都去各自工地了。早晨天还是晴朗朗的,这时候顷刻间天黑得跟锅底似的,大风里拽着落地的闪电,滚动的雷声由远至近,恰似会炸响的球由远处滚向近处,大地一片抖动。接着就是哗啦啦一片,黄豆大的雨点斜拉着粗线朝地上落下,水泥地面升起半尺高的水雾,一会儿地面就积水横流,带泥土味的空气直往鼻孔里钻。205国道路面水雾腾起,雨点大而密集,前后车在几米内都看不见对方。车的喇叭一个接一个按响,路上的车很快接成一条长龙,前不见头后不见尾,就像蜗牛一样在缓慢移动。豆大的雨点,同样砸在郭身本工棚的石棉瓦顶上,发出擂鼓一样的咚咚咚声。本来明亮的棚里一下黑了下来,几根可怜的日光灯管,这时光线显得惨白孱弱。身本透过嵌在活动板中间的玻璃窗向外看,雨水歪歪扭扭顺着上方淌下来;近处的田野里,没有收割的麦子被风雨撕扯得向一边歪倒过去,又向另一边歪倒过来;屋檐下,水哗哗地淌到檐沟里去。雨声和流水声太喧闹,身本无可奈何地叹了一口气,揉揉有点发翳的眼睛,抬起头来,望着窗外水雾蒙蒙的旷野。正在这时,工棚外传来脚踏泥泞地的啪啪的声音。身本原以为是哪个过路的人,并没在意,可没料到,脚步声直响到门口屋檐下来了,还能听到呼哧呼哧的喘气声。

也许是哪位工友回来了。

身本暗忖着,等待大门被推开的声音。但大门并没动。很显然,不是哪个工友,可能是躲雨的人吧。想到这工棚屋檐很窄,躲不住这么大的风雨,身本决定去给躲雨的人开门,让人家进屋来歇歇。

身本正要去开门,砰的一声,门被推开了,身本定睛望去,瞠目结舌,不知怎么说话了。

门口站着一个个儿高高、身材颀长、带着乡土气息的姑娘。她浑身上下被雨水湿透了,乌黑的头发闪着光,淡蓝色的棉布衬衣紧贴着微微隆起的胸脯,一条草绿色的裤子直往地下滴水,黑色的搭扣布鞋和白色的尼龙丝袜上沾满了泥浆点子,湿漉漉地巴在脚上。

姑娘也在打量着屋里的身本:两个多月没理过的头发,一张清瘦黑红的脸,有些忧郁沉闷、略微往眼窝深处陷去的眼睛,沉思般地瞅着人。他中高个头,生就一副本分相,上身的白背心扎在灰牛仔裤里,脚上穿着黄色的解放鞋。

"俺认得你。"姑娘眨着大眼睛冲身本说。

"你认得我?"身本愕然。

"嗯!"姑娘点点头,接着说,"你就是双拥工程队的那个小木匠。叫什么来着?哦,叫小郭师傅。"

"你是哪块人?怎么晓得我呢?"身本一边不解地问,一边让她坐。工棚里其实也没有像样的凳子,不过有些木料横七竖八地睡在地上,可以当凳子坐坐。

"俺就是前面李庄村的,俺叫李丝草,铁丝的丝,在你们工程队做小工,还帮你搬过木料,不记得啦?"姑娘爽快地回答,"俺在你家门口站了好一会儿了,你也不开门,俺就……"

"哦,对不住。"身本说,"雨大雷声大,我也没注意看外面。我听到门外有动静时就准备来开门,这、这……嘿嘿嘿!"身本憨笑着摸着后脑勺。

"俺站在门口,心里在纳闷哩。看看这门,没锁,听屋里有动静,像有人,可再听听,奇了怪,一点声响也没有。你一个人真能闷得住,大白天闷在工棚,门也不开。"姑娘快人快语,嗓音恰像金属弹子丢进玻璃杯时响起的声音一样,很好听。

姑娘在屋中央转了转,随即就在一根大木料上坐下,仰着脸问:"这里木屑这么多,不能烧火吧?"

身本明白过来：姑娘一身透湿，有点火烤烤会干得快，于是说："没事，这棚子大，我来拿些木屑烧堆火，你烤烤！"说着忙碌起来。

身本转身去墙脚边，架起了几根木料头，从下面用木屑点燃，火头很快把木料头全部点着了。而且火头不大，正适合烤衣服。干木料头堆得像座小巧的宝塔，不大不小的火焰红亮亮地照着姑娘的脸。

姑娘眨巴着眼睛，目不转睛地注视着身本的一举一动，脸上显出好奇的神色。看到火烧起来，她愉快地坐到火堆旁，双手扯扯棉布衬衣，随后撩撩裤子，拉平了烤着。

身本在姑娘走到火堆旁时就远远地避开，走到工棚的另一头。她看他像只猫一样蹲在那头地上，不禁抿嘴一笑。

郭身本在远处朝姑娘这头打量着。这姑娘眉毛不长，淡淡的两个小弧圈，眉毛下一对流光溢彩的眼睛，瞅着什么的时候显得异常专注凝神，但并不让人觉得犀利。她显得很健康、结实，蓬勃而有生气。红通通的脸颊上总是带着点笑意。她这么微笑的时候，右边嘴角会斜斜地翘起，泛起笑纹。她那结实的双肩，显示出她是个能干活的女人。她烤着裤子的时候，不时地朝身本那头看看。偶尔撞到身本正巧向这头望，她又赶忙垂下眼睑。

约莫过了半个小时，姑娘扯扯上衣，拽拽裤管，感觉干得差不多了，便起身向身本这头走来："嗨，小郭师傅，这火怎么弄灭啊？"

身本听到喊声，连忙起身走来："我来，我来……"

身本走近来，姑娘望着他，见他有些瘦削的脸上呈现出一种郁闷、惆怅的神情，好像没有睡好觉的疲惫遮住了脸。

"你好像没睡好那样没精神。"姑娘说。

"没啊。"身本一边回拢着烧过的木头，一边回答。

"那你有心事？"姑娘问。

身本直起腰，朝姑娘苦笑了一下："喊，我有什么心事？"

姑娘没再吱声。身本很快把烧火堆清理掉，把火星扑灭，两人走到工棚中央。

身本突然想起什么,问:"你叫李丝草,是李庄村的,李庄村李国璐,那个人称李公子的,和你是一家吗?"

"是俺哥!"姑娘答。

"啊,你怎么有这么个哥?你爸是村支书,也不好好管管他。"身本脱口而出,待发觉这话不妥,想改口已来不及了。

"哎,你这叫啥话?俺哥怎么啦?"姑娘不依不饶地追问起来,"俺哥怎么就是'这么个哥'啦?"

"不、不、不是……"身本一时没找着合适的词。

"俺晓得啦!"姑娘缓了缓语气说,"你们看不惯俺哥,村里人也看不惯俺哥,说他整天吊儿郎当,一个大男人,嘴巴像个女人,漏勺,别人都不喜欢他……"

身本眨巴着眼睛看着她。

"其实喔,俺哥人也不坏。"姑娘接着说,"他念完高中考不上大学,农活又不正干,总认为自己一个高中生,哪是干农活的料?又没有真本事,整天做大梦,在家跟俺大也搞不来,只有俺妈向着他。咯咯咯……"姑娘自己说着笑出了声。

姑娘说得对,李国璐是有点文不能测字、武不能充军的酸不拉几的味道。从双拥工程队组建到现在,他一直算是个搅屎棍人物:一会儿帮工程队找临时工,一会儿又说临时工嫌工钱低,不愿来,常常给工程队出点难题。自己整天穿得阔阔气气,到处闲逛,净找巧事做。可有时还偏离不得他——在这一带,他毕竟是熟人熟路、有些基础的。

"你是小郭师傅,你是做木匠活的?"姑娘说着话锋一转,"你们工程队还有一个小郭师傅,郭望兴,你们是一家吧?"姑娘眨着明亮的眼睛,有点明知故问地等候身本回答。

"嗯!"身本答道,"是一家呀,他是我大哥的大儿子,我是他二爷,哦,二叔。我们皖南人,叔叔不叫叔,叫爷。"

"啊?"姑娘故作惊讶地叫了一声,"哦,看起来你们长得是有点像,原来是一家人哪。他比你小一辈,你才比他大几岁呀?"

"我比他大六岁。"身本说,"我还有个小弟,比望兴大一岁呢。"

"咯咯咯……"姑娘捂着肚子笑,"你们家人怎么这么排队?叔叔和侄儿差不多一般大了。"

姑娘看看雨早已歇了,就准备离去,又说:"看他长得白白净净的样子,不像农村人。他古怪得很,太阳怎么就晒不黑他呢?"姑娘说着,眼睛里闪着一种兴奋的光。

还没等身本接腔,姑娘又说:"他念书念到哪块呀?他自己说他不识字,俺晓得他是逗俺的。"

这下身本接腔了:"他学习成绩可好咧,我大哥家三个儿子,他是老大,下头俩弟弟念书比他还过劲。他念完高中本来是能考上大学的,可他硬是回家学手艺了。"

"那他咋不接着念书?上大学多好啊!"姑娘说。

身本说:"我哥家负担太重,三个孩子一起读书,念不起啊!"

"嗯。"姑娘闷闷地低了头,半晌说,"俺爸就想俺家几个都能念书,念大学。俺哥念完高中考不上大学回村了;俺念到初中,就再不想去学校;只有俺妹她成绩还好,自己也舍不得下学,就念呗,不晓得能不能考上大学。"姑娘说着朝门外跨出一步,又回头说,"不许你跟那个小郭瓦匠说我说起他啊!"撂下这句话,姑娘一路小跑,很快消失在村庄的路的尽头。

身本目送着姑娘远去的身影,愣了一会儿,好像突然明白了什么,摇头笑了。

身本这几天脑子里总是安静不下。想着在师父家学手艺时,他曾答应师父、师母,学成回家要开一个木匠行,专门做新潮家具,卖一套家具能赚不少钱。师妹吴冬梅也鼓励他:"干出个样子就……"他在家干得好好的,谁晓得被老巴弟弟身土给拉到这个鬼地方,整天在营房里修补些用具,荒废了自己的木工手艺。他想甩手不干,可是想到老巴弟弟小小年纪就被送到别人家寄养,睁眼都没见到父亲,实在可怜。如今这可怜的老巴弟弟希望当二哥的来帮衬一把,如果甩手不干,岂不伤透弟弟的心?想到这，他就留了下来。自李丝草姑娘那天来工棚躲雨，又有意无意地说起佺儿望兴，把他心里的那份情谊给撩了起来：师妹吴冬梅可是在盼着自己快快立起业来呢！靠身土这样小打小闹的，赚钱不多，来钱不快，这样跟小脚老太一样一跛一跛地走，猴年马月才能发家致富嘛！

  他正想着心事，何有能来找他说："身本啦，忙着哩！"何有能找了根木头坐下，叼上一支烟，递给身本一支，身本说不抽。何有能说："他二哥，跟你讲个事。"身本说："什么事啊？讲呗！"何有能就说了。他说他听讲师部要盖训保中心楼，那要比去年步兵团那个工程大多啦！要想把活给拿下就得"活动活动"。"你怎么讲？"身本问。何有能说："我怎么讲有屁用，我只听说，好几个工程队去找武副师长哪，这工程是武副师长管着的。"身本就说："照你讲的意思，我们工程队也应该去送礼，找武副师长？""你讲呢？"何有能反问。身本又问道："是哪个跟你说的要这么干？几个工程队都去找了武副师长？"何有能不屑地说："还有哪个？不就是那李书记家的浪荡公子哥李国璐说的呗！""那他李国璐可去送礼咪？"身本问。"他那个人鬼精鬼精的，怎么会跟我说这事？"何有能说。

  身本沉默了。

  "你可跟身土说过了？"过了好一会儿身本问。"没！"何有能回答说，"你家那个老巴弟弟岁数不大，做事那么古板，像你大还是像你妈？"身本回答说："我那老弟哪个都不像，就像他自己……""喊，你这等于没说。"何有能窃笑着说，"说正经的，我们应不应该也活动活动？""怎么个活动法？"身本问。"找武副师长啊！"何有能答。"这事得跟身土商量。""找他商量百分百拉稀了。""那你要怎样？""不如我俩来个先斩后奏，买些东西先去武副师长家跑一趟，过后再告诉身土。你是他二哥，这点主还不能做？再说，我们也是为工程队好。"何有能把方案拿了出来，等身本点头。

  身本想了想，说："这个……这个可照呢？"

  "哎呀，什么照不照的，你不试怎么就晓得照不照嘛！"何有能按捺不住，心急了。

  身本说："我不是说这个，我是说那个，那个……"

"什么这个那个的,干点屁事拖泥带水的,我就不喜欢。"何有能见身本有些动心,就顺杆子往上爬,说话来劲了。

"那你说,到底怎么搞?"身本痛快起来。

"要我说,"何有能接着说道,"我们去买几盒好补品,再买两条软壳红塔山到武副师长家,怎么着也是我们工程队的一片心意,对不对?"

"那怎么才能送进他家里去呢?"身本忧虑着。

"我有办法!"何有能接着说了自己的想法。

这天,工程队接到通知,要派几个人到师部家属院修理道路两旁的冬青树,清理污水沟。何有能和身本咬好耳朵,提出去干活。身土也没多想,去就去呗。身本和何有能把几盒补品还有两条软壳红塔山香烟用旧纸盒装好,带好剪树的剪子和铁锹,来到师部家属院。来的其他几个人按照营房科的人的分工各自干着活,唯有身本和何有能,拿着剪刀和铁锹,往首长楼那块靠近。首长楼都是五十年代盖的苏联式木头结构的房,师首长一家单独一幢。身本和何有能佯装找活干,躲在靠近首长住处的冬青树丛里,向一幢幢房子瞅。

刚蹲下,身本说:"不中,肚子痛,要屙屎。"有能就骂:"懒驴子上工屎尿多。"身本也顾不得,跑到小树丛里急吼吼脱裤子。正好有个士兵路过,看见了大吼:"谁让你在这屙屎?"身本被吓了一跳,何有能脑子快,赶忙迎上就问:"哎,战友,我们是来首长家干活的,请问武副师长住哪栋?""哦,你们是来干活的呀?吴副师长就住那一栋,靠围墙的那栋。"士兵用手指了指。何有能死死记住了士兵指的那栋房子。

大约到了吃午饭时分,首长们都下班回家,吃饭休息,院子里也安静下来。身本和何有能在冬青树下猫着,四只眼睛盯着那士兵指的"武"副师长的家,憋得满头大汗。他们确信院子里没有闲人走动后,拎着旧纸盒,从矮树丛下冲出来,直奔士兵指的那栋房子而去。

到了门口,他俩小腿开始打战,站不稳,上下牙齿不断碰撞在一起,像打摆子。何有能壮了壮胆上去敲门,嘭嘭嘭地敲了好一会儿,里面一个声音传来:"谁呀? 大中午的敲什么门?"一个五十多岁模样的妇女开了门,见门口杵着何有能他们俩,警惕地问:"你们是……?"何有能立马赔上笑脸,迎上去说:"请问是武副师长家吧?""嗯,没错,是吴副师长家呀!"妇人答道。何有能立马捅了捅身本,两人拎着旧纸盒就往里走。何有能说:"我们是双拥工程队的,就是步兵团那个双拥工程队。今天正好在院子里干活,想顺道来看看首长。""这个……"妇人迷惑不解,又不知怎么说清楚。何有能和身本挤进门里,在客厅里把东西放下,匆匆退出来。妇人连话都没说完,他俩已老鼠般地蹿出去好远。他俩一边用手抹着脸上的汗水,一边如释重负地长长出了一口气,好像完成了一个特别重大的事情。走到半路,有能突然想起什么,对身本说:"老郭,我们可没有送错门吧?"身本就说:"怎么讲?"有能说:"武副师长不是一个人吗?这老太是他妈不成?"身本说:"坏了,该不会拜错了庙?"两人担心起来。"要不回去再问问?"身本说。何有能就说了:"猪脑子,错也就错了呗,还回去问,怎么问?"

话说这妇人做梦般莫名其妙地迎进这么两个农民工模样的人,又自称是什么双拥工程队的。双拥工程队是什么,她哪里晓得?她想了想,来人说找吴副师长,是不是找武副师长?找武德强副师长,摸错了门吧?夫人这么想着,就到里屋。里屋在午休的吴副师长问怎么回事,夫人把刚才的一幕细细给吴副师长说了一遍。吴副师长笑笑:"哈,这个小武。"

吴副师长叫吴品安,是本师老副师长,新中国成立前参军的老革命,早几年就确定离休了,因为休息点没有选定,就一直在师部家属院里住着,最近就准备搬家去干休所了。

武德强副师长是吴副师长的兵。早年武副师长还是普通士兵时,吴品安是他的连长。后来吴品安由连长、营长、团参谋长、团长、副师长一步步升上来,直到年龄大了升不动了,因资格老,就在部队离职休养了。武德强也就步着吴副师长的脚印,一步一步成为副师长。

傍晚时,吴副师长让警卫员去叫武副师长,武副师长也不知咋回事,就来到老首长的住处。在客厅刚坐下,吴副师长笑吟吟地说:"小武啊,最近忙得很吧?"武副师长连忙答道:"不忙,不忙。老首长有什么指示?"吴副师长笑着指了指旁边的旧纸盒子说:"人家送礼送错门啦,把我当成你啦!"武副师长的脸唰地从前额红到耳根,尴尬地搓手说:"老首长,出什么状况了吗?"这时吴副师长爱人从里屋出来,把中午的情况简单叙述了一遍。武副师长说:"是有个双拥工程队,我在步兵团时组建的,与我关系不大啊!"他想来想去,嗯,可能是那个何身土,这个小子简直出尽洋相了。他心里想着,嘴里说:"老首长,礼品是他们送来了,我看您就笑纳了吧!""嗳,我无功不受禄,岂敢收礼物呀!"吴副师长宽容地说,"还是你拿回去吧。""不不不,"武副师长说,"那就算我孝敬您老首长的吧。""好吧!"吴副师长没再说什么,便把话题岔开,谈了谈近来的工作,又说了一下自己要去干休所,要武副师长以后有空就去干休所看他。这么拉了一会儿家常,武副师长告别了吴副师长。回到宿舍,他气恼地把玻璃杯往地上狠狠一摔,哗啦啦,碎玻璃撒了一地。警卫员听到声响,立即赶来,问首长什么事。只见武副师长脸色铁青,冲着警卫员吼道:"都是一群混蛋……"警卫员默默打扫着地上的玻璃碎片,武副师长身体一挺,躺在沙发上喘着粗气。

第二天上午十点左右,身本正在工棚里干活,一个士兵蹬着自行车,车后面挂着两个用塑料绳捆着的旧纸盒。士兵找到身本说:"你这是双拥工程队吗?""嗯啦!"身本答道。来的士兵支好自行车,从后架上拿下两个旧纸盒,放在工棚门前说:"你们那天干活,落下东西在首长门口了,首长叫我送还给你们。首长说,叫你们以后做事注意了,不要丢三落四的。"说完,士兵蹬上自行车要走。身本一看,正是他和何有能送给"武"副师长的那两个旧纸盒,又不好意思承认,他喊住士兵说:"哎,哎,战友,是不是搞错啦?""没错,我问了营房科,这几天就你们工程队在院里干活,没别的人。"那士兵说着骑上自行车一溜烟跑了。身本望着远去的士兵,愣了一会儿,打开纸盒一瞧,东西平平整整地放在纸盒里,一动也没动。身本一屁股坐在木料上……

身土被叫到武副师长办公室。武副师长铁青着脸,气得一句话都说不出来。身土不知武副师长为什么气成这样,他认为准是哪块工地又给武副师长添麻烦了。

　　武副师长憋了很久,说:"你个何身土,你真想得出,给我丢人丢到家了……""首长,什么事把您气成这样?有什么不对我立马就改……"身土此时紧张得浑身有些冒汗,不知哪儿又出问题了。武副师长端起桌上的瓷杯,抿了口水,坐了好一阵子。骂也骂了,火也发了,武副师长慢慢平了下心气,把吴副师长家的事情说了一遍。身土越听越糊涂,连连说:"是不是别的工程队哟?""人家说的就是双拥工程队,他一个离休老同志,怎么会编出双拥工程队呢?啊,你说你不知道这事?真的不知道?你马上给我回去查一查,到底是谁干的。不是你们,那又是谁干的事情?简直洋相出尽了!"武副师长越说越来气,最后说,"你去查,无论是不是,都要报告给我!"身土直点头,快速退出办公室。

　　身本见礼品被人送回来了,火急火燎地找到何有能。他把何有能拉到工棚,何有能一看,明白了。两人对视了一会儿,瘫坐在木料上。何有能自作聪明地分析:"我说身本啦,是不是我们送的东西太贱了,人家根本看不上眼?"身本显得老到一些,说:"人家那么大的领导,哪在乎农民工这一点东西?显得薄气,放在家还嫌麻烦。""那我们肯定是不能找人家办事咯!"何有能说。"那倒不一定。"身本接着说,"总的来讲,这事办得不漂亮,砸了……""哎!"何有能双手抱着脑袋说,"我们老实巴交的,哪块干过这种事哩!都说送礼也得讲窍门,这个哪懂?""到此为止吧!"身本自作聪明地总结说,"送回来就送回来,这事可不能让身土晓得了,最最重要的是不能让旁人晓得,那会丑死人的。"

　　身土不知道自己是怎么离开武副师长办公室的。在回工程队的路上,他脑子里怎么也梳理不出,怎么会出现送礼送错门的问题,这到底是谁干的?出于什么目的呢?本工程队谁会想起这一招?"二哥?"身土苦思冥想,锁定目标,"二哥身本还有那个何有能。"身土在心里决定,来个兵不厌诈的手段,先逼二哥说真话,否则他们一抵赖就难办了。

　　身土找身本来了,碰巧何有能也在。身本和何有能正在合计着怎么把这事糊弄过去,不承想身土匆匆赶来。他一进工棚,一屁股坐在木料上,双手在膝盖上一拍,带着很浓的怒气吼道:"瞧你们把这事办的,哪个叫你们逞能啦?"一句话果真把两个人给镇住了。"唉,你们呀……"身土进一步埋怨着,眼睛无意间瞄到一个用塑料绳捆着的旧纸盒,盯着不放。这下二哥身本心理防线彻底崩溃,人赃俱在,逃是没法逃了。

身本低下头,闷闷地说:"既然你都晓得了,都怪我逞能不会办事……"

何有能说:"这事不怪身本,是我假能,我们也是着急嘛,好心……"身土不费吹灰之力把"案子"给破了。他心里的一股恶气像胃里反的酸水,咕咚一下涌到口里:"我的个亲二哥耶,你怎么想起来干这丢人丢牲口的事?""我们、我们……"身本结结巴巴,找不出词来。"我们、我们?"身土说,"我们这下丑出大啦!你们是想到武副师长家去,可是你们把那点破东西送到退休三年了的吴副师长家,人家吴副师长是武副师长的老领导,把武副师长叫到他家里问起这件事,弄得武副师长颜面扫地!"身土一气儿倒出肚子里的怨气,恨不能一头钻到地洞里去。身本和何有能啊了一声,头都像个烂茄子,勾在那儿一动不动了。停了好大一阵子,身本可怜巴巴地说:"东西送回来了,喏,在那儿。"说完用手指指两个旧纸盒。何有能则像偷吃的孩子让大人逮住了,不敢正眼瞧身土。

这事确实办得窝囊。

身土双手蒙着脸,他心里难受极了,真想大哭一场,可他到底还是挺住了。"这样吧,"好一会儿,身土说话了,"事情出了,后悔自责全没的用,指望二哥你们以后遇事千万莫再逞能了。你们说,师部训保中心大楼工程的事,是你能争取得了的吗?再说,武副师长很对得起我们了,他不吃我们不喝我们的,更不收什么好处,他就看中我们做事扎实不虚不浮,信得过。我们再也不能给他添乱,更不能往他脸上抹黑。人心换人心,是不是嘛!"身土的一番话,说得他俩心悦诚服,连连点头,惭愧得差点掉泪。

何有能和郭身本自从出了丑后,一直忧心忡忡,心想这下是彻底砸了锅。何有能说:"我们就是个小捣小戳的料子,注定干不了大事业。也好,就这么在这混着,有活干也就有钱挣,别总想一夜暴富了。"郭身本吸了口气说:"现在还谈暴富？恐怕连小捣小戳的小活都干不长哪。我兄弟身土说了,我们给武副师长脸上抹黑了,这真是要命的事……"

就在大家像感了冒的鸡歪头耷脑的时候,这天,营房科助理员尚建设找到何身土:"何身土哎,武副师长叫你马上去他那儿一趟。"身土听到这话,心口里就十五个水桶打水——七上八下地蹿动着,骑着自行车就往师部赶。身土一路上在想,这回首长又要拎他什么错？想到这,身土的两条腿像棉花,软得没力气没勇气去见武副师长。不去,肯定是不行的；去,他只得硬着头皮准备挨剋。他甚至沮丧地想:"唉,恐怕要打起背包滚蛋了。"

令何身土没想到的是,当他来到武副师长办公室时,尚建设已经在旁边的椅子上坐着了。身土进门时,武副师长把下巴颏往上翘了翘,示意他坐下。身土坐在一把木头椅子上,双手覆在两腿膝盖上,显得毕恭毕敬。武副师长看完了一份什么文件,把笔往桌上一摆,抬头说:"何身土,你真会给我出洋相,好在吴副师长是我的老首长,要是别人,我就这一下也被你们搞臭了。"身土低着头不敢抬眼看他。武副师长接着说:"小子哎,那事情就过去啦。记住,往后不管到哪里,要走正道,好好做人好好做事,没你的亏吃。看你小子有点能耐,活干得不错,我想啊,这次师训保中心楼,让你干。"听到此,身土惊讶地抬头,眼睛睁得老大,两颗黑亮的眼珠滴溜溜转,形成两个问号。武副师长又说:"现在这工程上的破事真不好管,一个小工程,想干的人多得很。不瞒你们俩说,当地政府领导就给我打了好几个电话,给我介绍、推荐工程队。什么介绍、推荐,明摆着就是说情要工程做嘛！还有附近的村庄,什么下三烂的工程队,托一串子人找我,敲门送礼,我把他们一个个给撵滚蛋。把我当什么人啦？我是军人,部队怎能吃你那一套？败坏部队风气的事绝对不能干嘛！首长办公会上,关于这个工程叫谁做,我就明确讲我的态度,那些打招呼的、上门送礼的、套近乎的,一律不要,我信不过。再说,我们不能干那种一项工程上去了,一批干部倒下去了的事情。我也说了,双拥工程队也给我送礼,摸错了门,送到吴老副师长家去,吴老副师长把我叫去笑话我一通,后来叫警卫员把礼送回去了。经了解,是工程队的两个人假能,干出的蠢事,与工程队负责人毫无干系。师长、政委听了哈哈大笑。师长、政委说:'老武啊,做得对,我们俩不插手工程上的事,具体都由你来负责,搞好了,是你的功劳一件;搞不好,你上军长、政委那儿请罪!'你看看,主要领导这么信任我,同时赞成我的意见,我还有什么话可说?我们部队,干什么都要风清气正,不搞拉拉扯扯那套鬼玩意。所以,我向师长、政委推荐了你们双拥工程队。你何身土曾经是军区表彰的'双拥'先进个人,政治上可靠,干事情牢靠,我们放心。他们就一致赞成,同意啦。"

武副师长的一番话,说得身土耳根发烧、两眼眶发酸,心怦怦地跳。他没想到首长这么看得起他,他出了洋相也不记恨他。他从心里敬佩这样的首长,这更激发起他的责任心和荣誉感。武副师长又说了:"嗳,其他的我放心,可就是你那块技术力量有点弱。"身土听这么说,马上站起来说:"报告首长,技术力量请放心,我会立即组织好施工人员,向您汇报。""有多大把握?"武副师长认真地问。"有绝对的把握!"身土坚定地答道。武副师长哼了一声,对尚建设说:"尚助理员,这个事你要全程监管,保障好服务好!"武副师长像大战之前进行战前动员,"你们把准备工作做充分些,等我向师长、政委汇报,克期动工。"

尚建设、何身土唰地立正答道:"是!"

身土和尚建设助理员回到工程队,立即召集何有能、郭身本、郭望兴,还有几位骨干开会,把武副师长下达的任务、提出的要求、工程的标准一一传达一遍。大家很是激动和兴奋了一回。尤其是何有能和郭身本,感到首长就是首长,对他们的过失、现丑、抹黑一概不计较,按何有能的话说:"要么怎么说这大人物就是宰相肚里能撑船?"尚建设作为专业人员,从专业上给大伙提出要求。他说:"这个工程并不难,是上头的统一图纸,关键是不仅在建设标准上要严格达标,而且这经费是上头统一拨的标准经费,造价要在标准经费以内,这就涉及用料问题了,用料要好,质量要高,又不能太贵。最后上级来验收,就看这同样的图纸、同样的构造、同样的经费,哪家建成精品,那时候是骡子是马就看得出来了。师首长对这个工程十分重视,交给你们是对你们极大的信任。"尚助理员的一番话,对这帮农民工兄弟是很大的鼓舞,他们个个板着脸认真严肃地点头称是。末了,身土对望兴说:"望兴,你赶紧回去一趟,请你师父曾好汉,叫他最好再带一两个好手来。就对他说,这个工程是首长工程,很重要,望他务必过来。"郭望兴感到肩上有两块大青石头压着,沉甸甸的。"天哪,我们工程队接到大任务啦,本来是小狗望月亮——得不到的事,这下当真啪地掉到嘴里了!"郭望兴心里兴奋地想着。

郭望兴打点行装,准备起程。李丝草姑娘轻手轻脚地走近,在他背后吼了一声,吓得望兴手一抖,说:"疯什么疯?"李丝草走到望兴跟前,轻声细语地说:"我也跟你去。""喊,笑话嘛,你又不认识我师父,你去做什么嘛!"望兴只顾忙着手里的活,不经意地说。"都说你们皖南风景如画,人家不就跟你去出趟差逛逛嘛!食宿自理,不花工程队一分钱,可中?"丝草姑娘盯着望兴,低声说。

望兴就说这个他可做不了主,要去就得找何经理说去……丝草姑娘神秘地回答他说何经理同意啦。郭望兴张大着嘴看了半天丝草姑娘,吱不了声。

何身土自从领受任务后,不像其他人欢呼雀跃,兴奋不已。要晓得很多人在争这个工程,别人争破了头,最终却落到他何身土头上,这块馅饼确实砸下来不轻。所以啊,在别人兴奋时,他反而整天悒悒不乐,两眉间皱成个"川"字。他在想,这不是一个简单的工程,比步兵团训保中心楼要大一套,结构差不了多少,这个他并不怕,他怕的是,这是一份沉重的担子。这是他"出道"这几年,第一回承担这么大的项目。做这个项目对他来说不是赚多少钱的事,而是今后能不能在建筑行业里立足,继续走下去的问题。按当下时尚话说,这是一次机遇,也是一次挑战,他"压力山大"。

一个多星期时间,郭望兴回来了,跟着他一起来的有曾好汉师傅,还有曾师傅的一位邓高徒。他们一到工程队,何身土就代表其他成员给曾师傅一行开了个小型欢迎会。这几年,他何身土不仅学会劳动干活,还学会了部队做思想政治工作的一套经验,凡事先开动员会,讲清工程的总要求、标准、注意事项、安全防范、节约用材、团结协作等等,要大家明白干什么、如何干,最后进行一番热情洋溢的动员,把大家的情绪调整得嗷嗷叫起来。这回,正如大战在即,身土趁着曾师傅他们到来、召开欢迎会之际,拜曾好汉为师,请他主持工程,提技术要求。曾师傅从事瓦匠工作也有几十年,都是单打独斗,从没见过这等阵势,他一是感到新鲜,二是心存感动,三是感到了有一种强大的团队精神,这氛围好感人,好亲切,好鼓舞人心。曾师傅后来说:"我老曾也干过不少工程,但感到这一回与往常都不一样,这种整体抱团的精神和工作环境,是一般工程队想不到也做不到的,我这才感到大家原是散着的麻,只有拧在一块,变成粗粗的绳子,那才能拖动巨石,拖动大轮,那干起事情来肯定更有力量,事情肯定能干得漂漂亮亮,哪个不欢喜?"大家都尊曾好汉为师,曾好汉也受用,他不认为这是奉承,而是抬举,所以,他高兴得不得了,就对望兴说:"想不到你老巴叔有两把刷子,是干大事情的人!"

　　工程克期动工。按照习惯,动工要有个仪式。身土在西汜参加过几次动工仪式和封顶大吉仪式,对这个套路清楚而熟稔。开工那天,工地上飘着彩旗,事先挖好的奠基土都围在奠基碑周围,七把新锹,锹把上一律扎着红绸带,旁边用吊车挂了两挂从半空拖到地面的鞭炮,六对十二响,开工仪式由司令部副参谋长主持,武副师长做动员讲话。武副师长咳咳两声,拍拍话筒说:"打个比方说,这人要有心脏,没心脏人会完蛋。这训保中心大楼就是我们的指挥心脏,没有它指挥会瘫痪。所以说啊,这项工程建设意义有多重大,不用我多讲;你们能亲自参与建设这个工程有多光荣,责任有多大,也不用我多讲了吧!这里我还要明确五点要求……"武副师长的话字字铿锵,有一种生铁摔在青石板上一样的清脆声响。接着,施工方代表表明态度。何身土胸前佩戴一朵大红花,映着那年轻的红扑扑的脸,就显得格外喜气洋洋。他站到话筒前,说:"尊敬的师首长、各位领导好!我代表施工队表示:我们是一群不起眼的农民工,一个修修补补的小工程队,实力不厚实。但是,我们绝不会像虾子一样,没胆,脚软,脑壳里又装满了屎,还天不怕地不怕地自以为是。我们的优势是:我们人老实,能吃苦,不要滑头,始终正视自己的弱点;我们有把领导交给我们的每桩事情,不只当着事情干,而且当着事业做的责任担当。我们不仅要做好,还要做出精品,让后人和历史没刺好挑。请相信我们,说到定会做到!谢谢!"身土的表态,简洁干脆,句句充满着自信,大伙听着感觉也怪舒服,哗啦啦的掌声跟暴雨似的响了起来。接着鞭炮齐鸣,地动山摇,礼花在空中炸成各种形状,像银蛇,像孔雀张开尾巴,像无数流星在乱窜……节庆般热闹,过年般开心。接着首长们拿锹铲土,仪式就结束了。

工程开始后,身土在工地干活、指挥,精心选择水泥标号、各类石料。黄沙含土量不宜多,但也不能一点没有;每块砖头品质要好,把平整的、周正的砖集中使用,把不合格的砖剔出来,作其他用途或当边角料使用;砖与砖头之间勾缝,使用水泥必须均匀,砌出来的砖缝像一笔画成的线,粗细均匀,横平竖直,笔直清晰;每根钢筋扎起来的框架,不仅钢筋标号要符合图纸上的要求,扎框架的铁丝也必须选标准的,绝对不能有偷工减料的事情发生。曾好汉说:"我看这不是做工程,简直是雕琢工程、绣花工程。"身土说:"曾师傅啊,我们没有任何优势,硬要说有,那就是诚实、扎实、做实,这才是我们得以生存的看家本领。现在有些人看不起我们农民工,不信任农民工,我看是他们没有真正了解我们农民工。我何身土,包括你曾师傅,我们走到哪块,都会用行动来证明自己。我们要有自尊,要让人佩服我们呀!我们不光是挣几个钱糊口,我们也是这个时代的建设者、贡献者,历史不会忘记我们这个时代的农民工……嘿嘿,侃得有点大,但事实就是这回事。曾师傅你说可对?"曾好汉嘿嘿笑着点头。

训保中心大楼从破土动工到工程全部验收完毕投入使用,整整花了一年零两个月。来年四五月份,上级通报正式下来,该工程被通报表彰为全军优秀,总体评价为全优,建筑品质、用料、装饰、成本核算、预算控制等,都是第一。在成本核算这一项,比别的单位同样工程节省了近四分之一的开销,这个数字令很多人吃惊。别的单位超出预算许多的,工程质量大不如身土他们的,听说有个别单位工程建得实在不怎么的,首长发脾气要他们返工。不少单位听首长一宣传,就都来师部参观,弄得武副师长应接不暇。所有参观人员都啧啧称赞:"不错不错,我们怎么就做不成这样?"师党委召开常委会,决定给全程负责工程建设的营房科助理员尚建设记二等功一次,推荐武副师长报军区记三等功一次,把上级奖励给师里的奖金一分不落地奖励给双拥工程队。部队上下对武副师长抓工作好评如潮,双拥工程队在本地也一炮打响,被当地评为本年度"明星企业"。

下年的年头,传来了震惊全国的消息。中央领导发出了"改革开放胆子要大一些,敢于试验……看准了的,就大胆地试,大胆地闯……"的号召。这振聋发聩的讲话如旋风席卷中国大地,掀起了新一轮改革开放的热潮。在农村,采用土地合并、转让、裁弯取直和土地交换等方法,以消除土地利用的缺点;在城里,当年就有十二万人辞职下海,九二派企业家成为中国现代企业的试水者,他们有知识,有产权意识,有前瞻性。国有企业掀起"破三铁(铁饭碗、铁交椅、铁工资)"热潮,改革开放十五年来第一次将普通员工推入改革大潮,企业在实行破产、分割重组、出售产权等改革措施中,抓大放小。无数人在这一轮改革中挖到了第一桶金,股市疯狂,百万股民空前热情,股市暴涨、狂跌,决策者开始看到资本市场的可利用性,证监会成立,收回证交所的上市指标权……

身土的双拥工程队在草创时期获得了小小的成功。大家在这样蓬蓬勃勃的激情时代,也都按捺不住了,纷纷把眼光投向商海,跃跃欲试。身土在工程队里也满怀信心地说:"中国第二轮改革大潮正波涛汹涌,但是,我们能做些什么,大家可要仔细想想啰……机会是给有准备的人的。"

大伙沉浸在空前的激动中,都在指望何身土这时能成为长着三头六臂的人物,带他们立马打出一个新高地,闯出一块新绿洲,捧上一堆金娃娃。

何身土在想:我们小小的双拥工程队的出路在何方?

这天下晚天刚擦黑,尚建设助理员拎着个沉沉的塑料袋,来叫身土:"身土,跟我走。""去哪块?"身土问尚助理员。尚助理员拉着身土边走边说:"走呗,到了你就知道了。"身土有点狐疑,勉强跟着尚建设机械地挪着步子。走着走着,身土发现尚助理员领他往师部首长院子走去,便问:"这是去首长那块?我没的事哪好随便去呀?"尚助理员说:"别假了,你又不是第一次来首长院里。告诉你吧,去武副师长家吃酒。""啊?"身土一个向后转,撒腿就往回跑。尚助理员眼疾手快,一把捞住身土的一只手腕猛一扯,说:"哎呀,你跑什么嘛跑。"身土说:"去武副师长家?我不去。"尚助理员急了,说:"是首长叫我来找你的。""这个……真的假的?"身土和尚助理员比较熟,平时相处融洽,他怕尚助理员捉弄自己,故意让自己难堪。

这么拉拉扯扯,就到了武副师长家门口。尚助理员轻轻敲了一下门,喊了声"报告"。屋里应答:"进来吧!"尚助理员推门,和身土进了武副师长的家。武副师长笑嘻嘻地对身土说:"不请还不来呢?坐,坐,坐。"身土毕竟是见副师长,平时再熟,这一进家来浑身都不自在起来,手都变成多余的了。"坐嘛!"武副师长自己坐下来,伸出一只手做了个向下按的动作,示意身土坐下。尚助理员不拿自己当外人,从后厨拿来几个碟子,有卤猪手、卤猪耳朵、卤豆腐干、油炸花生米,就放在客厅茶几上,又拿了碗筷、四个小酒杯,拿齐后又从后厨端出了一盆汤。尚助理员后面跟着武副师长的爱人杨副院长。身土一见杨副院长,像触电一般唰地站立起来,十分意外地看到杨副院长,竟不晓得哪来的一阵子兴奋,高兴得不得了。身土说:"杨院长,您是哪时候来的?我一点都不晓得。"武副师长哈哈大笑道:"坐下坐下,你杨大院长此行也不向何经理报告,欠妥啊,哈哈!"身土马上接话说:"不不不,我是说,我是说……"杨副院长立马说:"我说你老武拿人家身土开什么涮哪?怎么说我和身土也是老熟人啊,他关心一下我就不应该呀?对不身土?坐你的,别听他的。"

逗了几句趣,四人一一坐下。杨副院长自谦地说:"我哪,做菜技术不怎么的,就叫小尚买几个卤菜,算是硬菜。这是老武的主意,小尚执行,身土你也别生分,只管喝酒吃菜……"

身土不断搓着手,嘴里直打滚滚,不清不楚地咕哝着:"这这这,不不不,我……"

　　武副师长哈哈大笑:"什么这呀那呀,一口干啰……"说着哧溜一声一杯酒就到了肚里。尚助理员立马端杯响应。杨副院长也端着杯子象征性地抿了一口,用手做扇子在嘴前扇了扇:"嗯,好辣好辣。"身土见状,双手捧着酒杯,向上一托,头往后一仰,做了个幅度很大的倒酒动作,把酒倒进肚子里。接着武副师长手拿筷子在菜碟上空旋转着吆喝:"大家动动筷吃菜,小心慢了抢不到好的。"杨副院长白了他一眼。

　　酒过三巡,菜过五味,气氛慢慢轻松了许多,身土原来浑身绷紧的肌肉开始慢慢放松。大家放缓了节奏,开始漫无边际地闲聊。主要是武副师长讲得多,大多是工作上的事,包括当下的部队风气建设,话题有点严肃。杨副院长见武副师长讲的话题有些高,便打断他的话说:"有个消息,你那战友张阳明处长,现在是省建设厅副厅长了,到任不到半年。"

　　"哦,"武副师长说,"这个老张,回地方干得不赖嘛。"

　　"他确实不错。"杨副院长接着说,"他工作很勤奋,对自己要求严格,为人也诚实正派,颇得省领导赏识,说部队转业干部综合素质很高,这次破例把他提拔到重要领导岗位。老张很有魄力,一上任就迈开加大改革的步伐。听说他要把建筑公司卖了,债务、产权重新组合。要踢开头三脚哪!"

　　武副师长想了想说:"哎,依我看,何身土啊,你小子索性杀回西湘市,找张副厅长谈,张副厅长你不是熟吗?把那建筑公司给弄下来,成立责任有限公司,那可就有你摆弄的啦!首先表态,我不是撺你走啊,你要留在这,这么个搞法我也没什么。"

　　"我啊?"身土猝不及防,一时慌了手脚,说,"不不不,我哪有那能耐嘛,这我哪敢想!"

　　杨副院长说:"有什么不敢想的呀?依我看,老武这回说的还真是一个事。你何身土吧,优势是年轻有能力有闯劲,劣势吧就不说了。要想在这个时候大展宏图,就得敢闯敢试,尚助理员你说是不?不试哪能晓得你的能耐呀?"

武副师长就说:"好了好了,也就这么一说,别在这纠结啦,喝酒喝酒。"说着自己先喝了一杯。

说真的,这次酒席中武副师长不经意的一句话,像一块巨石扔进了池塘,在身土脑子里激起波浪。何身土由开始的吃惊,到过后的着迷。他反复在想:是啊,不试哪能晓得?问题是你敢不敢试。他几乎到了想得睡不着觉的地步。他脑子里一直在想:不试哪能晓得?路,不走,永远只在起点,只有往前走,才会越走越接近目的地。

这些日子,双拥工程队的工友们也在大谈改革。谈论得最多的是农村土地开始第二轮承包。大家谈得热闹的时候,身土来找何有能、郭身本、郭望兴、曾好汉他们,说:"我们回西汜去,去接西汜建筑公司。"

"你说什么?"几个人同时惊讶地看着身土。

身土说:"大伙不是一直想大干一场?机会来了。西汜那块有个建筑公司,正要拍卖或寻找承包人,我们可以把公司给接下来,敢不敢干?"

这帮人平时都牛皮哄哄的,好像都有天大的本事,能干大事业,就是老天不给机遇。这回身土真这么一说,他们却个个像跑了气的气球,瘪了。

"我们可以试试嘛。"身土说,"听说建筑公司正紧锣密鼓地准备拍卖,也在寻找承包人,我们回去蹭蹭,如果能行,我们敢不敢给扛下来?"

"我看,敢!"郭望兴毕竟年轻,说话不知道深浅。郭身本说:"乖乖,这可不是搞着玩的哟。"一旁的曾好汉始终一言不发,不知过了多久,才慢慢地说:"依我看,要是拼技术这块就能干……"

曾好汉的话,掉到地上咣当当响。这么一说,无疑给大伙增添了信心。这时,何有能也说:"照曾师傅说的,我们技术上没有问题,那就剩下钱这一块的问题了!"曾好汉又说:"有能说得对。至于这事怎么干,我看这里头有讲究,要真想干,身土不妨先去西汜蹚蹚路。这买公司或者承包公司,那是个大事,不是你说买人家就卖啰,得把底细摸清楚了。钱的事,要是有人帮你担保说话那就有戏,不然的话哪个认识我们是什么家伙啊!不可能放心把那么大个摊子交给我们,你想干都没门儿。身土你要是有决心的话就去西沠好好打听打听,必要时还要找找可靠的人说话。工程队这块没事,我们暂时扛得住。"

有了曾好汉这番表态,大伙有种王八吃秤砣——铁了心的感觉,就齐声说:"这办法,照!"

曾好汉的话倒真提醒了何身土,他这时心里盘算出个眉目了,就说:"大伙都说照,那我听大伙的,就回西沠蹚蹚去!"

第十三章

已经入秋了,一场雨过后,西湘市的空气显得格外清爽,夹带一股芬芳,城市街道两旁的樟树依然翠绿欲滴,那些不知名的花更是姹紫嫣红,鸟儿在树丛中发出欢愉的啁啾。这季节,郊外地里的秋作物泛着金黄色的波浪,正待收割。这是一片少有的充满生机的繁荣景象。天完全放晴了,东边的太阳正从一大片楼房后面缓缓地爬上来。

这天一大早,何身土就提着水果、奶粉、点心,和给师妹张春华买的一条上好的羊毛围巾,来到师母家。张继师傅过世后,身土到苏北谋生,不能随时来拜望师母。每当逢年过节,身土都会寄点钱给师母,钱虽不多,但也是对已故师父的怀念,对健在的师母和师妹的情意。身土也时常给师母写信,向师母问安,问问近况,然后向师母汇报阶段性工作,比如做了哪些工程,工程质量如何,有没有得到领导的表扬和大家的好评等。像上次建训保中心大楼获奖,在当地引起了很大反响这样高兴的喜事要多多益善地报告给师母。至于遇到什么难处,他则只字不提。长期以来,师母的心情一直是舒畅的、放心的,因为她得到的全是身土的喜报——工作生活顺溜,事情干得不错,当然也就少了许多的担心和牵挂。

这次身土登门拜望,师母像迎接出远门归来的亲人,兴高采烈地在自家堂屋打转转。身土看到师母,虽说才五十出头的年纪,但细密的皱纹已像爬爬藤爬满了脸,略显暗黄色的脸,却显现出清虚疏朗的神韵,和我们常说的那种"慈祥之美"。身土望着师母慈祥的微笑,想起自己死去多年的娘,心里一酸,两眼便潮湿了。他连忙用手背在眼睛上揩了揩。师母用手抹抹木头沙发,要身土坐下,又去拿热水瓶给身土倒水。身土起身接过热水瓶,先给师母斟上水,再象征性地给自己倒了些水,喝了一口,然后向师母汇报这次来西浬的意思。师母听着听着,有点不认识身土似的,吃惊地望着他。身土被师母望得不自在起来,说:"师母,我说得不对吧?"师母这时回过神来,眯着眼睛重新打量身土,很细声地说:"这两年多不见,长大了,真长大了……"身土心里一酸,说:"师母啊,在您眼里,我身土还是个孩子!"

师母慈祥地笑了。

这时张春华一阵风似的回家来了。人未进门老远就喊:"妈,我回来啦!"师母迎出门说:"今天怎么这么早就回来啦?""我去办事。"春华说,"办完事一看快到下班时间了,我就没去单位直接回来了。"师母迎着春华说:"进门看谁来啦!""谁来啦?"春华瞪大眼睛看着母亲,一脚踏进门,身土起身迎过来。"哇噢,师兄怎么空降而来?"春华夸张地张开双臂满面春风地扑来。身土哪能经得住她那般的疯,倒退几步伸手拿起买给春华的羊毛围巾递过去,正巧送到春华手上,恰到好处地完成了见面的礼节。

与两年多以前相比,张春华显然长大了许多,有一种城市大姑娘见多识广的大方,也有知识带来的睿智,还有待人接物恰到好处的分寸。

春华告诉身土,她通过两年多的努力,从电大毕业了,工作也有新的调整,被借调到建设厅机关做文秘工作,她还在准备进厅机关的考试。如果考试合格被机关录用,就将成为正式的厅机关工作人员。她反复申明,这与她刚任副厅长不到半年的叔叔毫无关联,她是在叔叔到厅任职之前,被厅机关办公室主任选中,借调到办公室,并且开始准备考试的。还有,有位师兄的同乡叫刘青山,上海某大学学生,到厅里实习已经快半年了,听说有可能会留在建设厅。这对身土来说,无疑是一个天大的好消息。身土紧接这个话题,不断盘问着刘青山的情况,张春华被问得瞠目结舌,说:"我只晓得这么多,别的不晓得……"身土简直太高兴了。

师母忙了一桌子好菜,还特意买来一瓶沙河特曲和两瓶饮料,执意要身土喝点酒,庆祝一家人团圆。张春华一边拿筷子一边给身土拿酒杯,说:"来吧,来吧,我师兄孬好也是个小经理,百忙中回来看望我们,欢迎啊!"说着自己也倒上饮料,端起杯子说,"师兄,喝!下午我带你到厅里见你同学……"

何身土见到同学刘青山,是在下午快下班时。在厅机关的走廊里,刘青山迎面走来,见到何身土就一拳头夯在身土肩头。身土哎哟一声,疼得差点蹲下去。刘青山赶忙扶住身土,伸手帮他揉着,嘴里说:"重了,重了……"身土斜着脸撇着嘴疼得声音都变了调说:"这几年你练啦?打人这么痛。"刘青山说:"身土你有卧底?怎么会掐着这个点在这走廊里出现?"身土说:"我有卧底。""就你?"刘青山笑了,拉身土往前走,接着说,"说真的,我正急着找你哪!不晓得你的具体单位,只晓得你在苏北某步兵团,我就连写两封信给你,你是接到我的信来的?"身土还在撇着嘴做痛苦状,说:"你给我写了信?还两封?我连一张纸片也没收到啊!""那你怎么会这么及时地赶来啦?""什么及时赶来?"身土接着说,"我正有事急得找不到人,听说你在这,这下救我命了……""别说得那么邪乎。"刘青山说,"我请你吃饭,慢慢叙。找不到你,你'自投罗网'了。""请我吃饭?"身土说,"请我一个人恐怕不中,必须还带上两位。""带两位?"刘青山说,"你不是一个人来的,还有同伙啊?哈哈。"身土说:"哪块的什么同伙,是我师母和师妹,请上。""那敢情好,按你说的,照办!"刘青山说。

身土于是领着刘青山来到办公室打印室。张春华正头埋在一堆文件里找什么。身土喊道:"师妹,看谁来了?"张春华哎了一声,转过头来,与刘青山四目相对。刘青山惊讶地说:"好你个何身土,你何时有个师妹在厅里?"身土把刘青山拉到一旁,小声说:"别急,等晚点向你细细讲来。"说完又走到张春华身边,故意拔了拔嗓子说,"我同学刘官员晚上请客。请师母师妹必须到场。"张春华活泼地应道:"有人请客,敢情好,不吃白不吃嘛。"刘青山这时才明白身土为何掐着点在走廊"遇见"他了。

晚餐是在一个叫"蓝蓝天酒店"的地方吃的。蓝蓝天酒店不大,是沿街的普通住房改成的店面。下面一层放了五排卡座,楼上有三个包间。刘青山熟门熟路地领着身土、春华、师母进了二楼最小的206包厢。店里的女老板既是服务员又是收银员,还是点菜员,跟在他们后面拎着把铝合金茶壶上来,手里拿着笔和点菜单子。青山很用心地点了几道菜,有糯米灌藕、虾仁炒毛豆、豆腐炖泥鳅、黑木耳炒山药、红烧排骨、花甲炖鸡蛋、清炒木耳菜,还特意给春华姑娘点了甜玉米烙。师母在一旁连说:"简单些,简单些啦!"点好菜,女老板带着一阵栀子花香风下楼去了。青山喊着:"上来时带一瓶濉溪大曲和一瓶饮料。"女老板甜甜地答应了一声。

席间,青山不断地给身土斟酒,身土不住地推让,说:"不胜酒力,不胜酒力……"青山又给春华、师母不断加着饮料。刘青山走近师母,微微弯腰双手托着酒杯恭敬地说:"我同学何身土有您这位令人尊敬的师母,真是他的福分,我能认识师母更是我的荣幸,我敬您一杯,师母请便。"敬完师母,青山端着酒杯到张春华跟前说:"我同学的师妹,也是我师妹,还算半个同事哪,同事和师兄敬师妹一杯酒,师妹请便。"说完一仰脖子,干了。张春华站起来说:"师兄妹成立,但这半个同事怎么讲?"青山说了:"我只是来省厅实习的,还不算是正式工作人员,所以叫半个同事啦!"春华想了想说:"这倒也是啊!你该不会实习完了就走了吧?""这个我也说不准。"青山说,"等分配方案出来才晓得。""那你要求留厅里不照吗?"春华知道自己这么说有点陡,不好意思地接着说,"我是说分配可以考虑个人意愿吧?""嗯。"青山没有明确表态。这时春华说:"我们不存在谁敬谁酒,来,干了。"说着把杯中饮料一口喝完。之后,春华姑娘反客为主,拿起酒瓶走到青山跟前,要给青山斟酒:"来,我给师兄和半个同事倒上。"说完给青山倒了满杯,又到身土跟前,说:"师兄,我给你倒上。"身土说:"我和青山都没什么酒量,今天我们都尽力了。"春华说:"不行,我给你们斟的酒,必须得喝了。"青山看看身土说:"好,干。"说着带头端起杯来一仰脖子喝尽。身土在这样的情势之下,也只好喝了。春华更来劲了,又要给他们斟酒。身土说:"师母在上,我看师妹得饶人处且饶人吧。青山的好意我和师母师妹都领下了,但不能把酒喝大了,还请师母发个话。"师母说话了:"我们真的谢谢青山同学。我们今天都未把自己当外人,叫来就来了。春华你也别疯了,这酒随量,饭随饱,凡事得有个度。"师母发话,算是定调。

春华不情愿地嘟嘟嘴,坐回原位。大伙最后礼节性地举杯,团圆酒一喝,这场酒也就散了。

晚上,身土随青山去了厅里给青山安排的宿舍,两人打起了通铺。

青山往铺上轰一声仰面躺下,醉意蒙眬地说:"身土啊,说说你师妹嘛。""我师妹有什么好说的呀?"身土说。"哎哟,身土哎。"青山嬉皮笑脸起来,说,"啧啧,我还没说你师妹,你就护得铁紧,啊?嘿嘿嘿……""你酒多啦青山,看你那一脸的坏笑,不是好人。"身土马上阻止。"哟哟哟……"青山在床上打了个滚,把脸侧向身土说,"我是学理工科的,语文不照,我来回顾一下你师妹:她身材苗条,走路带着弹性,活泼时讨人喜欢,沉静时更讨人喜欢。最吸引人的是她那张红润得如彩霞一般的脸庞,两条细弯的眉毛下,长着一对杏眼。这对眼睛,像深潭一般澄净,瞅着她的目光,你会发现双眸中透着强烈的好奇和希冀,显得格外稚嫩、清纯。你看她穿的衣服,里面是红羊绒衫,外套一件淡黄色大翻领罩衫,是何等得体啦。哈哈……身土呀身土,我描述的你满意吧?有点小说里描写姑娘的味道吧?"青山说着,从嘴里噗出一口浓浓的酒和菜饭搅和发酵的酸腐味,哼哼叽叽翻过身接着说,"你小子哎,我好艳羡你哟,这场酒,从上场到下场她那热辣辣的撩人的眼睛都在瞅着你……"身土一把扯起他,拿着一杯凉白开对他嘴唇一倒,说:"喝点凉白开,堵住你的臭嘴,醒醒你的脑壳。"青山顺从地咕嘟咕嘟喝下半杯水,似乎清醒了些。

青山和身土同时倒在床上,不一会儿,都昏睡过去。鼾声一浪盖过一浪,两个年轻人进入梦的世界。

当青山猛然惊醒时,已是凌晨五点了。初秋的凌晨,五点钟外面已泛鱼肚白。青山一下抓起身土,说:"坏菜了,我要跟你说的要紧的事,全给酒冲跑了。身土快起来,我对你说关于承包建筑公司的事情。"身土说:"巧了,我就是为这事来的,你知道什么情况吗?"刘青山告诉他,这是个几百号人的单位,有退休人员、在职人员,都需要安置。目前,厅里还没有具体方案,光资产评估、债务清算就够搞一阵子了。总之,此事要认真思量。青山又问:"你建造师资格考试到哪一步了?我的建造师资格证已经拿到了。"身土说:"正在考,快了。""要抓紧。"青山叮嘱。

承包建筑公司,这是一件很大的事,不管怎样,向何满水爷和鞠银子婶二位老人禀报是必要的。

身土决定,回趟梅都何村。

深秋的夜晚,梅都何村显得清静,洁白柔和的月光,如一匹巨大的白绸,倾泻到波光粼粼的月牙湖上。月牙湖水顺着弯曲的月牙河道流着,没有水的声响。身土站到月牙湖坝埂上,两眼里闪着泪光,他感到大自然的一切如此亲切,充满了生气,湖光山色在月色里是那么美,淡雾那么富有诗意,垂柳那么娉婷婀娜,连草丛间的虫鸣也那么亲切、悦耳动听。他虽然离开梅都何村不久,但他看到梅都何这番夜景,心里有种久违的感觉。

何身土身上斜背着旧黄帆布包,敲响了何满水家门。"谁呀?这么晚来敲门?"屋里传出何满水的声音。"是我,爷!"身土站在门外答。

何满水咣当拉开门闩,一股清凉的夜风随着身土进了屋里。何满水有些惊讶:"身土你怎么这么晚回来了?""坐的晚班车,到县里已经天擦黑,没有车就走回来了。"身土边卸包边答。鞠银子婶从屋里掌着灯出来,心疼地摸摸身土的肩膀、后脑勺,要去灶屋给身土做吃的。

身土在家歇了几日,又去城里转了转,终于向何满水提起想要承包建筑公司的事来。

何满水长吁了口气,好像是摔了个跟头从地上爬起来好久才缓过劲一样,声音低微地说:"承包那么大的建筑公司,不是小事,更不敢讲买断了。"

身土就说:"爷,这我晓得,我也不是一头兴嘛。"

何满水看了看身土,习惯性地用手捏捏鼻子说:"我讲的,是责任。"何满水顿了顿,接着说,"责任。做小事,责任小;做大事,责任大。一个建筑公司,不是三五个人靠小勤快吃饭的,那可是规规矩矩的一个单位……"

身土理解,何满水嘴上不说,心里其实在对身土说:"你,还嫩了点。"

何满水又说:"眼下作兴胆大、能闯,不少人闯得不孬;也有好多人把事做成了烂摊子,反过来又撂挑子不管了,苦了跟在后面干活的人啦,人家可是一家老小要吃饭的嘛……"

"爷,你说的我都晓得。"身土接过何满水的话头说,"这事我也想了不短时间了。一开头我是怕自己一时脑瓜子发热、冲动,这些天我转了城里一些在建的工地,我琢磨着,我能干。"

"我不是阻拦你,也不是讲你不中。"何满水心事重重地说,"干事挣钱是一回事,对人对事要有担当又是一回事,这两个方面我看都重要得很。还有,你说要买下那建筑公司?我问你,你哪块有那么多钱?"

"这也是我头痛的事。"身土回答说,"这么大的公司,说买断了,钱肯定不得少。干事情我不怕,这筹钱就真不敢说了。"

沉默了良久,何满水说:"办这样的大事,大主意你自己拿。我和你姊一点忙都帮不上你。路,还得靠你自己走啊!"

身土沉默地点点头。

何满水的一番话,在身土脑子里反复回响,他心想:要接一个国有建筑公司,你何身土可有这个本事?

正午过后,秋阳明丽璀璨,徐徐的秋风送来阵阵野菊花的香味,这时的太阳斜挂在大公山巅上,像一个偌大的饼。山上、树林干净爽朗。身土在自家屋后的山林间,无目的地走动着,然后在一片黄土坡上坐下来,两眼平视着远处的大公山。他在想着大公山的那一边,一个不熟悉的远方。年轻人总是喜欢凝望着遥远的蓝天和白云,向往着去那个远方。身土这时看着远方,却感到了一种压力,一种莫名的惆怅。

他低下头,双手揪着自己的头发。他突然看见一只蚂蚁吃力地背负着一粒玉米向前爬行。蚂蚁一次又一次地在一个凸起的地方连同玉米一起摔下来,它总是翻不过这道坎!身土来了兴趣,坐在那儿为蚂蚁数数,为它加油。摔了一次又一次,当他数到了第六十次的时候,蚂蚁终于翻越成功了!哦,瞧,这只蚂蚁不是有力地鼓舞了心灵彷徨的身土吗?身土开始对未来的胜利充满了希望。身土想,无论成就什么事,都有外因和内因。好的条件是外在的,而不是成功的主要原因,成功的关键在于主观能动性的发挥,也就是坚忍的意志和不达目的不罢休的坚定信念。身土霍地站起身,用右手拍打一下裤腿上的泥灰,径直朝家走去。

他要起程返回西溎,去找一个人。

这是一个好的时代。上头政策好,鼓励大家大胆地闯,只要你有意志,吃得了苦,就放手干。在身土的周围,充满着敢闯敢干的热烈氛围。身土不是好高骛远的人,但他内心有着梦想,他要让他生活的土地不断生出精彩的故事,至少,他要创造出他认为能让人幸福的故事。

晨雾笼罩了西溎市。居民家屋里头亮着电灯,早起的人们正在忙碌着做早饭,匆匆为上班做准备。屋外千姿百态的树梢、错落的屋顶、远处的山峰,全部笼罩在沉沉的早雾中。

张春华正在忙着做早饭,这时隐隐约约地听到敲门声。"谁这么早啊?"张春华自言自语着走过来。当她打开门时,何身土黑粗粗地立在门口。

"啊?师兄你怎么这么早啊?"张春华一边说着一边侧身让身土进屋。

身土带着一身的早雾气息,在客厅椅子上坐下来。师母从卧室出来,心疼地拍着身土有些湿气的肩,说:"身土你好早啊!去梅都何村有好长时间了吧?"

身土说:"有四五天时间了。昨天下晚我坐车赶到西溎,因为太晚了,我就住青山那块了,今天一早我就赶来师母这了。"

"那你这是要回苏北去了?"师母问。

"我来是有事跟师母和师妹商量的。"身土回答说。

师母接过话头道:"身土啊,有什么事就说。"

张春华从厨房里出来,说:"敢情师兄高看我啦!有事对师母说还把我给挂上,像个当经理的样子,说话怪周全的。嘿嘿……"

身土说:"师妹你就别臭我了,我是真有事请你帮忙的。"

"说笑话了吧?我能帮你什么?"春华说。

身土这时规规矩矩地说："是这样，师母、师妹，我这次回西湘市，主要是打听建筑公司的事，我今天来，想看师妹可能跟张厅长说一下，我想去他那儿当面报告一下想法，听听他的意思。"

师母看看春华。春华说："这别是那个刘青山给你出的馊主意？"

"嗯！"身土答道。

"你那个同学，天天在领导身边转，他跟叔叔讲话方便得很，他干吗不说，偏要我去说？滑头鬼。"

"哎，不要这么讲话。"师母批评春华。

春华噘着嘴说："我一天到晚在打印室，见一下厅里领导好难的，再说，正因为他是我叔叔，我才不想有事没事老上他办公室，妈你不懂。"

身土见状，说："师妹有难处，我就去缠青山吧。"

师母开腔了："春华，你就别推三阻四的了，身土有什么话要传，你就去传一下呗。该不能说，亲戚在一个单位工作，连去传个话也不成？有什么难的？"

春华说："妈，人要都像你心里那么干净就好啦！师兄，哎，我只能碰碰运气，不定什么时候能见到叔叔。"

身土说："你方便时对张厅长说一声，抽一点空让我去见见他，我的事只有他才决定得了。最好、最好要快一点，我等不及……"

春华说："师兄，我建议先吃早饭，后面的事一步一步来。"

师母说："鬼丫头……"

两天后的一个下午，大约五点，离下班还有半小时，身土跟着刘青山来到张阳明副厅长的办公室。刘青山把身土引到门口，叫了声："厅长，他来了。"就退了出来。身土喊了声："厅长好！"走到办公桌前。张阳明和身土是老熟人了，但张阳明毕竟是副厅长，身土心里有些紧张，说"厅长好"三个字声音有些颤抖。

张阳明将目光从材料堆上移开，抬头见何身土像个桩戳在那儿，哈哈一笑，让身土浑身放松了不少。"身土啊，过来坐嘛。"张阳明很亲切地喊身土坐下。身土在旁边的木椅上小心地坐下，两手放在膝盖上，显得有些拘谨。

"春华说你要找我?"张副厅长主动开口问。身土有点紧张地涨红了脸,嗯了一声,声音很小。"你有什么事,说嘛。"张阳明越这么干脆利索,身土越紧张得要死。他给自己鼓劲:既来了,怕有什么用?索性大胆起来,把事情说出来,中就中,不中就不中,孬好有个结论,也不枉跑一趟。身土理了理头绪,说:"我想、我想承包或买、买建筑公司,或者参与其中一些项目。"

张阳明其实心里早就晓得这桩事,他也正在着手处理这件事。但他毕竟上任不久,这种涉及几百号子人切身利益的事,不是说办就能办的。眼前这个嘴上才长出一些茸茸毛的农民孩子,张口就说要承包或买建筑公司,他岂能信得过?这一步要是迈出去收不回来,他张阳明岂不成了罪人?但看眼前这年轻稚嫩的脸上充满了自信,他心里不免自语:后生可畏。一番心理活动后,张阳明开口说话了:"你晓得这个建筑公司是个好大的摊子吗?你说要承包,还要买下它,你有这笔钱吗?你能垫多少资或首付多少钱?你即使买下了会管理吗?同志,这不是人有多大胆,地有多大产的年代啰!"身土没想到张阳明会这么问他,一时怔住了。"哈哈……年轻人,要有点闯劲。"张阳明又说,"你要没有两把刷子,趁早别在这上头动脑筋;你有两把刷子,没的钱,也是个'空对空导弹'啊,哈哈……"身土本想来向他讨教一下,自己能不能干,或者怎么干,没想到他这么打哈哈,把自己搞得一头雾水。身土想了想说:"厅长是说,我得打住望上心,不可能干这事了?""嗯,我看是。"张阳明爽快地答道。

身土被这么一打击,当即浑身像抽了丝一样软沓沓的,本来信心饱满的他,一下子找不到准星了。虽说身土这时蔫不拉唧的,但他的不甘心从他的眼神里透出来,他坐在那儿,一点也没有起身告辞的意思。这被张阳明看得清清楚楚,于是张阳明又说:"人,和草是一样的怪东西,在生命历程中交织着矛盾和痛苦,充满求索的艰辛,遍布荆棘和坎坷啊!你啊,要像那不为人知的野草,萌发坚忍萌芽,使它达到根本就无法被摧毁的程度,即使受到打击也要凭着顽强的意志和坚韧的毅力,以及对理想的不懈追求,向成功一步一步迈进,这样才能换来无比丰硕的胜利果实。何身土,你说是不是啊?"

身土张大着嘴,被他的话激得一阵阵发热。"你看啊,"张副厅长接着又说,"你看那荒野中觅食的豺狼,它无论在怎样的困难下都勇往直前。一个意志坚忍的人应该思想开通,不屈不挠,行为自律,做事灵活。要相信自己是可以在任何环境下生存的狼,在任何挫折下都要牢记不轻言放弃。"张副厅长说完呷了口茶水,眯着眼睛看着身土说,"扯远了,扯远了。"

身土站起身,面朝着张阳明,十分诚恳地说:"厅长,谢谢您的教导。我是个没根没蔓的穷苦人,我就是想通过自己的努力干一番事业,我这些年一直在学习工程建筑方面的知识,我想运用到工作实践中去。我不是癞蛤蟆打喷嚏——夸个大口气,我是真想在这行业里搞出点小名堂来。但我需要展示的舞台,您说是不?"

身土庄重的态度、凝重的话语让张阳明动容。"我前头说的钱和能力的问题,不是小问题。"张阳明放缓口气,接着说,"但是,重要的是有没有把事情做好的责任心和毅力,还有永不言弃的精神。不瞒你讲,我们现在就有那么些人,既经不起挫折,更经不住考验,稍遇到些不顺意就撂挑子,好单位给他们搞差,差单位给他们搞垮,主要是他们没有责任心,只怕亏了自己。你要真想试,除非……"

身土马上明白了,说:"厅长您说的我都明白,我会按您说的去做,我眼下应该……"

张阳明沉默了很久,再抬头看着何身土,一字一顿地说:"你去找杨副院长,就说我让你去的。"

身土开始并没有完全理解张阳明话里的意思,只是想:张副厅长既然叫我找,自然有一番道理。身土满怀信心地告别了张阳明,开始了下一步。

从杨副院长办公室出来后,身土心里有种松快的感觉。按张副厅长的意思该跟杨副院长说的也都说了,剩下的只有耐心等待。现在,尽管什么结果都没有,但跑了总比没跑有希望。利用这一点闲暇时间,应该做点什么呢?对,应该去一趟报恩寺。"去报恩寺。"他对自己说。身土转了两回公交车,到马粪都下车,再往里走,就到了报恩寺。

他进了报恩寺,一眼就看到老人,心头一热,眼窝一酸,心里有种欢喜而又酸楚的滋味。他一步跨到老人跟前,说:"老人家,您好,我是何身土,来看您老人家。"老人目光平视,平淡安详,毫无表情,只轻轻地说:"阿弥陀佛!"身土说:"老人家,我前年来西淝找事做,没有地方住,是您收留了我,我在前面'三万五工地'做事,后来跟师父去了另一处工地。我家住皖南,去年还来看过您呀!""喔,"老人不紧不慢地说,"你说那么多的事我不记得啦!来此地望望?"身土说:"老人家,我是来西淝办事的,乘机来看看您!"身土在老人跟前小心地坐下,看着老人。这时老人嘴唇微动,双眼半闭着说:"年轻人做事无非是两种状态:一种是心急吃热豆腐,一种是迈脚登阶梯。靠心去悟,不要犹豫。"

身土似懂非懂地说:"多谢老人家的教诲!"

第十四章

自从何身土那回离开报恩寺，辗转四年过去了。一九九六年五月间的一天下午，从中国南方某著名开放城市飞往西淝机场的波音737飞机缓缓地滑向停机台。飞机停稳后，机舱的门打开，机舱里立即像倒鱼般地往外拥出许多乘客。何身土穿着黑色涤纶布长衫，随着人流涌到了出站口。正在出口处迎接他的是李丝草姑娘。丝草姑娘上身穿件大红色的风衣，下身着笔挺的黑色筒裤，长发披肩，看不出当年苏北农村姑娘的样子来。丝草姑娘热情地向前一步，伸手接过身土手里的大哥大小黑包，说："何总辛苦。"李丝草姑娘几年时间里随工程队一路辛苦，又一路从苏北农村跟随着到西淝，进入西淝建筑工程责任有限公司。她确实是长大了，变得成熟又稳重了。出于对何身土的敬重，丝草姑娘无论在什么场合见到何身土都是喊"何总"。这也对，一来官方些，这么大个公司嘛；二来也是体现上下级分明，工作中是讲纪律的。何身土呢，并不端出领导的架子，只是微笑着嗯了一声，便跟随在丝草姑娘身后走向停车场。到了停车场，丝草很娴熟地打开桑塔纳轿车的后座门，一只手挡着车门上端，示意身土上车入座。身土一低头一弯腰，钻进轿车后排座位上坐下。丝草啪地关上车门，迅速走到前面驾驶员位置，开门上车钥匙一扭，车子轰地发动，她脚踩离合挂上前进挡，一松手刹，再嘀嘀按两声喇叭，车开始慢慢向前移动，驶出停车场门卡，向西淝市区方向快速前进。

丝草问身土："何总，是直接去蓝蓝天酒店？"身土看看手腕上的表，说："去蓝蓝天吧。""好的。"丝草姑娘平稳地驾驶着车向蓝蓝天酒店驶去。蓝蓝天酒店过去只是个简单的小酒店，可现在，这蓝蓝天酒店就不是当初的蓝蓝天啦。当下的蓝蓝天酒店,已经是何身土在西湘市建的"梅都何村旅游餐饮公司总店",梅都何村盛产的鸡鸭鱼虾肉蛋、葱蒜菜米姜、养生中草药、油酒甜米汤等土产品,直接被运送到蓝蓝天酒店。这个餐馆虽小,但由于颇具农家特色,城里人开始时兴吃农家菜了,每天食客盈门,生意兴隆。一向不温不火的小店如今成了西湘人的首选。

机场远离城区,郊外进城路途远,堵车严重,车速也慢。等到丝草姑娘把车缓缓停到酒店门口时,身土看看表,已经快六点钟了。五月的傍晚,六点钟不到的天色还没有黑下来,身土径直上二楼208包厢。

此时的208包厢内,早已经不是原来的寒碜样子了,完全按照皖南乡村富有人家客堂的风格,装潢得十分讲究。墙壁正中央,是一幅西湘名家画的中堂画:一位寿星,左右各站一男童,眉题:"三星图"。两侧挂着对联:"天地人合一,福禄寿喜多。"横批:"幸福盈庭。"两侧墙壁上镶嵌着红木格窗,每格里存放着各式各样的农产品和中草药标本,琳琅满目,配上灯光,观赏效果不错。厅中央放着红木八仙桌,每个边都挂着半弧形"耳朵",当人多用餐时,把四边"耳朵"撑起来,四方桌就变成了大圆桌,这是皖南大户人家的标志性摆设。桌子中间摆着一红木转盘。桌上是清一色的景德镇青花瓷碗盏、酒壶、酒杯。十二把高背椅,坐垫用鹅黄布包裹,整个厅显现出富贵之气。

身土踏进包厢时,一位鹤发童颜的老者已经坐在那里了。身土大步跨过去,挺直身板,立正,说:"首长好!对不起,我来晚了。"说完深深鞠躬。老人慈祥一笑:"你大老板千里之外飞回西湘,辛苦了。"身土就在老人身旁坐下,说:"首长见笑了,我哪块能算个什么大老板啦?还不是仰仗首长您,我们企业才有今天的规模。"

他们正说着,丝草姑娘上楼来,何身土问:"有事?""武副军长他们在楼下了。"丝草回答。身土起身对老人说:"首长,我下去迎一下?"老人笑笑。话刚说完,武德强和杨副院长就上来了。"哦嚯,我们老爸已经到啦?"武德强和杨副院长同声说。武德强有点夸张地走到老人面前,毕恭毕敬地给老人敬个礼。杨副院长冲武德强说:"看你假的。"武德强就在老人旁边坐下,说:"看看,杨同志说的这话,敬礼还有真假之分?这明摆着是挑拨我和老爸的关系嘛!对不,老爸?"大家就哈哈笑了。武德强说:"不过,老爷子今天比我们来得早,这个没想到啊,怎么着我们晚辈不能落在老爸后头嘛。"说着又冲杨副院长道,"责任在你嘛,女同志出门,哎哟,那个慢劲儿,像电影里的蒙太奇镜头,亏你还是老兵。""你这人还怪会推卸责任哪。"杨副院长不答应了,说,"没人怪你晚,你倒好,把责任推卸得一干二净,这不像是勇于担责的领导哦。"杨老也诙谐地说:"哎,军首长说明一下情况,未尝不可嘛,这大帽子先别给戴上,首长忙点,能理解嘛。"武德强忙接话了:"不不不,老爷子您就别批评啦,在您面前,我哪能算首长嘛!比起老爸您,我算是做了太平官。"杨副院长接着说:"你哪能和我老爸那会子比呀!那可是战争年代,我们现在是和平时期!"杨老说:"我们那会子的艰苦,为的就是你们的今天。在和平时期,你们不要认为担子轻啦,责任依然重得很嘛。""是的是的。"武德强有点讨好地对老人说。杨副院长又说了:"不过从老爸今天的表现看,那是对何总工作给予充分肯定的。你看,我们老爸何时出席过这样的场合?何时又在别人还没到的情况下,自己就先到场了?这都是被何总的工作精神感染了,你们说是不是啊?"杨副院长看何身土在一旁光赔笑,就把话锋转到何身土身上来。身土忙张开双臂,做了个投降的姿势。

这时,丝草姑娘领着张阳明和夫人赵丽皖还有身土师母一同上楼来了。张阳明也是个爱热闹的人,大着嗓门就喊:"啊哟哟,首长们都到啦?我们搞晚了,检讨检讨。"说着看着赵丽皖,说,"这女人出门,那个磨叽劲,唉,不能提啊,简直就是电影里那个叫什么的镜头啊。"赵丽皖就接上了说:"蒙太奇镜头。哎哎,你搞错没有啊?你来晚了,把责任全推给我。"杨副院长说:"哎,巧了!我刚才来时,我们老武也这么说我,好像你们一遇点事情能推就推,先把责任推卸干净了再说。"这时,师母接话了,说:"还是我们老张的徒儿身土敢于担当,不然,怎么能把一个企业搞得如此红火壮大?"这时何身土站起来,双手举起说:"我师母是高看我了,我哪能和在座的长辈和大首长相提并论啦。在你们面前,我何身土就是一只求生存的野狼。"张阳明说:"哦吼,狼不得了啊,听说有学者专门研究狼的精神。这些暂时不讲,我今天有很正式的工作要汇报。"接着他说,"可是我还是来晚了,哎呀,现在工作头绪太杂,一天到晚忙个不停,回过头看,自己都不晓得自己在忙些什么家伙嘛。"杨老爷子说:"阳明啊,忙是好事嘛。早年毛主席领导我们闹革命,建立新中国,为的就是共产党人今天能为人民忙碌,为人民谋事,这就是我们党的初心。"张阳明说:"是是是,老首长说得是,我们如今当地方领导的,每做一件事都要考虑群众的感受、群众的利益,忙要忙在点子上,政府绝对不能干那种和老百姓争利益的事情。就当下看啦,尤其不能让百姓失去赖以生存的土地和家园,还有他们的村庄。看看农村那些小青年,很多都成了城市中的漂泊者、到处讨薪的乞讨者、无钱过年的贫穷者。唉,跑题了跑题了,何总才是干大事、干对老百姓有益的事的人啊!现在不如把什么好吃好喝的给我们上吧!"大家又是一阵哄笑。

丝草姑娘和蓝蓝天的女老板先端上几只方形托盘,盘中是四样小菜,分别是一碟咸水泡制的生姜片、一碟香菜(大白菜帮切丝制成的,是陵阳县特产)、一碟盐水泡韭菜、一碟盐水煮花生米。另有一只小瓷碗里盛着半盏晶莹剔透的葛粉糊。这几个托盘上桌名为"吃茶",每人面前放一份,为下面正式摆酒席做准备。身土解释说:"这四小碟是我们皖南老家的待客方式。叫先吃茶再吃酒。这一小盏葛粉糊,可是解酒的上品。"身土看大家听得认真,就接着讲,"葛粉是皖南特产,它是纯天然食品。将葛根挖出来后,先洗净,再轧成糊,糊晾干就变成了粉,食用时用水冲成你们现在看到的这样的糊糊,放少许白糖即可食用。它的营养价值很高,内含大量黄酮类化合物,还有蛋白质、糖分和人体必需的铁、钙、硒等营养物质,是老少皆宜的滋补品,在我们家乡有'千年人参'之美称。这是我们梅都何一大宝啊。"

杨老爷子开腔了:"要说你那块地方,我还是一九四一年六七月间在那块住过,我们指挥部就在那块一个山洞里,我的警卫员小任就是那块人,家好像就在当地一个叫什么毛路的小山村。他那时就经常进深山里头给我们挖葛根回来烀着吃，那是越嚼越有味，可以当饭填饱肚子的，可真是好东西啊。今天在这块能吃上这么好的东西，我们应当好生谢谢小何总。"老人说着端起小碗盏抿了一口，"可惜啊，小任后来在一次作战中牺牲了，那时他也不过和何总差不多年纪吧。"老人回忆着。大家哦了一阵，深表惋惜。

张阳明转移了话题，他说："今天，我要借此机会向杨老和武军长汇报一下工作，因为啊，这个涉及何身土他们公司下一步的发展。去年五月间，中央首长先后在上海、长春召开了企业座谈会，会上发表了重要讲话，要求坚定信心，明确任务，积极推进国有企业改革。中央首长说了，现代企业制度的基本特征是产权清晰，权责明确，政企分开，管理科学。今年三月七日，国务院批转国家经贸委《关于一九九六年国有企业改革工作的实施意见》。《意见》提出：城市改革试点要与企业改革结合起来，优化资本结构试点城市将由十八个扩大到五十个；抓好一千户国有大型企业和企业集团的改革发展，加快国有小企业的改革改组步伐；继续贯彻《全民所有制工业企业转换经营机制条例》，加快组织实施《国有企业财产监督管理条例》；切实加大技术改造力度；学习推广邯郸钢铁总厂管理经验，进一步改革和加强企业管理。"张阳明背书样一气说完，呷了口茶，喘了口气，看着武德强和杨老。

武德强说："阳明啦，你的脑子还是那么好用，这国务院文件都背得这么熟，不愧为作战部高参出身啦。""这也是没有办法的事嘛，干什么吆喝什么。我的意思是，当初我们厅在建筑公司去留的问题上，在吃不准的情况下，多亏杨老跟分管副省长说了，我们这才坚定了决心，大胆走出了第一步。这个在新中国成立初期建立的全民企业，也有几十年历史了，一下让何身土这样一个年轻人来执掌，没有老爷子您发话，我们当时没有这个胆量迈这么一步啊。几年下来，一个半死不活的烂摊子，被何身土弄成了全省建筑业的领军团队、明星企业，变成了我们的一大成就，省里领导满意得很啊。这一步的迈出完全符合中央的要求，接下来的事好做多啦。从刚下发的《全民所有制工业企业转换经营机制条例》来看，这一步迈得非常具有前瞻性,老爷子您高瞻远瞩,与上头思维同步啊。"

张阳明显然有些兴奋,说得眉飞色舞。杨老听了自然感觉受用,接过话头说:"当时女儿跟我说时,我对这个做法是赞同的。改革嘛,有些事没有现成的路可走,要有开拓精神,敢于闯出一条路来。至于让何身土来接手这么大个摊子,我相信德强说的。我打电话给他,他对这个身土蛮有信心,跟我讲了很多,我这才去了分管副省长办公室专门讨论了一番,对风险进行了评估,也想到招投标问题,几番比较后才定下由何身土来管理。阳明呀,今天我可以对你说,你交给我的功课,我可是非常认真地做啦!"

听完杨老的话,张阳明很是惊讶:"哦哟,我只晓得副省长对我说,您很重视这项工作,亲自过问,我哪晓得你们经过了这么一番细致的工作。我当时也是没有办法,知道我资历浅、职务低,扛不起这么大的事,才出点子叫身土去找杨大院长的。杨院长别怪我给你添麻烦哦。"

"你事都做了,还要假装客气一下。"杨副院长说。

说到这,武德强开口说:"那回,老爷子突然打电话找我问何身土的事,我当时有点诧异,一想啊,肯定是这个张阳明在捣鬼,他在捣鬼,背后肯定有个杨某(说着手指他爱人杨副院长)在助力,老爷子才会开口啊。我想啊,老爷子一向谨慎,不轻易发话,现在过问,说明老人家关心新生事物,关心改革发展的大好前程。我呢,也就实话实讲,我告诉老爷子说:'这个何身土啊,我和他并没有什么私交,他管的人还出过我的洋相,但实事求是地说,他做事做人还真让我高看他一眼。我在团里,后来到师里工作,交给他的事情,那完成得叫一个漂亮,给我争了不少面子。不,不只是面子,用当下的时髦话说是政绩。在他之前,我管营建,最头疼的是那些村庄里的土工程队,干活不像干活,做点芝麻大的工程他们都要搞点歪门邪道,偷工减料,什么工程都被搞成豆腐渣。我后来把工程交给了何身土干,那几年我分管的营建工作,都是总部和军区的先进,这可一点不是吹的呵。我那时看,这个家伙是干事情的好料。我想,建筑公司要变更,那不就是钱的事嘛。要钱好讲,找张阳明嘛。人可靠,钱不是问题,对吧阳明?我就跟老爷子在电话里把胸脯拍得咚咚响啊,说何身土能接这个班。"

"哈哈……"张阳明豪爽地笑道,"首长哎,你是晓得的,我哪块能有钱嘛,副职是干活的料,没实权,加上那年头很多事情是'说好不变,又来了文件。刚刚学会,又说不对'。你想在那种环境下,有多少事情让人吃不准摸不透?只有靠老首长的支撑,省里领导发话,我才敢挪个小步子。可真落我手里办,那个真叫难哟。但一句话嘛:只要思想不滑坡,办法总比困难多。何总你说呢?"

何身土这才明白,他的背后原来有这么些人在支持着他。就他一个不谙世事的农村娃,就凭他在城里跟张继师傅干了几年泥瓦匠,就想一步登天当一个大公司的经理?连他自己都无法相信。可是,他居然接下了那么大的公司。这几年,凭着领导给予的支持,凭着他野狼般的求生存的意志,同郭望兴、曾好汉、何有能、郭身本等一群人硬是把西溆建筑公司的大旗扛起来了,发展成了责任有限公司,拥有了五个子公司,成为本省的明星企业。正因为有了这个成功经验和经营效益做后盾,他何身土才又开始实施下一步发展规划,把目光和资金投回了梅都何村,实现他最初的愿望:振兴梅都何村,建设新型家园,让千年古村升起新时代的朝阳。现在,他们的建筑公司成为一台大型动力机器,拖着还比较贫困的千年小村梅都何向着美好的未来挺进。今天,他何身土把这些对他有恩的人请来,不只是吃饭,他还要把下个阶段的发展规划向他们说明。他把梅都何村视为自己生命的肇端、宝贵的心灵家园。他自己心里清楚,赚更多的钱不是他的目的,他是想用自己的能力去服务这块土地,守住这美丽的家园,让这里变成传统与现代文明相契合的幸福乐园。但是,在这改革的时代里,很多事情都是不确定的,他还谈不上有多少远见卓识,只能"摸着石头过河"。他知道,这么做对与不对,一要看他对未来预见有多准确,二要看是否能让农民生活变得更加幸福。

张阳明说:"我说啊,这个何身土,真的没让我们白忙乎,没把我们给'送饭店里去'(意思为丢面子出丑)。现在想啊,还捏把汗,他要是给弄砸了锅,那还不把我们这一堆人给卖得精光?那我就算把杨老爷子给得罪到头喽。"大家又是一阵哄笑。杨老就说："阳明啦,不可掉以轻心喽,我看了国务院的文了,这企业改制向纵深发展,矛盾会更为凸显,前阶段的问题好解决些,越往后的问题是越来越难解决。改革进入了'深水区'啦,你们要做好打硬仗、打突击战、打攻坚战的思想准备,要不然到时候你恐怕真的吃不住啊。"何身土赶忙表决心,他说："首长们放心,我定会'朝最后的地方钻孔',决不会把首长们给'送饭店去'嘛。"

大家哄地大笑。就在大家笑得开心时,听到有人咕哝一声说:"讲的什么鬼话嘛。"好像是张春华的声音。正是刘青山和张春华不声不响地进来了。

张阳明听见了,循声看向他们俩说:"哎哎,小刘你坐那儿。"他指指何身土旁,接着说,"他们俩是我喊来的呵。"刘青山有点局促地在身土一旁坐下,顺势摸摸身土胳膊,悄声说:"何总够厉害呵。""去。"身土小声说并捅了一下青山。张春华靠妈妈坐下。

刘青山和张春华到来,话题自然就落到他俩头上了。杨副院长是女人,敏感些,就说:"张厅长专门把他二位请来,可有什么好事情要向我们通报一下啊?"说完怪笑地看着张春华又瞄了一眼张阳明。张阳明当然晓得杨副院长讲话的意思,抿嘴不吭气。这时候赵丽皖接口说:"这恐怕要问我嫂子了吧?"这话一出口,大家就明白杨副院长说话的含义了。身土师母也没有搞清楚要她回答什么,看看这又看看那。杨副院长就把眼光射向张春华。春华看大家把眼光投向她,急了,说:"哎哎哎,你们都看我做什么嘛!"说完就低头咕哝,"真是的。"大家有点心照不宣地哄笑。

今天,身土既然要谈餐饮业的事情,那这顿饭菜就得很讲究。菜都是每人一份的。第一道菜上桌:一只精致的餐盘里放着四分之一个鲢鱼头,一只眼睛呆呆地睁着看人,旁边放着一只雪白的晶莹透亮的汤圆、一小块豆腐、一小片青菜叶。菜名标签上写着:"视思明——蓝蓝天总店执行厨师某某。"厅中顶灯直对餐盘射出锃亮的银光,更显餐盘和盘中物是那样明净,赏心悦目。在座的人都惊讶了:"这哪块是菜呀,简直就是工艺美术品嘛。"大家啧啧称赞,自然就问到菜名取何意,都用了什么原料,为何做得这般精致。何身土就开始了讲解:"这一道菜其实很普通,鱼是我们梅都何月牙湖生长的两至三岁的鱼,每条在四斤左右,肉质真正是不老不嫩,营养也最丰富。这小块豆腐,是中国豆腐发源地八公山下洗云泉水制作的,直运来的。我们已经请来了那块制作豆腐的师傅,准备在我们梅都何办豆制品厂,人家县里搞水检测的人说,我们月牙湖的水是优质水,舀起来就能喝,做的豆腐像水晶。这枚小汤圆,是用我们那块山里的何首乌粉制作的,这青菜是我们那块种植的。这些食品不打农药,全用农家肥,无污染,无公害。取名'视思明',也就是增添些餐饮文化内涵。我们这也是在瞎琢磨,妥不妥看运营效果。"大家听得津津有味。

第二道菜上桌。这道菜是猪耳朵切成细丝,餐盘边一块火柴盒大小的红烧肉,横放一根约两厘米长短的大葱白,菜名标签为"耳思聪——蓝蓝天总店执行厨师某某"。

第三道菜是一只小碗盏放在酒精炉上,打开碗盏盖,里头盛的是汤羹,中间一小块羊肉,边上围放几片生姜,菜名为"色思温"。

第四道菜是碗盏里一小节七孔莲藕,每个孔里塞的是糯米,菜名为"言思忠"。关于这七孔莲藕,身土介绍道:"这是梅都何村下水冲那块滩涂里生长的七孔莲藕。"张春华插话说:"莲藕不都一样,至于要强调七孔八孔的?故弄玄虚吧!"何身土笑笑说:"我之所以强调是七孔莲藕,是因为莲藕有七孔和九孔之分。""嗬嗬,这还是第一回听说,以往还真没在意这个细节啦。"大家七嘴八舌地议论着。身土说:"这有讲究的。七孔莲藕的外皮呈黄褐色,略糙,我们那块习惯叫红花藕。它短而粗,生吃入口有点涩,略带点苦。七孔藕淀粉足,水分少,口感软糯,适合煲汤;九孔藕外皮则为银白色,我们叫白花藕,光滑细长,生藕吃起来脆嫩香甜,适合爆炒和凉拌。我们下水冲滩涂那块盛产七孔藕,村里老人们喜欢用它煲汤。村里还用它来生产藕粉。梅都何的藕粉在我们那块方圆几十里,都是有点名气的,外村人喜欢买我们那块的藕粉。""噢噢。"大家又是一阵唏嘘,称自己吃顿饭长了不少的见识。

桌上所有人一边听介绍,一边看每道菜的造型,一边品尝。何身土巴不得接着话题往下说:"我们梅都何村进行保护性开发以后,去我们村旅游的人越来越多,客流量明显大起来。他们去我们那块还要吃住行、游购娱。这些要素我们肯定做不全,但游、吃、购可以满足。游没有问题,去我们村可看的地方还是不少的;购,就是购买我们的土特产,那些来旅游的人很喜欢买我们那块的土产品,还有就是吃,游客到我们那块,玩了一个上午或一个下午,要吃点便饭,那我们就得有。我就想了,这吃里面就很有讲究了,吃好吃差全在我们怎么为游客准备了。而且,要让人家吃得好,花钱少,才能给游客们留下难忘的印象,扩大梅都何村旅游知名度。我们就成立了梅都何旅游公司和梅都何旅游餐饮公司,把梅都何村的餐饮业做起来,做出去,做成省内的农家特色餐饮企业。企业要做好,主要还是要做好餐饮文化,所以我们就在这方面精心研究,争取做出与别家不一样的特色来,菜品精致,口味适合本地人。"

接着又上来一道菜,是一片猪肚拌几粒花生米。身土介绍说:"这道菜取名'生员杜(肚)'。把一只完好的猪肚洗净,猪肚内装进一斤花生米,先大火煮沸,再文火炖上一小时,然后把肚子切成片配着花生米加些芝麻香油蒜泥即可食用,这是上好的健胃补胃的食品。至于取名生员杜(肚),这是有故事的。据说,多年前有两位年轻人上京城赶考——那时上京赶考的人一律称生员,路过梅都何村时天色已晚,就到村里借宿。一好心大嫂就留下他俩。大嫂看两小青年黄皮寡瘦,知道他们读书清苦实属不易,家里也没有什么好吃的,正好有只猪肚,她就把它装上花生米,在柴锅里炖,让两人饱食一顿就歇息了。年轻人瞌睡大,一觉到天明,醒来便急于赶路,却不见大嫂。其中一人说:'大嫂是好人,把家里上好的东西给我们吃了,我们不能就这么不辞而别。两人就顺山路往前找,走到前头,看见大嫂蹲在水塘边洗衣服,两人上前表示感谢。末了,两人说:'到现时我们还没敢问大嫂尊姓,告诉我们,倘使我们得中,定来答谢大嫂。'那位大嫂看看二位,把手中棒槌往地上一放,说:'我啊,就姓这。'两人你看我,我看你,终究没有猜出大嫂姓什么。见状,大嫂说:'你们连这都猜不出来,还要去京城赶考?我看啦,你们趁早回家再苦读几年,那时再去赶考吧.'两生员惭愧至极,于是放弃上京赶考,返回家去."何身土说到这里打住了,急得几位女士直喊:"后来呢?后来怎么样?"大家就在猜啊,这女人到底姓什么呢?猜了一阵子,没有答案。身土接着往下讲:"大约过了三年吧,这天上午太阳有三竿子高的样子,就在梅都何村月牙湖畔,有一风流倜傥的男子在那儿来回踱步。大嫂拎着一桶衣服去洗。'杜大姐,请受小的一拜。'那男子说着扑通一下跪在那女人面前,连磕三个头。原来那男子就是当年进京赶考的其中一位,三年以后高中状元,赴任前特意来此寻找当年那大嫂。棒槌是木头,往地上一放,木土就是杜。当年年轻人没有猜出,回去苦读两年终于悟出,赶考得中。""喔喔,好精彩哟。"张春华第一个惊叹道。身土说:"后来,大嫂洗衣服的那个水塘就被叫作'杜娘泉'。听村里口耳相传,那塘很神奇,常年是碧水清清,水面涝不长高,旱不见底,水有多深没人知道,水面千年以来不见有丁点儿变化。水底长了一种水草,当地叫维维草,据说这草对水质要求特别高,水质有一点变差,它就会死亡或长不起来。它自身能对水起净化作用。我们那块的人就把这塘给保护起来,村人谁也不许到那里洗衣洗杂物,不许养鹅鸭,不许用它浇园,只可挑回家饮用。在除'四旧'时,城里当时下梅都何包点的干部,把杜娘泉改名为月牙湖。那形状像个月牙,你们去看就晓得啦。"

武德强很感慨一番,说:"不管你是不是在瞎编乱造,听起来怪吸引人的。"身土说:"这事不假,在我们那块都这么传。"杨老接过话头说:"我记得你们那块不仅传奇故事多,离奇的景点也多。我听说那儿有个'人奇峰',风景奇特;有个'乌鸦洞',里头鬼斧神工,都是让人难以想象的奇观。"赵丽皖说:"这么美丽的地方,这么美好的家园,谁都不愿意离开它、毁坏它呀。老张啊,等你退休了,我们去那块地方安度晚年啦。"身土说:"您说笑了。不过再过二十年或更长点时间,那时农村人想进城也许会是件很容易的事,而城里人想返回农村,就成了难事。"武德强接话说:"你为什么这么说?"何身土说:"你看我们当下对农村过度开发,土地抛荒,很多自然村已经消失殆尽,农村已不再是早年的农村了,农民也不是早年的农民了,这个问题再继续下去,农村和土地反过来又会变得金贵起来,这就是我的猜想和预测。"张阳明就说了:"你小子怪能呢,能预言未来,我们都往下看你今天说的话可成真呵。"何身土说:"这个应该是发展的必然,很多人看得出,只是不说而已。所以,我就极力地有意识地把我们那块的好多传说和故事编成导游解说词,让人解说;编成菜名,让游客吃饭时可以通过菜肴了解文化。没钱打广告,就想出这么个馊主意啊。"

杨老说:"哎,我说年轻人啦,不想你年纪轻轻,看问题如此之深刻,让我吃惊,你是个肯动脑也有主见的人。你的主意还真不是馊主意,这叫创意,难得的创意啊。你为守住你的家园,用心良苦。当然,创意要顺应时代,力争做到经得起推敲,要合情合理,不能离谱,有些还需要进一步的探索和研究;发现不对,及时纠偏;要使你的创意助推你的事业不断取得新气象,达到新高度。创意不是跟风,不能急功近利,昙花一现就偃旗息鼓了。当下很多人干事只顾眼前不顾长远,希望你把你的企业做成长效的企业,让后人传承下去,做成'百年老字号''五百年老字号',都不是不可以的嘛。"杨老的一番话使何身土心潮起伏难平。

酒席还在继续,展示着一道一道与梅都何风土人情相关的菜,让人耳目一新。身土说:"我们还专门讨教过当地名中医,同时食用这些食物、药物不会犯冲,甚至具有互补作用。"身土指着桌上其他菜一一介绍,"这是'苦心志',新鲜苦竹笋丝;这一道菜取名'青青一点红',青青的是蒲公英,一点红不用说,是枸杞子。"

杨老说:"我看何总的土'茅台'酒不错,大家可以多喝点。我现在敬大家一杯,医生不容我多喝酒,我就不一个一个敬了。我先喝为敬。"说着端着小杯就喝了。大家纷纷起立,把酒杯端得高高的。这么着,话题自然就引到酒上来了。何身土接着杨老的话说:"这酒啊,是我们梅都何自己的小酒坊酿造的纯山芋干子酒,取名'杜娘泉',五十三度。请首长们细细品尝品尝。"

武德强是军人,说话爽快:"这酒啊,喝进口里先有些烧嘴唇,后辣,再后来带些苦尾,酒的味道也不错。"杨副院长说:"我不会喝酒,就听会喝酒的人说,真正的粮食酒喝着有点苦味,进口有些冲,但喝后不上头,我刚喝的时候感觉头晕,这会儿就好了。"杨老爷子说:"这酒虽不能和几大名酒相比,但喝起来感觉质量确实不差,又适合大众消费,我看这就好。现在上市的产品要让百姓消费得起,不要动不动就搞什么高大上的东西。所以,我觉得这酒有市场,肯定受欢迎,这才是重要的。"张阳明接着说:"杨老讲得好,做产品就要做市场,最大的市场是老百姓。老百姓消费不起,光盯着高消费人群,怕是不照。还有就是千万别造假,这一点何总是不会的喽。"

说到这里,何身土说:"首长,有关梅都何旅游餐饮公司的规划发展,我去请这个酒店女老板来介绍。"这时,何身土腰间的大哥大嘀嘀响起来,他起身走出去接,包厢里一时安静了下来。

这时,张阳明对刘青山说:"小刘啊,你是何总的同学、好友,好多事你是直接参与的,你说说,梅都何那块现在发展得怎么样了?"刘青山被直接点名回答问题,到底还是有些惶恐,说:"厅长,要不现在请店主来,让蓝蓝天的女店主来说梅都何旅游餐饮这一块?"张阳明笑笑,示意他去喊人。刘青山这就起身去了。

不一会儿,女店主随青山来到大家面前。何身土正好接完电话进来,说:"兰芬姐,不,何总,你汇报一下梅都何旅游餐饮公司的前景规划和目前发展情况吧,简明扼要,好让首长们为我们提提意见,做做指示。"

何兰芬介绍说:"要说我这小小的蓝蓝天酒店今天做得起梅都何旅游餐饮公司这么大的事,还得从何总和刘干部来吃饭讲起。我自己也是梅都何的人,十几岁出来打工,靠姐妹们帮忙,接手这个小店,有了个立身糊口的落脚处,也没有往大处想。不是我不想啊,是我根本就没有可能做大点。何总和刘干部来吃饭,常讨论到梅都何村餐饮公司发展,开始我根本没兴趣也不在意。有一回,何总和刘干部就对我说,有没有兴趣参与这件事情,后来何总又给我们归纳了'一、一、二保、三统一'的发展思路。一个'一'是做出一个自己的特色,把梅都何生产的农副产品包括其他产品做成皖南小吃,做到人无我有;一个'一'是形成一个自己的产业链,梅都何生产的农副产品,不用为卖不出去烦神,直接进入酒店,由一产变为第三产业。'二保'是保村民就业,我们办自己的餐饮要用工,首先保梅都何自己村民就业;保村民收入,我们办企业,为的就是增加农民收入。'三统一'是生产物料统一调配,经营收支统一核算,收入统一分配。收入的三分之一留作村公共积累,办公益事业,三分之一为就业人员薪金,三分之一留着再生产。另外,在西湘这样的城市,不缺星级酒店,但缺大众消费的特色餐饮,这个是有发展前景的,可以做起来。光在西湘开我这样一家小店形不成产业链,还要在梅都何村、陵阳县、沿湖市分别开连锁店,扩大梅都何旅游餐饮公司影响,做成百姓放心和喜欢的餐饮。大家感觉这个方案可行,就开始筹建。启动资金由何总解决。何总和刘干部一再要我任梅都何旅游餐饮公司经理,要我为家乡振兴出把力。我开始感到犹豫,我没那个能力,也不想操那份闲心。何总说:'我们这也是探索,为村里人做点事,做成功继续做,做不成功大不了重新再来。又不是要图个什么。'我想是啊,人家何总事业做得那么大那么顺,自己要钱有钱,要名望也有些名望,他图什么呢?不还是舍不得那块的人和那块的土地嘛。人,总要讲点感情,讲点他人,不能光顾自己,那样就是活着也是很孤单的。我这么想:我现在在外就是过得再好,我也觉得自己是个没有根的人,总有漂浮不定的感觉,离不开故土啊。我想了又想,自己觉得想明白了,就对何总说:'我愿意和你们一起,为了梅都何村的振兴,能做的我竭尽全力,这行业能做多久,我就尽心尽力到多久。'目前看,这行业发展还不错,超出我们的预期。"何兰芬平静的叙述,像小溪流水,听的人不觉得她啰唆,而觉得说得富有感染力,轻松亲切,不由得对眼前这平凡的女人平添一份好感甚至敬意。

大家热闹一番后,宴席也进入尾声。杨老发表了总结讲话,他说:"今晚,我一是感谢何总的精心安排;二是希望身土和兰芬,你们既然做了梅都何旅游餐饮,就要做好。有些事没有多大的奥妙,就是贵在坚持。不能像猴子掰苞米,掰一个丢一个。这是多年来的教训。最后,我希望何身土你们这些年轻人,不要感恩某个支持你们事业的个人,要记住我们的党组织,是我们伟大的党带领人民走进这个新的时代,搭建了干事创业的好平台。同时,我还建议我们为何身土这样一批年轻人为振兴家乡勇于担责、敢想敢干敢闯的精神干杯,望你们为实现自己的初衷义无反顾,策马向前。"

"好,老爷子的教导,我们都要谨记。没有不散的宴席。何总啊,谢谢你,你明天带着你们公司班子成员到我办公室去,就如何贯彻城市改革与企业改革相结合的事情进行专题讨论,有可能大厅长会亲自到场,你上班时间就到,记住了。"何身土连连点头。武德强也说:"何总啊,我星期一就要去集团军报到了,有什么要支持的,和过去一样,别不好开口啊。"杨老爷子也说:"何总啊,我真得找机会去你那梅都何一趟呵。"何身土紧紧握住杨老的手,说:"恭候大驾。"大家四下散去,何身土把人都送走后,站在那里,看着街的尽头。一阵晚风吹过,远处有歌声飘来:

> 大雁啊大雁,
> 当春天来到的时候,
> 飞啊,飞啊,
> 飞向那远方的故乡啊,
> 故乡啊,故乡啊,
> 故乡啊……

何身土望着依稀可见的月亮,眼睛阵阵发酸。

第十五章

酒席间的电话是柏艾从乡里打给何身土的。何身土接了电话就问："喂,柏技术员你好,这么晚打电话一定是有什么要紧的事吧？""这话说的,没有要紧的事就不能给何总打电话啰？"柏艾在电话那头较劲地反问。"哦哦,不是不是,我是说,柏技术员一般是不打电话的,打电话一般就有事。"何身土极力更正着自己的话。柏艾在那头说:"那我就赶紧把话说了,省得你何总认为我是二般的。今天县农办的人到乡里来,问到你几时回梅都何,说有什么什么事情要找你,我说我哪块晓得,我又不是他何总的秘书。话是这么说,现在还是打个电话跟你讲一下呗,就这事,挂啦。""哎,别别……"身土紧张地说。其实,柏艾说挂电话,却并没有挂。"喂喂,喂喂……"身土在电话这头喊。过了几秒钟,柏艾在那头扑哧笑出声,说:"听着呢,有话就说呗,喂什么喂？"何身土就嘿嘿笑了,说:"我现在在西汜。张厅长要我赶紧回来一趟,说他们有事找我谈,是关于企改方面的事。"柏艾就问:"你这会儿在蓝蓝天酒店？"身土说:"是呀,张厅长他们都到了,武副军长赴任前回西汜休几天假,我请张厅长约他和杨院长一块来。想给他们汇报一下我们这块的事情,怕我自己面子窄请不来,这才请张厅长出个面,保险些嘛,还把杨老爷子也请来啦。"柏艾就说:"你何总面子还会窄哩？"何身土就说:"又笑话我啦,我有几斤几两你又不是不晓得,何必臭我嘛！"柏艾就说:"我哪块能晓得你有几斤几两呵,我又没把你装网兜里称称有多重。""你这是在骂我嘛！我是小猪啊还是沙鳖呢,拎网兜里称？"何身土和她斗嘴。"哪个跟你打嘴仗哦？"柏艾接着说,"我问你,大概什么时候能回梅都何？"身土说:"那要看我这边情况,明天到张厅长那儿开完会再说,估计不会太长时间吧。""那行。"柏艾说。身土就说:"柏领导你还有什么指示?"柏艾回说:"你这人报复心好强呵,前面说我臭你,接着就来臭我。你明知道我不是什么领导。""哎,你在我这块就是领导。"身土说。"领你个头啊,挂电话啦。"柏艾说着就挂了电话。何身土对着大哥大笑笑,自嘲地说:"嘿,领导就领导呗,还'领我个头啊',啧啧。"

"什么时候能回梅都何?"他想着这句问话,记忆的台历就翻回到了两年以前。他想起了那次与柏艾的长谈。那年传言说全国现有261.7万个自然村,在短短十年间,已有90万个村落消失。梅都何是喧嚣中的一片净土,是嘈杂中的一抹宁静,是物欲横流社会中的一片世外桃源。但有人在不断地祸害农村,之后全国不晓得有多少村落会消失,让人想到心里就阵阵灼痛。他回到家,看到的是淳朴的消失,原本期待的风景也逐渐消散在记忆中。村里不少住户举家去城里讨生活,田地抛荒了,杂草丛生;有的人家是大人去城里务工,留下老人和孩子。本来就不大的村落更显一片凄凉,偶尔遇见个把本村的熟人,也显得那么陌生,过去的热情、亲切已完全消失。

何身土就想啊:如何保得住这千年古村落?怎么才能使这美丽的故土兴盛起来?想想简单,真要做起来谈何容易啊!让这死一般的村庄复活,有什么办法?他想起了柏艾,这个农学院毕业的大学生,生长在农村又回到农村工作,她对农村的情况算是六月的瓜果——熟透了。正当他何身土想着梅都何村的事情,理不出头绪的时候,不承想她柏艾姑娘也把她一腔热血投向了梅都何这块热土。这下他俩算是想到一块了。柏艾笑吟吟地对身土说:"何身土啊,你不是说对梅都何村心存忧虑吗?它的自然禀赋、发展可能等你是清清楚楚的,如今上天给了振兴梅都何村一个极好机遇,要是错失良机,你我这一代年轻人,尤其你何总,会愧对这块神圣的土地。"何身土说:"柏艾,你讲的是官话,对我小老百姓不适合。我对土地确实有种朴素的情感,觉得土地才是我们赖以生存的根,人离开了它是活不成的。我娘在世时常说,在那年代,就是没有让农民种上一块自己的地,农民才会挨饿。想想呵,当人们还处在'人吃土'的时候,就应当用脸去贴着土,亲吻它、敬畏它,它也会给人们平静和安稳。把它撂了不管,甚至抛弃它,那将使灾难降临。我在这块土地上生活,我现在年轻,可以通过不同的劳动方式挣钱。如果我过上了富有的生活,而看到和我生活在同一块土地上的多数人衣衫褴褛,有的甚至因老、因病陷入特贫境地,过着无人帮衬的苦难日子,那时我是得意傲慢还是心里不安?所以,我就想,如果我有一点能力的话,何不从现在开始,做一些让我们小村的人可以摆脱这种困境的事情?我们形成一个生活共同体,抱团取暖,心灵上得到平静,情感上得到慰藉。这样幸福地活着,活出一种农民生活的宽度,该有多好啊!有人说:'幸福其实不是有万贯家财,也不是万丈光芒,而是心灵的平静和安稳。'这一点我是很有体会的啊。每当我回村里,看到村里当下的情景,我就想是不是应该'重新找回土地的故事,活出与大地连接的信仰'。我一个农村的年轻后生,当下的心愿不过如此吧。"

听了身土一席话后,柏艾就说:"你说的生活我们都向往。我吧,不是对生活没有要求,而是我上大学学的是农业,我只有在农村、农民中才能找到自己的人生价值。不管怎么说,身土,努力吧,我们至少努力三十年。到六十岁后,再回头想'善待自己'的问题总还是不迟的。为着你说的生活,我枵腹从公啦。"

"嘿嘿,这个柏艾。"身土想着,不禁笑起来。接着他又想到前年春节,放完假后的第二天,柏艾就来了梅都何。她先到了身土家。身土开玩笑说:"过了三天年,还是原还原;该喝稀饭喝稀饭,该种田时要种田。柏技术员这就上班来啦?"柏艾就说:"除了上班就不准来给何爷和鞠姆拜个晚年吗?"身土就说:"这要讲拜年就有点虚了,你两手空空,不像个拜年的样子嘛。"柏艾挖苦他说:"拜年的方式有多种,口头拜年也算是拜年,我要是真的向何爷和鞠姆扑通下跪,就得要二老掏红包啊。""这简直是倒打一耙。"身土说。

何满水和鞠银子,还有从上海读军医大回来过年的何宝钏姑娘就笑了。他们都晓得柏艾来是有事情找身土谈的。

身土和柏艾走出家门,朝后山走去。这回,柏艾姑娘对何身土有板有眼地说:"何总,你若有点空,我们先谈谈。按你说的,我对梅都何村下一步的发展思考出了一个轮廓。"身土说:"竖起耳朵听你的。""乱造词,'洗耳恭听'不会讲?"柏艾笑吟吟地又接着说,"你听过后若没大意见,能不能趁年还没过完,村里人都还闲着的时候,找找有关的人说说去?不过先表明,开弓没有回头箭。""你别搞得这么严肃嘛,你就说不准打退堂鼓呗。"

他们边走柏艾边说:"首先,成立一个组织,名字就叫'梅都何村民生活共同体协会',你上回说的村民生活共同体,我感觉不错,先这么叫着。这个协会就是进行全村大事小事的协调的组织,每家出一名主事的人组成理事会。其次,就是想法办好村里特色企业,增加村公共积累,用于办村里的公共事业。具体要办的事情,一是我们有八百亩板栗林,可办天然养鸡场,一次可养一万只鸡,雏鸡三个月可以长成,开始下蛋,六个月的鸡每天可下一只蛋,鸡一年就可出售。此一项年收入就不少。鸡就在板栗林放养,根据鸡的数量在周围搭若干竹架,上头用稻草盖起以作为棚顶,每天早晚喂一次食,鸡自然会回来养歇,剩下时间让它们四野打食。每个放养点养一只狗看护,再养几只老鹅驱赶黄鼠狼和老鹰。安排村里人看护,这样村里富余劳力就有事可做。关于鸡的防病治病知识我学过,完全可以承担起这项工作。二是开发后山千亩牡丹园。当然,你说可能没这么多的地,我看了,这里包括石罅里都可种。其实,石罅里的土特肥。我测了我们这块的土壤,很适合牡丹生长,这么些年我们轻视了,光小打小闹,没有形成规模。三是组建若干编织组。我们有丰富的毛竹、水竹资源,可以编成菜篮、挑筐、簸箕、筲箕、筅帚、竹凉席等,还可做竹制工艺品。此外,村里还可以建粉丝厂、酿酒坊、榨油厂等。四是成立梅都何旅游公司,接待来村旅游的游客并承担与村外景点接洽事宜。五是成立梅都何旅游餐饮公司,使梅都何生产的农副产品直接进入餐桌,由一产变为三产,形成一条产业链,解决农产品出售问题。村里的收入可以用来办村敬老院,为六十岁以上的老人提供集体食宿;聘请一名医生和一名护士成立村医疗室,为老人提供小病医治和日常保健;为老人购买医疗保险和社会养老保险。再就是购买小型收割机一台、小型插秧机一台、手扶拖拉机一台、手提式水泵两台,作为村公共资产,用于全村农田耕种,把村民从繁重的面朝黄土背朝天的劳作中解放出来。"

柏艾一气讲了这么多,身土一边听一边看着柏艾发愣。"你讲完啦?"身土问柏艾。柏艾就说:"大体架构是这样的,细节有点多,只能操作时一步步完善。"身土说:"我们这是不是有点太理想化啦?我能不能这样理解:这将是一次由松散到集体的重组?"柏艾说:"小小梅都何自然村,在国家这个庞大的架构里,就是个很小很小的单元、很小很小的细胞,它的生长和发育完全靠我们自己做好自己的事情,守好责,建好家;建成小事不出村,大事不发生,不给政府交矛盾的心灵平静、安逸的所在。这就不是简单意义上的重组,这是一种新型的乡村模式。我们不想引领一个县、一个市或一个省的所谓农村建设的风向,只是寻求梅都何村幸福的一条途径,挽救这个自然村落和乡亲们赖以生存的家园。我们的努力就是为了让他们过上脚下青山绿水、抬头白云蓝天的惬意的农民生活。"身土就说:"柏艾,你讲的这个我相信。我们到底是社会最底层的小人物,不能指望谁赐予自己幸福,只能靠自己在赖以生存的土地上活出自己的样子。再怎么变革,农民总还是存在的。全国自然村两百多万个,自然条件不一样,未来的前景自然也不会一样,不可能大家一排齐地发展,这就要靠散落在各块土地上的人啦。"柏艾说:"让居住在我们这块土地上的后来人,用智慧和汗水去追寻生活的梦想。我肯定,多数人最终还是关心稻田里的稻子、山地里的谷物,上山或外出是否平安,农闲时过得可清闲,年轻男人追女人能否找准火候,不至于终生光棍儿一条。而我们赖以生存的土地和家园,才是一代一代保护和继承的珍贵遗产。"

说到这,两人不禁会心地笑了。身土问:"你笑什么?"柏艾说:"我在笑,我怎么就遇到你这么个同学,傻到会把自己挣的辛苦钱往村里砸。你不想从中赚更多的钱,谁信?"身土愣了好一会儿,回过神来说:"柏艾,你说得对,在这家家户户奔发财、人人想当万元户的时代,却冒出个何身土这般做作。""是啊,我从农村好不容易考个大学,毕业了却跳不出农村和土地,也不被别人看好啊。"两人开始了长久的沉默。

柏艾打破了沉静,她说:"何身土,我们都别想得太多了,我们为生活努力一把吧,不然又怎么有资格享受蛋糕与美酒呢?嘻嘻……"

于是他们决定,把他们商量好的方案写成文稿,去找村里主事的人说。身土说:"柏技术员,我们不如先去找何良春,他是我们的校长和老师,又是村里的开明人,是有智慧且值得相信的人。"

何良春已经五十出头,看起来比实际年龄要老不少。也难怪,他高中毕业回乡在村小学做民办教师,干了几年,由于他爱学习、肯钻研,业务能力提升得很快,后来他就考上了公办教师。他在教育学院学习了三年,又通过函授教育取得了师大的文凭,也从教师到教导主任再到校长,一步步成长起来。鉴于他的能力,县里调他到县师范学校任职,他没有去,原因是他在乡里中学工作离家近,离村不离土,既可照顾老人和孩子,又可做好家里农活。他每天早上带点饭菜到学校,中午就凑合着吃,下晚放学,学校没有什么事情就骑个二三成新的自行车回家。他家有五亩多田,还有些山地,儿子初中读完打死不上学了,硬要跟着家门的叔叔去广东打工。儿子年头到年尾地在外打工,挣不到钱就算了,还要家里寄钱用作生活费,说是老板拖欠工钱不给,实际情况鬼晓得啦。何良春就比较辛苦了,做好学校工作的同时,他田里、山地、水里、泥里、粪坑里、猪圈里,担水、挑粪哪一样活都不少做,哪块都少不了他一双手、一双肩、两条腿。就这样,学校从教学到管理还样样都在同类学校的前头,他年年是先进。他平时生活得跟农民一样,不一样的是他要比农民多操许多心。本校老师和学生看他累得寒心,农忙时提出要组织学生来家帮忙,他总是淡淡一笑,拒绝说:"不合适,不合适。"这样,他在县里在学校里在村里口碑都不错,村里人也很相信他,所以他说话村里人多数还是给他些面子的。

何身土和柏艾同时出现在他家,这使何良春感觉有些意外,旋即又有点惊喜。他从堂屋的木板凳子上一弹而起,连连让座,嘴里说:"技术员、何总你们一块来我家,蓬荜生辉,蓬荜生辉啊。"说着对后面灶屋喊,"他妈,快些拿碗来倒水。"何嫂在里头答应了一声。柏艾就抢先说:"校长,您还和我们客气什么嘛!我们都是您的学生,是自家人。"这时,何嫂出来了,手里捧着三个很粗糙的大瓷碗,何校长伸手就拎起竹壳热水瓶倒水,可掀了个底朝天也没有倒出一滴水,不禁苦笑着,有点难为情地看着眼前的两位年轻人,眼角现出了深深的鱼尾纹,也倒出了他辛苦的人生。何嫂见状,赶忙提起水瓶去灶屋烧水。

这么忙了一小会儿,柏艾笑吟吟地对何良春说:"校长,我们今天来,是有事情向您汇报,还请您给把脉定夺,指指方向。"何良春说:"后生可畏,你们客气了,有什么事情一起商量商量也好。"柏艾就拿出那一沓打好了的稿子递给何良春看。何良春双手接过捧在手上,抬眼看看眼前的两位年轻人,再把目光落在稿纸上。刚扫一眼题目,嘴里咕噜着:"梅都何村振兴规划。"又抬起眼来有些惊讶地看看二位,然后,把手指头在嘴唇上蘸点口水一张一张翻着看。何校长抓着稿子一字一句地看,还用手指抵着一行一行地念,搞得柏艾和身土在那块站着坐着都不安心。何嫂捣鼓了半天,捧着个竹壳热水瓶来给大家倒水,正好解了柏艾的围。她迅即接过水瓶,说:"师母,我来。"何嫂嘴一龇露出一嘴黄牙,笑不像笑哭不像哭的样子,赶忙走回灶屋里,好像那块有她做不完的事情。不知过了多久,何良春终于从纸上把他那黄巴巴的脸抬起来看着二位,说:"我们千年梅都何村,自古兴旺,不承想这些个年头,不知不觉就虎落平阳了。我看,这事得把登峰前辈请来好生地商议一下。"说着就喊,"他妈,你去东屋里头把登峰老爷(叔)请来,我们有事找他。"

趁这空当儿,何身土就说了:"校长,我们也是出于好心,想着把村子给规划规划、建设建设,只怕有这个心没这个胆、有愿望没力量、有激情没远见,要是弄个鸡飞蛋打,竹篮打水一场空,那就丢了您的脸面,还要挨骂啊。所以,就指望您把把关,您说能干就能干,您说不能干指定不能干,您对村子知根知鋈知大局。"何良春说:"你何总讲到哪块去了?你俩曾是我学生不假,但你我现在不可相提并论了。论年纪,我力不从心了;论视野,我没你们见多识广;论经济,我捉襟见肘,你们说要我帮个架势帮个人场还要看村里人给不给我一点薄面子了。"柏艾就说:"校长,您自谦了,方圆十里八乡哪块不晓得您何校长？您到哪块说话都是响当当的,哪个不听您的？"何良春就哈哈笑了。人说不恭维人,但真的被恭维了也是受用的,况且,柏艾说得也没太夸张,这何良春心里有杆秤。

很快,何登峰来了。何登峰是何登云的弟弟,是村里大多数人家的长辈。他七十多岁的年纪,个头不高,精瘦干练,精神矍铄,自登云老哥一走,他就是村里何姓的第一把交椅了。他进门就喊:"良春有什么大不了的事情啦,喊我来帮衬？"进门瞧见柏艾和身土,他先是愣了一下,接下来就说,"这两个年轻人干什么东西来了？我不误你们的事吧？"

柏艾赶忙上前捞着何登峰的一只胳膊,亲亲热热地把老人搀扶到凳子上坐下了。何良春说:"老爷,把您请来,就是这两年轻人的意思,有事情望您给定夺定夺。"何登峰来了精神,说:"要我定夺？我扁担'一'字都认不得,晓得什么家伙嘛,抬举我不是？"话是这么说,看得出何登峰心里还是很受用的。然后,柏艾就对着稿子讲给老人听,何良春在一旁不时帮帮腔。老人很认真地听着,看得出他对此事很感稀奇,听得有滋有味。听完后,何登峰眨巴着眼睛看看柏艾又看看身土,末了说:"这个事新鲜。我在村里活了七十多年,没有哪个讲把村子这么搞,这要是真的办成了,那村里人真的是享福咧。我想问问,你那叫什么协会？能比政府过劲？"柏艾回答:"'梅都何村民生活共同体协会是个群众组织,只是协调村里大小事情,比如,村里收支明细、村民的利益分配、婚丧嫁娶、老人供养、小孩入学等,再到农田耕种、犁田打耙、收割插秧、稻田灌溉、家家户户日常生活起居,有困难的都得管。"何登峰说:"照你这么说,那协会里头的人还不累死？每月能挣多少钱？"柏艾说:"分文没有,义务为大伙服务。""那谁干？"何登峰把手一甩。

这时何良春就说:"我说,老爷啊,这事只有您能干。""我？"何登峰眼睛瞪得好大,说:"你说我？你们是把高帽子给我戴吧？这种吃苦受累得罪人还没好处的事让我干,我多大啦？我那会儿当了几十年生产队队长,气还没受够？嚇。"何良春说："老爷，我说这事只有您能挑得起,道理明白得很：一是您是村里长辈,您说话,辈晚的人不好跟您顶嘴咬舌头；二是只是用您的名望,您坐坐镇,凡事就好说,具体跑腿的事您动动嘴吱个声,哪块还能要您东家跑西家颠的嘛。再说,您老早在生产队里当了那么多年的队长,什么时候有过报酬？您不是干得好得很嘛！现在您就把当年当生产队队长的那股子劲头使出来,把您那老虎威风再抖抖就照啦,这要的就是您的名望。您想啊,为村里办些事情,都是近邻远亲的,您可能为大家操点心就要拿工资啊？尤其是当下,您义务办事人家服您,有个高低不平的人家原谅您；您要是从中得好处,那就没有那么简单啦,办好办差都会挑您的二十四个不是啦。老爷您不是一直望着村里好吗？您说可是这个理嘛。"何登峰脖子一扭,眼睛一翻,说："你的意思是说,这个什么会长让我来当,能照？"何良春说："您说当下除了您还能有谁担得起？"

何登峰手一甩,说："先不说这了,我问问,这要建敬老院,村里穷得一丝不挂的,哪块弄钱办这事？空嘴讲白话嘛。"柏艾就说："所以,我们要办公共事业,如养鸡场、编织组、千亩牡丹园,把我们的资源都给盘活了,增加公共积累,钱不就来啦？关键是,要把大伙组织起来,心都往一处去想才行。""那一时也办不起来,你给大伙画饼吃？"何登峰。柏艾说："这个不用您操心。这些初建项目有何总,就是这个何身土出资兴建。""当真？你大爷满水他愿意这么干？"何登峰有些意外了。这下把何身土给逼到墙角里了,他只能立马表态说："何爹爹放心,我们说到就得做到。""那我再问你,"何登峰说,"你哪块拿得出这些钱？这可不老少啊！你能收回本钱？你想过吗？你年轻人,不要脑门一热就不晓得天高地厚咧,这出手可不是个小数啊。"

柏艾笑吟吟地说："您老这是老观念了,这钱啦,叫资本运作,这些项目看起来不得了,其实不那么吓人,有的项目是可以边建边收益的。像养鸡场、餐饮、旅游公司、酒坊、编织,都是当年投资当年收益的。要说收益慢一点的就是牡丹园,丹皮要三年以上生长期,这也没关系,一旦收益,那收入很可观的。只要组织好管理好,我们这处处是宝啊。先期的投资是要不少钱,但我们可以一项一项地筹建,这不是有何总先期在做我们的后盾嘛。还可以告诉乡亲们,我们自己要办好村里的事情,争取多的收益,用于服务村民。不够了,有何总用自己赚的钱补贴村里,不图分文的回报,更不是投资赚钱,就是为我们村里人创造富有、安逸的生活。这也叫'先富带动后富'嘛。我们现在需要把村里建设的架构搭起来,再逐项地往前推进。"

何登峰老人听了发了会儿呆。他似乎没有完全听懂柏艾的话,只觉得这姑娘说话口气有点大,像是在说书上的事。他默不作声地看着何良春。平心而论,这事毕竟来得突然,来得让人有点不可思议,来得让人感觉不太真实。过了好一阵子,何良春说:"我一开始,觉得这事听起来新鲜得很,新鲜得让人不敢相信,也不可能办得到。仔细想想啊,这是新生事物,可真要是给办好了,那就真的不得了。这个老爷您是晓得的。您那时候当生产队队长,吃的苦还少吗?净为大家着想,可也挨了不少的骂嘛。今天要真的办这么多事,要一件一件地办,怎么个办法?还有啊,就说这身土吧,不错,'先富带动后富',你可晓得这到底要有多少钱往里头填?这可是个无底洞啊!"何登峰咂咂嘴,想了会儿,说:"我也在想啊,按说大伙的事大伙办,让人家身土往里头贴钱,说是说'先富带动后富',你们看看这方圆百里,有几个先富的人真能做得到啊?按我的老观念看,也不合情理嘛。"

这时身土说话了:"爹爹,您的顾虑是常情,我也没想别的,就是看村里一下要办这么多的事情,要是让大家凑钱来办,大家的顾虑肯定会很多,意见难统一,事也很难办成。我来承担一些资金,不让大家出一分钱,先把事情给做起来,让大家净得利益,大家就好团结起来,就好继续一步一步往前走。往后村里事业要是做得大做得好,资金厚实,我也就少出钱或不出钱了。退后一步讲,如果一时效益跟不上,村里资金出现了断档,为了办好大伙的事,我有能力出钱出力那也是我的福分不是?值得嘛。现在,这事能不能做得起来,就看爹爹您了。"

何登峰老人就说:"乖乖哟,要这么说,我干也得干,不干也得干,否则,对不住大伙,更对不住我身土孙子啦。"何良春说:"对嘛,我说请您出来领个头,就是这么想的。"何登峰老人想了想说:"这是大伙的事,要办还得大伙一块商议着来。这年头啊,即使是办好事也哪个做不了哪个的主,还得人家愿意。"何良春说:"那老爷您看,要不要把每家主事的叫到一堆,您跟大伙说?您就再摆摆当年生产队队长那威风。""哈哈……"何登峰大笑起来,说,"校长大侄子啊,你这是在一步一步地按着牛头喝水啊。""哈哈哈……"大家就都笑了。

这么着,何良春就说:"那老爷,就这么说定了,看哪块时间合适我们就召集大伙讲讲?"何登峰这下真成了被按下头的老牛,不低头喝水也得低头喝水啦。事情到了这个份上,他老人家只是笑笑,没再吱声。这事到此就算有了结果。在回去的路上,柏艾说:"没想到今天这么顺利,更没想到校长把何老爹给拖来,让他出面,这应该有利于事情的推进吧?关于这启动资金的事我帮你说了,对不住啊。我算了算,这几个项目一块启动要不少钱啦,你何总真的要枵腹从公啦。"何身土说:"公司也还在初创时期,钱我来运作吧,困难肯定有,但办法总会更多呀。相信我就是。"柏艾被感动了,就主动上前用右胳膊套着身土的左胳膊。

何身土一脚踏进家门,鞠银子就像鸭子扑食一样扑过来说:"哎呀,这一下午的都去哪儿了,到这晌子才回来,人家牛婶早就来我们这块等你啦。"这时牛望山的老婆从堂屋长凳上站起来,带着哭腔走到何身土跟前说:"大侄子你可回来啦,我、我有急事,不得不来找你给想想办法呢。这么多时候我不好意思开口啊,没办法。"身土说:"婶,你有什么难事你就说,看我可有什么办法嘛。""哎,好咧好咧。我家那丫头翠兰,她、她快不行了。"说着牛婶哭得稀溜溜的。"她怎么啦?"何身土急切地问。牛婶用衣袖揩着眼睛水说:"她不晓得得了什么怪病嘛,看了好些地方,都不中,就是阴不阴阳不阳的,快死的样子,我和你爷也没的点子。"何身土急切地说:"那她现在在哪块呀?""在家呢。"牛婶回答说。身土此刻没顾得吃饭就说:"走,去你家看看。"他一边迈步出门,一边对柏艾说:"你就在我家将就吃点,让我爷送你先回吧。"柏艾说:"那我也跟你们一块去看看吧。"

第十五章 | 235

"你就别去啦,我去看一眼,说不定一会儿就回来帮她找医生呢。"柏艾想想也是,于是,身土前脚走她后脚就出了何家的门,没有在何满水家吃饭,就一个人朝后山走去。鞠银子盛好饭出来,见他们早走得没人影了,就站在门口喊:"哎,饭,饭。"

身土和牛婶到了牛望山家,天早已经擦黑了。他们进了家门就到里屋去看牛翠兰姑娘。身土这回见到的翠兰和前年在西汜见到的已经形同两人,当时她离家在西汜打工,身土偶遇她,见她是个水灵灵的大姑娘,可眼前的翠兰瘦得脱了人形。就像骨架上套一层肠衣,皮贴在骨头上用手捏都捏不起来。牛婶试图把她扶起,她已完全无力支撑,活像软面擀成的面条提不上手。她的一双眼睛就像死了的鱼眼翻白,没有一滴滴的光,整个人就是个软面坨瘫在牛婶怀里,看她从那鼻孔呼出来的游丝一样的气,似有要断了气的危险。

身土问:"婶,这是什么时候的事?病成这个样子就没有去哪块看看?"牛婶说:"好久好久喽,她带信回来说在西汜病了,你爷就去把她接回来,她却越来越不行了。也看了许多郎中,吃了好多药,不顶用,天天就靠喝几口米汤保着没有断气。"牛婶说着放下女儿就往墙拐一瘫抽泣起来。身土忙扶起牛婶,问:"婶,你哭管什么经,都去哪块医院看过?"这时候牛望山接着就说:"去哪块呀?先是去的乡卫生院,毛经不管。到县医院,那块开始搞得跟真的一样,做了好多的这检查那检查,又推着轱辘车子到这块照镜子到那块照镜子,末了医生说:'家去吧,别给医院扔钱啦。'我们就问医生,她可是得了绝症。医生说:'从查的情况看,她哪块都是好的,没病。'我们又问:'你说她哪块都是好的,那她怎么就成了这个样子?怕是你们没有本事瞧吧。'哦嗬,我一句话把医生给得罪了,他们说:'我们是没本事看你家的女儿,那你去北京、上海看嘛,那块兴许能看好你家女儿的病。别在这磨牙啦,回去好好调养,搞不好有救。'我们就拖回来了嘛。"牛婶又接上说:"我们也找了好些乡间郎中,买了不少草药,吃了一毫经不管。不瞒你大侄子说啊,我心都死啦。这阎王要叫小鬼死,扯是扯不回来了。"

身土说:"爷、婶,依我讲,还得看啦。"牛望山和牛婶就说:"我们也这么想啊,就是不晓得往哪块跑嘛,真到大城市我们两眼一抹黑,医院的门朝哪块开都怕摸不到啊。我们就心想,你在外头蹲了这么多年,见得多识得广,想请你给想个办法呢。"身土说:"我也拿不准,依我看,你们不如去趟西沮,到那块部队医院瞧瞧,那块我认得人,我陪你们一块去。"牛婶急切地说:"当真?"牛望山急了,说:"你说的哪块的屁话?身土大侄子还会逗你?真是不会讲话。"身土笑了笑,说:"我们明天就去西沮吧。我看不如租辆小车,跑得快。如果坐车要跑好多路,怕翠兰妹吃不消啊。"牛望山说:"身土啊,就依你说的。"身土说:"这样的话,你们做好去西沮的准备,明天一早就在家等我,我来接你们就是,其他的你们就不用操心了。""啊哟,那真是太好喽,我们怎么感谢得了你哟。"牛婶夸张地喊起来。身土说:"爷、婶,没事我先回了,明早在家等我啊。"

身土匆匆赶回家,草草扒了几口饭,就急吼吼去乡里,看可有车出租。身土在后山路上走了不多远,看到前面有个人影在晃动,待一路小跑着靠近那人影时,身土几乎喊出来了:"啊,怎么是你,柏艾?你怎么到现在还在这晃荡?一个人,胆子真大。"柏艾就说:"我啊,在这等个人嘛。"身土急了,说:"你等人?你说你这么晚是在等人?你等哪个啊?""等哪个要对你说?我要不说呢?"柏艾不紧不慢地说。身土就说:"哎呀,你这么晚等什么人?你不如跟我一块回吧,叫他去乡里找你嘛。"说着捞起柏艾的一只手腕就要往前跑。柏艾往下一蹲:"哎哟,我说等人,不走嘛。"身土急眼了,说:"你怎么这么死心眼嘛,这大晚的你一个女孩在这块等个什么人嘛,走。"说着又拉她。柏艾说:"你就不问问我,我到底在等哪个吗?"身土说:"女孩子不想说的,男人哪个敢查问到底?不礼貌。"柏艾跳起来,一把抓住身土的一只胳膊说:"我看你就是个三七二十八的主儿,走吧你。"身土说:"三七二十八?哦我晓得了,你是在骂我是个孬子吧?"身土又接着说,"你怎晓得我这么晚还要到乡里去?"柏艾说:"凭我对你的了解呗。""这又是怎么个讲法?"身土说。柏艾就说:"你看啦,你去牛婶家看病人,这人肯定病得不轻,你会帮他们去乡里找人来看,你出门时对我

第十五章 | 237

说的,忘啦?这是其一。就算你不去喊医生,你回来看我不在你家,何爷没有送我,你哪,也会赶来送我的。这就是其二。""哦,我都被你看透喽。"身土说。"哈哈哈……""嘻嘻嘻……"一路上笑声传得好远好远。

从梅都何村到乡里小镇,有好几里的山路,这晚黑天的真要是让柏艾姑娘一个人走,就是没有什么危险也会让她吓得心怦怦乱蹦。这回身土心里有事,想早些找到出租车,走得飞快,柏艾哪块能跟得上趟,就喊:"何身土,你是属地龙的吗?走起路来跟飞一样,也不顾人。"身土说:"对不住你柏技术员,我心里有些急,怕去晚了就找不到出租车了,我和牛爷牛婶说好的,叫他们明天一早在家等我。我怕误事嘛。"柏艾说:"哪个不晓得嘛,你拽着我的手拖着我跑。"他们一路小跑,柏艾一边跑一边上气不接下气地说:"何身土哎,我再跑怕我的肠子要断啦。"身土就放慢脚步说:"好,不要一个没救又来一个,拖累。""你说哪个是拖累呀?你不得了了,哼。"柏艾气呼呼地说。身土拽着她的胳膊边往前走边说:"叫你说我是'三七二十八'呀!"两人又哈哈笑了,不觉就到了小镇。

小镇狭窄的街道两旁的路灯发出昏黄的亮光,显得没什么生气,有的小店铺已经关门了。柏艾问:"何总可去我宿舍歇会儿,喝口水呀?"身土说:"不了,我去那块看看有没有出租车。你赶快回屋,搞点吃的,你肯定没在我家吃就走了。快回吧,我一会儿办成办不成都不来你这了。"说着就匆匆去街的另一头。柏艾看着那背影,好久也没有回屋去。

算他何身土运气不错,在小街的一隅找到了出租车集结点,还有车在等着租客。身土走到那些车旁说:"租明天一早去西泗的车,可有愿意去的?"有个人问:"具体从哪块去哪块?"身土说:"明天一早,从梅都何村出发去西泗市。"那人说:"那要不少钱啦。""你说多少?"身土问。那人手一伸:"两百。"身土舌头往外一拖,说:"乖乖隆地咚,要得有点太高了。"那人说:"那你能出多少?"身土说:"八十块。"那人说:"一百吧,整数。"身土说:"我们俩折中一下吧,九十。"那人说:"九十就九十。你是梅都何村的,我是下屋村的,村挨村,邻居。我们校长就是你那村的。"身土找他要了笔和纸,写下了目的地的详细地址和明早出发的时间地点。这么说定,身土再三叮嘱了一番也就匆忙往回赶了。

尽管回到村里时已经不早了,身土还是先一头扎到牛望山家,再三叮嘱他们做好准备,说:"明天一早我就过来陪你们一块去,我特意来跟你们说一下,明早人家车到了,你们别有什么变化。"牛望山两口子就说:"不得的不得的,要是那样,我们就真不识好歹喽。"身土说:"那你们早睡,我明天一早就过来。"说完就消失在夜色里。

第二天早上天才麻麻亮,身土就早早洗漱完。鞠银子婶给他下了碗面条,打了三个秤砣蛋,身土几下就把一大碗面条和鸡蛋呼啦倒进肚子里,手往嘴上一抹,背上那个旧黄帆布包出了门。

司机准点到了牛望山家门口。牛望山两口子把该带的用品鼓鼓囊囊塞了两大包,把瘦得像竹竿软得像面条一样的翠兰抱上了车。翠兰好像没有知觉地任他们摆布,上了车就趴在牛婶肩膀上。身土坐在副驾驶位上,系上安全带,司机扑哧打着发动机,挂上前进挡,一松手刹,一踩油门,车子一飙就出了村口。车在去西汜的路上开得飞快,一路几经险情,几番堵车,几次弯道超越,真是险象环生。身土一再叮嘱司机开稳点慢点,那司机嘴上说好,手脚一点也不见放慢,身土索性不说了,由他去。

进入西汜城已十点多,开到部队医院门诊大楼门口,已经快十一点钟了。身土从腰里掏出钱给司机,说:"你放下他们就可以走了。"说完对牛望山两口子说,"你们进里头厅里等我,我去去,马上回来。"

何身土急匆匆来到杨副院长办公室,正好杨副院长在,身土也顾不上说客气话就直接说明来意。杨副院长也是热心热肚的人,二话没说就随身土下楼,直奔大厅找到牛望山一家。牛翠兰被拖到急诊室,急诊室人一看那病人气如游丝,顾不得许多都忙前跑后的,照杨副院长的吩咐分头做事,有准备扎针管的,有开条子的,有测血压的,有听胸口的。按照医院的惯例,先要通身做个检查,一个护士拿着医生开的条子,用轱辘车推着死一般躺着的翠兰到各个室去"照镜子"。身土则打电话给李丝草姑娘,叫她赶紧带钱到军医院门诊大厅找他。牛望山马上跟在身土后面,从身上的一个小布卷里掏钱。身土说:"你别慌嘛,钱的事我先想办法,你现在也

第十五章 | 239

不晓得要好多钱,你怎付?你可够?你就别管了,一会儿就有人送钱来。"说着又跟在医生后头跑。

　　牛望山两口子成了多余的摆设。他们想出力也有劲没地方使,压根就不知道自己现在要做什么,能做什么,只有拖着各自的两个胳膊赶鸭子似的跟在医生后面晃荡,医生把他们撵回来,他们这才晓得自己碍事。他们趁着这会儿没事可做,就蹲到大厅一隅悄悄商量开了:"这看病的钱是一定要还给人家身土的。""对,哪有自家人看病让人家出钱的事?""那是,他先帮我们垫上,回去立马就还他。""嗯,就是不晓得要好多啊。""砸锅卖铁剐肉放血也要把钱给人家还齐了。"

　　过了不多会儿,一辆桑塔纳小轿车嘎吱一声停在了门诊部大楼门口,车上下来的正是丝草姑娘。她带着一股栀子花香味旋风般扑进大厅找何身土。这时候身土正从二楼下来,对丝草说:"把钱交给那个人。"说完就喊牛望山,"爷,过来一下。"牛望山两口子走过来。丝草姑娘把纸包着的用橡皮筋扎好的一小捆钱递到牛望山手中,说:"大爷,你找个地方把钱数数,再给我写个条子。"说着就和牛望山走到一隅。过了会儿,丝草踮着脚尖风一样飘过来说:"何总,钱数点好啦。"身土就对牛望山和牛婶说:"现在住院的手续都办齐了,爷你去那块把钱交了,一会儿有人来带你们到住院部那块去;婶你就在这等,别乱跑,到时候找不到你人就麻烦了。我要回公司一下,过过我就来看你们。"说着就和丝草一起走了。身土到了办公室,把财务室人叫了来,告诉他们丝草拿出来的钱算到他个人头上,先记好账,再打个条子,让他批个字,履行一下手续。财务室的人一一照办,身土就忙其他事去了。

　　何身土离开了医院,牛望山就去排队交费。过了一会儿,过来一位护士小姐问谁是牛翠兰家属。牛望山两口子拖着破包,跟护士小姐身后一颠一颠地到了一个病房,翠兰就躺在那儿。一穿雪白大褂的护士捂着大口罩,只剩下两只骨碌碌大眼在眨巴,她端着一个方方的白瓷盘,上头放着针、玻璃管、橡皮条。护士放下瓷盘,取个棉签在翠兰那竹竿一样的细胳膊上揩呀揩,又用红红的药水揩揩,把手腕用橡皮管给扎紧了,就拿针对着那鼓起来的青筋往里头戳。可怜的翠兰多月来只靠喝米汤度命,血管像那缝衣服的蓝线,只看到点隐隐的线条,那里头怕早就像六月的水沟干涸得快开裂了,哪块能抽出血哟。那护士小姐搞得满额头的汗珠也没把针戳进去。那护士不死心,又在胳膊处使劲地拍打,还真戳进去了,流出殷红殷红的血。可到底没有抽出多少,护士于是在那儿又是拍打又是捏,牛望山两口子眼巴巴看着女儿受折腾也不敢多说一句话。不知过了多久,辘轳车又把翠兰送出来。牛望山两口子赶快扑上去,这时杨副院长也来了,吩咐医生说:"先挂些葡萄糖吧。她不能吃东西,先补充些能量吧。"医生照办。很快葡萄糖就给挂上了。牛望山两口子木棍棍一样拖拽着胳膊,望着杨副院长他们出入病房。

由于身土找杨副院长求的情,杨副院长特意安排一个杂物间给牛望山两口子歇脚,将就着可以睡觉,这要比挤在病房好。这样他们可以轮换着照看翠兰。身土又给他们买来了电饭煲、烧水壶、碗筷、米面、榨菜、调料,就当日子过啦。人嘛不管在哪里,一天三顿饭是要有保障的。牛望山到了这也没有什么主张了,就听身土摆布,身土怎么着他们就怎么依,感谢的话讲了千遍,再讲也就像平时见面打个招呼,淡了。

翠兰在部队医院通身检查一遍。除了抽血化验,又用管子从嘴巴插入肚子里查胃,从屁眼插入查肠道,心肝脾肺肾,耳鼻眼嘴喉,包括头发都拿去化验。这么一轮查过后,医生们也竭尽全力,几次坐到一堆分析讨论,最后叹了一口气:查不出什么嘛。西医是看到什么去治什么,这看不到什么就不晓得治什么啦。她杨副院长也没的招数。虽然天天给翠兰吊些葡萄糖,喂米汤少了,人的脸色好看点,但还是来时的样子,死不死活不活的。

牛望山两口子刚来时满心希望、热切盼望、祈祷观望、两眼巴望,一晃十多天了,翠兰还是原来的样。他们两口子慢慢地硬起心肠:"这个讨债鬼,连身土都没的办法了,怕是真的没有救了。"

杨副院长叫来了身土,说话很直接:"我说身土啊,这么老住着也不是个事,是吧?花钱不讲,看不出问题,也不知道如何治法。别在这耽误了,要不先回吧。"何身土更是一筹莫展,就说:"院长,要不我把我牛爷喊来,您跟他说一声,出院?"杨副院长说:"也只能这样了,你去叫吧。"身土就去叫牛望山:"爷,院长叫你去她那块一下,有事对你讲呢。"牛望山跟着身土来到副院长办公室。杨副院长笑吟吟地说:"老牛啊,住这还好吧?条件就这样,身土是晓得的,没办法啊。"牛望山的两只手在胸前来回搓,嘴里不知道说什么,大概是好啊、谢谢啦的意思。杨副院长看了看身土,又笑吟吟地说:"老牛啊,这个,我和身土一块商量了一下,你女儿来住院也有不短的时间了,我们院也想了好多办法,该检查的都检查了个遍,这你也看到了是不?(牛望山连连点头)可是就怪呀,我们查得很认真很仔细,就是看不出毛病。怕就怕看不出毛病,看不出来就无法对症下药,这个难死人了。要不你先带回去,调养一段时间,有可能会慢慢好转,不行啦还得抓紧地去上海看看,那块设备先进。"牛望山也正想着回家去,这回副院长一说,牛望山就连连点头说:"听院长的,听院长的,麻烦死了,对不住你们了。"杨副院长又笑吟吟地说:"那你们就准备准备,看什么时候方便就办办出院手续。关于收费嘛,你放心,能免的我做个主,以军民共建的名义就全免了,该交的部分还是要交,要是一点费不收,我对院里也说不过去,这个身土是晓得的。"牛望山点着头哈着腰,说:"我也不会讲话,我们全家感激不尽,感激不尽。我这就去跟我家里的讲,我们出院。"杨副院长看看身土说:"那就这样,过会儿你去窗口结账,我对他们说过了。"说着又对牛望山客气地点点头说,"那就这样。"算是送客。

　　身土和牛望山一块告别了杨副院长,来到了翠兰住的病房。身土对他们说:"爷、婶,我看院长他们也尽力了,我这就去帮你们办出院。明天我和你们一块回,上午你们在这块等我。"说着就去办出院。牛望山两口子只有点头说好。身土走后,牛婶泪如泉涌,往地上一瘫,双手捂着脸抽泣:"真的没法治啦。"牛望山嘴里念叨:"哭哭哭,有什么用?这么大的医院都看了,不好,我们还能怎么样嘛!回!"

　　第二天早上约莫九点钟,李丝草开着桑塔纳轿车和身土一道来到了医院。他们一块走进翠兰病房,帮着收拾杂七杂八的东西,能带的带上,不能带的甩垃圾桶里。这样,翠兰又被拉回梅都何村。

身土回梅都何是有事要办的。丝草姑娘开车回了西溷,身土拿出大哥大给柏艾打电话:"喂,是我,对,回来了,是送翠兰回来的。你有空能不能来村里一下?对,我们去找下何校长和何登峰老爷子。好,我在家等你。"身土挂了大哥大就回家去。

这回是何良春和何登峰老人牵头开会的。总共十三个人,都是每家主事,有几家主事的走亲戚了,何登峰说,不等,等齐这个又等不齐那个,会照开不误。身土和柏艾作为成员参会。这次来的,有何登峰、何良春、何满水、何之洞、牛望山、何正有、马驹子,何边牛死了,他老婆朱来香在家主事,也来了,何碧叶丈夫在坐班房,由她出面。会议由何良春主持,他说:"按说现在请大家来商议事情确实有点不妥,耽误大家时间不说,现在干个体,谁也挨不着谁,我这叫你们开会有点逞能了。都是近邻远亲的,其他话我就不多客气了,下头请我们的长辈、干了几十年我们梅都何生产队队长的何老先讲讲吧。"何登峰就开口了:"我和良春还有柏技术员、何身土何总商议了后,想着把大伙请来,有个事情关乎大伙往后的生产生活,要大伙一起议一下,干是不干,大伙给个话。下头就请柏技术员把他们想好的方案给大伙先念念,大伙先听,然后再议。那我们就鼓下掌吧,技术员你请。"

柏艾清了清嗓门,说:"各位长辈、乡亲,我嘛大家是认得的,是乡里的农业技术员,家也就是大公村的,本乡本土人。看着当前农村发展的大好时机,想到我们梅都何村方方面面的情况,我们应该充分利用好本村的自然资源和人力资源优势,好好规划一下我们村今后发展的出路。我们的打算早已向何登峰老人家、何校长报告过,特别是何老爷子非常高兴,非常支持,非常认可。我呢,今天是受何老爷子和老校长的委托,把这个打算拣主要的给大伙先念念。"

姑娘一番开场白,先把主要责权归结到何登峰老人和何良春校长的身上,下面的话就好说了:"我们要成立一个'梅都何村民生活共同体协会'。"

大家就叽叽喳喳议论开了:"新鲜新鲜,可管什么经?""别讲话,往下听呗。"何登峰老人压下议论声,说:"大伙别忙议论,先听。"

重新安静下来后,柏艾接着说:"协会由各家户主组成理事会,选出一名会长,三名副会长、其中有一名副会长兼任秘书长。协会的职责是负责村民所有大事小事的协调和处理。协会成员没有报酬,没有特权,不是领导,会长、副会长都不是领导,是义务为大伙牵头服务的人。这个协会还要报县有关部门审核批准,获得合法性方可履行职责。"这事在座的头回听,真的新鲜。大家并没有多少说的,接着往下听。

柏艾又说:"我们当前至少要做九个方面的事情。这第一件成立协会的事刚讲过,第二件事是办好村敬老院……"随着柏艾往下说,会场内由开始的窃窃私语到哄哄嚷嚷。何登峰老人几次干预,干预一下好一点,过会儿又嚷嚷,像大澡堂里一样乱哄哄。柏艾几回提高嗓门,还是费劲得很。何良春这时站起来说:"大伙让我来说几句。各位远亲近邻,今天这个事,算是个通气会,不是什么决定,就是跟大伙说说,让大伙好好想想这事能不能成。大伙先别急着表态度,听柏技术员把话说完了,我们一项项地过。"

这时何碧叶跳起来说:"这明摆着,有人在外头赚足了钱还嫌不够,这回跑回村里来办这办那的,说得好听,那八百亩板栗林,那后山山地,你去办鸡场、养花草,不为赚钱鬼才信喽,我看那八成到后头就成了人家私人家业,想当新社会的大地主!如今人就是眼皮浅嘛,见不得人家好,那会子我们家开石头塘子,有人就去县里头市里头告我们黑状,说什么环保。鬼哟,恨人不穷!现在可好,自己来赚钱就样样在理。喊,告诉你们,老娘我身上是没有油可让你们剐的哟!"何登峰老人说:"哎,我说徐浪家的,你有话好生讲,没人敕你嘴,你在这称什么老娘老娘的啊?""我、我又没有称你的老娘。"何碧叶有点怯生生地说。何登峰老人一拍桌子,吼道:"你个混账东西,叫你娘来跟我说话都不够格。你再敢乱说我掌烂你的一张臭嘴。"这个何碧叶也不是省油的灯,顺势就往地上一瘫,号叫了起来:"哇哈哈,都欺负我这可怜的孤女人嘛。看我老板坐班房,都拿我当软柿子捏嘛,我好欺负是不是？我就要讲,我非要讲,那个东西就不是好东西,说回来办这办那,糊鬼呢!"

何满水一看这场面,低头一声不吭溜出会场回去了。经何碧叶这么一搅和,会就不好再进行下去。何登峰说:"找人把她给拖回去,伤气。"他是这么说,可谁敢碰这种人？会没有开完,只好半途而废。

大家一散场,那何碧叶哭的声音就小了。会是在何良春家开的,这时何良春老婆就对何碧叶说:"他徐婶呵,人都走了,不好在我们家门口再哭了,人家要图个吉利对不？"何师母会讲话,又是扶又是帮她拍灰。何碧叶再怎么也不想把巴掌大的脸给丢尽了,人家出面相劝她也就顺势爬起来,灰都不拍,小跑步地离开了何家。剩下的只有何登峰、何良春、身土和柏艾。

何登峰说:"我说身土和柏技术员,我看这事情是好事情,大多数人是拥护的,有人搅和也难免。这俗话说,'人类虽同,贤愚不等'。你身土回去对你满水爷和你婶说说,叫他们千万千万别跟那心地不善、嘴怪心坏的女人生气,对你也不要责怪;我和良春两个有空也去跟满水呱呱。我看你是做大事业的人,这点气能受得了的。要我讲你先回西汜去,忙那块的大事,这块的事交给我和校长还有柏技术员。我也是难得让你们看得起。我心里有愧啊,我干了几十年的生产队队长,除了跑跑颠颠,挨了不少的骂,还不是几十年地沿袭老一套办事,什么事情也没为村里做嘛。那时小队长只能听上头的,屁主都做不了;再说那时哪块有像柏技术员和身土这样有本事、心肠好、敢于想的人？这事情今天暂且到这块,过过我和良春、柏技术员再来挨家挨户问,有多少人家情愿我们就和多少人合着来干。这有什么大不了呢？为他们做好事他们都不晓得领情,后头他们要参加我们还要拿个架子不睬他们呢。我有个不成熟的想法,要让大伙看到我们是真的为大伙着想,不是碧叶那鬼东西讲的那样。不如管他三七二十一,先把敬老院给搞起来,让老年人住进来,这现贯现的好事让村里人都瞧瞧,我们可是在搞假,自然就把那些人的破嘴给敷起来啦。后头的事也不着急,一项一项、一件一件来办,我讲得对不？"

几人听了觉得有道理,都说老队长有思路,老爷子敢担当。何登峰就笑了,说:"别把高帽子给我戴啦,我还不是被你们几个人用绳索给套上的?"

这之后关于何满水家过继的儿子何身土要回村来搞开发,把梅都何村八百亩板栗林和后山千亩山地买下变成他何满水家的私有财产,想当"大地主"云云的话,像鬼风满世界地飘。不知道真相的人都背地里感叹何满水一家"心太大太贪"。何满水两口子也耳风招招地听到些,心里很不快活,气得直埋怨身土:"何必多事啊何必多事。"宝钏姑娘听说了更是顿足甩手,打电话找身土对质。这都是后话啦。

在回去的路上,身土一声不吭。柏艾心里明白他为什么。是啊,让人当场那么误解加污蔑,哪个心里能好过嘛。还有那何满水,听了这话、看了这场面,心里能好受吗?何满水中途走人也是迫不得已。在分手的路口,身土说:"柏艾,我还是送送你吧。"柏艾就说:"好。"他俩静静地往前走,没有谁先说话。送到离乡政府还差里把路时,身土说:"柏艾,我就送你到这吧,我明天就打算回西湘去,那儿太忙,我真不能在家多蹲,怕误了那边的事。""好的,这头有我。""嗯。"身土看着柏艾往前走,又向她招招手,一直到看不见柏艾了,才转过身向梅都何村去。

牛望山两口子带女儿翠兰去西湘大医院看病的事,全村人早都传开了。这回回来了,大家又议论开了:"听说了吧?去那么大医院,还是军医院看哪,不经用。上辈子作的孽哟,听说得的是怪病喽。"

对此,村里有个人就唱洋腔(讲风凉话)了,此人就是何之洞,何能人。他说:"牛家屋里姑娘没看对路,那病不是那么看的。"有人就说:"那你讲怎么看,倒是对人说说哈,好歹是条性命。"何能人就说:"人家净找大医院看,哪块能想起来跟我们说?我也不好逞能。再说,这瞧病的事,哪个能包?人家不找最好别多事。"那人说:"哎,我说能人啦,你就别拿腔拿调的啦,跟人家说说到底怎么搞,试试也中啊。一个村几十年哪个不晓得哪个,你真心帮人,人家看不好也不会怪你。""屁哟,你只当是你哪。"何能人扬长而去。

村里好心人还是多啊,不少人也来牛望山家看看,表示关心,表示问候,表示同情。不乏有人对准牛嫂耳朵吹风:"你们可去找过能人啦?他讲哎,你家孩子没看对路,你跟他说说。他那鬼精鬼精的,路子广,兴许能有什么土办法给治好呢?有些事你不信不行啦。"说的人也就传个话,听的人自然当真。牛望山两口子就去了何之洞家,家里田里猪圈里什么的说几句,就到了正题。何之洞神神秘秘地说:"哎呀,我说牛兄牛嫂啊,这事你们还真要抓紧啊,你光去大医院不行,赶快想别的办法嘛。"牛嫂接话说:"哪块不是讲嘛,我们早想着来找你哪,你识字,认得人又多,走的桥比我们走的路都多,这回你就帮帮忙想想办法啊,我们求你啦。"牛嫂带着哭腔说了一通话,也尽是些戴高帽子的话,听了让人受用。加上牛望山也帮腔说恭维的话,何之洞这才拉长了调门说:"牛兄、牛嫂,依我之见,如今到了这个份上,那这个迷信就不得不讲了。说句不好听的话,你姑娘并非得的什么不治之症,她那是失魂落魄,非得给她做法道不可。"他这么说,牛望山两口子立刻就觉得有救,于是牛望山说:"之洞兄弟,你帮忙帮到底,要钱要命随你拿。"何之洞哈哈大笑:"牛兄此话差矣,我们是什么关系?邻里之间胜过兄弟。我虽对阴阳八卦略有研究,对民间诡异之事通晓一点,但从你家房前屋后天地之气和墙隅瓦片之寒光来看,你姑娘失魂落魄已久,不是我推辞,须另找他人,我的功力远远不及。这样,你赶紧去那大公山脚下有个叫沙滩角的地方,去找徐山人,求他想些办法。兄弟天机不可泄露,话就说到此,办与不办,诚不诚,全由你们了。""办,诚,就照你说的办。"牛望山两口子头点得如小鸡啄米,退出之洞家大门。

牛望山两口子从何之洞家回来后的第二天,天刚麻麻亮,牛望山就背着些干粮和水,踏上去沙滩角的山径小路。牛望山顺着绳子一般的弯曲小径,翻山越岭,过沟蹚水,一路跌跌绊绊,边走边问,感觉远得像走不到尽头。一直走到太阳西挂,他终于到了沙滩角。沙滩角在一个很深很深的山洼洼里,一条弯弯流淌的小溪边,靠大公山的山根下住了寥寥几户人家。这块幽静深邃,静得没有一点声响,偶有一声鸟鸣,传出好远。"怪不得呢,这奇人高人住的地方就同一般人不一样。"牛望山心里这么想。七拐八扭地向远处游去的小溪，溪水净得跟镜子样，亮得透明，碰到鹅卵石就一蹦一蹦泛起雪白的水花，像一朵一朵的白花在摇动。牛望山望了会儿呆，就蹚过小溪，进了小村。一打听，徐山人就住山根下那低矮的三间土墙茅草顶的屋子。

牛望山一进门没看清是否有人就向堂屋上头拱手作揖："敢问先生在家吗？"他抬头看时，堂屋上头果真坐着位白发老者，那人面部沟壑纵横，嘴上拖着长长的白须，光见白须不见嘴巴；穿的是老式样的泛着瓦灰色的长褂。牛望山一见，顿生敬畏。见得有人进来，那人一愣，然后慢慢捋着胡须问："你是哪块来的，要找哪个？"牛望山心里早就打好主意，痛痛快快地扑通跪在那人的脚下，额头贴地连磕三响，说："我是从梅都何来的，专门登门求先生去我家救人一命。"那人说："哦，梅都何来的，那儿是块好地方啊。请你快起，新时代不作兴磕头的，有事就说，不可行此大礼，起来说。"牛望山眼珠一转，心想我来个心诚的，跪着不起说："先生如果不答应，我就跪着不起了。""哎，你没说正事就来将军。起来说事，我才好回答你嘛。"老人说。牛望山执意不从，依然跪着把翠兰的情况大体说了一遍。老人听后，从板凳上起身，双手托起牛望山说："你定要我起身拉你，我就从了你。不过，我不能去你那里。"牛望山急了，刚刚站起来，又扑通跪下说："先生，恕我无知，我要是哪块做错了你打我踢我骂我都照，可你千万不要计较我，求你救救我孩子。"说着就把脑门往地上掼。老人被牛望山搞得烦透了，说："我说你个大丈夫，怎么这么个德行？有事说，有话讲，屡次三番地下跪，不丢你大丈夫尊严吗？不去就是不去。"牛望山当下就瘫在地上成了一堆。老人跟没看见一样，说："你可以走了。"牛望山绝望得泪如泉涌，缓缓站起来就往门外走去，边走边用衣袖揩着泪水。他低头顺着来路踯躅而去，又抱有一丝希望地回头一看，见那老人就站在他身后不远处朝他招手，说："梅都何来的，你回来。"牛望山急忙跑来立在那人跟前。此时他接受了之前的教训，不说话，更不下跪。老人说："不是我狠心，实在是人命关天，我不去你姑娘好歹与我一点干系没有，我一旦接了手，那就不是那么回事了，好歹就都扯上了，你着实难为我啊。不如这样,你先回家去,你住处我晓得,你在家候着,三日内我去你家一趟。不过,你姑娘我看归看,至于结果怎样,你们不必对我抱有太大希望,如有差池,休要怨恨于我。如果你不答应我就不去。"牛望山大喜过望,连忙说:"先生放心,我晓得咧,晓得。"招呼都忘了打一个掉头就跑。老人看那背影摇摇头苦笑着。

到了第三天傍晚,牛望山两口子在家念叨说:"这都三天了,马上快过夜了,他那天是打发你走的吧?不会来了。"正说着的当儿,徐山人像影子一样飘然而至,惊得牛望山两口子涎水挂在嘴角拉得像丝线。徐山人进门就说:"我在你家房屋前后都看过一遍,现下去姑娘卧室瞧一瞧。"牛嫂引着徐山人推门,牛望山殿后,进来姑娘闺房。徐山人围着姑娘躺的床转了一圈,又给姑娘搭了脉,翻翻眼皮,扒开刘海看看前额。这一番过后,他又步出房间门槛直奔大门去了,在门前先看看大门头,看看门的朝向,后把眼光盯在屋顶上看了好一会儿,说:"失得太久,怕难招哦。"牛嫂似懂非懂,拖着哭腔说:"先生啊,你可要救救我家小伢子呀。"徐山人说:"拖了这么久,神仙难下手。我说的办法,你要信,你就照着做;你若不信,只当听听,不强求。我说了,只能是死马当着活马医吧。所说之事切不可对外传,不然那就休怪我了。"牛望山说:"全照先生意思办,我们家几代老实人,会报答先生恩德的。"徐山人说:"报答倒不必,我说你们照做就是。"

徐山人心里明白,牛翠兰这是水土不服的症状。前三天他也打听了,翠兰之前是在外地打工,这定是到别的地方,换了个环境,因为某种不适应,体内某方面失衡,身体自然出现不适,其反应就是不思饮食,身体消瘦。一旦回到了故土,只要精心调养就会慢慢恢复健康的。于是徐山人就说:"姑娘失魂落魄已久,她这之前定是在外头做事,魂魄思念故土在一夜脱身回乡,不承想现在道路更改频繁,朝向难辨,它失了路,越走越远。"牛望山两口子急着问:"先生,那照你说她能回来吗?"徐山人说:"你们明天丢下手头事情,去买五屉大蒸笼,回来放在你家里头那大锅上,锅里放满水,灶膛架硬柴烧火,保证灶膛七七四十九天昼夜旺火不灭,锅里水烧干即添。在夜深人静的夜晚,大嫂得将梯子从后门搬出到大门口,竖起梯子爬上屋顶头,手拿姑娘穿的内衣在空中摇晃,喊着姑娘名字叫她回家吃饭。每次要喊半个时辰。再者,在这七七四十九天里,你家必须保证每天二十四小时堂屋的大门不要张开,过了四十九天后方可开门。家人进出一律走后门,谁也不能例外,这些都必须照做。"他讲完又要牛嫂拿来黄表纸,小心裁成三条,用毛笔在上头画了符,对他们说,"此符大门头、姑娘卧室门头、后门头分别贴一张,保证七七四十九天不能脱落。"牛嫂听完几乎要瘫倒,说:"先生,恕我无知,您说的其他都好办,就这七七四十九天我光烧火不睡觉,真怕哪天我累病了坚持不住,可能减点时间?""此话不该说。"徐山人有点不悦地说。"好的好的,就照先生说的。"牛嫂自知有错,立即改口。徐山人也不是不食人间烟火,想想说:"这样,你必须烧满三十天,一个时辰都不能少了。""照办照办,一切照办,一毫毫都不得马虎的。"牛望山两口子异口同声地说。徐山人点点头,招呼也不打,步出大门飘然而去,一会儿就消失在夜色里。

　　第二天,牛望山去买了五屉蒸笼,当晚牛嫂就在灶堂架起硬柴火烧得灶膛火苗直舔灶门头。黑夜人静时,牛嫂开了后门搬出梯子,竖起在大门头之上。她爬上顶去,小腿颤颤巍巍,上身抖得似筛糠,可为了女儿,怕不得。她手拿翠兰内衣在半空中摇晃,嘴里轻轻喊:"翠兰哪,回来啦,回来吃饭啦。牛翠兰啦,这里是梅都何,回来啦,回来吃饭啦。"喊得口干舌燥。开头几天,她体力跟得上,不觉得怎么样,可是越往后越感觉吃不消了。尤其是半夜,她烧着火喊着,又怕又困,有时竟头一歪睡过去,一会儿又一个激灵猛醒来,接着喊接着添柴。开始头十天烧下来,不见姑娘有丝毫转变。到了差不多二十天头上,翠兰竟一天比一天好起来,这下喜得两口子差点没疯。再往后,姑娘能吃米饭,能吃肉,有说有笑了。这人能吃东西了,而且像饿死鬼一样地吃东西,那还不好得快嘛。三十天一过,牛翠兰虽然精神还差些,行动已与常人无异了。牛望山两口子自然觉得是遇到了高人。翠兰病好之后也没再离开梅都何。她现在是梅都何旅游公司创办人之一,首任梅都何旅游公司经理,全县最佳女导游。这不假。

何身土从回忆中回过神来。想到今天的梅都何村,通过这几年的辛劳付出,梅都何人的生活观念、精神面貌,梅都何的村容村貌、经济条件、生产格局等都发生了太多的变化;在外打工的村民除在西汜建筑公司和在外地的梅都何旅游餐饮公司就业的,其他人基本都回村就业了。如今的梅都何村,一片繁荣兴旺的景象,让人真正地感到了生活在这小村里是何等幸福和安宁。

第十六章

"几位都来了吗?"第二天在建设厅小会议室,张阳明笑嘻嘻地走来打招呼说,"我们大厅长马上来,你们稍候。"说着就和身土开玩笑说,"哟,你那杜娘泉酒真过劲,干得我回到家还不晓得是怎么回的,给我们小赵嗤笑死了。"曾好汉就说:"厅长你好酒量啊,哪回我来陪厅长干两壶嘛。"张阳明手一挥说:"你们几个在座的,我哪块是你们的对手啊。"正说着,大厅长到了。大厅长圆粑粑脸,满面红光,却配了双细眯眼,脸上始终是副笑相,一看就和蔼可亲,说话也斯文。他带着西溉口音说:"大家都到我这块啦?阳明啦,人都到齐没?"张阳明说:"早到齐啦,就等你发话啦。"大厅长就说:"啊?那阳明你开始吧。"

张阳明开说:"今天把我们省建筑行业的龙头企业的领导请来,主要是按厅长的指示,把国务院关于城市改革和国有企业深化改革同步的精神向大家传达一下,将我们建筑公司进一步深化改革的事情在这里部署一下,对涉及的问题统一一下思想。"张阳明看看大家,接着说,"省政府要求放权给企业,目前你们做的建筑公司,可以完全与政府脱钩,产权人权都由你们处置。关于公司的职工,按照老人老办法、中人中办法、新人新办法的要求,采取分层分块逐步消化的办法,在三年内消化完。达到或接近退休年龄的人员,逐个做工作,充分尊重个人意见,以退休、买断、继续留用等方式进行妥善安置,确保职工利益不受损失。要保证改革中的职工平稳过渡,不能造成大面积的上访。鉴于企业退员问题成为敏感问题,我们必须认真对待,担起责任。今天请你们几位来,就是要你们统一好思想,对企业下一步的工作要做到心中有数,早做打算,做好方案,逐步推进,取得成效。关于改革的细节部分,由于时间关系这里不一一说了,过后我们还要好好做方案,再讨论。我就讲这些。下面请我们厅长作重要指示。"

身土带头鼓掌,大家也就跟着鼓掌。厅长笑笑说:"我们都是自家人,本来这个会阳明厅长开就行了,他跟我说了这事,我想想还是应该来参加一下。过多的话不讲了。阳明厅长讲得很全,也是我的意思。具体怎么搞,阳明厅长会跟你们细细研究。我首先要感谢你们,这也是我参加这个会的主要目的之一。你们用你们的艰辛和刻苦,用你们的能力和担当,用你们的质朴和诚信,用你们的容忍和不计较,赤手空拳在这改革时代打下了一片天地,撑起了一片蓝天,闪亮起一块金字招牌,我为你们感动,我为你们自豪,我也很谢谢你们。我一点没夸张,就这个建筑公司,之前是个什么摊子你们晓得,你们顺利地拿下,发展壮大,化解了一系列的矛盾,我为有你们而感到荣幸,我能不感谢你们吗?"

身土他们感到浑身热乎乎的,都说谢谢厅长夸奖鼓励鞭策。厅长笑笑,接着说:"其次我要讲的是,下一步的深化改革,我们还要勠力同心,涉及我们这块的工作我们尽力做好,需要你们做的事情,也要顾全大局,竭力做好,为政府分忧。再次,你们大胆地工作,放手发展壮大自己,多做为民造福的优质工程,杜绝豆腐渣工程。我和阳明厅长当好你们的'娘家人',你们有苦有怨就来找我和阳明,我们能解决的全力以赴,解决不了的我们负责向省里反映帮你们呼吁。你们用你们的能力和真诚做好你们的事情,坚决顶住歪风,不搞歪门邪道。现在一些行业确实有些不像话,官商勾结,权钱交易,偷工减料,问题工程太多,无人敢管啦,真是乌烟瘴气啊,有悖党的宗旨。我和阳明在这块可以保证,大的不敢讲,在我们职责内,我们一定坚守着把我们这块的风气搞端正,阳明对吧?"张阳明连连点头,应道:"对,对。"厅长说:"放心啦,你们发现我和阳明厅长哪块有问题,就直接到省委、省政府举报我们,我们说到做到,不放空炮。关于下一步的事情,由阳明厅长具体负责,需要我讲话的我讲话。好啦,耽误你们企业家的时间啦,我就说到这。"大家鼓掌。这个"通气会"开完,厅长有事先走了。张阳明又和大家对下一步的具体事项进行了梳理。

现在他何身土作为企业法人,与政府、与原单位留守处、与原来的财务部门等,进行了新一轮的盘点,锁定相关明细账单、物资账单、固定资产账单等等,该封存的封存,该销毁的销毁,与一切党政机关和老机构完全脱钩。当下,他像完全长大了的孩子脱离了大人的视线,走上了独立闯世界的漫漫长路。作为一个省内的明星企业的法人、规规矩矩的经理,他已经拥有了不菲的"家业"。他要领导好这个企业,就不能光靠诚实吃苦、听话守纪、腿勤嘴勤眼勤了。一个成熟的企业领导,他的视野必须是看着全国全省行业的发展大趋势,看着一切对企业发展有利或不利的大政策,看着本公司的每个小节的动态和整体发展走向的。他觉得,一个企业做到后来做的就是文化。虽然建筑业不像其他实体企业,员工流动性大。但是,建筑行业要做出品牌效应,依然离不开做企业文化。

他开始思考:要在企业生产经营和管理活动中创造具有自己企业特色的精神财富,包括企业的制度、价值观、行为准则、历史传统、文化环境。要把价值观作为文化核心,体现到企业各个运行活动中。他对农民工这个群体进行了关注和分析。这个群体在目前是不被他人瞧得起的,人们对这个群体的信任度也很低。在一些人眼里,农民工只有双手双肩双腿,其他什么也没有,他们吃土豆白菜红薯稀饭和咸菜,穿灰布土衣穿破衣烂衫;他们住简易工棚住临时帐篷住低价地下室,躺烂褥旧絮躺破席纸箱躺潮湿地板。在城市的尽头,没有繁华的街市闪亮的霓虹灯,只有破旧的棚户区和饱经风霜的一群人,那块就是农民工居住区。他们在城里干着城里人瞧不起的工作,背井离乡以改善自我和子女的生活状态。在每个建筑工地附近的电话亭下,他们围在这里给家里人打电话,除了他们公用电话无人问津。这里却是他们与亲人联系的唯一窗口,也只有在这里,他们才感觉他们也是娘的心头肉;守候在家里的妻子是他们深夜里的颤动;儿子的一声爸爸,使他们不再感到腰背酸痛。在这里他们心里重温着亲人的千叮咛万嘱咐。何身土想:农民工和无知粗鲁、素质低下、爱占便宜、不讲文明、不爱干净联系在一起,即使你付出百倍的努力,人们也认不上。

所以,做企业文化,也要为农民工这个群体正正形象。虽说建筑企业人员流动大,管理难度大,培养难度大,但为共同的目标要不遗余力,从强化意识开始,从言行举止、从对内对外的每个细节入手,让企业文化像一条红线贯穿于整个企业运行工作的全程。好在企业领导层中的每个成员都有一定的文化素养,都有把事业做好的良好愿望,都有为农民工正正形象的豪气。大家心是齐的,劲是足的,人品是端正的,集体意识是强的。

张阳明厅长这次叫他们来开会,而且还把大厅长请到会场来说了一番鼓劲的话,实质是为何身土再送最后一程,再寄厚望。这以后,这个公司是好是坏是活是倒闭都与他张阳明一毛钱的干系都没有了。张阳明开完会,与何身土他们道过别,他就在心里默默地为何身土祈祷:"身土啊,祝你好运,路在你脚下,愿你越走越宽啊。再见了何身土。"曾好汉他们都要赶到各自负责的工地去,纷纷和何身土道别。身土便赶往火车站坐绿皮火车回沿湖市,再坐公共汽车到陵阳县回梅都何。

何身土现在是捞到了第一桶金子的人,却也和普通农民一样,丝毫没因为在外打了几年工挣了几个钱,回乡就摆出一副有钱人的现世样子让人戳脊梁骨骂。他身着灰色土布上衣,穿一条旧的淘汰的黄军裤;手里拎着褪了色的旧黄帆布挎包,包带上挂了个搪瓷缸,路上渴了讨水喝;乘火车也是坐普通硬坐,和来往的农民工以及普通旅客一样,趴在座位上睡觉流涎水。何身土心知肚明:有些人见不得人好,好了他又不服气,背地里净说人坏话;人家混差了又到处说人家没的用,讥笑人家。身土深知这些人的秉性,就极力做得让人没有话说。他每回回乡遇见熟人,总是抢先点头哈腰赔笑问好打招呼,怀里揣着红皖香烟,遇人就散,抽不抽都给。所以,他身土也获得了好口碑。特别是梅都何村这几年确实按当初的规划将一桩一桩的事情都给办起来了,大家不出一分钱,得的尽是利,大家看到了他的真诚和用心,都从心里感激他,村里村外人都对他褒奖有加。尽管这样,何身土始终告诫自己:身土啊身土,土地是你的根,农民是你的本,质朴是你的色,勤劳是你的分,吃苦是你的专业,努力是你的能力。这次回梅都何,他从西泗站上了车,就趴在座位上眯着眼睛,静静地回想着这些年为梅都何所办的每一件事,哪件事里都有风波和故事。

他又回想起那次的会议被何碧叶闹散后发生的故事。

何碧叶把会议给搅黄了,身土听了何登峰老人的话,散会的第二天就回到了西泖忙公司的事情。可何碧叶回家后,心里觉得堵了口恶气非要出出来不可,她怎会闲着?她就在村里满嘴跑火车地说:"说我大闹会场,不假。我就是个洋芋头,把自己撂土里生根发芽长苗结洋芋,我就不想被别人用绳子串起来当牛马牵着。人家当大地主我也不眼红,我就不服气。"何之洞不怕碧叶,说:"你不想被人串,人家可稀罕?再说,你何碧叶家当初不也想当大地主?只不过没当成,反倒搭进去一把米,喊。"何碧叶就骂:"你能人讲的是什么屁话?你当我孬子听不懂你的话是吧?我家人是坐了班房,我家人就不说为村里搞什么投资,哪像人家净干些又想当婊子又要立牌坊的事。"

就在村里闲言碎语满天飞的时候,何登峰、何良春校长、柏艾他们按承诺,马不停蹄地继续做工作。他们挨家挨户地找人谈心,把所有的打算说得明白无误。村里人明白了到底是怎么回事,晓得了事情的起根发末,对满水家的误解自然就消除了许多。村里人就说:"照何老爹你们这么说,这确实是在为大伙办好事啊。那鬼女人到处瞎讲,讲人家是要回来搞开发,霸占村里田地,当大地主的,这不是往人家满水家泼污水嘛,真缺德。"农民兄弟们都是实在人,你说的做的对他有利,他就举手赞成。这样,后续的事情就都板板扎扎一步一步向前推进。虽然每一步都不是那么利索,但是,何碧叶这么一闹,倒使柏艾转忧为喜。她心想,这么把矛盾一转移,反倒有利于工作开展。

火车咯噔一声响,大概是在变轨吧。何身土半睁着眼睛,用手背揩去从嘴角流出的涎水,又半趴在小卡桌上,继续想着往事。他想到前年梅都何旅游餐饮公司开业那个场面。

那天,梅都何旅游餐饮公司正式开业。

开业仪式由何良春主持。他说:"尊敬的女士们、先生们,梅都何村老

256 | 身土不二

少爷们姑娘们,大家都好。今天虽是个平常的日子,但在我们梅都何村人眼里,这是个值得纪念的好日子,大喜的日子啊!这是我们梅都何旅游餐饮公司即蓝蓝天旅游酒店正式开业的日子。我们先鼓掌表示一下祝贺。今天我们非常荣幸地请来了我们的杨乡长,一会儿还要请杨乡长和梅都何村民生活共同体协会会长何登峰老人家一起为我们揭牌。下面先请杨乡长给我们讲几句话,大家鼓掌。"

杨乡长杨得草笑呵呵地往前站两步,朝大伙鞠了躬点了头,说:"梅都何村的乡亲们,大家上午好。我很高兴啦,我来我们这块任乡长才三天时间就遇到梅都何的大喜事,作为乡长,我真的高兴嘛。何身土和柏艾都是我的高中同班同学,我们又都是何良春校长的学生,这个由他们发起并劳心费神办起来的新事物,又正好发生在我老校长的家里村,梅都何又是全县乃至全省全国都有名气的千年古村落,这于公于私我都得来参加嘛。我初来乍到,没什么多话要讲,我只想讲啊,我们一定要充分利用好我们村现有的资源,秉承我们村千年来的优秀传统,就像'梅都何村民生活共同体'这个名字一样,大家勠力同心,一块建设好我们的家园,把我们的日子过得好好的,不让一家落伍掉队成为贫困户。最后啊,我祝愿我们梅都何村件件事都落实得好,样样事情都干得顺心啦!"大家鼓掌。

何良春又说:"下头请我们的老队长,现在的梅都何村民生活共同体协会会长何登峰老爷子讲两句话。我们鼓下掌。"

何登峰老人往前站了一步,说:"我想想心里惭愧得很,干大集体那会儿,我当了几十年的生产队小队长,整天跑跑颠颠屁都没的工夫放,除了得罪不少的人,什么事情也没有做成,我是没有真本事啊。今天,我们有多好的年轻人啊,这村里一件件事情都是何身土这个小伢子担着的,还有柏技术员,一个小姑娘,那头脑里办法就是多嘛,我们想都不敢想啦。现在,我们要办,就要靠大伙一条心。我有生之年要好好地参加参加,有时还要招呼招呼,希望大伙别烦啦。我不会讲话,让大伙见笑,没啦。"老人说着很激动地朝大家鞠了一个大躬。大伙的鼓掌声就像下暴雨。

接下来,何良春说:"下头我们请梅都何旅游餐饮公司总经理何兰芬姑娘讲几句话。"但见何兰芬缓步走出来往麦克风前一站,下头的人都哦嘀哦嘀地赞赏她漂亮。这天的何兰芬穿着时髦的紫色镶黑丝绒花边的衣裳,看起来颀长、美丽,一只金色手表在左腕上闪光。

何兰芬抿嘴莞尔一笑,出口是纯正的西浉话,又略带些梅都何话尾音:"各位领导,各位乡亲,大家上午好,我叫何兰芬,本村人……"这时候,人群里突然就跳出个人,那人爆发出声嘶力竭的怒吼:"原来是你呀,何兰芬,你还敢报你的名字,你以为你那名声好是不?一个小妖精,狐狸精!"大家被这突如其来的辱骂声给搞蒙了,寻声音看去,只见何碧叶扑上来,伸手就要扇何兰芬耳光。何身土迅速拦截住她的手。何碧叶一蹦好高,一边跺脚一边骂道:"你这会儿还有脸来梅都何开店赚钱,你去死吧,你、你……"她骂得起劲,全场人都被这突发事件给惊住了。

何碧叶又蹦又跳,嘴里唾沫四溅,又一次要冲上前去打何兰芬,一个人站出来大吼道:"徐浪家的,你个褴褛子东西,丢人现眼,你再敢侮辱人,我撕烂你那张臭嘴。哪个叫你来的?给我滚出去,滚!"何登峰老人气得浑身颤抖,斜视何碧叶说,"我何家怎就出了你这么个混账东西,哼。"那何碧叶定神一瞧是何登峰,旋即疯猫般扑向何登峰,指着他的鼻子说:"你叫哪个滚啦,你叫哪个滚?你是个什么东西?你个老蛇虫!"何登峰两眼射出激愤的光,张开右臂伸直右巴掌从空中画个大圆弧,啪的一声大掌重重落在何碧叶的脸上。何登峰老人气得直喘息,说:"今天我替你娘老子教训你一顿,让你见识一下我是什么东西。你的德行太差!"何碧叶被打得一个趔趄,顺势往地上一躺,号起来:"欺负我个弱女人有什么本事嘛,我不想活啦,我就死给你看喽!"闹了一会儿,看没人来拉,她就自己一骨碌爬起来,一身灰土,披头散发,跑了出去。

何兰芬平静地看着这一切,不动声色。待现场安静了些,何登峰说:"姑娘,你说,天塌不下来,有事你爹爹扛着。"何兰芬不卑不亢地说:"我就是梅都何的人,你们有人也许还依稀记得我。这个女人依辈分我得喊她一声姑,既然做姑的在此等场合说了这事,揭我的疮疤现我的丑,那我就当着乡亲们的面,讲开了这件事情,我背了几十年的沉重包袱也有卸下的时候。我十几岁时,是徐浪糟蹋了我,我是羞耻难以见人,我爹妈都不在了,抚养我长大的奶奶胆小怕事不敢声张。我当时心里只晓得恨这块的人恨这块的土地,离家出走去了城里打工。可我今天回到这来,就不怕被人认出来,不怕被人戳脊梁骨。如今新的时代、新的风尚鞭策我也要接受新观念,抬起头来,走好余生的路。徐浪毁不了我的人生,也毁不了我的意志,梅都何今天要发展,我回来尽绵薄之力,何必再被那些阴影困扰?毕竟我是出生在这块土地上的人,死了也要埋在这块土地上。我会好好做人好好做事,今后还请众乡亲多多照应着。不过,我要说,我已经学会了与邪恶做斗争。以往我对邪恶的容忍,是对邪恶的纵容,是对社会的不负责任,我的忍让使邪恶还会去伤害无辜。这事今天算是讲开了,谁要是还拿这件事在背后说三道四,对不起,那你就得负起法律责任。我就说这些了。"她说得字字清楚、句句锐利,整个会场鸦雀无声,之后突然就爆发出疾风骤雨般的鼓掌声。何兰芬的从容、镇定、勇敢,让在场的人吃惊、震撼,进而心生敬畏。

何良春宣布揭牌,何登峰和何身土两人揭下大红绸布,露出白底黑字的"梅都何蓝蓝天旅游酒店"招牌。鞭炮、礼花嘭嘭山响,炸得附近树林里的鸟纷纷飞向高空,在白云下盘旋,恰似放出的和平鸽。

也就在这时,宝钏姑娘头一回写信给身土,说了好多,最后说:"身土哥,我准备将来大学毕业就在上海落户了,你有多余的钱请支援我一些吧,我谢谢你。"何满水接到女儿的信,信中也讲到要身土借给她钱在上海买房。满水就叹息道:"这哪块是要钱啦,这是在跟身土置气哩!"

何宝钏大二那年,认识了大学政治部的一位干事,叫汪自力。他高中毕业考上了陆军学院,毕业分配在野战部队师部政治部当干事。当了几年干事,又考上西安一所军队政治学院的研究生。那时候部队里大学生军官多,但研究生并不多。所以,这个汪自力研究生一毕业就很顺利地到了上海某军医大学政治部当干事。一回,汪干事为大学生上思政课,下课时他在往办公室去的路上,看到掉了单的何宝钏姑娘。宝钏姑娘长相精致,皮肤白皙,配上军装,显得格外清纯秀美,典型的江南女子。宝钏精明，但面上显出不谙人事的呆萌，让人顿生怜爱。汪自力谈过恋爱，对象是老家高中同学，后来女孩子考到南京上大学，他考了军校到部队任职。开始几年来往很频繁，后来慢慢少了，再后来就不来往了。据说女孩出国留学去了，汪自力苦苦等了两年，等来的是女友在国外与同班的一留学生好上了的消息。汪自力开始痛苦得几乎有些绝望，才去考研改变自己的环境。他如愿进了大上海，不想在地方找对象，就盯着学员队。正在这时，他无意中撞见了何宝钏姑娘，感到理想中的女神出现了。他很有经验地先打"外围战"。他开始注意何宝钏的行动路线，经常制造偶然相遇的场景。有一次，宝钏到图书馆，刚一坐下，汪教员就走过来搭讪："你旁边这位置有人吗？"宝钏说："没、没。"汪教员问："你们对思政课感觉如何啊？你们学的专业是医学，对思政肯定是没有兴趣的吧？"宝钏就说："不不不，作为未来的军人，不管从事什么职业，思政课还是很重要的，保证党对军队的绝对领导嘛。"汪教员大加赞赏："没看出来啊，同学的政治意识很强啊，对部队政治教育认识很到位呀。"这是一般的赞赏，宝钏也没觉出什么。可是有一次，在大课上，汪教员竟然在课堂上举例说明当前思政教育在学员中的影响时，把和宝钏的对话讲了出来，搞得学员们都晓得有个叫何宝钏的被教员讲课当正面的例子讲了，这在这么大的学校里还是少有的。这"外围战"打得很成功，一下把宝钏姑娘给击得晕头转向，瘫倒在情海里。今日的何宝钏姑娘，非当年梅都何的那个扎两小刷把，走起路来一蹦一跳，站在人群里一眼就能看出是乡下妞的宝钏啦。现在的宝钏一身得体的军装，张口便是普通话，夹杂着少许上海话尾。何宝钏姑娘对爱情有她的新解。在宝钏的意识里，汪自力和何身土不一样。何身土尊重她，怕她发脾气。汪自力却不怕她，而且，她还认为他经常不大尊重她。他想做什么就做什么，如果她不喜欢的话，他就对她笑。她说不上爱他，但在大上海他无疑是能够一起生活的令人激动的人。

当然，宝钏的这些心思、在上海的所作所为一点话风也没给家里人透露，她感觉还不到时候。她写信给身土哥说要在上海买房，要接父母去上海居住，其实是带有愤世嫉俗的口吻的，话中话是明摆着的。何身土嗅出信中的味道。他何身土是什么人？只是弓子套在脖子上、两边系着绷得铁紧的拉绳往前拉犁的牛,他往前走一步,犁铧在后拱一小截,他只能无止境地往前走,犁铧才能不停地往前拱土。他不像城里男人一会儿声音像猫一样轻柔,一会儿就有可能又干脆又急促地赌咒发誓。他只有农民骨子里的胆小和真诚。他也想过前半辈子拼命挣钱,然后到城里购房定居,娶妻生子,摆脱祖上留给他的农民遗产。可他很真诚地想,他智力平平,能力一般,充其量只能凭着勤劳和吃苦挣些钱,不可能大富大贵。相反,他认为他的生活离不开土地,离不开梅都何,只有把这块土地经营好了,走出农民生活的宽度,那样心才不会漂浮,精神才不会畏缩,心灵才能得到安宁。他甚至想,他要是结婚生子,如果孩子智力在人之上,就叫孩子好生读书,做个对民族对国家有用的人；如果不是这样,就不死逼孩子往书堆里钻,这就好比非把不会游泳的孩子往大海里推,淹不死也给呛得半死。农民好还是不好,就看你怎么做个农民了。工厂里工人和工人还有不一样的呢。有的有技术,有的没有技术；有技术的人里头有的技术精湛,有的技术几十年一般般,一辈子也混不出个头。看农民,有的农民家小日子过得不比城里人差,有的农民就过成了贫困户。当然,这里头原因会很多,但总归有一条,什么事都在于人。生活一直很严肃、很苦涩,容不得你玩世不恭,到头来变成祸害社会的人渣。对于这些,他何身土心里头早有数,所以对任何外来的压力都能坦然处置,包括宝钏妹妹。

这都是早年的事了。

现在,火车缓缓开进了沿湖站。列车广播员用并不标准的普通话喊：“沿湖站到了,有到沿湖下车的旅客请做好下车准备。注意带好你的行李物品,也不要错拿别人的行李物品。”火车狠狠抖动几下,又呼哧呼哧像老人喘气一般,最后便哼哼唧唧像老人叹了口长气,艰难地停稳。何身土从回忆中一个激灵回到了眼前的现实里。他透过车窗玻璃往外看,天色尚早。他起身随着人堆往前一点一点地移动,旧黄帆布包挎在肩头上,那个又旧又破的搪瓷缸在人群里被挤得一甩一晃的,好生扎眼。

下了车厢走出了站,他就径直往对面的长途汽车站跑,争取赶上就要发往陵阳的车。他排着队,一步一步往前挪,买到了票又随人流推推搡搡挤上了去陵阳的客车。到了车上他照例把头一歪,睡。一个多小时后,客车进了陵阳县站。乘客推搡着下车。身土没顾得喘气,就跑到小街找帆布小三轮车。问了几个人,都说不去梅都何村,理由是山路不好开车,要么加钱,要么只能到乡政府小街。身土常坐知道价格,就上了一辆小三轮,去乡政府。这篷布小三轮就嘭嘭、嘭嘭一颠三尺高地往前蹦着跳着,后面掀起一片灰尘。

　　县城去乡政府是一条不宽的沙土路,小三轮在上头跑着,就像小鸡斗架一蹦三跳的,又颠又晃,把身土弄得在车上东倒西歪的,有时遇到土坑,车猛地跳起又落下,身土的头嘭地顶到车篷布又落下,一屁股坐回凳子上。一趟车坐下来,好人都给折腾得骨头散了架一样,浑身生痛。到了乡政府,身土看看手腕上的表,脑子里闪过一丝念头:既然路过了乡政府,何不打电话问问柏艾在哪块哩?他拿出大哥大,拨着柏艾的BP机。还没拨完,转而又想,现在天已渐晚,她该下班了,可往家去了哩?犹豫了一会儿,他心想,算了吧。他收起了大哥大,斜背上那旧黄帆布包就往梅都何赶。

　　从乡政府小镇到梅都何村是沙石山路。地面坚硬,一路寂寞。身土步履匆匆,不一会儿就感到周身暖和。他就放慢脚步,享受这山间景色给人带来的种种快乐。此时天色渐晚,红日徐沉,阳光薄淡。这条路上,夏日野玫瑰引人注目,秋天坚果享有盛名。最让人愉悦的是冬季这里彻底的幽静,若微风乍起,也无声无息,没有大片的常青树发出窸窣之声,只有远远的大公山的松涛作响。光秃秃的野山楂树与猫儿刺静如小路中间磨光了的白石头,小路两侧,远远近近,山野间偶见一两头寻草的牛。树篱间偶尔惊起的褐色小鸟,看上去就像掉落的枯黄叶片。

　　小路顺坡而上,直通梅都何村。身土慢慢走着,反正到家也晚了,他索性放慢脚步边走边漫无边际地遐想着。他在路边的一石阶上坐下来,看着天际,看着远方,浑身有种松软的感觉。他想到一句话:"真正的生活永远在别处。"就不禁笑笑,想到了宝钏妹妹。宝钏妹妹很少给他打电话,当下人就更懒得写信了。男女之间要是写信,那非是热恋中的人甜言蜜语在电话里不好说才用文字来表达。他们以之间的联系极少,几乎少到同陌生人一样。他们以兄妹相称,但又缺少同胞兄妹的心灵默契和情感涓流。他隐约感觉宝钏离他越来越远了,远得像已经断了线的风筝不可再落到原处。他问自己:"你后悔了吗?"当初要是依了张阳明的意思,留在西湘参加招干考试,如果真的考上了,那现在是什么样的一种情景?

他奋斗了近十年,应该算事业有成了,他现在不缺钱,但又没有钱,他把钱基本用在梅都何村的公共事业上了。因为,梅都何的产业收入不稳定,自身的造血功能还不够强大,需要他的资金注入。为此,何满水爷和鞠银子婶对他也颇有微词。何身土觉得自己算是他们两人的儿子,所以,就得尽儿子的职责,孝顺他们。农村人说孝顺,就是听大人的话,把挣来的钱交由父母管,身土是做到了。他不仅对满水两口子尊重有加,百分百地顺从听话,还把他挣的所有的钱放在存折上交给鞠银子;每笔支出,都必须通过何满水爷和鞠银子婶,他自己从不自作主张。在这一点上,何满水两口子感到温暖,现在的亲儿子又能做得怎样呢?不过,有时他们两口子也说:"身土啊,你也不要这样,钱是你凭能耐挣的,要用要花都是你的权力,不用全给我们来打理。能给家里些零用钱,不用我们对生活不足操心就行了,其他还是你自己掌握着,大的开支能跟我们招呼一下就行了,我们也不要晓得许多。"身土就说:"爷、婶,那可不行,你们当我的家是应该的,是对我负责。你们从苦中过来,比我更会当家过日子,哪些钱当花,哪些钱不当花,你们比我把握得好。"身土平时很会过,舍不得乱花一分钱,衣服穿得很旧了都舍不得买新的。他们公司的人说,何总对吃穿从不讲究。但是,矛盾主要在为梅都何村花钱上。每次从账上走一大笔钱到村里时,满水两口子心里确实不得过,心痛但又不好说个"不"字。这么闷在心里难受。他们俩为了不伤了身土的情面,每回给村里支钱,只能乐呵呵强装笑脸,心里是不畅快的。对于这些,身土是看得出来的。

还有一方面的压力来自他兄弟家那块。他大哥身田家人多,日子过得捉襟见肘。三个孩子要成家,要做房子,要娶亲,处处要用钱,哪块都省不了。大哥、大嫂在农村累死累活挣不到几个小钱,维持日常生活都困难。虽说大儿子望兴在公司不少赚钱,但望兴有望兴的消费观啦,大哥也做不了望兴多少主。大嫂是本分贤良的农妇,她从不把话说出来,有时还帮身土小弟打圆场,让身田别生小弟的气。大哥身田生性倔强,遇事回不了头,他最不理解的是老巴弟弟把大把的钱注入那梅都何村里还不落个好。他实在是想不通呵,有时在家就冲着水莲说:"我看那老巴子就是长了个猪脑子。你讲他笨,他比谁都精明;你讲他精明,他就是个活孬子。"何身田因此几乎不再和身土来往。二哥郭身本和身土在一个公司,虽对这小老巴弟弟的工作能力、为人处世、人格品德佩服有加,但对他的很多选择也不甚理解,按二哥身本的话说:"这个老巴弟弟就是个让人搞不懂的人。"何身土背着重重压力,能和谁说?说了不顶用还让人耻笑:"你自己做的事,没有人逼你。"他有一回一个人悄悄来到湫隘村老家,去了趟母亲的坟头,趴在母亲坟上好好地哭了一场。他轻轻地呼唤一声妈:"妈,我做错了什么吗?妈,你要是还活着那有多好啊,只有你才能告诉我怎么做人。"他擦干了眼泪,静静地坐在坟旁。

何身土也想过,对梅都何的事,差不多就行了,自己岂能当得了一个村的保姆?现在整个架构都搭得很好很科学,只要好好运作管理就会健康地发展,村里的前景会很好,资金也会变得充足。可是他现在每次回来,精力几乎都倾注在为梅都何办事业上。目前村里人对他有两个方面的评说:一种说法是何身土的确不错,花大笔的钱为村里办了好多的好事,不图一丝回报,给村里带来了福气,尤其是老人们交口称赞;一种是青壮年男人的想法,他们知道在外挣钱难,有的挣了一年的钱还不够当年生活开支的,他们对何身土的做法心存疑义,甚至背后臭他是"假能""出风头",说好多不恭敬的话。何身土也是凡夫俗子,要说他没有一点悔恨那是假的。他自己有时也在心里问自己:身土啊身土,大千世界,你不过是空气里的一粒浮灰,现实中一个平平常常的农民,你怎么就想着走这么一条路呢?你扮什么救世主?你爱土地你爱村庄你爱村庄里的人,人家爱你吗？稀罕你吗？你到底图的是哪一块嘛！他转而又想：何身土,你成什么人啦？做都做了,本就不图什么。从一开始就想好为村里做事,不就是要改变村里落后贫穷的状况吗？"

现在,他每次回到村里,看到村里游客不断,本村人来往穿梭,鸡场、粉丝厂、牡丹园、旅游集散中心、各编织组、小酒坊、餐饮酒店等等,几乎全是忙忙碌碌、生气勃勃的,一改过去死气沉沉的冷清景象;看到村里老幼有种自在、幸福的溪流在脸上流淌;看到人们每回见到他格外亲切,团团拥着他问寒问暖问长问短;看到家家几乎都热情地留坐留茶留饭表示欢迎他这趟回家;看到大家只要听说是他何身土说的话、定的事情,都说："是身土说的定的我们照办不误。"这让他心中有了愉悦,有了满足,也就更加锁定了心里的目标。

月流素波,星回玉绳,远处依稀可见路灯已亮了。村庄里正是"黑影上墙,小伢子哭娘""家家鸡上笼,人忙做晚饭"的时候。身土从石阶上起身,拍拍身上的尘土往回走去。路边很静,只有他的脚步嚓嚓声响。他走不多远,看到前头有个人影在晃动。他开始以为是有人朝他迎面走来,可看着人影并没靠近;他继续向前走,慢慢看到那人影是在原地踱步。这么晚了,谁还有闲心在那儿踱步？身土心想着就加快了步子。当走到那人近前时,他啊了一声,原来是柏艾。柏艾几乎同时啊了一声,发现是身土,迎了上来。

身土说："你怎么一个人在这儿数蚂蚁？"柏艾就说："你说我应该有几个人在这儿数蚂蚁？"身土晓得柏艾在跟他斗嘴,就说："走,正好上我家,吃过晚饭送你回乡里。"柏艾就说："在你家坐等你婶做饭,不如我们在这块坐会儿再去吃碰饭。"身土理解柏艾的意思,就说："就照你说的意思办。我自己在那块坐了好久,我要晓得你在村里,就不在那块坐啦,这回我就再陪你坐会儿。"柏艾说："不陪也行,你先回去,我过会儿到你家吃碰饭。"身土说："那怎么能行？要坐我陪你坐,要走我们一块走。"身土就把包里的东西呼啦拿出来,把旧帆布包给柏艾垫在地上搪灰尘。柏艾坐下说："你不问问我为什么这么晚还在这数蚂蚁吗？"身土说："不问。

有人不是说吗,姑娘不主动说的事,男士最好别主动问,既不够绅士,又不够礼貌,我也要学着懂点事嘛。"柏艾摇头说:"拿你没有办法,算啦,换个话题吧。"身土就说:"你电话里说,牡丹园怎么回事?"柏艾说:"村里有人主张牡丹园今年就开收,我说,不行,不到三年,丹皮的药性不够,质量达不到最高标准,要坚持到明年的收成季节再开挖。有人就说,那成本就要加大,村里要钱运转。"身土想了想,说:"我们一定要把产品质量放在第一位,否则砸自己的牌子。"柏艾说:"我就是这么说的,他们急吼吼的,没烧熟的山芋就要往外掏。我就说等你回来定,这事就暂且搁下了。""何登峰老爷子和校长的意见呢?"身土问。柏艾说:"这种事他们俩不好表态嘛,毕竟涉及钱这一块。他们要说开挖担心质量不过关,说不挖有人就问那村里资金转不动了怎么办。他们就语塞了,没钱讲不起狠。"身土说:"说得也是。多养一年多一年的成本,但早挖了质量肯定保证不了,不能这么做啊。其他的企业呢?"柏艾说:"粉丝厂效益好得很啦,餐饮也不错,鸡场压了些资金,编织方面压了些资金,旅游公司还可以。我们村不缺钱,主要是资金回笼慢。还有就是有两位老人病了住院,要钱。"身土说:"我回来就是为这事的,抽时间我们去找其他几位聊聊。老人住院的钱明天就打到医院去,其他资金问题我来想办法解决。质量不能出问题。现在市场竞争厉害,我们做任何事情都不能短视,一旦质量出了问题,就毁了自己的前景,得不偿失。"柏艾就说:"我不也是这个意思嘛,但主要担心你呀。我晓得你压力大,你不说罢了。"

短暂的沉默后,身土说:"柏艾,干什么事没有压力啊!开弓没有回头箭。现在村里各项事业正在健康发展,我们要做的就是,维护大好形势。一时资金短缺,不是哪一家的事情,是普遍存在的现象。我们公司那块收不回的钱太多,工人工资却要按月足额照发,迟一点他们就上访讨薪,政府就给企业施压,你瞧,哪块都难啦。"柏艾两手在自己膝盖上蹭几下,停了会儿,说:"你这回要你爷和婶拿钱,他们又要心疼死啊。"身土说:"这个要理解我爷和婶,毕竟是从家里往外拿钱,给哪个哪个心都疼,他们已经很了不起了。我敢说,搁在哪一家都很难做得到。"柏艾就说:"是啊,这个我晓得,就怕时间长了他们会对你有意见,影响家庭和谐。"身土说:"那个是不会的,我爷和婶是很开明的。当初我身陷绝境时他们收留了我,对我好得不得了。他们当初收留我并没有想我日后要成就什么事业,现在,我更加觉得,我不能只晓得报他们俩的恩情,还应该做得比这更多更宽一些,我想他们会渐渐理解的。"

柏艾又说:"我听肖福子说,他在找你,好像要给你一张表格让你填。"身土说:"填什么表格?哪方面的?"柏艾说:"好像是县里决定报你为省劳模。"身土停了会儿,说:"柏艾,你说我做事情是为了这个吗?我一个农民,要那个虚头衔没用。"柏艾就说:"我晓得你不是为这,但好歹是县里对你的肯定嘛。"身土说:"没有这个光环我一身轻松好做事,如果有它,我就会有负担,今后更难做人做事。"柏艾说:"那县里要这么定也没有理由不接受啊。"身土说:"这个再说吧,他们不还没有找我嘛。"

柏艾低头不语。身土看看柏艾说:"柏艾,我看你心情不大好呀!"柏艾说:"喊,我有什么不好的?你从哪块看出来的?"身土就说:"你不讲我也不会问的。"柏艾想了想说:"其实也没有什么,现在做事是有些难。你没听说吗?村里人说我为村里这么卖力地干活,是另有所图,是借着梅都何这块风水宝地给自己捞政治资本。还有……"柏艾打住了。"还有什么?"身土追问道。柏艾长舒了口气,说:"不说啦,到了村里你慢慢去听吧。"身土停了会儿,说:"你后悔啦?"柏艾反问道:"后悔?我后悔什么?""后悔你当初怎么就想起来帮梅都何村迈出这么大的步子。"柏艾说:"我帮梅都何发展,是因为梅都何基础条件好;我帮梅都何发展,这是我的工作,我是乡里的农业技术员,这与捞政治资本和其他的都是不搭架的事情。"沉默一会儿,柏艾说:"县里评我为先进科技工作者,还要报市里表彰,我拒绝了。"身土无语。柏艾又说:"沿湖市农委说要把梅都何的经验报省里,说梅都何为农村发展提供了可借鉴的经验。"身土说:"全市自然村的情况都不一样,各有各的优势,各有各的短板,我们的做法对别的自然村未必就有用。总结可以,就怕折腾。"柏艾说:"这哪块是我们说了算的事?人家要总结,我们又不好把人家的手脚给捆住不让他们来。"身土站起身说:"不说这些了,他们来了再说吧。走,天晚了,去我家吃饭,再送你回家。"柏艾说:"我就不去你家吃饭了,我自己回去,你也回去吧。"身土说:"哎哎,你不是说好的到我家去吃碰饭吗?怎么又变卦啦?去吧。"柏艾说:"我真的不去了,你回吧,我走了。"柏艾说着就朝乡政府方向走。身土只好跟在柏艾后头,说:"那我送你。"他们俩一路上只说了些无关的话。快到乡政府时,身土和柏艾告别,一人匆匆往家赶,他隐约觉得柏艾心里有些事情想对他讲,又难以启齿。

何身土送过柏艾再回头来家,天色就比较晚了。满水两口子已吃过了晚饭,鞠银子正在灶屋里忙事,满水在堂屋里料理杂务。农村晚饭极为简单,中午的米饭,晚上倒锅里加点水,放几片青菜叫菜泡饭,就点咸菜就是一顿。身土大老远回来不容易,鞠银子就特意给他煎了三个荷包蛋,下了一大碗面,又从坛坛罐罐里拾掇些咸菜,这算是很好的待遇了。

吃过饭身土和满水叙话,先谈公司的事情,把在西洳张阳明给他们公司开会的事说了一遍。满水就说:"你那么多的工地摊子,顾得过来吗?"身土说:"每个工地都有我们的业务经理在那块把着,我定期到每个工地去看看就行。再说,我们在外省的工程少,就一两处,一处在南方,一处在苏北。"满水说:"身土啊,我说啊,有些事情差不多就行了。不是我拖你后腿,可能是我岁数越来越大了,胆子也越来越小了。"身土就说:"爷,你说的是,我也没有想把事情做到哪块去,只是有些事是赶上了。你和婶放心,我会把握住的。"满水说:"这个我和你婶晓得,我只不过是给你提个醒。我们几十年在这巴掌大的梅都何村,眼睛就能看那么一点点远,不像你们现在的年轻人,五湖四海到处跑,见得多知道得也多,心地宽。"身土说:"爷,你是谦虚,你走的桥比我走的路还多,你吃的盐比我吃的饭还多。你和我婶是明白人,心里头跟明镜似的,什么事情你看得比谁都清楚。"满水说:"身土啊,你说这是给爷我戴高帽子了。有些事情我能看得懂,有些事情我要看懂还得要时间啦。不过,我和你婶都满心希望你好,这一点没的假。"身土说:"爷,我心里晓得哪,你和婶对我恩重如山,我一辈子报答不完。"满水说:"哎,话不能这么讲,我们对你哪有你说的那么大的恩,倒是我们这个家越来越离不开你。我们渐渐老了,想得也多了些。我看得出,你为村里办这么多的事,是把对我和你婶的报答播撒在了梅都何这块土地上啦。大家现在在心里处处念你的好,也是念我和你婶的好,我和你婶心里清楚着,你是为这个家培福积德啦。"身土眼睛潮湿了,说:"爷,你在高看我。我谢谢你和婶对我的理解、支持,没有你和婶的宽容,我什么事情都做不成。我身土这辈子能投在你膝下为子,是我祖上修来的福分。我做人做事不仅要对我自己负责,更要对你和我婶还有这个家负责,定要让你们生活得心安。"满水点点头说:"这我和你婶信。"说完,满水转了话题问,"你妹最近给你打电话或写信没有啊?"身土说:"没有哩。""她给我们来了封信,说有的事情在电话里说不大清楚,就写了信。"何满水说着去里屋拿信。身土看信上写:

亲爱的爸、妈、哥:
　　你们好。
　　我给你们写信,是因为我怕打电话一句两句说不清楚。我现在比较忙,主要是忙毕业和分配的事情。经过几番努力,我可以高兴地告诉你们,我留校了,也就是说,我可以留在上海工作了。这件事要感谢学校政治部汪干事,汪干事就是那个叫汪自力的,我们的思政老师。关于这,我会领他回家来看望你们并向你们汇报的。
　　爸、妈、哥,我现在是一名真正的军人啦。我授衔是中尉,定的是副连职,具体留校做什么还没确定,这事就由汪干事去为我费神啦,等明确过后我再告诉你们。
　　爸、妈,你们把我养大,供我上学读书,考上大学进了大上海,我一路走来都靠你们含辛茹苦拉扯着我;考军校,是身土哥为我指明了路为我托了人,让我很顺利地走过来。我越想越感激你们。我长大了,懂事了,我知道如何孝敬父母,你们就看我今后怎么做啦。
　　从内心里说,我倒不是嫌弃农村,梅都何是块好地方。我在那块长大,知道那块虽苦,但蓝天白云青山绿水,在那块生活能使人心灵安逸。是时代让我们年轻人勇敢地去追逐梦想,朝未来奔跑。我现在感觉在上海,有我的一片蓝天,有我的希望,有我的梦想,有我充满的激情,有我开阔的视野,有我思考的格度。每当我走在大上海的街上,我就感觉这世界是多么美好。但我每次回到梅都何,就觉得我的人一下矮下去一截,像走到了路的尽头那样毫无方向。我说这些,没有嫌弃故乡的意思,只是我目前的一种感觉罢了,我心里是爱爸妈爱梅都何的。

我哥这些年做事很敬业很辛苦很成功,他人品好,厚道诚实,有思想有能力,毫不夸张地说,他为梅都何带来了福气,为大家创造了美好生活的处所。这可能会成为未来农村发展的风向,是多少年来没有过的崭新气象。说得不对,就算我瞎说。再就是我哥的很多事情爸妈还得多多操心多多费神。我爱我哥,我钦佩我哥,我希望我哥更加有力地撑起梅都何这片蓝天。我忙过这阵子会给我哥打电话或写信。今天就匆匆写这些。祝家里一切都好。

宝钏

身土看完信,对满水和鞠银子说:"爷、婶,时候不早了,你们忙了一天,早些睡吧。"满水两口子看看身土,说:"嗯啦,你也早些休息。"身土起身到屋里,但根本就没有睡意。他想着宝钏妹的信,为她高兴,也看出信里个中含义:一是她可以在梦寐以求的上海工作了,实现了梦想,要领汪干事回家来;一是希望哥更加有力地撑起梅都何这片蓝天。身土长长地嘘了口气,心里泛着一阵阵酸楚。虽然对于这些,他早就做了充分的思想准备。

最最难过的是满水和鞠银子。女儿宝钏能有今天,当父母的心里是巴望不得的,谁都是望子成龙望女成凤的。但他们不像别的人家父母那样开心和喜悦,主要还是因为身土。身土不是自己的亲生子,接回家来的目的是清楚的。然而,宝钏这么一旋转,把他们当初的计划全盘打乱了。没个宝钏来拴着身土,身土就完全可以自由选择:他要继续蹲在这个家当然好,他要离开这个家也不能说他德行差。对此,鞠银子在接到信时就曾经跟满水说:"我说啊,就算宝钏在上海工作,她和身土还是能结婚的,身土哪块配不上她?"满水说:"你讲得倒好,那丫头你又不是不晓得,她能按我们的意思办?再说,她在部队,身土在农村老家,这个也真有点那个。""有点哪个嘛?"鞠银子接着说,"那个上坊村的老熊家儿子不是在部队?他娶的媳妇不就是下坊村的姑娘,不还住家啦?听说马上就能随军到部队去啦。""喊,我讲你呀,想事情就是那小巷子里头扛毛竹——照直不打弯,就顾得你一厢情愿。我问你,你叫宝钏嫁给身土,叫身土去部队随军?就你那宝贝丫头她能听你的馊主意吗?再说,她信里不是讲得很明白了?她要领那个汪自力来家看你哪,你晓得他俩到底是个什么粑粑和粽子?你还叫身土跟她去随军!"满水说。

满水两口子为女儿高兴的同时又添新的危机感。满水无法释怀,就说:"她妈,我看我们还是要抓点紧,给身土物色一个就给他们把事情办喽。"鞠银子说:"我也这么想,你看谁好?"满水就说:"我看,怕那个柏技术员还是行的呢?"鞠银子说:"那姑娘是大学生,吃国家的饭,她会跟我们身土?"满水说:"大学生怎么啦?身土是建造师,我看给他个乡长干比那杨乡长还要过劲,就他那能力哪块比他们差?"鞠银子说:"你讲二十四个好也不算,净讲空话。"满水说:"说一千道一万,是我们私心重啦,当初硬硬头皮让他考大学,他现在不也是国家干部?就算他不在这个家里过,我们也算对得住他。可现在从良心上讲,是我们对不住他。"满水说着就用袖子揩眼睛水。鞠银子就劝说道:"我们看事情不就能看自己脚尖下那一点点东西?谁有那长远眼光!"满水说:"事到如今了,还有什么屁话好讲哦。依我想,那时让宝钏上大学,像人家柏技术员一样分配在家门口做事,哪会出现今天的局面嘛。嗨,这俗话说,'天要下雨,娘要嫁人',只有认了。"鞠银子说:"唉,哪个不是讲嘛。由不得你的事,烦神也没用。"他们相互安慰着。

这天一大早,村里的大喇叭就突突响起。隔了几秒钟,传出何登峰老人的讲话声,他是在安排村里一天的大小事情。这个大喇叭是协会成立后,按何登峰提出的要求装的。他说,有事喇叭里喊一声就不用挨家挨户地跑着喊,也省得屁大个事都要开碰头会,耽误时间还招人烦。身土吃了早饭就对满水和鞠银子说:"爷、婶,我去村里那块走一趟。"说着他就去了何登峰家。何登峰说:"身土你回家来啦?回家来好,我们正好有事情找你商量呢。"身土说:"我就是为村里的事回来的。"两人在村里各地转转,一边走一边说着话。

他们先朝牡丹园那里走,很快就远远看到牡丹园了。何登峰说:"我和良春、望山、驹子,还有能人几个人商量咧,他们有人说牡丹园可以开始收成了,但是那个柏技术员说不能,没有到时候怕丹皮的质量过不了关。问我,我也不好说收还是不收,这里主要是考虑到牡丹园的成本问题。要收,马上就能得到现钱,村里资金周转就能缓解一些;不收,这个、这个……"老人为难地收住了话。

身土看着这一眼望不到边的牡丹园,问:"除了这个事情,还有什么困难?""那倒没有多大的事情。"何登峰老人回答,接着又说,"鸡场那块也还要些时间,鸡和蛋才能正常出售,也压了些成本。不过我和他们仔细地算了一下,照现在的发展,不出意外,村里的钱是有的,保证村里的公共福利经费开销富裕得很啦。"身土问:"那村民们都有什么反应?""要说有反应嘛,就是敬老院那块。"他俩就往敬老院走,边走何登峰边说:"主要是有的人家有老人住,有的人家没有老人住,没有老人住的人家就认为他们吃亏了,心里有点不平衡,讲点小怪话什么的。再说,我们村最大的支出就是敬老院这块,用钱量大,这不,医院还住了俩老人,急等着用钱啦。"身土就说:"敬老院这块用钱多,也是暂时的,等我们把有些支出项目做好了,进入正轨就好了。比如,我们给老人买医保,买社保,一次性拿的钱是不少。但这两项一旦生效了,村里就不用年年往里贴那么多钱。这个可以跟一些人解释一下,不要不平衡。再说,这人都得老的,今天没有得到这块的享受,过过老了不照享受吗?"

走到了敬老院,老人们看到是身土就纷纷出来围着身土有说有笑,问长问短。有的老人还疼爱地摸着身土的后脑勺,好话一片。身土就问他们吃得怎么样,睡得可舒适。老人们连连点头说:"好着呢好着呢,我们啦,够享福的啦。"身土看看电视室和棋牌室,老人们围着身土脸上乐开了花。身土和何登峰又走进敬老院医务室,一位很年轻的小姑娘在。何登峰问医生呢,姑娘说,夏医生有点事出去了,一会儿就回来。夏医生是乡卫生院退休的,村里聘用来的。小姑娘市卫校毕业暂时留在卫生室,为老人做保健。何登峰说:"老人看病先记账,村里其他人来看病收费。"身土说:"我们现在还不能做到全村人看病免费啊,我相信这一天很快就会到来。"那小姑娘笑着说:"生活在梅都何的人真幸福。"何登峰说:"小伢子哎,你要考上了哪个医院你就去,没考走之前就蹲我们这块,我们不会亏待你的啊。"大家就笑了。

走出医务室,何登峰说:"嗨,身土孙子哎,我心里还有话要对你讲,村里人都有些担心你。"身土就说:"担心我又是怎么讲?"何登峰说:"担心你什么啊?担心你们这些有钱人,说去城里过好日子拔腿就去了,哪块还有心思再回来管这小小的梅都何哟。"身土说:"这个嘛,老爹爹,我不能叫大家不要担心,讲了他们也不会信。所以我就想起有位大领导老早说过这样的话,大意是如果把希望只寄托在某一个人身上,那是很危险的。我之所以要下气力把村里的企业给办起来,坚持以质量为企业的生命,就是想,我们要有一个健康的自我造血功能,这才是我们村可持续发展的唯一路子。我们现在各方面运转正常,要想取得长效的发展,最关键的是管理,要实行科学的管理。那时无论我在村不在村都不要紧了。要让村人懂得这个简单的道理,不要在一些细枝末节上说三道四,只顾眼前不顾长远。"何登峰说:"怕就怕那些小肚鸡肠的人,不讲大面子啊。不过现在,大伙就服你,你说的话大伙没有不听的,不如你找个时间在大喇叭里跟大伙絮叨絮叨。"身土就哈哈笑了,说:"我的老爹爹,您就别出这么个主意,竖杆子让我往上爬啦,这些事情慢慢地来吧。做事容易,做人的工作是不容易的,找机会吧。"

说着,身土腰里的大哥大嘀嘀响了。身土拿出来接,是肖福子的电话,问身土现在在哪块,身土告诉他自己在村里,他就说,在村里等他,他一会儿就到。他们正说着，何良春走过来，身土迎上去说："校长，我正要去拜望您。"何良春说："我早上看到满水了，他说你回来了。"何登峰说："身土一早来我家，我就领他在村里转转，正好把大家的一些想法对他说说，好让他拿个主意。"身土说："我老爹爹您说哪里的话了，主意您和我校长爷拿，我执行就是。"何良春就说："身土啊，我们都是因为有你做我们的强大后盾才把事情给搞起来的，否则就是把我和我老爷推着跑，我们也跑不起来呀。"说完大家就笑了。身土说："我校长爷就会鞭策我，也对，我年轻应该打头阵，要不怎么叫年轻人呢？"何登峰说："说起来是大家的事，但还得有个好的领头嘛，没有你身土给村里这么规划，出钱出力劳神费心，一鼓作气干起来，村里哪有今天的发展。我想啦，身土你说得对，下一步要在管理上下功夫，只有管理好了，才能保证企业发展。"身土说："说到管理，我看餐饮这一块还真的要下功夫。现在西洰、沿湖、陵阳和本村的几个连锁店，都是兰芬委派的经理在做，我们要培养自己的餐饮行家，要逐步把餐饮统领起来，这块可以作为往后村里的支柱产业。"何良春说："身土说的是，我看老爷您可以好好考虑一下，看村里哪些孩子在餐饮这块有爱好、有天赋，愿意在这块钻研，就出钱送去培养。"何登峰说："这是个好主意。"身土说："这块你们两位长辈就辛苦些，目前村里经费缺口可还好？我回头跟我爷、婶商量好了，就转些钱来先救急用着。"

正说着话时，何碧叶从对面扭扭捏捏地走过来，大家都惊住了。因为从那回闹过开业典礼后她何碧叶就没有在村里出现过。有关她的传言版本很多，有的说她在外打工，有的说她同村里的霍厚子奔了，有的说她在外被人打死了，今天却突然出现在村里。何碧叶就是何碧叶，她倒显得大度得很，能屈能伸。她迎面就喊何登峰老爷，喊何良春大哥，喊身土一口一个大侄子，喊得热烈亲切。何碧叶说："哎哟，我说老爷啊大哥啊大侄子啊，还是我们梅都何好啊，我这人虽在外头哎，心里哎还是天天想着梅都何。再说，我没的什么能耐，没的技术，在外吃不开，挣不到钱还受苦受累处处受人的气，真划不来。我回来啦，还是本乡本土好啊，但求老爷大哥大侄子你们帮我在村里找个事情做。我过去是有好多的缺点，老爷你大人不记小人过。我现在想通了,我哪儿也不去了,就在梅都何守着,等我那死鬼徐浪回来。嗨,我说老爷哎,千好万好还是梅都何家好,回来了真的很安心。"何登峰和何良春、身土互相传递着眼神,何登峰说:"我说徐浪家的,回来就好,你想在村里找个事情做,好嘛,你先想想愿意做哪块的事,我们回去也商量一下,给你回话,这样可照?"何碧叶就说:"要不我就去那餐饮店端端盘子、跑跑颠颠也照。"何登峰看看良春和身土说:"你的想法我们晓得了,你先在家歇两天,我们商量好了就通知你去干活。"何碧叶就谢过几位,扭着屁股走了。何良春说:"依我看,这种人不能去餐饮店做事情,她是个心术不正的人,狗改不了吃屎,她在那里怕会闹出事情来。"何登峰和身土也说,这人不能在餐饮店做事,鸡场都不能去,不行就叫她去编织组。

这时肖福子和柏艾向村里走来,肖福子老远看到身土就招手。这时何良春就把身土拉到一旁,小声说:"身土,我问你,你那个乡长同学在追柏技术员,你可晓得啊?"身土第一回听说,开始心里一惊,很快又平静下来,问:"这是什么时候的事啦?"何良春说:"乡政府机关的人都传疯啦,你没有听说?"身土说:"我一直在西滗,哪有空管人家这事?"身土故意说得很轻巧。何良春说:"好像听说柏技术员一直没有什么反应,对杨乡长很冷淡。"身土才哦了一声,肖福子和柏艾就走到了跟前。大家先说笑一阵子,肖福子就说:"何老爹、何校长、何总你们都在这块好,我正好有事对你们说。县里接到通知,省里初步打算在今年第三季度召开全省农业农村工作会议,指明我们县把梅都何村作为全省的示范,总结一份材料先上报。我们全市就这一家,领导叫我先来打个前站,过两天县里领导要亲自来村里。"肖福子从包里拿出一张纸给身土说,"给你的,抓紧填。"身土一看,是"全省农村先进个人申报表"。何身土看了看表格,又看看肖福子说:"肖科长,这个我看给他们三位中的哪一位都行,我就算了。"说着把表格递给何良春看。肖福子就说:"我的何总啊,这事是我能说了算的吗?你太高看我了,这是县委、县政府的决定,哪个能改呀?"何登峰老人说:"我看县里的决定是对的,这个先进不是你就是柏技术员,其他哪个都不配。"何良春说:"老爷说得对,你们俩哪个做这个先进,都是对我们村的肯定,你代表村里做这个先进,是你个人的光荣也是全村的光荣嘛。"肖福子说:"哎,校长说得对,这是对梅都何的肯定,也是对梅都何全自然村村民的褒奖,你代表大家了。"身土摇头,表示无可奈何。肖福子说:"你们哪个有空就领我转转,看看每个点,我们多少要把现场打理一下,让领导看了印象更好些。"身土说:"肖科长来了,中午我请肖科长和柏技术员吃饭,就在我们自家的餐饮店,让肖领导和柏技术员检查一下伙食。"大家有说有笑就往前走。

牛翠兰领着一批游客,边走边介绍村里的景点。他们先走过孝堂(何公画像陈列室),介绍晋代大孝子何公;又到杜娘泉,介绍杜娘当年考那两个赴京赶考的考生的故事。翠兰远远看见何身土,让游客自由照相,跑过来和身土打招呼:"身土哥,哦不对,何总,你是哪时候回来的呀?"大伙就笑说:"翠兰啦,你喊身土何总,你自己也是牛总嘛。"翠兰夸张地笑得前仰后合,说:"我啊?就是个村姑小导游,我身土哥才真是大老总哪。"肖福子说:"哎,你牛翠兰在我们县也是个不得了的人物呀,哪个不晓得你牛总导啊。"翠兰说:"你肖领导拿我开心。"说完留下一串银铃般甜脆的笑声就跑了,边跑边说,"不跟你们讲啦,我带团去啦。"

他们在村里转着,不觉到了中午,何良春有事先走了,身土就领着肖福子、柏艾、何登峰去村里的蓝蓝天酒店,又喊了何之洞、牛望山、马驹子、何满水来陪同,满满一桌人。身土说:"我说过我请客,不是村里请,按要求村里是不能招待的,我们要执行。"说着从包里拿出钱先压在收银台那儿,省得人家说闲话。

蓝蓝天酒店中午很热闹,旅行团的游客就有三桌,还有零星来村里游玩的散客,店里忙得不亦乐乎。身土边招呼客人边在店里转转看看,他从后堂到洗菜间,再到大厨那里,都看得仔细。等上了四个凉菜,身土说:"老爹爹,我们有四个菜能不能先喝起来呀?"何登峰点头。身土就举起酒杯说:"按我们梅都何的习惯,我第一个先敬肖科长,感谢县里领导来村指导工作。"说完就喝了。肖科长就说:"你何总太客气了,我既不是领导,又不是来指导工作的,我就是跑腿给何总送表格的,顺便看一下现场,这块我又不是第一次来,吃饭纯属从何总之命。"身土又从何登峰开始挨个敬酒。当敬到柏艾时,柏艾说:"何总哎,我们就不必客气了,我又不会喝酒,以水代酒,你就意思一下,喝少点扯平了。"肖福子就说:"哎,还是柏技术员会心疼何总,不愧是老同学。哎,对了,你们杨乡长不也是你们同学嘛,忘了把他也请来。"说到杨乡长,柏艾就低头不吭气。何之洞是信息灵通人士,就说:"乡长一来,柏技术员就更不会喝酒啦。"肖福子说:"哎,这又怎么讲?"柏艾抢过话头说:"你们喝酒,最好不要说人家大领导,传出去说你们在背后讲他,不好。"何之洞急了,说:"我们这说说,谁会传话呀?要传也是你柏技术员啦,你们一个乡政府里工作,传话方便。"柏艾说:"之洞爷你高看我了,他那么大个领导,我就是个小农技员,哪敢随便去领导那里传话?倒是你之洞爷是乡里的名人,哪块你都能说得上话的,怕你到处说哦。"大家就哈哈笑了。大家喝酒说笑一阵后,说差不多就吃饭吧,下午都还有事,于是很快结束了饭局,四下里散去。肖福子是从乡里骑自行车来的,柏艾不会骑车,是坐在肖福子车后面的书包架上给驮来的,就又坐着肖福子的自行车一起回乡里去了。他们一走,身土也回到家,倒在床上,其实他一点睡意也没有。他在想着何校长跟他说的杨乡长在追柏艾。他心里咯噔一下,就更没有了睡意。

柏艾回到乡里,陪肖福子等公交车。肖福子酒意很浓,喷着满嘴的酒气冲柏艾说:"我今天为什么要亲自把那表格送到身土手上?"柏艾摇头。肖福子又说:"县里研究报身土为省老模,征求乡里意见时,你那同学杨乡长开始搞死不同意,说村里工作主要是你在抓,要报也应该是你,县里开始觉得有些道理,犹豫了,最后是县委书记办公会研究,定下还是报何身土,乡里才保留了意见。"柏艾就说:"谢谢你肖科长告诉我这些,但我对这不感兴趣。"肖福子说:"哎,你可晓得你那同学杨得草为什么那么横,敢跟县里叫板吗?"柏艾摇头。"我跟你说嘛,"肖福子很神秘地靠近柏艾说,"他有个叔伯早年打仗出去的,在首都是正部长级别,县里领导对你们杨乡长都让三分。县里也觉得你这些年确实做了大量的工作,你把梅都何搞得像一颗冉冉升起的星星,大家有目共睹,给我们县里争了好大的荣誉。可是有些人却非把所有的功劳都记在杨乡长头上,说他年轻,有魄力,有能力,这两年敢于创新,大胆尝试,蹚出了农村发展的新路子,要把省劳模给他。领导们意见不一,后来就把杨乡长推荐为全省优秀乡干,这样一来,把省劳模给你就显得不太合适,呃,就给了何身土,让何身土捡了个便宜,这样也就算平衡了。我们俩在这里说,这梅都何与杨乡长一毛钱关系也没有。"肖福子说着又进一步把嘴凑近柏艾的耳边,从胃里翻出的一股酒味差点没把柏艾熏吐。他意识到自己有点讨人嫌就知趣地后退一步,接着说,"据我听到的小道消息,你们杨乡长马上就要有新的高就啦。这是我听说的啊,你可不能对外说是我说出来的哟。"柏艾淡漠地微微一笑。这时车来了,肖福子就急吼吼爬上车,在车窗边朝柏艾傻不拉叽地龇着牙笑,还把手朝窗外挥,嘴里嘟噜着:"我走咧我走咧,别说我说的啊。"柏艾礼节性地看车开动了,就转身往院子里去。柏艾心里想,本来人家村里自己实实在在做的事,见了荣誉伸手的人那么多?

　　柏艾走进乡政府大院时,杨得草乡长也正进院子里来,看样子他也是从哪块喝酒回来的。杨得草喊:"柏艾,柏技术员。"柏艾转过头来说:"杨乡长你也才回来呀?"她说着转头就朝宿舍走。"哎哎,我话还没有说完哩,别慌走啊。"杨乡长跟着撵上柏艾说,"你们今天看梅都何情况还好吧?"柏艾说:"好不好是乡长你亲自抓的点,一本清账嘛。"杨得草把双手直摆,说:"哎哎,不能这么说啊,你们才是真正的功臣啦,我来时你们都开始干起来了。你柏技术员才是真正的功臣嘛。"柏艾笑笑说:"没事我去休息啦,乡长你也休息吧。"杨得草上前一步,似乎怕柏艾拔腿就走,拦着她说:"我说柏艾,你就不能好好跟我说几句话吗? 对我总是那么不屑一顾的样子,我要是哪块做得不好你可以批评嘛。"柏艾不温不火地说:"杨乡长太高抬我啦,你是大乡长,我是你的办事员,怎敢批评你?"说着就要走。杨得草紧追不放,跟上去说:"我说的不是工作上的事,我说的是那个,那个……"柏艾看了他一眼,他虽然喝了酒,但不是很醉,说话也挺认真。柏艾就笑笑说:"乡长,等你酒醒来再好好说话吧。"说完就径直走了,把杨得草甩在身后。杨得草看着柏艾的背影,说:"柏艾,你别慌着走,听我把话说完再走也不迟。"柏艾就站住,转过身来对杨得草说:"杨乡长你说。"杨得草说:"柏艾,我说你整个就是冷、病、傻。"柏艾笑吟吟地说:"杨乡长接着说完。"杨得草就说:"我说你冷,是因为你非把自己变得孤零零一个人,无人来点燃你内心的火花;说你有病,是因为人类最美好、最崇高、最甜蜜的感情,你远远避开;说你傻,是因为你尽管痛苦,却不愿召唤那感情走近,不愿向前一步。"他说完就摇摇头走了。

  柏艾看着杨得草离去的背影,然后低头走进她自己的小单间。柏艾想着杨得草的话,想着这一年多来他不断地献着殷勤,话也说得非常明了,可是,她柏艾对他就是没有一点的兴趣。应该说,他杨得草在他们同班同学中算得上是发展得较好的一位。他高中毕业考的是省农校,学的是蔬菜专业,分配在县农委下属的蔬菜公司,然后一步一步走上领导岗位,进步很快。撇开这个不说,就杨得草本人也不是那么令人讨厌。她柏艾是什么人?就一个农家女,读了个大学有了份工作,自己养活自己罢了。在别人眼里,她如果能嫁给杨乡长,那是她个人甚至她柏家的荣耀。况且,他杨得草目前是全县最年轻的乡科级干部,他还有上升的空间,在旁人看来,从各个方面讲,柏艾和杨得草结合应该是首选。可是,柏艾就是和杨得草格格不入,她看到杨得草时,总有种怪怪的感觉,也不是现在,在做学生时她就不大同杨得草多话,具体是什么原因也说不清楚。但她看到何身土就不一样,从同学那会儿开始,她就觉得他是那么有力量,给人以信念、信心、希望。特别是这些年,他像远处的航标,给人方向。他那种不卑不亢、聪明好学、勤劳诚实、坚定沉稳、果敢干练的特质,使柏艾看到希望和未来。当今多少人都为自己发家致富,急功近利,恨不得一夜暴富,他却把辛苦挣得的钱无偿奉献给梅都何,为全村创造平静安宁的生活,把大家带出贫困走向富有。他究竟为的是什么?答案只有在村民的脸上找了。

  柏艾放下午休的念头,到自己的办公室,拿起电话拨了一串号码。

第十七章

身土心里想着事情,午觉就睡不着。躺下去又爬起来,爬起来又躺下去,就这样折腾了一会儿,索性走出家门,在自家屋后的山路间闲逛。暮春的午后,梅都何的晴空中总有一缕缕薄薄的云。他站在地上对天注视一会儿,感到身上好像生出两只翅膀来,就要一扬一摆地飞到空中去。他披了一身和暖的阳光,不知不觉走到他从西湘回来时坐在路边歇脚的地方。他刚要坐下来时,腰里的大哥大嘀嘀响了。他拿出大哥大,摁下接听键,传来的是柏艾那低沉细甜的声音:"何总,你在哪块呀?"身土说:"没在哪块。在我家屋后的山路上闲逛看风光。"柏艾说:"那你就往乡里这头逛,我从乡政府这头向你那头走,路上见,有点事情跟你说。"身土说:"那好,我就慢慢往你那头走,不要我走快了,到了乡政府你还没有出发。"柏艾说:"那你就先在路边躺着晒会太阳。"身土说:"你要把我比作什么?"柏艾就说:"你的联想不要那么丰富好不?我这就出门,挂电话了。"

何身土揣好大哥大,就往前溜达着。他知道,女孩子说出门了,至少还得有二十分钟半小时的样子。柏艾这回可不是身土想的那样,她放下电话就出门往乡政府大门走。她走出一小截时,身后有人叫:"柏技术员,你这是要去哪块呀?"柏艾不用回头就知道是杨乡长。她被这突如其来的喊声叫得真有点猝不及防。杨乡长说着就走近了她。柏艾问:"乡长有事吗?"杨乡长说:"没事没事,我看你往外走,问问你去哪块。"柏艾就说:"我去梅都何有点事。"柏艾话一出口就后悔不迭,心想,我什么话不好回,非说去梅都何干什么呀!但后悔已来不及了,出口的话也不好收回。

谁知杨乡长马上就大声吼道："驾驶员，把车开过来。"喊完又对柏艾说，"叫车送你过去。"柏艾这下蒙了，连忙说："不用不用，我走习惯了，坐车不自在。"杨乡长说："哎，送送。"这么说着车就到了他们跟前。柏艾真恨不得自己抽自己两个耳光。乡长那么认真热情，推搪狠了不就不识抬举了吗？乡长杵在那儿，驾驶员一个劲地按喇叭，柏艾没有办法，就硬着头皮钻进小车后座。驾驶员一踩油门，车子就飙走了。

　　在车上，柏艾还在后悔，又在心里骂道："这双鬼眼睛真尖，怎么就正好给他看见了呢？"她想起村里人有句常讲的话，用在这虽然不合适，但她心里想：不怕贼偷，就怕贼惦记。她想到这，不禁扑哧一声笑出声来。驾驶员说："柏技术员想到什么高兴的事自己跟自己笑啊？"柏艾说："我是想起那天他们讲的一个笑话，想想发笑。"驾驶员说："什么好笑的？讲给我听听啦。"柏艾说："你还是好生开车吧，不要笑得把车给开到树丛里啦。"驾驶员就说："柏技术员好幽默嘛，说我把车开到树丛里了，那这车还不给撞瘪得跟破瓢一样啊？"他们一起笑了。车子在山路上跑，屁股后头掀起灰尘。车开出几里路时，柏艾看到身土在迎面往前晃着。柏艾不想要多嘴的驾驶员晓得她来找何身土，就把车窗玻璃摇下一点，把手伸到外头向身土做了个回头走的手势，车就驶过去了。驾驶员问："柏技术员到村里哪块？"柏艾随口答道："到村旅游产品集散中心。"到村里的路高低不平，车子开起来像簸箕簸谷子，柏艾在车里给颠得像谷子在簸箕里跳。到了地点，驾驶员说："柏技术员要忙多久？乡长说要我在这儿等你回乡里。"柏艾说："谢谢你和乡长，我不晓得什么时候才能回，不能耽误乡长用车，你这就回去吧。"驾驶员显然是个角色，嬉皮笑脸地说："乡长对柏技术员可是不一般地关心啦。"这个话中有话的说法使柏艾极度反感，可她又不好表现出来，就说："一乡之长，关心着几万人口呀，哪么那么容易啊。你快回去吧。"驾驶员诡异地笑笑说："那我就回啦，乡长要是批评我，你得帮我扛一毫毫啊。"柏艾烦了，说："去吧去吧，别在这练嘴功夫啦。"驾驶员把车开走了，柏艾心里松了口气。她往来的山路那块走，准备迎接身土。

　　哪晓得这个何身土往前走着，总是迎不见柏艾，就在心里想：我猜得不错吧,这女孩子出门就是难,说不定还没有动身哩。他得意地往前晃荡。柏艾走着怎么也迎不到身土,就在心里说:"这个呆子,说不准跑到乡里去了,他没有看到我给他的手势?"柏艾这回猜对了。身土到了小镇上,往乡政府大门里头看,可想而知啊,他哪块能看得到柏艾哟。这边的柏艾在路上急得直跺脚,心里恨恨地说:"何身土你就是个活孬子!"她急也没有用啊,村里也没有哪块有电话,联系不上,只有在路上等这个孬子回头了。

何身土跑到政府大门斜对面的一个卖玩具的小摊子旁边,装着买东西的样子往大门里瞧,一瞧不见,再瞧仍不见,他想呵:嗯,她柏艾可能有事出不来啦——不对呀,她要是出不来会给我打电话的嘛。他就坐下来等。等了一会儿,他到底还是有点急,心里想,算了,不等啦,她肯定被什么事给绊着脚了,走不掉了。他索性往回走。他走出半个多小时吧,远远地看见一个人在路那头晃荡。这回他一眼就认出来是柏艾。他匆忙地赶过去说:"哎呀,我怎么一路没有看见你,你就过来啦?空降?"柏艾气得朝他直翻白眼。等他俩各自把经过一说,身土就哦了一声,说:"我哪块想起来车里是你,你在那块招手,我还以为是哪个熟人客气地和我打招呼呢。"柏艾说:"我看你该不是故意的?"身土急了,说:"不不不,柏艾,你可不能冤枉人啦。我要是故意的我还会跑到乡里去呀?"柏艾本来是逗他的,看身土那个顶真的样子,扑哧一声低头笑出声来。柏艾说:"好啦好啦,看你那个孬子样。"身土说:"我'孬子孬,吃鱼腰'嘛。"他说完又对柏艾说,"哎,你晓得这个'孬子孬,吃鱼腰'的典故吗?"柏艾说:"不晓得,你说呀。"其实她是晓得的。身土就说:"这是梅都何村流传的一个故事,说从前村里有何氏三兄弟,娶了三媳妇。大媳妇很忠厚善良,二媳妇很刻薄刁钻,三媳妇聪明伶俐。有一回何家老先生过生日,上了一桌子菜,其中有条整鱼,一家人哪个都不好先下筷子。这时候三媳妇就先给大哥搛个鱼头,说:'大哥吃鱼头,万事到来有人求。'又给二哥搛个鱼尾,说:'二哥吃鱼尾,万事顺汤又顺水。'给自己丈夫搛个大鱼的腰,说:'你个孬子孬,吃鱼腰。''孬子孬,吃鱼腰'就这么在村里传下来了。"柏艾笑吟吟的,没吱声。他们顺着山间的小路往西走。远处是大公山,山顶在阳光的照射下,如一堵高高的墙,撑住了蓝天的那一方的边缘。

梅都何山间的小路,其实就是梅都何村和附近村人走出的一条影子路,弯弯曲曲,像一根绳子往前伸去。路两边布满了老虎刺、板茅、缬草,走起来要边用手小心地拨开边走,否则,不是被拉破裤子就是被扎破皮。身土和柏艾顺着这山间的小路向前走。这时候身土说:"我来编首梅都何村歌怎样?"柏艾说:"编来听听吧。"身土想了想说:

"静静的梅都何,镶嵌在大地上,土地是你的胸怀,大山是你的肩膀,烙下先祖的脚印,种植我的理想。啊,梅都何,孕育生命的村庄。

"美丽的梅都何,描绘在大地上,绿水是你的本色,青山是你的浓妆,踏着先人的足迹,收获我的理想。啊,梅都何,地球上美丽的村庄。

"开放的梅都何,随着时代启航,我要去远方,追逐我的梦想,挽着远方的五彩缤纷,重回你的身旁。啊,梅都何,开放活力的村庄。"

有人说,爱情会使人变傻。我说爱情会使人暂时变得不晓得回家的路。他们走走停停,讨论着身土的所谓"歌词",不知不觉走到了一个叫乌鸦洞的地方。这乌鸦洞是当地旅游景点之一,白天这里游客不绝,好生热闹,现在天晚了,游客早回去了。此时,柏艾说:"我们进去看看吧。"身土说:"好啊。"他们走进洞里,里面数不清的石柱仿佛从地球形成的最初年代起就竖立起来了,柱子上有许多参差不齐、奇形怪状的图案。柏艾每走到一处都介绍着:"这叫犀牛望月,那叫猫戏老鼠,你再到这儿看,它像什么? 叫童子拜观音,来,你拜一下,许个愿吧。来,往前走,小心点,这叫乌龟望太阳,你看像不像? 看,这叫五马盘横。"两个年轻人就这样走着看着。

他们游了乌鸦洞,出来时天已经黑了。这块有个很小的寺庙,因为有尼姑住着,当地又称尼姑庵。这庵里头住了一个尼姑,管着这里的香案和设施。以前这里有三个尼姑,听说有个老尼姑圆寂了,还有一个去了浙江舟山。现在就剩下了一个尼姑。柏艾没有返回的意思,身土也是"板板六十四"的,谈兴正浓,两人索性席地坐在那庵的一旁说话。这里蜡烛通明,香火也旺，给人感觉置身于白天。

柏艾说："哎，你宝钏妹现在是什么情况？"身土说："我宝钏妹不久前给我爷和婶也算给我来了一封信，说到她要留在上海本校工作，总体情况还不错。"柏艾说："那你爷和婶什么态度呢？"身土说："他们能有什么态度呀，他们还不完全由着她呗，谁能左右得了她何宝钏啦。"过了会儿，柏艾又说："何身土啊，有钱人是不是都会在大城市里置下房产，积累到一定资本的时候，就住城里，甚至把钱转移到国外，然后移民呀？"身土就说："柏艾啊，你说这我哪块晓得哩，我不是和你一样住在这深山里吗？"柏艾说："我发现你就会故意说瞿话。你就不会正面回答问话？"身土说："我这么对你说吧，对于宝钏妹妹的选择，我心里早已经明白。我和我爷、婶、妹妹在一个家里共同生活了这么多年，从十几岁一直到二十多岁，我们相处得很好，我作为长兄对宝钏妹妹始终尽到哥哥该尽的责任。如今宝钏妹妹终于走上了从军这条路，也是当初我帮她选择的，现在她如愿留在上海，我们全家都为她感到骄傲和自豪。希望她能在她所学的领域里，用她的智慧报效国家，为民族振兴贡献才华。我自从踏进这个家门之日起，早已下定了决心：我会一直在妹妹的身后，为她支起一片蓝天，为她垒起一座高山，为她清除杂乱的尘埃，为她送去缕缕春风。我会在我的有生之年始终坚守着梅都何，无论我爷和婶健在还是他们百年之后，我都为她守住这个家，无论她走到天涯海角，她娘家这盏灯都在遥远的梅都何为她亮着。"

柏艾听着听着就哭了，她声音虽然不大，但她抽泣的样子使人心生怜爱。身土问柏艾："我说的是我为这个家庭该做的事情，哪块让你伤感了呢？"柏艾抬起泪眼，小声说："你就是个活孬子。"身土急了，忙说："我这么做怎么就成了活孬子啦？"身土此刻完全误判了柏艾的"活孬子"的含意，又接着说，"我现在年轻，在外做工程，赚些钱就想着如何把我们的村庄作为农业经济中最活跃的细胞的作用，好好发挥出来，使这块土地成为本村人安身立业、享受安宁的幸福所在，也成为我自己今后安心生活的乐土。就是这么个简单的心愿。所以，我有钱没钱都不重要，重要的是我必须坚守在这块土地上。"柏艾听着,揩了揩眼泪,长长地叹了口气,欲言又止。她就站起身来说:"回去吧。"她这么说着却没有动身的意思,她能想得到,这时要是回去,路就不那么好走啦,来的时候是白天,看得清楚,现在天黑了,那山间小路走起来就难喽。身土意识到了,想说什么又没有说。

这时那尼姑出来看见了他们,就说:"施主啊,你们怎么还在这块?你们是哪块的人,在这深山这么晚还不家去?"柏艾说:"师父你好,我们是梅都何的,下午走来,没有顾及回去的时间,这回往回走真的看不见路了。"尼姑听说是梅都何的,眼睛一亮,说了句:"哦,家里来人。"柏艾和身土没有明白尼姑说"家里来人"的含义。身土傻乎乎地问:"师父可有手电筒借我们照亮一回?"尼姑说:"我这没手电筒。回梅都何有不近的路啊,山上的小路在晚黑间实在是不便走的。"三人都陷入为难之中。

还是尼姑说了:"我这庵里是有清规戒律的,但梅都何人不出意外应该都是何公的后裔,没有太大的事情,不然你们就在这将就一晚,明天一早回去?"柏艾看看身土,身土看看柏艾,似乎都在等对方先点头同意。身土说:"我没跟我爷、婶说我到哪块去了,他们会急死的嘛。"柏艾就说:"哦,如果是这样的话,那我们还是回去吧。"说着两人就和尼姑告别。可是他们走出不多远,就实在摸不到路了,这时的山间一片茫茫茅草和树林,黑得看不清楚哪块是哪块了。冷风吹来,阴森森的,害怕人。柏艾一个激灵,心里有些生身土的气了,不吱声也不挪步。僵持了一会儿,身土明白了,就说:"不行不行,这么摸着路走,会有危险的,不如回庵里求那师父蹲一晚上吧。"他们俩就又回头来到庵里找到尼姑。

尼姑有四十岁上下,很是善解人意地把二人领进去。里头竖着一尊像。尼姑说:"你们既然是从梅都何来的,应该晓得这是谁的像啦,就此拜拜?"柏艾和身土这回心里突然明白过来尼姑说"家里来人"的含义——这就是以孝闻名天下的大孝子,被奉为"大公菩萨"的何公塑像。在一个叫公山坊的小镇里,有古时当地衙门为何公建的古庙堂,供奉着何公塑像,虽连遭战火摧毁,又屡屡重建,至今大公庙完好,可供游人瞻仰。眼前

第十七章 | 285

这乌鸦洞边供奉着何公塑像的庙,据说是何氏后人为何公建的,由何氏后裔代代守着。此时为何是尼姑在守庙,其中原因不得而知。他俩立即下跪各行三拜。

尼姑给柏艾和身土端来些稀饭和烀熟的洋芋,几根咸菜就着当晚饭。出家人生活清苦是众所周知的。柏艾和身土吃完后,尼姑说:"山里晚上凉,没有你们家热闹,不如早早就寝,明天一早你们早起早回。"说完就把柏艾领进了里堂和她一块住,身土在门旁找了一个地方和衣而卧,尼姑给他一条毯子。

这里晚上出奇地静,身土靠墙而睡,半梦半醒。他梦见母亲的坟在往上鼓起,长大长大,坟头开满了红艳艳的花,哦,是皖南有名的杜鹃花吧。梅都何叫杜鹃花为映山红花。嫣红的花瓣层层叠叠,泛起一圈圈的涟漪。它们是那样生机勃勃,红得像火球,带着暖意;它们风姿绝艳,灿若云锦,令人炫目。眼前的画面又切换到了田间地头,家前屋后,山坡沟堤,到处可见盛开的杜鹃花,像朝霞一样绚丽。空气里弥漫着山花、青草和松脂的淡淡芳香,让人心旷神怡。半山腰,小溪边,竹林旁的青瓦白墙的家,炊烟缭绕,宁静恬适。何身土在火红的海洋里跑啊跑啊,他对母亲说:"妈呀,你何时搬到了这块来啦?我怎么一点也不晓得呢?你是怎么认识梅都何的啊?哦,我晓得了,我奶奶在世时就带你来过这里。妈呀,我好久好久没有见到你了,你都去了哪块呀?我好想你。"母亲一晃,没影了,但那满满的、红通通的杜鹃花依然在风中摇曳。热烈、奔放,不争艳,不娇贵,不讲条件,不论土地贫瘠和肥沃,都能靠自己顽强的生命力茁壮成长,且满山红遍,灿似彩霞,绚丽动人。他长长地舒了口气:哦,怪不得你叫"映山红"啊。

他醒了。

清晨,他们俩早早起来,就踏着昨天来的山间小路往回走。柏艾眼睛红红的,不用说昨晚肯定没有睡好。他们走了近四小时才走到家,这时已经是上午九点多钟了。在路上,他们并没有多讲话。快到身土家时,柏艾说:"我大、妈好烦人。"身土就问:"他们怎么烦你啦?"柏艾说:"他们不能见我回家,一回就叨叨,说我这么大个姑娘了,还不快点把自己给嫁出去。我就说:'你们烦什么神嘛,我就要嫁啦。'他们就追问:'嫁谁?怎么没听说?说嫁人就嫁人了啦?'你说烦不烦嘛!"何身土这时瞪大了眼睛,问:"你要嫁人了?定了?"何身土因为听说杨得草在追柏艾,他真的以为他们已经确定了关系。柏艾噘着嘴说:"是啊。"身土说:"是谁?"他想说是那个杨得草吧,却把到嘴边的话又随吐沫咽了回去。柏艾说:"别问那么多,你认得他。"说着从随身带的小包包里拿出一面小镜子,说:"看看他的照片。"何身土急切地接过小镜子看。他翻过来看,又翻过去看,并没有看到照片。正当他茫然的时候,柏艾一把抢过小镜子,脸唰地红到了耳根。身土心里一惊,明白了,说:"那就请到我家去吃点早中午饭。"柏艾也没有推辞,跟在身土身后进了何满水家。

  满水和鞠银子扑过来说:"哎呀,你们这都是去哪块啦?晚上不回来也不说一声,急死我们啦!"说着就问这问那,忙着做饭。身土一边对满水和鞠银子说着昨晚的事,一边给柏艾拿把新牙刷刷牙。等柏艾刷好牙,他又端了洗脸水过来。奇怪的是,身土不把脸盆放洗脸架上,而是放在堂屋的地上让柏艾去端。这下被鞠银子看见了,她就猫扑老鼠一样扑过来要端脸盆,嘴里说:"这小伢子怎么这么不懂规矩,把个脸盆放地上咪?"这时何满水止住了她,说:"他妈,你就别假能了,别动盆。"鞠银子不懂什么意思,愣住了,像蜡烛杵在那里。柏艾嫣然一笑,弯腰用双手托起脸盆放到了门前的石头凳上洗脸。身土、柏艾此刻脸上都荡漾出会心的笑意。

  鞠银子把何满水拽到一旁,在他耳朵边小声说:"这身土是有文化的人,怎么把洗脸水放地上让人家姑娘弯腰去端?这唱的是哪一出嘛!"鞠银子声音小得像蚊子在哼,生怕被别人听见了。何满水也小声对鞠银子说:"这是身土谦逊,意思是说,他身土位卑,望姑娘屈尊俯就他,如果愿意俯就就端起盆,如果不愿意俯就,就不会弯腰去端那盆。这是古时才子向佳人求爱的自谦的做法。""喔……"鞠银子豁然开朗,说,"这么说,身土是和柏姑娘谈上了?"何满水点点头。鞠银子似乎还没有把事情完全搞明白,接着说:"那姑娘怎么说?"何满水白了她一眼,说:"这不明摆着吗?

姑娘肯啦。""这姑娘肯不肯你怎就晓得唻?"鞠银子打破砂锅问到底。何满水就说:"嗨,你真是个呆子。我不是说了吗?姑娘弯腰端起了那个洗脸盆,就表明她愿意俯就身土,就是肯了。""哦,原来是这个样子……"鞠银子总算搞明白了,长长地舒了口气……

后　记

　　四十多年前,我在全村长辈泪眼相送下,离开了生我养我的小村。但当我再转过身来看这小村时,它的一切只能在我的记忆里了。我那小村没了,和我的小村相邻的许多小村也没了,田没了,地没了,山没了,水没了。小时捉鱼虾的水塘、潺潺流动着清水的小溪、绿油油的小山包、漫山遍野的红山茶树和映山红、个头不高的小松树、喊不上名字的杂树、我们土墙茅草顶的屋,这一切全挤进了我的记忆里。我的小村死了。我和我的孩子们说我出生的地方时,他们睁大眼看着我问:"你说的都在哪儿呀?"我回答说:"都挤进我的记忆里了。"我的发小一直没有离开,生活在村里的伙伴们,全都住进了清一色鸽子笼般的小区楼房。历史的前进,是现代文明发展的必然,是无法阻拦的。可是,我那住进小区的伙伴们,蹲在纵横交错的柏油路旁,看过往的车辆,或者是在小区前后晃悠,看着一块块簸箕一样大被荒废了的红土地,他们用手摸着、捏着,眼里浸满了泪花。我知道,他们在想念已经失去的土地。我们的祖先,就在这块土地上生养了我们,一代一代。祖祖辈辈都在这土地上耕耘,一辈子从不说疲倦,直到闭合上眼睛之前,都还在田地里像呵护自己的孩子一样呵护着庄稼,这就是他们一辈子的事业,一辈子的希望。现在,这些全没了,他们心里空落落的,他们整天心神不定,他们不知道还有什么可做,又能做点什么。

　　我真切地看到了他们离开了土地的不适,离开了土地的痛苦现状。所以,我开始思考,我要写这辈人对土地的情怀、乡愁,写这辈人与自然、人与土地的关联,热切呼吁新时代新型农民的登场。